呂健忠・譯注

情慾幽林【修訂版】
——西洋上古情慾文學選集

Open the temple gates unto my love,
Open them wide that she may enter in.

——Edmund Spenser, "Epithalamion," 204-5

打開眾廟門通往我的愛，
敞開眾廟門好讓她進來。

——斯賓塞〈新婚頌〉204-5

目次

三、羅馬文學（拉丁文）

引論

正如本書的副標題所表明的，這是一冊文學選集，含蓋西方上古世界長逾二千年的文獻史，從經典書目篩譯以情慾為主題的相關作品。一卷在手即可從事一趟深入情慾幽林的虛擬歷險，其中有想像的趣味，也有文化史的深度與廣度，更有厚實與細緻兼備的文學質地。換個角度來看，這個選集也可以說是為情慾經驗定界標——這是欣賞本書的另一個方法。

那麼，到底「情慾」所指為何？

慾海情岸索界標

本書以「情慾」為題，因為那是貫串整冊選輯的主題字眼，在英文的對應詞為eroticism。這個英文字源自希臘文ερωτιχός（*erotikhos*，跟性愛有關的），其意義可以從《伊里亞德》的一段插曲（14:153-353）看出來。特洛伊戰爭進行到第十年，希臘聯軍第一勇將阿基里斯（Achilles）的女俘虜柯萊惜絲（Chryseis）硬被統帥阿格門儂（Agamemnon）搶走，憤而把自己的部隊從戰場撤回船上，準備打道回府。他這一撤，希臘士氣大受影響，節節敗退又損兵折將。心向著希臘人的天后希拉決心對丈夫宙斯施展媚功，好讓海神有機會幫助希臘人。於是，她先以瓊漿沐浴，全身抹上橄欖香膏，打扮得漂漂亮亮，然後要求愛神兼美神阿芙羅狄特（羅馬神話稱維納斯）給她「情和慾」（φιλότητα καί 'ίμερου; 198）。接著她轉往睡神，答應以美惠女神（Graces三姊妹）之一為交換條件，央請他適時讓宙斯興起睡意。一切打點妥當，她來到宙斯面前，「他看到她，情意在他的心胸盪漾，／恰似他們第一次上臥榻調情，／他們親愛的父母一無所悉」（294-6）。宙斯邀她「我們來溫存，一起歡情享樂。／以往對女神或女人的愛（'έρος）不曾／像現在這樣在我心裡恣意流淌」，接著細數他的豔史，沒有一個對象可以相提並論，最後說：「甚至對妳也不曾／有過如此的

濃情蜜愛（’έραμαι），慾望擄獲了我」（314-5, 327-8）。希拉建議回臥房去，宙斯不想耽擱，當場變出一朵金雲，於是，荷馬告訴我們：

〔宙斯〕把妻子摟進臂灣，在那兒
他們身下不可思議地長出青草
鮮嫩和車軸草沾露，藏紅花和風信子
稠密又柔軟，厚厚一層鋪地面。
一對佳偶躺著，一朵奇妙的金雲
罩上身，露珠晶瑩滴滴落。
就這樣天父安睡在噶噶樂山巔，
妻子在臂灣裡，睡眠和情意制服了他。（14:346-53）

　　希拉因此達成目的自不待言，不過我們的重點是：就像我們在《詩經》裡頭的〈鄘風·桑中〉、〈鄭風·野有蔓草〉、〈召南·野有死麕〉可以讀到的，西洋文學史也是跟情慾書寫同其久遠。

　　柔情攻勢不可能持續太久，希拉的詭計終於被宙斯識破。特洛伊人一輪猛攻，眼看就要把希臘人趕下海。《伊里亞德》最後九卷寫帕楚克拉斯（Patroclus）被特洛伊人殺死，阿基里斯為了報仇，毅然決然跟阿格門儂盡棄前嫌。他任情使性報了仇，殺死特洛伊的擎天之柱赫克托。英雄有情是在同性之間，異性之間有慾無情，情慾殊途是希臘古典文化從荷馬以後到亞理斯多德期間一個極其醒目的主題。羅馬人把情與慾劃上等號，後遺症可見於聖奧古斯丁在求學期間的荒唐歲月。他後來改宗基督教，痛覺今是而昨非，把原罪的觀念引入情慾世界，為西方的禁慾文學奠定堅實的基礎。可是情與慾瓜藤葛纏足使聖奧古斯丁的信眾傳人尷尬不已，就像米爾頓寫《失樂園》所面臨的情況。

　　《失樂園》第四卷寫撒旦潛入伊甸園，無意中聽到亞當和夏娃的對話。夏娃回想自己受造之日，甦醒時看亞當仍然沉睡，循聲走近水面無波的池邊，目睹「神色報我以同情和愛意」。幸虧有天使即時發聲引導她離棄「空虛的慾望」：「跟隨我，／我將帶妳去的地方沒有幻影鵠候／妳的來臨和妳溫柔的擁抱，妳／跟他同樣的形象，妳將享受／他跟妳不可分離，妳將為他／繁衍無數一個個像妳自己」（465-74）。可是夏娃初見亞當，看他不如水中影像漂亮，調頭就要返回池畔。亞當即時（像阿波羅忽喚達芙妮那樣）呼喚她：

　　　　　　『回來啊美夏娃，
妳在逃避誰？妳逃避的人，妳屬於他，
是他的肉，他的骨，為了妳的存在我
付出我的一側給妳，最接近我的心
實質的生命，為的是有妳在我的身邊
從此以後有個親愛的人相慰藉；
我向妳尋求部分的靈魂，妳擁有我
另外的一半。』

夏娃繼續回憶：

　　　　　　「接著，你溫馨的手
握住我，我屈服了，並且從此看出
美容貌相形見絀遠不如人的恩情
與智慧，只有那才是真正的美。」
　　我們共同的母親這麼說著，眼神
流露配偶的嫵媚任誰也不能指責，
嬌柔依偎順著他，半擁抱半倚靠
我們的始祖，她那隆起的乳房
裸露跟他的貼一起隱沒在流金
散披垂懸的髮絲下，他欣喜
她的美和她的嬌姿媚態，
微笑示愛無與倫比，就像朱比特
對朱諾微笑，當他孕育雲朵
滋潤五月的花，以清純的吻
緊壓她母性的嘴唇。（4:481-502）

　　深情摯愛動人心弦，可是去慾存情固然清純，偏偏少了人性常情。米爾頓的文義格局具體表現在德國畫家克拉納赫（Lucas Cranach）以集錦手法所畫的《亞當與夏娃在伊甸園》（Lucas Cranach the Elder, *Adam and Eve in the Eden*, 1530, Kunsthistorisches Museum, Vienna），不妨試著比較義大利畫家卡拉齊（Annibale Carracci, 1560-1609）描寫宙斯與希拉的情慾交流（*Jupiter and Juno*, Borghese Gallery, Rome），情慾有別一判即明。

可是情與慾難分畢竟難解。我想起台灣新近流行的「情色」這個語詞，在許多場合根本就是指erotic。然而，《大漢和辭典》引《魏志·胡質傳》說「質至官，察其情色，更詳其事」，「情色」明明是一個人內有所感而形於外的神情眼色，怎麼回事呢？這和戲劇的the Absurdist從「荒謬派」變成「荒誕派」，以及文學與藝術的representation（不是re-presentation）從「呈現」變成「再現」和realism從「寫實主義」變成「現實主義」等例子，由於大陸熱的影響而改變習慣用法（呂1998：20-7）顯有不同，因為大陸地區在指涉性愛慾的文義格局中，並沒有「情色」這用語。我決心一探究竟。

「情色」一詞突然成為語彙新寵，是在性別論述與情慾書寫躍上文化檯面之後的事。一九八七年八月，《當代》第16期推出「情色專輯」。專輯中，李永熾撰文提到「《源氏物語》雖稱為好色文學，但是『色』顯然與『情』互相結合，甚至重點放在『情』，稱之為『情色』文學亦無不可」（16-7）。這和鄭培凱把Eros譯為「情色」是相通的（51）。可是宋美樺卻以「情色」一詞「兼含西文pornography（色情）和erotica（性愛）兩字的涵義」（33），而陳東山甚至把肯定屬於色情的薩德（Marquis de Sade）和肯定屬於藝術的D. H.勞倫斯合併於「歐洲色情文學」（28）。這個專輯顯然無助於界定何謂情色。同樣的情形也見於陳益源的《古典小說與情色文學》，書中所言，在魏子雲看來「類皆涉及性事」（461），在曲沐看來卻是關乎色情，只是因為「不想對此有過貶之意」（463）而不稱色情。

至於國內「情色文學」的，依徐嘉陽所見是「一九八八年以後」（303）的事。一九九六年一月，中國青年寫作協會與時報文化出版公司、輔仁大學外語學院合辦「當代台灣情色文學研討會」。就是在世紀末的那十年，「情色」氾濫成災。說是災，因為情色無邊已經到了只緣身在情色中，卻難徵情色為何物的地步。試舉那一場研討會所發表的論文為例，于記偉討論的是電影，以「直接挑起性慾」和「重視感官情緒」區分色情與情色。如此區分之後，他緊接著說「但是很多像大島渚的《感官世界》等藝術影片是很難用『色情』或『情色』來二分」（282）。依他的分類，藝術影片是落在由色情和「情色」各據一端的感官圖譜的中段（色情←藝術→情色）。姑且不論大島渚的《感官世界》是否為藝術影片（就我所知，覺得那部片子惡心的，大有人在），于記偉所擬想的感官圖譜顯然不吻合約定俗成的認知，因為在我們的文化中，色情與藝術向來是分據圖譜的兩極（色情←→藝術）。

在另一方面，焦桐把erotic poems譯成「情色詩」，說詩人書寫情色「是一種叛逆，對道德禮教的反抗。他們試圖通過情色詩，號召受到壓制的族群如同性戀、戀物癖、自戀癖……揭竿起義，反叛霸權話語，這是一種關乎身體的權力爭奪戰」（199）。按照那樣的說法，詩中的「情色」等同於小說中的新感官。王溢嘉論「新感官小說」[1]，說其中呈現的感官世界「幾乎網羅了傳統定義裏『性違常』或『性變態』的各種花樣，社會上最常見的的異性戀在新感官小說裏不是受到忽視，就是被輕描淡寫，或是被異質化」（13）。焦桐所見的「情色詩」和王溢嘉所論的「新感官小說」，不約而同暴露「書寫邊陲（或異端）性經驗，顛覆中心（或主流）價值觀」的世紀末現象。原來「情色」一詞肩負重責大任，為的是和色情劃清界線，也就是楊麗玲說的：「一旦冠上『情色』，諸如『情色小說』、『情色文學』、『情色事件』、『情色心理』……，彷彿就改頭換面，拉升了地位，使其有了可以登上檯盤的顏面」（326）。

賴守正採取比較嚴謹的學術立場，觀察所得和曲沐與楊麗玲不謀而合：「〔「情色」〕給人的印象似乎比色情來得『雅』些，比較沒那麼『色』」（164注1）。然而，實情如何？楊麗玲進一步細究：「情色」與「色情」由同樣的字元組成，其中的情（情感）偏向心靈層面，而色（色慾）偏向肉體感官，組合之後字序逆反，兩相比較徒然彰顯情無法與色脫鉤的曖昧性與必然性；相較於色字帶頭的「色情」，以情字帶頭的「情色」其實是自暴其色，仿如唯恐天下人不知其情感深處的色慾，不然就是唯恐天下人不知其以色壯情（還是以情壯色？）的居心（326）。不管怎麼說，色字頭上那一把刀是甩不開了，怪不得賴守正說「能否成功地挑逗起讀者情慾一直是情色作品的主要賣點」（183），這無異於把情色視同色情。張啟疆論及晚近台灣小說中的「愛情私語」，雖然「情色客體僅限於異性戀」（86），倒也印證了賣點所在。賣點一出，我終於恍然大悟，原來「情色」只不過是後現代包裝術（尤其是性別論述／術與情慾書／速寫）處理過的色情，是在色情與藝術的未定界開拓出來的新的書寫領域，其所以為新並不在於客觀的書寫領域，而是在於主觀的書寫心態——書寫者蓄意棄絕「含蓄」與「中庸」這樣的古典美學準則，因為「勁爆」才有賣點。

---

[1] 指皇冠出版社的三色堇系列於一九九五年推出的曾陽晴《裸體上班族》、紀大偉《感官世界》、洪凌《異端吸血鬼列傳》和陳雪《惡女書》四部小說集。

陳義芝雖然無法完全擺脫後現代語言的迷障，在論文中數度用到「情色」這樣的字眼，包括以「情色文學」指涉erotic literature，論文的副標題「台灣戰後世代女詩人的情慾表現」卻顯示他也有撥開雲霧見後現代包裝術之流俗的時候。所謂「情慾表現」，引陳義芝自己的話來說，乃是性經驗「擺脫了生育為主的觀念束縛」。表現情慾的文學不就是情慾文學？——我忍不住想到後現代論述令人啞然失笑的「他者」（the Other），最近我還看到一個新譯法「它者」，正因為瓦釜雷鳴，當我讀到王瑞香（117）寫出「她是『異己』（the Other）」這樣的句子時，不禁驚喜引為知音。顏元叔的《西洋文學辭典》正是把erotic literature譯作「情慾文學」。我注意到「情慾書寫」常應用在同性戀次文化，可是這個中性名詞是對整個文化空間開放的。揆諸實情，鄭明娳發表在《聯合文學》七十期（1990）一篇論《金瓶梅》中的情與慾的文章，以「慾海無涯，唯情是岸」作標題，她的標題不啻是為「情慾」一詞正名兼畫界。可以這麼說：「思無邪」是言情，「發乎情而止於慾」定出了情慾文學的界標，一旦越過情慾界的海克力斯柱（Pillars of Hercules）而跨入無疆慾海，就成了色情。

所謂情慾，《大藏法數》說：「欲界眾生，多於男女情愛之境，而起貪欲，故名情欲。」情慾離不開性，性則是綿延生命的初發動機，「情欲動而合，合而生子」（《論衡‧物勢》）正是此意。然而，原本普見於生物界的生理現象歷經長期的演化，終於在人類的心理意識發展出複雜卻精細的文化介面，使得性慾能夠傳輸情感而成為情慾。情慾甚至能夠「超連結」性靈的載體，如藝術創作上所稱愛的昇華作用即是其中一端。然而，不論如何昇華，情慾畢竟帶著性慾的基因，因此在講究克己復禮的思維中，「割情欲之歡」（陸士衡〈辯亡論下〉）遂為可資表彰的美德。陸機稱美孫權，說他棄絕情慾之歡，正見情慾之難以割捨。正因為難以割捨，所以有必要防範於未然，《禮記‧學記第十八》就是把防範情慾於未然標舉為教學守則：「大學之法，禁於未發之謂豫」，疏云「禁於未發之謂豫者，發，謂情慾發也；豫，逆也。十五以前，情慾未發，則用意專一，學業易入。為教之道，當逆防未發之前而教之，故云禁於未發之謂豫。」

以上引述「情慾」的本義，跟英文的erotic若合符節。然而，文字的意義或語言的用法並非一成不變，而是常與變互相為用——「常」指的是字源或詞源，「變」指的是後世延伸的用法。追根究柢來看，erotic是

從’ερως（亦作’έρος，拉丁字母拼作eros）這個字來的，希臘文「愛」，不限於性愛，如《阿格門儂》540指對祖國的思念，但大多數指戀情（sexual passion，用後現代語言包裝術處理過的說法是「性激情」），如莎芙有一首詩：「’Έρος搖撼我的心／像一股風落在山上的老橡樹」（Campbell 93）。引文用的是’ερως的擬人格，也就是後來羅馬神話所稱的小愛神丘比德。此一擬人格用法早見於赫西俄德《神統記》：’Έρος「使四肢無力，馴服心靈／與心智」（121-2）。赫西俄德不只是在描述「愛神」大能，更是視其為宇宙創生的原動力，是生命的始祖。愛促使陰陽化生萬物，因而有神譜可言。從渾沌而生的世界之所以能夠化暴戾為祥和，正是由於愛的力量，這是荷馬詩贊（Homeric Hymns）第五首〈愛神〔阿芙羅狄特〕讚美詩〉70-4插入猛獸「成雙配對」的微言大義；少了愛，親情也會生嫌隙，此所以索福克里斯在《安蒂岡妮》劇情發展的關鍵處安排歌舞隊稱頌愛的力量（唱曲三，781-800）。不論就心理學、宗教或哲學而論，’Έρως都是與死亡本能相對的生命本能（「情欲動」），而且以性愛女神阿芙羅狄特為伴（赫西俄德《神統記》201），是從原始的性慾進化而來的兩性關係，其中包含感官的樂趣（「情欲之歡」）、愛（「情愛之境」）與渴望（「起貪欲」）三個面向，正是Sam Hamill編的詩選The Erotic Spirit副標題 "An Anthology of Poems of Sensuality, Love, and Longing"（性感、愛情與渴望詩集）拈出的’Έρως三相。因如此，我依照蔡美麗（272, 282）的作法，把Eros音譯取義作「愛樂」，這是本書一貫的用法。不過，普通名詞’ερως並不適合音譯，「情慾」之稱則可兼顧該希臘字在進化心理學與比較文化史上的意涵，其所指涉的領域，如果用感官圖譜來標示，大概是這樣：色情←情色←→情慾→性愛。

森森密林探幽微

愛樂源於性慾卻超越性慾。柏拉圖對話錄《會飲篇》裡頭，蘇格拉底引述女祭司Diotima，說愛樂是介於神與人之間的靈物（*Symposium* 203b；該書名舊譯作「饗宴」）。以性慾為媒介，人可能攀升飛揚，也可能墮落沉淪。蘇美神話《吉爾格美旭》這部世界最古老的史詩有一段插曲，寫恩奇杜來到人間，可以說是把這個「靈物」給具象化了。天神為了懲治淫慾橫流的暴君英雄吉爾格美旭，創造野人恩奇杜。野人入城

得要先接受文明的洗禮，因為蘇美人是以居住在城市與否判定文明與野蠻，而恩奇杜所接受的文明禮正是性愛禮。他接受長達六天七夜（和耶和華創造世界所需的時間一樣長）的性啟蒙，「變得虛弱，因為他有了智慧，有了男人的心思」。性愛禮使得恩奇杜背棄野蠻的自然，從此進入文明的社會。

恩奇杜所經驗的性愛之為用，在佛教藝術以隱喻的形態表現為「歡喜佛」或「金剛擁妃像」，呈現金剛立於蓮花座上，手握長蛇、足踏妖魔而懷擁明妃，蔚成一大母題。就以二〇〇一年四月在福華飯店舉行的西藏文物精粹特展為例，不到六十件展品當中，以兩性結合的大樂形象為主題的作品至少佔了四件，包括塑像三尊[2]，以及整個展覽會場最為醒目的《大成就者謝刺嘉措畫傳》。這幅畫傳是十七世紀的棉布膠彩描金，以十七個畫面，各附藏文愷體書寫的轉述文字，呈現藏傳佛教噶舉派的傳承祖師謝刺嘉措得道的過程，其中第十四畫面為〈雙運大樂〉。特展導覽的說明文字，所謂「人類自然法則的男女影像，滿載情慾的交流，躍升為密宗"慈悲與智慧"的抽象意境」，未免太過於抽象。達賴喇嘛十四世的解說，「性慾本身轉化為空性喜樂，因而化解性衝動」，雖然言簡意賅，恐怕難能以理服人。尼采說「人類在性衝動之中，看見了神性」（Müller-Ebeling & Rätsch 184 cit.），因為「性驅逐痛苦，解放身體」（Pollack 193）；性愛或許和楚辭與中東神話的香草芳華殊途同歸，都像《春藥》書中所描述的，「有春藥效果的神聖植物，喚醒人類內在的諸神，讓祂們歡喜、快樂。神明的覺醒便是認知，神明的活動便是歡愉，而神明的殿堂就是人類的肉體」（Müller-Ebeling & Rätsch 186）。性愛產生恍惚的作用，那是神明附身的效果，其目的與巫術相同。可是，一旦性慾被物化或工具化，則神聖淪為世俗，神明降臨便成了生理衝動或機械功能。怪不得朱熹〈自警詩〉寫道：「世上無如人欲險，幾人到此誤平生」。

愛樂幾乎與創世記同庚的神聖屬性，在莎芙的抒情詩發生微妙的變化。莎芙這位西洋文學史上第一位女詩人，雖然沿襲赫西俄德賦予愛樂陽性擬人神格的用法，卻以阿芙羅狄特為愛神，說到愛樂的出身則莫衷一是，包括稱他為阿芙羅狄特的「僕人」和兒子，又說他是「天與地之

---

[2] 十八世紀的銅塑《驢面上樂金剛》，十四或十五世紀的三面六足二臂銅合金《密集金剛雙身像》，和《大威德金剛小型雕塑》。

子」（D. Campbell 167, 185）。因為是斷簡殘文，我們無從得知這些稱呼的來龍去脈。然而，值得注意的是，公元四世紀的修辭學家Himerius提到：「女人當中，只有莎芙愛美的同時也愛抱琴[3]，因此她寫的詩全部獻給阿芙羅狄特和眾愛樂[4]，唱歌譜曲總是假託女子的美貌與優雅」（D. Campbell 43）。這很可能意味著阿芙羅狄特之所以身兼愛神與美神，是因為有美則不虞無愛，而且情人眼裡必然出西施。阿芙羅狄特以美神的身分受到女人的崇拜，其中的性意涵不言可喻。這樣的推測並沒有排除如下的可能性：女性意識促使她抑男（愛樂在文獻中一向是陽性）尊女。不論如何，愛樂從最古老的神變成年輕的神，這個觀念從莎芙以降就是大勢所趨，到了希臘化時代（公元前三世紀以後約三個世紀）則定於一尊。

Himerius又提到：

> 阿芙羅狄特的祭典〔由其他詩人〕傳給列斯沃斯的莎芙，而且只
> 傳給她一人，是以祝婚詩的形態用抱琴伴唱。在競賽之後，她進
> 入洞房，以花圈裝飾房間，鋪床，〔召集？〕眾女子進入洞房，
> 然後呼請阿芙羅狄特本身搭乘美惠女神的車駕，帶著她的〔由眾
> 愛樂組成的〕愛樂歌舞隊，加入逗樂的行列。（D. Campbell 183）

「競賽」應該是詩歌競賽，其意義可能類似雅典酒神祭所舉辦的戲劇競賽，龍戈斯《達夫尼斯與柯婁漪》1:16或許就是這種競賽的諧擬或世俗化的結果。這說明了莎芙的詩，就像《九歌》，分類上雖屬於情詩或戀歌，本質上卻可能是祭祀曲或祝婚曲（參見D. Campbell 201「我們齊來向阿芙羅狄特獻祭」），也就是《達夫尼斯與柯婁漪》4:40所描寫的場合可能用得著的。如果真是這樣，那麼爭論莎芙是否為同性戀，恐怕沒什麼意義，因為即使是寫抒情詩也不見得就是以詩體寫傳記，寫祭祀曲更無此必要。更何況，就像《詩經》中的棄婦詩不可能根據語氣聲情推斷作者的性別，莎芙詩中的虛構人（persona）不必然是作者本人的化身。

---

[3]　古希臘主要的伴奏用弦樂器，抱在胸前彈奏，故稱抱琴。有人稱其為豎琴，不妥，因兩者形制不同。

[4]　眾愛樂：「愛樂」的複數，隱含「數大即是美」的觀念。波士頓美術博物館（Boston Museum of Fine Arts）所藏愛樂與賽姬結婚圖的雕版，圖中另有三個愛樂，一個持火炬又牽姻緣線，一個揭開座椅或床榻的罩巾，最後一個雙手捧著果籃（圖版見Harrison 532）。

莎芙筆下的愛樂雖然年輕，卻是面貌模糊。公元前六世紀的阿內克瑞翁筆下可以看到愛樂長出翅膀的通俗造形（〈愛的感覺〉9）。公元前三世紀，「文人史詩」《阿果號之旅》（*Argonautica* by Apollonius Rhodius）3:119-66、275-98詳述阿芙羅狄特費心說服愛樂使梅黛雅愛上伊阿宋（即希臘悲劇*Medea*的男主角），她這個調皮的兒子射箭深入梅黛雅的心[5]；看他調皮的方式，年紀不會大於青少年。在莎芙的抒情詩中佔有一席之地的「媚娘」[6]，如今被「愛神說服小愛神」給取代了。在本選集最後一位希臘作家龍戈斯筆下，愛樂雖然自稱「比宇宙本身更古老」（《達夫尼斯與柯婁漪》2:5），卻是個清秀俊美的小男孩，一個淘氣小精靈——這話並不矛盾，因為神話世界不受時間制約，此所以神的「年紀」、長相和體態永遠不會改變。

愛樂從眾神第一長老變成萬神殿中唯一的羽翼配弓童子神，他的身分由於莎芙的影響而從「有阿芙羅狄特為伴」變成「阿芙羅狄特的兒子」（關於阿芙羅狄特，下文將有所申論），他的功德（virtù）則隨著社會的世俗化而從創生轉向情慾。雖然淘氣，希臘作家筆下的愛樂並不惡作劇。進入羅馬時代，愛樂的造形持續改變，從中不難管窺羅馬人面對希臘文化的態度。不過，在分析羅馬作家筆下的情慾形象之前，有必要先說明愛樂被改名為丘比德（Cupid）的緣由。

知識是從分類開始的，因此知識體系本質上就是分類體系。一旦面臨新的經驗，我們習慣根據自己熟悉的體系進行分類。這個過程的先發步驟就表現在以既有的名目稱呼新奇的事物。凱撒在《高盧戰記》6:17提到高盧人崇祀阿波羅和宙斯，乍看不免教人驚訝：從來沒接觸過希臘神話的高盧人，怎麼可能祭拜希臘神？凱撒接著說，「他們對這些神靈的看法，大約跟別的民族差不多」，例如阿波羅驅除疾疫，宙斯掌管天界大權。他的解說透露了他認識高盧宗教的途徑：他只不過是透過類比，以熟悉的名字稱呼陌生的神明；他不是要認識高盧神，而是把高盧神納入羅馬文化的體系。只舉一例即可明白這種類比有多粗糙：醫療神只是阿波羅的眾多功德之一，而他在文化史上的重要性不只一端，真理神、預言神、音樂神、光明神、屠龍神都有他的分。

羅馬人看待希臘神話也是如此。他們原本就有自己的萬神殿，其中

5　阿芙羅狄特：希臘神話的愛神，羅馬神話稱「維納斯」。她的兒子，羅馬神話稱「丘比德」。

6　媚娘：「說服」的擬人格，詳見拙譯《奧瑞斯泰亞》1:386行注。

包括義大利古老的農藝女神維納斯。拉丁人早在羅馬締建之前就在Ardea附近建造維納斯的祠堂，羅馬人把她同化於希臘神話中的阿芙羅狄特傳說則是公元前二世紀的事。由於維納斯原本就有個兒子，名叫丘比德（Cupid），既然阿芙羅狄特被視同維納斯，愛樂和丘比德自然變成二而一。可是在羅馬神話中，丘比德的父親是莫枯瑞烏斯（Mercury），復由於羅馬人把莫枯瑞烏斯和希臘神話的赫梅斯（Hermes）劃上等號，這麼一來，愛樂又多了一個父親。為了清楚起見，下面以圖示，R表示羅馬神話：

因為　　維納斯（R）＝阿芙羅狄特

而且　　莫枯瑞烏斯（R）＝赫梅斯

所以　　維納斯＋莫枯瑞烏斯＝阿芙羅狄特＋赫梅斯

又因為　維納斯＋莫枯瑞烏斯→丘比德

而且　　丘比德（R）＝愛樂

所以　　阿芙羅狄特＋赫梅斯→愛樂

從此以後，丘比德取代愛樂。可是，名與實的落差是免不了的。「丘比德」在拉丁文作Cupido（慾），又名Amor（愛）」合而言之才是「愛樂」，可以意譯為「情慾」。於是得出如下的等式：

Cupido＋Amor＝Eros

有情則有愛，有愛可生慾，因此Cupido＝Amor＝Eros。這個等式看似合理，卻也意謂著把（性）慾和（情）愛分開看待，原本是一個整體、不可分割的情慾（或性愛）從此解離為兩個獨立而彼此不相屬的概念[7]。

以上的梳理，對於欣賞秉筆直書情慾經驗的作品雖非必要，對於本選集卻有提綱挈領的作用。就以維吉爾的《埃涅伊德》這一部羅馬的民族史詩來說，學子普遍知道《埃涅伊德》模仿《伊里亞德》和《奧德賽》，可是荷馬詩中並無浪漫愛情，人間男女的情與慾仍無交集，「生

---

[7] Erich Neumann在分析〈丘比德與賽姬〉的故事，為了申論神話母題，把丘比德「還原」為愛樂。繼希臘神話把大女神信仰的生命原則拆分為愛（Eros）和慾（Aphrodite）之後，羅馬人把愛和慾劃上等號，性侵犯因此可以用愛當作藉口而輕易予以合理化，這在奧維德筆下尤其明顯，《情慾花園》引論將會申論。

死戀」只見於同性情誼。為了描寫埃涅阿斯和狄兜的跨文化鰥寡戀,維吉爾從鋪陳追尋金毛羊皮的《阿果號之旅》找到了範本,即梅黛雅遇人不淑愛上伊阿宋的始末。在卷一結尾,為了讓狄兜愛上埃涅阿斯,維吉爾也安排了「愛神說服小愛神」的戲碼。不過,小愛神並沒有配弓掛箭,而是使出孫悟空的幻身法,假冒埃涅阿斯的兒子,利用狄兜摟抱他的時候,一點一滴抹除她對亡夫的思念,俟機把情火吹入她蟄伏已久的心[8]。丘比德是羽翼童子的造形,而且他的翅膀是可拆卸的。更值得注意的是,維納斯說丘比德是埃涅阿斯的弟弟。正如荷馬詩贊第五首〈愛神讚美詩〉所述,埃涅阿斯是阿芙羅狄特/維納斯的兒子,而且莎芙也已說過愛樂/丘比德是阿芙羅狄特/維納斯的兒子,可是羅馬神話並沒有可以對應埃涅阿斯的人物,維吉爾把這兩個不相干的「兒子」說成兄弟,順理成章把這個句子裡的斜線變成等號。這是維吉爾把羅馬歷史和希臘神話掛鉤的手法之一。

在《變形記》,丘比德的造形雖然只有小小的更動,卻把他的形象給定型了。按〈月桂情〉、〈冥神強親〉與〈愛神也癡情〉所述,他是維納斯的兒子,配備弓箭的羽翼童子,連維納斯本人也是利箭傷情的受害人。他不只調皮,甚至會惡作劇,人見人怕,而且他的箭不但分金鏃與銀鏃,甚至還有倒鉤箭。被倒鉤箭給射中的是冥神,丘比德則是因為母親的慫恿(說服的母題)而射出這支箭,她的理由值得推敲。

維納斯無意中看到冥神的車駕,想到神界的單身女神屈指可數也就罷了,冥神可不一樣,他是三分世界的霸主之一。於是,她稱她的羽翼兒為「我的力量的源泉」,對他說:「為什麼不擴張你母親的版圖?我的就是你的。三分之一的世界不屬於我們的勢力範圍。……你如果在乎我們母子共同分享的權勢,就用愛的束縛把他們結合在一起。」維納斯只是空擁愛神的頭銜,她所向無敵唯一的憑恃是小愛神的武器:愛的力量具象為政治暴力的形態。她最後這一擊,完全不涉及個人的恩怨,只是為了徹底伸張自己的權勢:羅馬的政治觀已經滲透到神話世界。她以權勢為誘餌,固然成功說服不識權力滋味的丘比德為她完成以愛慾一統天下的心願,卻也因為無限擴張權勢而遭受權勢的反噬。就主宰情慾世界而論,維納斯的真情告白不啻是預告小愛

---

[8] 「情火」很可能是影射婚禮必不可少的火炬,如《達夫尼斯與柯妻漪》4:40的描寫,這是情箭之外的另一件情慾利器。莎士比亞最後兩首十四行詩即是以此為主題意象。

神終將取代愛神的地位。至於丘比德，自從他不分青紅皂白執行母親交代的任務，他就開始盲目了，眼睛就開始瞎了——「瞎」當然是譬喻的說法。不過，對於小愛神眼瞎的說法，貢獻更大的是亞歷山大時代的詩人，他們常提到丘比德在玩一種稱作knucklebones（相當於古代的骰子）的遊戲（Grimal 143）。

目盲則心眼開，這是希臘神話故事中提瑞西阿斯變性（見奧維德〈性趣〉）之後就一再出現的文學母題，丘比德也不例外。〈丘比德與賽姬〉是情慾意識史上堪稱劃時代的一篇作品，諾伊曼（Erich Neumann）在《丘比德與賽姬：女性心靈的發展》（*Amor and Psyche: The Psychic Development of the Feminine*）書中所作的分析則是論述女性心理特質的典範之作。諾伊曼注意到這個故事的根本衝突，自始至終都是女人與女神的衝突，階級不平等的兩造為了「爭美」而進行的一場生死鬥。而其結果則是「個體從神話世界得到解放，靈魂從此獲釋」（Neumann 153）。但是，文化史觀將會展現不同的面貌。

故事以賽姬的誕生揭開序幕。賽姬的誕生恰恰呼應上古時代末期處處迴響的「潘恩大神死了[9]！」潘恩牧羊神，在希臘的農牧社會重要無比，從《達夫尼斯與柯婁漪》不難見出端倪。但對羅馬，農業更重要，他們有自己的農業神薩圖努斯（Saturnus），而且他們取來對應薩圖努斯的希臘神是宙斯的父親克羅諾斯（Cronus）。除此，潘恩還面臨基督教更大的威脅。在另一方面，一如維納斯代表女性情慾，潘恩代表的是男性情慾。他不懂得高度文明化的說服技巧，跳求偶舞之類的前戲就更別提了，雖然他的癡情（見奧維德〈牧羊笛的由來〉）也足使人動容。不幸的是，他率直表達愛意的方式，在周夫／宙斯以繁複的求愛儀式精美包裝暴力（如奧維德〈騙情〉所見）對比之下，很難不讓女方覺得粗鄙無文。即使只就表達情慾的方式而論，社會演化的巨輪遲早是要碾過潘恩的。奧維德筆下那許多性暴力說明了慾海漲潮而情岸消退的態勢，選譯的埃及情詩和卡圖盧斯都是徹底世俗化的情慾作品，兩相比較不難看出消漲之勢。卡圖盧斯把潘恩慣行的情慾模式移植到抒情詩的時候，潘恩也可以功成身退了。

---

[9] 所有的神當中，唯獨潘恩之死有文獻可稽。羅馬皇帝提必略主政時（14–37），一個名叫Thamus的水手在航向義大利的途中，聽到一聲呼喊凌波而來，要他去通告「潘恩大神死了」。這水手在義大利上岸後，遵命行事，於是哀悼之聲處處聞（Plutarch, Moralia 5:17）。

潘恩和維納斯分別是希臘的牧羊神與羅馬的農藝神,都具有豐饒神的屬性,都是情慾的象徵,雙雙走完各自的歷史進程。就在這個節骨眼,賽姬應運而生,丘比德適時獨立。丘比德已屆適婚年齡,而維納斯從故事一開頭就把自己明確定位為美神,而且只以美神現身,從此徹底喪失愛神的屬性。雖然她的兒子又一次銜命充當她的打手,不過這一次,也是唯一的一次,他抗命,而且從這以後,他就在情慾世界獨當一面。賽姬是希臘名字,Ψυχή(Psyche)即「靈魂」,丘比德是拉丁名,Cupido即「慾」,又名Amor,即「愛」;靈魂出生入死,終於尋回失落的另一半。朱比特/宙斯為他們主持婚禮,他們的結合生下「歡樂」。創生的本質雖然不再具有宇宙進化的意義,但也不至於只是傳宗接代的生理現象。靈慾合一可以為神明,因為心魂對視才能知心生真情,這或許是賽姬尋愛遺留給後世最可貴的啟示——讀者要想再見識這樣的啟示錄,那得等到十七世紀鄧恩(John Donne)的形上詩。異族通婚一向以強勢男娶弱勢女為常態[10],賽姬最後被納入羅馬的萬神殿,這吻合希臘文化被融入羅馬體系的歷史事實。

丘比德與賽姬的故事可以有這樣的微言大義:完整的生命有賴於靈魂與肉慾的結合。丘比德與賽姬結合的過程根本就是兩性關係始於「性慾」、經「性愛」而進境於「愛情」的歷程。諾伊曼在這個歷程看出英雄追尋神話的變體,充分展現「靈魂追尋失落的自我」這個文學史上源遠流長的母題。這個母題早在亞里斯多芬尼斯的寓言故事〈論愛的本質〉就有言簡意賅而精彩絕倫的闡釋。關於亞里斯多芬尼斯在《會飲篇》的這一段發言,我們可以引西蒙・波娃《第二性》摘述其要旨,只要把「夫妻」改為「情侶」就可以了:「夫妻兩人是由兩個互相吸引的一半組成的基本整體。……整體中的兩部分是互相不可或缺的」(Beauvoir 6)。有必要補充的是,早在公元前四、五世紀,亞里斯多芬尼斯就已主張愛慾的對象不受性別的限制。

千面女神說從頭

正如前文所辯明的,希臘神話的Eros音譯取義可作「愛樂」。這位愛樂就是羅馬人取來和丘比德畫上等號的那個愛神。由於羅馬神話中的

---

[10] 這也是《變形記》情慾暴力的基本形態,即男神強暴女人。

丘比德是愛神維納斯（羅馬人把她認同於希臘神話的阿芙羅狄特）的兒子，是小愛神，愛樂也就順理成章過繼給維納斯，也成為「小」愛神。不會有人質疑丘比德的性別，因此他在希臘的對應神愛樂**應該**也是男性——果真如此？

希臘作家一向使用陽性代名詞指涉愛樂，希臘瓶繪的愛樂造形也都是男性，雖然「年齡」老少不一。古典希臘，一如其他服膺父系權力的社會，認為女性的愛不牢靠，男性之間的愛才是真情，如此的父權思維視愛樂為陽性是很自然的。可是，莎芙的抒情詩幾乎就是在反證此一父權社會的性別成見。值得注意的是，她提及愛樂的身世雖無一貫的說法，需要情慾神的時候卻總是呼告現成的女愛神阿芙羅狄特，而不是把愛樂「變性」[11]。女作家在情慾的世界呼告女神，刻意和男作家劃清界線，這顯然是反映性別意識的區隔。啟人疑竇的是，有些神廟所供奉的愛樂是豐饒神，而史前的豐饒神清一色是女性[12]。這可能意味著愛樂在進入歷史時代之初就被變過性了[13]。這個可能性還有可以進一步推敲的餘地。

按赫西俄德述希臘的創世記，大地與愛樂依次出現之後，大地自受孕成為地母，生下後來成為天父的烏拉諾斯。這是第一世代的天神家族，其中隱含二元分立的觀念（母vs.父＝地vs.天＝下vs.上），同時也確立了「有性生殖」的一夫一妻制。二元觀點（dualism）大約是在公元前二千年，印歐語族人（Indo-Europeans）由黑海之北往南（從希臘往東延伸到印度）擴張時帶進歷史的（Stone 64-8），一夫一妻制則是父系社會所建立的倫理規範，因為從進化心理學的觀點來看，一夫一妻制「確保減少男性無意義的競爭，因而形成一定程度的社會安定」（Russell 270）。套用「有性生殖」的說法，大地與愛樂都是「無性生殖」的結果。綱舉父系倫理之後，另有兩個「無性生殖」的例子，即阿芙羅狄特和雅典娜——這兩位女神單性生殖的故事，分別見本選集選譯赫西俄德《神統記》中〈愛神的誕生〉和〈雅典娜的誕生〉。換句話說，經由無性生殖誕生的神當中，只有愛樂不是女神。因此，有兩個可能：愛樂是

---

[11] 在印度為男身的觀音菩薩，傳到中土變成女身，這是神變性的現成例子。更切合此處所論的是聞一多（97-9）證明的例子：在母系社會是女性的始祖神高禖，到了父系時代變成男性。

[12] 阿多尼、酒神戴奧尼索斯和牧羊神潘恩都是男性豐饒神，都是歷史時代才出現的，而歷史時代與史前時代的分野，就社會制度而論，正在於父系與母系之別。

[13] Jane Harrison在1903（625-58）年申論愛樂是雙性神，她的論證主要是根據文獻記錄，而且她無從預料二十世紀在文化人類學、進化心理學與比較宗教學方面的進展。

父系文化創造出來的男神；不然就是，赫西俄德不曉得愛樂在父權興起之初曾遭「變性」，照本（父系社會口語傳統之本）宣科而留下敘述的破綻[14]。第一個可能性不大，因為父系文化的至尊神向來是天父，而希臘神話最早出現的天父是Ούρανος（烏拉諾斯），即英文的Uranus。這Uranus是父系的始祖神，如字源所示：印歐語言源的ur是「老」或「大」之意，an或ahn則是「祖先」，如德文ür-ahn是「始祖、祖宗」，《吉爾格美旭》詩中烏魯克的天父Anu（安努）在蘇美語就是「天空」（Stone 106, 84-5）。父系社會沒有理由在天父出現之前插隊添加Έρος（Eros）這麼一個名字那麼漂亮的男神。倒是地母自受孕所透露母系社會「只知其母，不知有父」的生殖觀顯示愛樂是母系社會的遺澤。

說愛樂是母系社會的遺澤並不能證明史前時代的愛樂是女性神，但是赫西俄德的神譜所透露的敘事破綻足使我們看透男性意識背後的玄機。為了點破玄機所在，不妨就《聖經‧創世記》所述亞當與夏娃的故事作個分析，因為那個故事不只是廣為讀者所熟悉，更是名副其實的男權革命大憲章。

按希伯來神話的說法，上帝創造亞當之後，說：「人單獨生活不好。我要給他造個適合他的幫手。」於是上帝使亞當熟睡，取他的一根肋骨造了夏娃。亞當醒來，知道夏娃是他「骨中的骨，肉中的肉」，「因此男人離開他的父母，和他的妻子結合，兩個人肉體合一。」後來，這一對人類的始祖配偶違背上帝的誡令，吃了善惡知識樹的果子，受到上帝的懲罰。上帝對夏娃的判決是：「我要加劇你的生產痛。妳將在痛苦中生小孩；可是妳將戀慕妳的丈夫，而他將成為妳的主人。」對亞當的判決是：「你聽從妻子的話，吃了我禁止你吃的樹，讓土地因你受到詛咒！你仰賴土地維生將會終生辛勞。」

前面的引述明文規範農業社會以男性為家長的一夫一妻制，那一套制度除了確保父系血緣的承傳，也有助於增加異性間培養感情基礎的機會，這是發展「性」愛的契機。其中所隱含的意識形態可以從聯合聖經公會的中譯見微知著。〈創世記〉2:18的後半句，欽訂版英譯本（1611）"I will make him an help meet for him"，官話和合本（1919）中譯為「我要為他造一個配偶幫助他」；如果依照聯合聖經公會的英譯本

---

[14] 類似的一個經典例子是荷馬不曉得某些描述詞的意義，特別是女神的描述詞，因此出現「愛笑娘娘阿芙羅狄特在宙斯面前哭訴」這樣不是反諷的詩句。

（1976）"I will make a suitable companion to help him"，中文可作「我要造個合適的伴侶幫助他」。這幾種英文與中文的翻譯，措詞雖有不同，語意倒是相通。聯合聖經公會的中譯（1979）可就不一樣了：「我要為他造一個合適的伴侶，做他的內助」。「內助」這個稱呼，一如和合本的「配偶」，是原文所沒有的，雖可視為閩南語「牽手」的同義詞[15]，其實影射「男主外，女主內」及其背後那一整套父權家庭的性別建制。就**語義**來看，以「內助」譯companion（或help）顯有不妥，可是就**文義**而論，「內助」可以說非常傳神譯出了此一創世神話所規範的家庭倫理。

反觀希伯來原文*k'negdo*，隱含「對應，與之對立」的意思，表達的是「平起平坐」的相對關係（Olshen and Yael 95）。準此，「匹配的對象」甚至比「助手」或「伴侶」都更適合表明亞當和夏娃的關係。這個觀點可以從另一個角度來印證。希伯來文《聖經》的第一行*myhla arb tysarb*，普遍按照字面譯為「起初，主（God）創造」，可是希伯來人在《光明篇》卻譯為「在智慧下，主（Elohim）創造」。希伯來文*Myhla*（*Elohim*）的字根la表示神以及陽性，其陰性則為hla，代表女神。因此myhla是雙性的，同時代表男神與女神、男性與女性。《聖經》的頭三字，主早已樹立形象雌雄同體的形像，同時為男性和女性。再進一步分析，主的名字是耶和華，由y、h、v、h四個希伯來字母組成：*iod*或*yod*可譯作男性、陰莖或亞當；*Heva*或*Heve*則為女性、母親、子宮以及夏娃。原來「耶和華」這個名字也是同時具有陽剛與陰柔之力。經文說主是依照著自己的形象造造人，既然如此，亞當受造之初必然也是雌雄同體，必然同時為男性與女性（cf. Sanford 121）。至於使女性成為男性附屬品的「取亞當肋骨造女人」之說，本意其實是「亞當的陰性部分稱為"Eve"」，引號中的「部分」，原文為*tsela*，譯文所稱「肋骨」，正是「一邊」的意思，即〈出埃及記〉26:27所見的重出字（Olshen and Yael 95）。希伯來經文本義顯然和我們所知道的造人神話大相逕庭，可是這些意涵在晚起的譯文，由於意識形態的掣肘而無跡可尋。

是什麼樣的社會條件使得文獻史視為理所當然的倫理規範需要明文立法傳之於世世代代？可能性最大的一個答案是：在草創新制的階段，

---

[15] 台語的「牽手」或許最吻合希伯來文的本義，因為「適合他」直譯為「與他相扶持」（Speiser 17）。

百廢待舉，唯有以奉天承運的誥命形式才足以樹立規箴。在申論「百廢」與「新制」的意涵之前，有必要稍加說明女人受到的懲罰。生產痛原是生理的事實，硬說是上帝「加劇」其痛以為懲罰乃是從男性觀點規範女性的經驗以期強化父神的權威。「妳將戀慕妳的丈夫，而他將是妳的主人」則明確訂定兩性情慾男尊女卑的條款，這條款包含同等重要的兩個條目：妻子戀慕丈夫，而丈夫管轄妻子。這裡的「而」表達的意思是，「戀慕」與「管轄」同等重要，可是比起丈夫的管轄，妻子的戀慕在時效上具有優先的地位。換句話說，陳明夫妻相對關係的這個條文所包含的兩項要件，具有弱因果的邏輯關連。妻子戀慕是丈夫管轄的充分條件，雖然還不至於構成必要條件；即使妻子不戀慕丈夫，丈夫仍然有權力管轄妻子，但是妻子的戀慕使得丈夫更易於遂行管轄。妻子「在痛苦中生產」是跟男尊女卑對等的條目，E. A. Speiser的譯文把它們擺在同一個句子裡。生產是女人最脆弱的時候，連起碼的經濟條件都得要仰賴丈夫，偏偏在那樣的時候，耶和華要女人把自主權讓渡給她的丈夫。我們彷彿看到一個有自主權焦慮症的男性長輩，不擇手段要豪奪強取原本不屬於他的什麼東西。

在以上所分析的那種管轄，情慾主權和身體政治是分不開的，兩者合而觀之即是情慾政治：女性主義主張視身體為政治場域（body as politics），為的無非是希望藉由身體主控權的掌握以伸張自主權，包括情慾自主。父權社會以男性為女性的所有權人（婚前從父，婚後從夫，甚至夫死從子），〈創世記〉的作者顯然知悉透過情慾可以施展性別宰制，因此意圖藉由文字語言的催魂作用界定女人的情慾，從而確立丈夫在兩性關係中的優勢地位。在生物界，性向來就是權力的一種形式。以昆蟲而論，性別控制的實例「幾乎是**雌性**主控雄性」（French 141）。人當然不是昆蟲，不過這裡說的不是特例。「女人的慾望繫於她們的身體的『節奏』，即她們生產的自然目的，這使她們能夠『馴服』男性」（Haste 168）。靈長類動物遺留給人際關係的遺澤之一，就是雌性比雄性更懂得利用性遂行所求（Russell 229-31）。可是，男性把性權力的形式具體化之後，「男性身體與性的優勢，輕易掌控了女性身體與性的自主權」（Stanko 118），人類社會從此擺脫可類比於靈長類動物長達三千萬年的第一個演化階段，那個階段從進化心理學來看可稱作「雌性統治靈長類動物的社會」（Russell 212）。〈創世記〉的作者記錄的是一場

文化大革命的制憲運動，以人為的方式推動一場兩性關係的革命運動。在希伯來，一如在其他有信史可徵的古老民族，創世神話其實就是與（相對於器物史的）文獻史同其古老的兩性戰爭的先發戰役。

比起耶和華的判決，知識樹的母題更強烈傳達情慾政治的幽微。知識樹的果子能夠，就像蛇對夏娃說的，使妳「眼界變亮，就會像上帝一樣洞察善惡」（3:5）。「洞察」不只是有能力「分辨」：希伯來文的字根yd'乃是同時描述過程與結果，因此挑明了是「經驗進而得知」之意（Speiser 26）。中文的「善（與）惡」係依欽訂本"good and evil"，此一措詞把知識限定在道德方面的事，這不是希伯來原文的本義，因此Speiser譯作"good and bad"（「好壞」或「好的與不好的」），筆者雖然從俗卻必需有所說明。不論如何翻譯，此處的重點在於，這果子使得吃的人擁有一**切**知識，正如知識樹的完整稱呼「善惡知識樹」（2:9）所表明的。莎士比亞的十四行詩把性經驗比作「引人下地獄的天國」（129:14）；只有性知識能使亞當和夏娃在經驗之後，進而得知自己是裸體的[16]，也只有性知識能使《吉爾格美旭》裡的恩奇杜「躺了六天七夜」——和耶和華創造世界的天數一樣多——之後「變得虛弱」卻「有了男人的心思」，也就是進入文明地區（城市）參與男性社會的權力角逐。希伯來始祖和恩奇杜一樣，由於性啟蒙而「變得像神一樣」，接著「穿上人的衣服」。我們使用「禁果」比喻未得允許的第一次性經驗，這是經文本義，雖然原始意義的「啟蒙」在現代用法中淪為「蒙昧」。以好壞二元觀點的措詞表達「無所不包」的意思，以及針對情慾設限，這兩者都是父系思維的產物。我們又一次看到父系觀點奮力為匡母世濟舊俗所遺留的痕跡。

夏娃先吃禁果，先具備性知識是理所當然，這呼應女人比男人早熟的生理事實。一如恩奇杜是由神女授予「女藝」，亞當吃禁果是由於夏娃的引誘（3:6），「因此男人離開他的父母，和他的妻子結合，兩個人肉體合一」（2:24）。所謂「離開父母」並非自組小家庭，因為那違背〈創世記〉所呈現的家庭形態與組織，而是說明肉體的結合需要私密的空間。此一解說似乎違背語言人類學的常理，因為希伯來文顯示希伯來

---

[16] 有人把知識樹的「知識」解釋成科技知識（Warren Jackson 14），雖然富創意，也切合當代觀點，卻是昧於歷史的事實。

人並無當今所稱的「隱私」觀念（cf. Russell 271）。然而，正因為不講究「隱私」，經文說的離開父母只有一個意思：男人只能跟妻子睡覺，跟妻子睡覺就得避開父母。經文先述夫妻結合，之後才提到吃禁果，這當然不合邏輯，除非這裡的「結合」是隱喻結婚或其儀式，不涉及性接觸，這卻不合「兩個人肉體合一」的文義。首先我們要知道，〈創世紀〉不是歷史紀年，而是異文融合的結果。更何況結婚的儀式是父系社會才有的；在母系社會，不論是野合婚或走婚或群婚，「結合」一詞必然指肉體的接觸。關於「結合」的真相，只要細加比較希伯來神話與蘇美神話彼此對應的部份，即可瞭然。怪不得Speiser（27）並陳吃禁果神話和恩奇杜插曲之後，說「把如此細膩的對應看作巧合，未免失之輕率。」

除了最頑固的基督教保守份子，現在沒有人會懷疑《舊約‧創世記》的神話故事源自蘇美神話。希伯來神話與蘇美神話雖有一神與多神之別，卻同樣殘留父系社會竄改母神信仰的痕跡[17]，比較其間的異同不難發現情慾世界的變貌，從而探知天父[18]誕生以前的宗教本相。蘇美神話中與〈創世記〉述人的始祖結合相對應的是《吉爾格美旭》述恩奇杜來到人間的插曲。夏娃先吃禁果，在情慾上採取主動，因忤逆父權社會的一大禁忌而受罰，由此引出一部歷史。蘇美神話也是由女人為男人啟蒙而引出一部歷史，引誘者卻彷彿是文明的導師。這名引誘者的特殊身分透露了揭開女神面紗的線索。阿卡德語稱她為qadishtu，以往譯作「妓女」，後來「神職妓女」之稱越來越普遍，但是有人主張直譯作「聖女」（Stone 157）。這一段正名的過程乃是偕同蘇美研究的進展和女性主義的開拓齊頭並進的。以往的誤解造成誤譯則是獨尊父權的後遺症，始作俑者是公元前五世紀雅典的歷史學家希羅多德，他寫道：「巴比倫有個最無恥的風俗。國內的每一個女人在一生中必需有一次坐在愛神的領地跟陌生人交往。……女人一旦坐定位了，如果沒有哪個陌生人拿錢買她然後帶她離開聖地，她是不准回家的。……塞普路斯島上某些地方也有類似的風俗」（Herodotus 1:199）。他物議的其實是母系社會女神

---

[17] 竄改前朝遺緒，如中國的歷代「修史」，這是人類歷史共通的母題。埃及王朝更替時，新的統治者佔用舊神廟，必將舊的統治者從神廟壁畫除名，道理相同。

[18] 「天父」，一如上帝，並不是耶和華的專稱；每一個文化體系都有自己的天父或上帝，雖然不一定使用這樣的措詞，而且名稱會改變，如中國天尊原本是上帝，後來卻變成天帝、玉皇大帝。

信仰的特殊風俗，就意識形態上的本質來看，該風俗與泰國男子出家修行、回教徒朝拜聖地，乃至於我國男子服兵役等義務，難謂不同。為了凸顯情慾史觀的變異，筆者把那個無名聖女的身分稱作「神女」，取其「女神的女兒」之意。

把父權意識形態所認定的妓女稱為「女神的女兒」，其實是事有必至而理有必然。在古代，妓女因為兼具社會與宗教雙方面的功能而擁有特殊的地位；賣淫事業是婚姻制度的副產物，有助於保障家庭的聖潔（馬爾鑑8-37）。但是，神女的本義是女神。聞一多分析高唐神女的傳說，論證人類社會脫離「以生殖機能為宗教的原始時代」之後，「虔誠一變而為淫慾，驚畏一變而為玩狎，於是那以先妣而兼高禖的高唐，在宋玉的賦中，便不能不墮落成一個奔女了」（聞107），說的正是母系社會的宗教信仰在父系社會慘遭貶謫而反映在語言用法的結果。於是奔女（情慾採取主動的奔放女子）或妓女這樣的引申義取代了與「神子」（男神的兒子，即父系神話的英雄）相對的「神女」本義。約書亞於公元前七世紀下半頁「拆除寺廟的男女娼妓在聖殿霸佔的宿舍」（《舊約·列王紀下》23:7，譯文依聯合聖經公會的版本）之前，耶和華曾經指控以色列祭司的女兒淪為「寺廟娼妓」卻不加以懲罰，因為她們只不過是履行迦南傳統生殖信仰的信徒義務（《舊約·何西阿書》4:11-14）。

《吉爾格美旭》中的神女不是女神，卻是大女神在人間的代理人。「大女神」之稱係依《新約·使徒行傳》19:27提到以弗所城內許多銀匠靠製造「大女神阿特密絲（Artemis）廟」的模型為業而致富，保羅在該地傳教卻宣稱「人手所造的神都不是神」，因而引起暴動；就像有人以羅馬觀點稱該女神為「以弗所的黛安娜」，由於《新約》是用希臘文寫成的，自然是使用希臘的對應神稱呼廟主。奧維德〈神雕情緣〉說「塞普路斯女人荒淫的生活」，還有佩措尼烏斯〈以弗所一寡婦〉取以弗所為背景，情慾觀是一丘之貉，都是以父權社會之心度女神世界之腹。殊不知那兩個地方是女神宗教的大本營，尤其是以弗所，該城的大女神廟更是名列上古世界的七大奇蹟之一。奇蹟雖已荒廢成遺跡，我們仍然能夠在土耳其的以弗所博物館（Museum of Ephesus）看到大女神像，真人大小，以胸前佈滿乳房為一大特徵。大女神＝阿特密絲＝黛安娜，名稱雖有不同，卻表明了不同的文化與時代都能找到對應於以弗所大女神的女神，而且這些女神一個個比天父年長，在各自的領地都是獨當一面的至尊神。大女神名繁不及備錄，因時因地另有地母（Earth Mother）、大

母神（Great Mother或Mother Goddess）、眾神之母（Mother of Gods）、天后（Heavenly Queen）和后土（Earth Goddess）等稱呼，分身則包括阿卡德的伊絲塔、希臘的阿芙羅狄特、羅馬的維納斯、從埃及傳入羅馬帝國的伊希絲，很可能愛樂也在名單內，所舉的只是一般讀者比較熟悉的例子。

把性事神聖化，這是遠古社會的通例。在私有財產制尚未興起，而且男系血緣無從釐清的母系時代，可類比於大自然之生機的是女人而非男人的生殖機能，豐饒女神被奉為至尊神是天經地義。不論其起源為何，晚至古典希臘都還看得到這種在阿芙羅狄特（愛神）廟中兼具宗教與性愛雙重角色功能的神女，雖然人神關係已經質變，不再是「女孩子自動獻身給女神，而通常是『有求於神』的男人與女神的一種交易」（Tannahill 60），亦即男人以奉獻女人為還願酬神之舉。兩河流域是（父權）文明的發源地，又是最早使用文字的地區，成為女神信仰的文獻寶藏不足為奇。烏魯克貴為伊絲塔的信仰中心，風俗之一便是女人義務出家為神女（Halley 87）。在巴比倫以*ishtaritu*（「伊絲塔的女人」）廣為人知的這些神女（Stone 159），或許就類似錢誦甘拿來比擬為古希臘神女的《九歌・雲中君》詩中稱雲神為「夫君」的主祭女巫（錢47）。

伊絲塔可不只是「夫君」的配偶。*The Epic of Izdubar*破題呼告這一位兩河流域的天后之後，唱道：

> 最聖美的神，我們對妳歌唱，
> 是妳，妳走過可怕的渾沌，
> 施展愛經，喚醒萬有的元素，
> 讓百界孕育和諧而天行健[19]。

大約成於公元前一千六百年的〈伊絲塔詩贊〉，開頭四節如下：

> 讚美女神，最莊嚴的女神。
> 敬佩萬民之主，天神至尊。
> 讚美女神，最莊嚴的女神。
> 敬佩女人之后，天神至尊。

---

[19] Hamilton 3. 晚至1871才在亞述巴尼帕王室圖書館遺址（即發現《吉爾格美旭》之地）出土的這一部史詩，雖然傳世的是公元前六百年的版本，卻可能成於公元前二千年。詩中主角Izdubar是巴比倫王國迦勒底（Chaldea）王朝的國王。

她籠罩在歡樂與愛情中。
她滿載活力、媚力與性感。
她籠罩在歡樂與愛情中。
她滿載活力、媚力與性感。

在唇間她甜蜜蜜,生命在她的嘴。
她現身就是一片喜洋洋。
她榮耀無邊;面紗覆蓋她的額頭。
她的形體美不勝收;她的眼睛燦爛無比。

這女神,有她就有主意。
萬物的命運握在她手中。
她目光一瞥就創造歡樂、
權勢、尊貴、保生神與守護靈。(Stephens 1-16)

　　然而《漢書・地理志》所謂楚人「重淫祀」,一句父權禮教的妄斷語就寫活了情慾世界一場天翻地覆的大變革。單從阿多尼(就是維納斯為之痴情的那個阿多尼)的信仰在上古時代橫掃整個東地中海盆地,就不難想像變革之劇。傅瑞哲(晚近有人譯作弗雷澤)在《金枝》舉證無數,結論是:

　　一位大母神,她是一切自然生機的化身,在西亞廣受許多民族的供奉,名稱各地不同,神話和儀式則實質類似。跟她密不可分的是一個情人,或說得準確一些,是一系列雖屬神靈卻具肉身的情人,她每年與他們交合。咸信他們的交往是動植物繁殖所所不可或缺。再者,這一對神界仙侶的傳奇性結合由人間男女兩性在女神的聖殿裡加以模擬,可以說具有增殖的作用,雖然是暫時的,為的卻是保證大地豐產而人畜興旺。(Frazer 357-8)

　　傅瑞哲皓首窮經得出的這個結論,在羅馬作家是不證自明的道理。律克里修闡釋伊壁鳩魯學說(Epicureanism)的力作《萬物原論》(*De rerum natura*),破題就是呼告維納斯。阿普列烏斯《金驢記》的煞尾,伊希絲對變形為驢子的魯基烏斯(Lucius)顯靈,開口就說:

我是宇宙之母，所有元素的女主人，春秋萬世的元始，眾神靈的至尊，幽冥之后，天界之首，一身具現男女諸神的眾貌。……我神性本一，以不同的形相在世界各地受到崇拜，各不相同。（Apuleius 11:5）

　　然而，所有不同的禮儀與名稱有個共同的結局：侍奉大女神的（女）祭司被視為女神本身，她們「在性愛過程中化為女神的肉身」（Miles 70）。女神退位而神女成為主角的進一步發展，就是巫女變成妓女。

　　宋兆麟《中國生育、性、巫術》（414-9）以祈雨為例，說明巫女如何變成妓女。他還提到（309-23）物化或世俗化觀點使宗教信仰淪為傷風毒素的具體例子：源於漢墓磚畫像中之群婚遺跡或春季野合的陪嫁畫或箱底畫，在舊社會有啟蒙作用，在世俗社會被抽離文化意涵而淪為春宮圖，在標舉唯物論的共產主義當道之後，更被視為黃毒。此一論點與Christian Rätsch與ClaudiaMüller-Ebeling合著的《春藥》不謀而合，其主旨為：春藥一如性愛，可以產生恍惚作用，那是神明附身的效應，此一目的與巫術相同；可是，春藥被物化之後，從文化脈絡抽離而出的結果，春藥變成毒藥，「神聖化為世俗，神明降臨變成機械功能」（Rätsch and Müller-Ebeling 185）。楊福泉《神奇的殉情》則陳明漢人政府在納西族母系社會強制推行父權禮教所造成的無數悲劇。意識形態的霸權足使民俗風雲變色。

　　與神女相對的是「神子」。《舊約・創世記》6:2提到「神子看見人間女子〔不妨稱作「人女」〕那麼漂亮，就隨心所欲取來當妻子」。「神子」之稱是直譯希伯來文'elōhīm，「神的兒子們」，意同希臘神話的英雄，吉爾格美旭因為具有神的血緣而同屬於此輩中人。亞當和恩奇杜卻不是；他們兩個都是「土人」，是泥土捏出來的。不同的是，亞當是上帝親手捏塑，恩奇杜是出自天神安努（Anu）籲請創生女神阿魯魯（Aruru）。創生女神是保留了母系古意，以男神為尊神卻是父系社會的通例。箇中道理有如〈創世記〉使用限定形態的hā'ādām表示「人」，截頭成為非限定形態的人名'ādām（亞當）則是指稱人（類）的始祖（Speiser 18）。用印歐語族二元觀來說，這是在男尊女卑的思維網絡中確立「神子vs.人女」的思維元件；用後現代論述的語彙來稱呼，這是父系社會把女性劃歸「異己」（the Other）的語言策略。然而，語言和語源都會說話。夏娃在希伯來文寫作hawwā，希伯來文的hay是「活物，生

物」（Speiser 23），其字源為hayah（「生命」，'ādām則是「塵土」）可見夏娃是生命的始祖（Metford 96; Friedman 25）。

生命（而不只是男人）的始祖硬被說成原罪的肇因，為的是「警告全體希伯來人遠離神女」，理由不一而足，最重要的一個或許是父系血緣的考量（Stone 221）。在《吉爾格美旭》兼具「成人禮」與「文明禮」雙重功德的聖知識，到了《聖經》成為墮落的基因，其中所涉及情慾政治的意識形態，可能跟希伯來的伊甸園神話所流露的道德色彩有關連。「伊甸園」（the garden of Eden）在阿卡德文是edinu，根據的是蘇美文的eden，前者罕見，後者卻十分尋常，可見這個字古老的程度，或許傳自美索不達米亞最古老的文化層，其本義為「平原，大草原」，傳到希伯來文為'ēden，出現在〈創世記〉2:8卻變成同音異義而且與本義不相干，用來表達「享樂」的名詞（Speiser 19, 16）。《舊約》多的是希伯來人以偏狹的道德立場批判異己族群（並不限於兩河流域的政治強權），伊甸園之稱是流露欣羨之情難得一見的例子。欣羨的理由有三個，一是果樹繁茂，二是水源豐沛，三是那個地方有精金、芳香樹脂和青金石[20]。前面兩個理由與生存條件息息相關，說來不足為奇。第三個理由中的精金是上選的黃金，另外兩個項目雖然確實的指涉對象仍無定論，但總離不開香料和寶石。從出土的器物和文獻記錄來判斷，最有可能把這三樣東西組合在一起的場合是聖婚儀式。

大約在公元前三千一百年左右，烏魯克文化驅於沒落，兩河流域開始出現神權政治，國王身兼豐饒女神殷娜娜（Inanna）的祭司，在祭祀行列中與女祭司扮演的女神宛如共譜結婚進行曲（潘24-5），這可能就是聖婚儀式的原型。神化王權乃是合法化進而鞏固統治地位的不二法門。神化的方法除了常見的種種假托天命，還有一個簡便法門：模擬聖婚。例如，在勒克索的神廟牆壁上，刻有埃及新王國時期阿蒙荷太普三世（Amenhotep III, 1390-1352 B.C.）與王后相對而坐，一手挽她的手，另一手遞給她象徵生命之符，銘文寫道：

---

[20] 〈創世記〉2:9-12。那個地方：第一條支流流貫其間的哈腓拉之地。青金石：lapis lazuli，依國立編譯館《學術名詞資訊網》的譯名，即中國古代文獻所稱的琉璃（張寯《變石與貓眼石》161-9），可是在中譯書市常被譯作「天青石」。青金石在兩河流域或可比擬於玉在古代的中國。愛神伊絮塔戴的青金石項鍊是聖物、護符（Spence 253），如《吉爾格美旭》XI:164所描寫的；她向吉爾格美旭求愛時，許他「一輛青金石和黃金打造的車子」（Heidel VI:10）；她的姊姊是幽冥女神Ereshkegal，其宮殿以青金石為建材（Heidel 119）。

底比斯之主，以她丈夫〔即前一任統治者圖特摩斯四世Thutmosis IV〕的形象出現在後宮，賜予她生命。他看見她在宮殿深處沉睡。神的芬芳之氣使她甦醒，她轉向她的主人。他逕自走向她，她喚醒他的激情。當他來到她的面前，他神聖的形象顯現在她眼前，其完美之狀使她歡娛。他的愛進入她的身體。整個王宮瀰漫神的芬芳，那是蓬特那地方的香氣。在王后發出短促的歡叫之後，他說：「我放入你子宮的這個孩子的名字是阿蒙荷太普，底比斯的王子[21]。」

接下來就是眾神護佑王子出生的過程。不禁想起《道德經》的宇宙開創論：「谷神不死，是謂玄牝。玄牝之門，是謂天地根；綿綿若存，用之不勤。」宋兆麟說中間兩句點明「把女陰作為天地之根來崇拜」（宋1999:172）。無獨有偶，中國的創生神女媧也先後被「貶」為伏羲的配偶和天帝的從屬，漢代磚石畫有女媧伏羲交尾圖和天帝撮合女媧伏羲圖，即為例證。

女媧伏羲交尾圖所透露的古風是，在女媧被貶為伏羲的配偶之前，伏羲是女媧的配偶。當今所知的豐饒女神無不身兼創生女神，而且一無例外，都曾經是天后——不是天王之妻，而是至尊大女神。方才提到的殷娜娜就是，她又是蘇美城邦埃雷克的守護神，向埃雷克的統治者求愛，這個統治者就是牧王（shepherd-king）達牧茲[22]。這一則神話的阿卡德版就保留在《吉爾格美旭》，而且進一步世俗化，也就是更富「文明」的氣息。在這個新版本中，殷娜娜改稱伊絮塔，達牧茲的位置則被吉爾格美旭取代，被稱為「牧者」的兩位人王遭遇同樣的命運，是天后性愛神因愛生恨的受害者，都經由入冥而得享重生[23]。異中有同的是，吉爾格美旭和蘇美神話的主神恩利（Enlih）都沒有父親。這是如山的鐵證，證明這個神話原本是「只知有母，不知有父」的母系婚姻制的產物。吉爾格美旭拒絕女神求愛，理由是他不想名列因女神之愛而受死的名單。很可能他就是男權大革命的英雄原型：他在周年舉行的祭典中被選為聖婚儀式的新

[21] 顏海英《守望和諧：探尋古埃及文明》頁303。引文中的「蓬特」即埃及情詩〈捕鳥夢〉提到的朋特。

[22] Kramer 106-15。埃雷克就是《舊約》提到的Erech，達牧茲（Dammuz）在《舊約》稱作塔牧茲（Tammuz）。

[23] 只能重生，因為他們是神人，因為永生只見於神界；至於凡人，連重生也不可得，唯有一死。

郎，享有短暫的王權，卻得在下一次周年祭的新郎就任前被殺，為的是確保自然界生機永盛（cf. Frazer 273-338）。如果這個說法成立，那麼史詩所謂他姦淫民女很可能是他顛覆既有的禮儀，例如諧擬女神信仰的聖婚儀式或新創以男為尊的聖婚儀式，所殘留的文獻記憶（cf. Stone 139-42）。

　　前文提到的「天后性愛神」（Aphrodite Urania）是阿芙羅狄特（維納斯）廣受崇祀的一個神格。阿芙羅狄特的本尊就是伊絮塔，其信仰乃是由腓尼基人（他們稱其為Astarte）傳到塞普路斯的帕佛斯（Paphos）。伊絮塔則是《舊約》一再提到的西頓（Sidon）神明，與巴力（Baal）並舉的亞斯他錄（Astarte）。西頓位於今黎巴嫩境內的地中海岸，是最古老的腓尼基城市之一，建於公元前約三千年，當地信眾稱他們的性愛女神為Ashtoreth，依希臘發音唸出來類如Aphtorethe，訛轉而生義，遂有Aphrodite（阿芙羅狄特）之名，也就是赫西俄德〈愛神的誕生〉196說的「泡沫生女神」（Shipley 25）。阿芙羅狄特的眾多描述詞當中，與此一信仰有關者，列舉如下：Acraea，「高高在上」；Epistrophia，「使人生情」；Doritis，「豐饒」；Migonitis，「結合者」；Nymphaea，「新娘的」；Melaenis「黑色的」，有人說是因為人們在夜晚行房時向她呼告，也有人說是由於其為幽冥女神的角色，她的後一角色身分又名Scotia（黑者）；Androphonos「殺人者」；Epitymbria，「與墓地有關的」；Pandemos，「全體共同的」，指其為婚姻與家庭生活之神，卻在梭倫（Solon）時因神女成群而被誣為娼妓女神（Avery 122-3）。進入父權社會以後，當然不再是女神犧牲男人，而是男神犧牲女人；河伯娶婦就是廣為人知的例子。

　　至於母系婚姻制之說，《舊約・雅歌》的證據俯拾可得，如1:6c「我母親的兒子們」，顯然是指母系社會的同母兄弟，因為母系社會沒有「父親」這個稱謂，其家庭只由母親和她的子女組成；又如3:4d-e女子要帶心愛的人「到我母親……懷我孕的那個臥室」，顯然是母系社會走婚習俗的措詞，因為走婚制母系社會的女孩子進入青春期就擁有幽會（套用現代措詞為「一夜情」）專用臥室的使用權。希臘神話中諸神的亂倫事件令人印象深刻，卻只見於同父異母的子女之間，這可能反映在父系制度的初期，亂倫這個古今人類社會一體遵循的禁忌仍然是從母系社會所界定的血緣關係為準則。

　　不論如何，男神是真的取代了女神的地位（eg., Miles 47-132）。印歐語族人配備鐵製武器，驅駕馬拉戰車，出現在近東地區，掀啟戰爭藝

術的大變革的時候，也揭開了人類文化史深層地震的序幕。這一批入侵者，帶來二元對立的觀點之同時，也帶來了至尊男神的概念（Stone 62-106）。由於他們在後續的文獻中，不憚煩描述並解釋男性尊神的優越及其祭司階級的特殊地位，他們南侵所彰顯的意義或許可視為宗教聖戰，而不只是生活領域的征略。由於二元觀點的確立，男vs.女＝陽vs.陰＝善vs.惡＝上vs.下＝光明vs.黑暗這一系列的對立形態竟成了我們思考的基本規範，儼然人類從此開竅，原來這個世界是由0與1組成。這個等式還可以加上「天父vs.地母」，雖然在埃及得改作「地父vs.天母」，希臘悲劇《奧瑞斯提亞》三聯劇，尤其是最後一齣《和善女神》，是闡述此一二元對立觀的經典之作，《伊底帕斯王》則將之提升到哲學的層次。

然而，抽樑換柱不可能不留下線索，這正是情慾世界可引為觀止的幽微之處。就如同拉丁文的aurum（金）可以追溯出希伯來文的aor（光），我們從光芒四射的男神不難擬想金光寶氣的女性神相。器物與文獻資料在在說明，女神原本就是光采奪目。新世代的男神挪而取之，最強悍的首推耶和華，竟至於只在《舊約》留下一團光而形相不可辨，甚至流露上帝＝天、天意、命運這樣的文化大革命思想（Speiser 150）。大部分光采雖為男神所奪，卻有一樣東西因為男神嫌累贅而使得女神能夠安心享用：金光寶氣。跟戰爭不相干的，男神一概沒有興趣，因為他們的軀體是配戴戰爭裝備用的。戴奧尼索斯、阿多尼和塔牧茲雖是男神，卻不是這裡說的新世代神，不是印歐語族人帶來的，而是伴隨大女神信仰的聖婚儀式而受人崇拜，其共同特色為與植物有關、與重生／季節輪迴有關、與愛情有關（Hooke 41）。《九歌》寫的是聖婚，男神不配戴武器是合理的；即便如此，聖婚儀式中的男神仍然是光齊日月，卻用不著金飾珠寶。此處所謂「金光寶氣」的「金」，是隱喻的說法，並不限於黃金製品，要之在於有助於自身的美化與尊貴，而不是著意於征服或懾服別人。只就阿芙羅狄特來說，她雖然經常衣不蔽體，卻總是金身耀眼：「金」是她專有的描述詞，如荷馬〈捉姦記趣〉337「金阿芙羅狄特」（Χρυσέη Ἀφροδίτη）、赫西俄德〈潘朵拉禮盒〉66「金阿芙羅狄特」（Χρυσέην Ἀφροδίτην），特別是〈愛神讚美詩〉1「金身阿芙羅狄特」（πολυχρύσον Ἀφροδίτης）。這樣的描述詞或可作為阿芙羅狄特源自亞述的伊絲塔女神的一個文化人類學旁證。亞里斯多芬尼斯提到愛樂有一對「金翅膀閃閃發亮」（《鳥》697），有助於強化這兩位愛神的「女性神緣」。

《鳥》還提到其他希臘文學經典不曾述及的一則創世神話：在天地始生之前的混沌狀態中，黑夜（擬人格）生下一個蛋，孵出愛樂（693-99）。元祖陽神以女性的造形（以「金」為描述詞）出現，此一與酒神如出一轍的陰陽同體形象再度提醒我們愛樂不屬於父權文化的論證。希臘中部的Thespiae每四年舉行一次愛樂祭，供奉一尊非常古老的神像，是未經加工的石塊，很難不引人聯想舊石器時代的大女神像。愛琴海東岸的愛奧尼亞也崇拜愛樂（Harrison 630），荷馬居然不曉得，可見其古老。柏拉圖《會飲篇》說愛樂只停駐在「開花與撲香的地方」（*Symposium* 196A），與《達夫尼斯與柯婁漪》2:4-6所描述的如出一轍，可見他跟戴奧尼索斯、阿多尼和塔牧茲之輩的神關係之密切。這些證據雖然零星，卻點點滴滴指向一個可能：愛樂也是大女神的分身[24]，在男神躍上歷史舞台而父權意識使兒子（the Son）的地位超越母親（the Mother）之後，**她**才變形為美男子——恰似陰陽同體的雅典娜，擁有女性的身材卻配備男性的武器，這正是希臘瓶繪常見的愛樂造形。

情慾美學入目來

香草芳華和金光寶氣是聖婚儀式留給情慾世界的兩大遺產。接觸過《九歌》的讀者，對於前者必然印象深刻。本書選譯的埃及情詩〈草中遊〉，意境與情調在在令人想起《詩經》的野合之美，如〈鄭風‧野有蔓草〉：

> 野有蔓草，零露漙兮，有美一人，清揚婉兮，邂逅相遇，適我願兮。
> 野有蔓草，零露瀼瀼，有美一人，婉如清揚，邂逅相遇，與子偕臧。
> （野外一大片青草地，到處都是露珠。有個美人，神情開朗。無意間遇到她，正合我的心願。
> 野外一大片青草地，到處都是露珠。有個美人，神情開朗。無意間遇到她，找個地方兩人躲起來。）

---

[24] 信仰女神的文化體系解體之後，原本無所不賞賜（「潘朵拉」這個名字的本義）的大女神被分解成各有所司的眾女神。筆者所稱的「分身」就是指這些眾女神。

收煞的「臧」，就是「藏」（屈159）。這一藏，正好和〈草中遊〉13行「我們在一起遨遊」互相發明。《周禮‧地官》：「中春之月，令會男女。於是時也，奔者不禁。」中國的春社之日，一如希臘祭酒神的狂歡節和莎士比亞時代英國的making green backs，都是此處說的野合時節（皇甫2:254；Miles 126），不知〈草中遊〉是否此類？

孤男寡女在草叢裡藏起來，會是什麼情景？古埃及的思春少女是身體激動加上以飲食譬喻的心靈陶醉（〈草中遊〉14-17），這在古代詩篇算得上是相當露骨的描寫了，可還得仰賴讀者發揮想像才有可期的精采。反觀迦南之地，女子迫不及待邀男子「趕緊到田野去，／在柏樹上過夜」（《舊約‧雅歌》7:12），就沒有下文了。《雅歌》的豪放和《詩經‧國風》的含蓄，兩相對比可謂意趣橫生，如〈召南‧野有死麕〉：

> 野有死麕，白茅包之。有女懷春，吉士誘之。
> 林有樸樕，野有死鹿。白茅純束，有女如玉。
> 舒而脫脫兮，無感我帨兮，無使尨也吠。
> （原野上有被獵殺的獐子，用白茅草包起來當作禮物。有姑娘春心蕩漾，她受到獵人的引誘。
> 樹林裏有灌木叢，裏面有被獵殺的鹿，用白茅草加以捆紮，少女接受了。近距離一看，呦，她肌膚如玉。
> 請你動作輕一點，不要扯我的腰帶，以免惹得獵狗汪汪叫。）

為了避人耳目，很可能這一對男女就躲到密林深處幽會去了。既云「幽會」，當然是隱私，所以要在銷魂之前即時cut──所以說是含蓄。

在草叢中「遨游」的埃及情侶協力把田野「耕耘」成樂園，樂園當然少不了香氣。同樣的道理，《九歌‧湘夫人》寫「湘君處於初戀狀態」（錢79），為了迓迎湘夫人，在水中以茅草築妥新屋，又以荷葉蓋頂之後：

> 蓀壁兮紫壇，播芳椒兮成堂。
> 桂棟兮蘭橑，辛夷楣兮藥房。
> 罔薜荔兮為帷，擗蕙櫋兮既張。
> 白玉兮為鎮，疏石蘭兮為芳。
> 芷葺兮荷屋，繚之兮杜衡。

（以蓀草裝飾牆壁，以紫貝殼鋪飾庭院，在廳堂裡灑上芳椒；

以桂木作棟樑，以蘭木作屋椽，以辛夷當門楣，以白芷裝飾臥房。

把薜荔結成帷帳，把蕙草掛在屋簷上；

用白玉壓住席子，散佈石蘭以增加芳香。

白芷蓋在荷葉蓋的屋頂上，再用杜衡來纏繞。）

如此飄香營情以待佳人的意趣，《舊約·雅歌》當然也懂，只是沒那麼鋪張罷了。其實，飄香營情向來是情慾界的一顆活棋，這在廣告業推波助瀾而使養眼鏡頭後來居上成為市場行銷的主流訴求之前就是如此，如今依然撲鼻。

至於金光寶氣，如埃及情詩〈Chester Beatty聯套七首〉的第一首三至五節，9-20行：

她脖子高聳，乳頭亮閃閃，

頭髮是道地的青金石，

臂膀比黃金出色[25]，

手指像蓮花綻放[26]。

她一束腰就展現臀弧，

一雙腿顯露她的完美；

她走在地上步伐怡人，

她擁我入懷捕獲我的心。

男人紛紛為她把頭轉，

看她一眼就束手就擒；

擁抱她的沒有一個不欣喜，

因為他贏得情場的頭獎。（Simpson 315-6）

像這樣的調性，說是聖婚祝頌曲亦不為過。試為比較〈雅歌〉7:3-10，益感所言不假。尤其首四行，要不是有個註冊商標式的蓮花意象，真

---

[25] 埃及的經文說黃金是神肉（Pelizaeus 152）。

[26] 蓮花綻放象徵重生，女人手持盛開的蓮花聞香是埃及墓室壁畫的一大母題。

會讓人誤認為是描寫兩河流域的伊絮塔。只要看看眾神如何妝扮潘朵拉（赫西俄德〈潘朵拉禮盒〉73-7），當知金飾妙用無窮一如香氣。以神像造型稱美人體，這既是對神的禮讚，也是對人的恭維。如〈雅歌〉5:10-16，明顯是稱美男子的健美與性感，措詞應該不僅止於誇示修辭；「以讚揚貴重金屬與礦石構成的雕像的手法描述情郎，這意味著主角是具備性能力與豐產力的大神巴力（Baal），即伊絮塔的配偶」（Pope 548）。至於伊絮塔本身，巴黎羅浮宮所藏一尊二千年前的雪花石膏像，耳環項鍊固然少不了，她的眼睛和肚臍是紅寶石鑲崁的。伊絮塔在《吉爾格美旭》詩中是性愛女神，她的女祭司卻以神女的身分而為化育女神的代表，指導恩奇杜接受文明洗禮的儀式。那一場性愛禮，詩中稱作「女藝」，讓恩奇杜春宵一度之後，不只是「感覺」而且「享受」到性樂，因為唯有生命的qualia[27]會使人耽溺其中。「顯然，性的魅惑是一種神聖的屬性」（Abramson 111-2）。

我們今天能夠採取這樣的美學視角，當然是許多因緣加上學者持續的努力所致。此處特別值得一題的是一九〇八年在奧地利的維倫多府出土一尊二萬四千到二萬二千年前的圓錐狀女性裸體像，是舊時石器時代的遺物，以石灰岩雕成，學界通稱作維倫多府的維納斯（Venus of Willendorf），現在藏於維也納自然歷史博物館。隨後，世界各地陸續挖掘出類似造形的雕像，聲勢浩大的維納斯姊妹行列終於揭開人類文化學界研究大女神信仰的新紀元，世人逐漸瞭解到文字記載的背後有一大片被父權神話抹除了的史前信仰，其共同特徵為鼓腹、凸乳、肥臀的孕婦形象。

大女神崇拜涉及文化起源的真相，可是漢文化地區似乎是那個信仰版圖的化外之地。一直到一九七九年，在遼寧喀左東山嘴紅山文化祭祀遺址出土陶塑裸體孕婦像及大型女坐像，情形終於改觀，而以往神話學者所懷疑儒家文飾史前的集體記憶（玄珠1-15）終於有了具體的物證。紅山文化女神的體態簡直就是公元前五、六千年在兩河流域出土的裸婦像的翻版，頭部造形則像極了以弗所的大女神。該文化的女神廟遺址出土的泥塑女神像眼眶甚至內嵌墨綠色玉片刻的眼珠（宋兆麟1999:5），引人聯想伊絮塔的眼光。從大家耳熟能詳的伏羲與女媧就能看出父權神話如何取代大母神信仰。女媧是化育萬物的創生女神，伏羲是觀天法地

27　哲學論述用於稱呼與快樂和痛苦相關的主觀感覺與官感知覺

的文明神（袁16-64），當然是創生之後才有文明，可是傳統的帝王譜系羅列三皇名單，雖有多種說法，伏羲在女媧之前倒是異口同聲（應2-3）。伏羲顯然僭越了女媧的排行序，情形和「生命之母」夏娃被說成源自亞當這個「紅土人」的一根肋骨如出一轍[28]。

前文提及漢代墓室畫像石有人頭蛇身的伏羲與女媧交尾浮雕像，以及山東沂南北寨出土的伏羲執規而女媧持矩的婚配圖（吳曾德117-8，圖版65-7；參見宋1999彩色圖版3新疆出土的伏羲女媧壁畫），這一類的史料在印證王嘉《拾遺記・春皇庖犧》云「規天為圖，矩地取法」之餘，適足以證明其為後出的觀點，顯然是經過「規矩」文明的「馴化」，一如本為兄妹的伏羲與女媧搖身一變為夫妻[29]。撇開父系禮教不談，兩性交合其實有更為古老，因此也更為神聖的意義，就表現在坦陀羅的奧義：「男女的交合就是要重現原初的合一[30]」。達蘭莎拉西藏歌舞藝術學院於2001年春來台巡迴公演，在台北市的演出包括拉薩地區的《吉祥舞》，是西藏最古老的舞劇，係根據達賴喇嘛五世於一六四五年夢中所見編成的，其整體風格就是間歇性的激動狂喜。這種風格乃是以比較「文明」的方式呈現春藥的作用：春藥在幾乎所有已知的宗教都被視為聖品，是「神性隱身之處」（Rätsch and Müller-Ebeling 29），可以促成意識的改變，而意識的改變正是修行的終極目標。因此，春藥有助於達成性愛所體現的宇宙極樂之境，而敦煌莫高窟（俗稱千佛洞）第182窟左壁所見的高難度性交動作壁畫，一如飛天像與伎樂天，特別是反彈琵琶舞，無不是在傳達如意自在的形象，也就是對自己的身體操控自如。我們彷彿看到女性主義視身體為政治場域的祖型理念。

稱作「理念」表示事有不然。神權政治的發展是個關鍵。吉爾格美旭堅持擁有新娘的初夜權，由於恩奇杜的阻撓而被迫放棄，卻也發展出他和恩奇杜的同志愛，從此「絕天地通」，人神阻隔，具體表現在吉爾

---

[28] 紅土人：巴勒斯坦的土地是紅色的。又，《舊約・創世記》的說法或許是蓄意曲解「生命來自大地」——希伯萊以外的文化體系都是把「大地」和「地母」劃上等號。

[29] 人類起源於兄妹聯姻，這幾乎是神話的通例——《舊約・創世記》又一次是例外。比兄妹聯姻更原始的是摶土造人之說。

[30] Rätsch and Müller-Ebeling 38。坦陀羅（Tantra）即經咒，論述印度教、佛教和耆那教某些派別中的神密修煉的經文，其中有一部分在印度本土已失傳，只保留著藏譯與漢譯；瑜伽就是坦陀羅修行的一個法門。雖然「古老」，只看其中隱含的二元觀點即知其為印歐語族人入侵印度之後才出現的。

格美旭拒絕愛神伊絮塔的求歡。性事促成一個重大的文化變革：宗教淡出而政治淡入。只有愛神廟的神女足以馴服「野人」恩奇杜。恩奇杜是天神用來制衡吉爾格美旭這個「神人」的一個襯托角色，由野生動物撫養長大，而且只吃生食，我們在他身上看到獸性與人性的衝突——猶如我們在吉爾格美旭身上看到神性與人性的衝突——這是美索不達米亞神話與文學一再出現的主題。以弗所大女神的裙子飾滿許多動物的頭像，可見她是野生動物的保護神，如今恩奇杜以野物的保護者現身時，卻是人類社會的一大威脅，此一威脅唯有在他文明化之後才可望獲得舒解。體能減弱、吃熟食和與人為伍都是「文明禮」具體可見的後效，他從此與自然世界分道揚鑣，卻也因而獲得野物之身所不可能享有的尊榮，借用人文主義者的措詞就是具備了人的尊嚴。他和吉爾格美旭的遭遇，雖然沒有性意涵，情愛之誠卻有目共睹，所以能協力共創英雄偉業。在神女、恩奇杜和吉爾格美旭三人之間，我們看到異性的慾求未必涉及情愛，同志相惜也可能生死與共：性和愛顯然殊途。在兩性關係的歷史初階，同性情誼比異性戀情更受推崇，此所以荷馬史詩《伊里亞德》花了三分之一的篇幅鋪陳阿基里斯和帕楚克拉斯在戰場上如何魂牽夢迴，又有莎芙謳歌女性同伴之間的濃情摯愛，海倫驚天動地的婚外情反而成為異性愛的負面教材。在性與愛已然解離而情與慾尚未合流的文明階段之初，男女之間的性事被詮釋為促成男性生死之交手足情的催化劑，政治角力的痕跡斑斑可尋——這裡說的政治，當然不是指「管理眾人之事」那種政治，而是類如「情慾政治」所傳達的指涉權力掌控的人際或社會關係。

　　《吉爾格美旭》保留了性具有教化之功這個古老的觀念，同時也帶出新觀念，即性的「所有權」首度劃歸丈夫，「不再由氏族的統治者或權高勢大的酋長擁有此等權力」（Abramson 112）。私有情慾觀的產生也改變了不朽的意義。人神既已阻隔，面對無常的生命，唯獨兩性關係的建立能夠承傳物種，這是人類尋求永恆或不朽的根本前提。吉爾格美旭體驗到神性消而人性漲，這是歷史走向的不歸路，雖然路徑難得循直線進行。慾與愛在這條路上趨於合流，結果就是神聖的知識樹變成世俗的禁果觀。這當中的微言大義，英國詩人米爾頓在詮釋亞當的動機時有所透露。夏娃對亞當說：「你也來吃，好讓同等的命運／結合你和我，同等的歡樂，同等的愛。」亞當明白上帝最後創造的「至美」已經墮落，對她說：

就算上帝另造夏娃，我也
提供另一根肋骨，可是我
心中永遠惦念妳；不行，我感到
自然的鏈牽引著我：肉中肉，
妳是我骨中的骨，妳的處境
我來一體同擔，不論福與禍。（《失樂園》9:911-6）

於是，他也吃了。比起希伯來人的說法，中國的西雙版納所留傳傣族的
創生神話比較淺顯：冒犯天規被貶下凡的帝娃達決心破壞天神的禁忌，
於是變成綠蛇在神果園誘惑一對兄弟神，兩兄弟吃了仙芒果而脫離神
種，接著又吃了生殖器果而變成一男一女，從此繁衍人種（鹿63）。
　　愛的牽引導致上帝的詛咒。希伯來始祖被逐出伊甸園，從此揭開
養兒育女的歷史人生舞台。性愛的滋長使人獲得始料未及的神性，性的
世俗化使得愛能夠在人間與天地共久長。可也是由於愛，死亡從此成為
人生的定數；也是由於性慾，人生才能在死亡的陰影之下持續創造生
命。有情之輩有誰能擺脫愛慾與死亡這一對孿生現實？《聖經・雅歌》
歌頌男歡女愛，歸結於「愛情堅強一如死亡，／戀情冥頑一如陰間」
（8:6）；正如大女神兼司生死界，性愛化育萬物，卻也暗藏死機。這兩
行詩預告了佛洛伊德所稱'έρος（愛慾）和θάνατος（死亡）並存是人類的
根本衝突的同時，也遙遙呼應阿多尼的命運：阿多尼（見奧維德〈愛神
也癡情〉和〈愛神也失戀〉）死後，每年豐饒回春時回到性愛女神阿芙
羅狄特／維納斯的身邊，其餘的時間則歸屬於冥后婆塞佛妮——冥神劫
親之事將在《情慾花園》引論述及。
　　自從性愛在父系社會經歷去神聖性、倫理化與私有化，女性在情慾
世界開始面臨被邊緣化的命運。女性的心聲（voice）從此被消音，女
性從此被客體化。《奧德賽》1:325-59傳神寫出女人被客體化的處境：
奧德修斯的妻子貴為王后，竟然得忍受兒子在大庭廣眾的叱責，而她在
孤立無援的情況下還能有容身之地，只是因為她對求婚人有性感可言
（Lipking 61-81）。女性在情慾場失去主體性之後，情慾觀備受扭曲。
大勢所趨，男性在情慾世界碰到不合乎政治正確原則的意識形態問題，
要不是指鹿為馬，就是睜眼說瞎話，不然就乾脆閃避為上策。結果就
是，一廂情願的主觀評論洋洋灑灑，偏偏原作的美感模糊不可辨。中國

文學批評史上環繞騷賦的一場神女論述就是個活生生的例子，與之相輝映的是西洋宗教文學批評史環繞《舊約·雅歌》的雅歌論述。

　　現代讀者普遍相信《舊約·雅歌》是情詩彙編，甚至有人認為可能是性祭典的副產品。有這樣的前提，女性主義當然不會缺席。早在一八五七年，C. D. Ginsburg從〈雅歌〉著手，論證男人與女人在受造與墮落的過程中，地位與責任殊無二致。為婦女解放運動的神學基礎張命的這個先驅論述雖然沒有引起當代女性主義學者的注意，她們當中卻有人在檢討婦解運動的策略運用時，察覺到《聖經》的男性沙文觀點根本就是父權論述的歷史洪流塑造定型的。一九七三年，Phyllis Trible從分析〈創世記〉2-3的語義與文義著手，推論母系色彩濃厚的〈雅歌〉呈現的是失而復得而且有所改善的樂園。隨著女性主義論述的深化，終於有人出面接受「不帶性別偏見翻譯經文信仰」（Trible 31）這個詮釋《聖經》的大挑戰；Marcia Falk和Ariel Bloch and Chana Bloch夫婦的新譯本先後在一九九三和一九九五年問世。總的說來，在《舊約》的妖婦與《新約》的聖母群像中，〈雅歌〉竟然有多達五分之三的詩行「出自女人之口」，「似乎未經父權意識眼光的過濾，用自己的語言述說自己的經驗與幻想」（Yalom 36引[Falk]），確實令人驚艷[31]。

　　回顧這一段長逾兩千年的釋義疏經史之後，波普（Marvin H. Pope）另又提出一個看法，認為源於近東而傳至希臘羅馬的葬禮冥婚宴（funeral feasts）習俗可能有助於我們瞭解〈雅歌〉的某些特色。情詩寄意重生或生命的延續不足為奇，如〈以賽亞書〉23:15-16以淪為妓女的怨婦比喻腓尼基京城提爾的命運（參見〈詩篇〉45和〈耶利米書〉3:1-12），值得注意的是墓園在上古希伯來—基督教文義格局中的特殊意涵。〈雅歌〉5:1一口氣提到沒藥、香料、蜂蜜、酒和奶，都是葬禮祭祀所不可或缺，這是否暗示5:1a的「園林」是墓園？〈以賽亞書〉1:29、65:3-4和66:17提到背叛上帝的人在墓園裡燒香、獻牲、祭鬼、求問幽靈，然後又吃又喝。此一包括男女野合（Barker譯注）的異教儀式，因傷風敗俗而被禁（見奧古斯丁《懺悔錄》6:2），其實是源於生殖崇拜（Pope 210-29；參見Frazer 124-39、宋211-46以及《台灣民俗大觀》2:16-9台灣民俗「進花園」），後來演變成情祭或婚祭合一[32]。波普提

---

[31] 不過，說話者（speaker）並不等於作者，〈雅歌〉出現女性的心聲，就像我們在《詩經·國風》所看到的棄婦詩，雖然有可能但不必然表示女人參與創作的過程。

[32] 情祭或婚祭合一之稱係依邱宜文《巫風與九歌》。《墨子·明鬼篇》說「燕之有祖，當齊之

及J. M. C. Toynbee在羅馬附近發現的勒石銘文，父母為早夭的兒子營造「永恆的洞房」，並為自己百年之後闢建一座墓園（Pope 224）。〈雅歌〉4:12封閉的林園莫非就是這樣的墓園？耶穌的墳墓也是在花園裡，他顯靈時抹大拉的馬利亞以為他是園丁（〈約翰福音〉20:15）。阿多尼就是個園丁，愛樂也具備園丁的屬性，兩河流域神權政治的統治者就是以園丁的身分成為女神的配偶。

舊約時期的希伯來人視為背判上帝的習俗，正是他們的祖先在發展出一神信仰之前與其他閃米特族人共同奉行的。海德爾（Heidel 137-70）引〈列王記下〉21:18「瑪拿西〔697-42 B. C.〕與他列祖同睡，葬在王宮花園裡，就是屋撒的庭院內」（參見同篇33:20），比較前述兩個文化的生死觀。宮苑即墓園，一如住家的地下室充當墓窖（Heidel 164），在兩河流域出土墳墓所見到的這兩種習俗透露了生死兩界關係之密切，不因死亡而陰陽兩隔。死亡不是生命的結束，而是生命的延續，此所以墓室的飲食陳設悉如生前，以備來生所需；也所以生者就近保護墳墓的同時，還得定時祭拜死者以「邀寵」。張捷夫《中國喪葬史》指出，歷代葬禮習俗雖然迭有不同，「事死如事生」則一。在烏爾[33]出土的公元前二千六百至二千年的墓地，死者以胎兒（王陵）或睡覺（私墓）的姿勢入殮，可能就是為重生預作準備，或是模仿夜間入眠，因此會以「與列祖同睡」隱喻死亡；其中最古老的私墓挖出赤陶裸女像，「無疑代表某生殖女神[34]」。墓中也發現陶器皿，引人聯想到〈耶利米書〉16:7「沒有人會跟喪家一起吃」（參見〈何西阿書〉9:4）所透露的葬禮宴，可是為

社稷，宋之有桑林，楚之有雲夢也，此男女之所屬而觀也」，錢誦甘（85）釋「男女之所屬而觀」為「古代青年男女趁著神會社祭之時，顧盼相招，自行擇偶」（參見1:6c-e），邱宜文之作無異於疏陳此一釋義。

[33] 烏爾（Ur）是蘇美人在幼發拉底河出海口所建立的城市，距離傳統所稱的伊甸園所在地Eridu約五十公里，以亞伯拉罕（公元前十八世紀）的出生地知名，大洪水之後雖曾重建，卻因河流改道，灌溉水源中斷，繼之以土壤沙漠化而廢棄（Halley 87-9）。

[34] Heidel 162, 161。以睡眠類比死亡是個源遠流長的觀念，近者如《馬克白》2.2.52-3，遠者如《吉爾格美旭》XII:29說的「安息」也是此意。《舊約》更是頻頻以休息或睡眠的措詞描述死者：〈約伯記〉3:11-13, 17-18, 14:12, 17:13, 16（「等到安息在塵土中的時候，這希望將會陷入陰間的柵欄」）；〈詩篇〉13:3後半句為「點亮我的眼睛，免得我睡死」，76:5-6末句為「戰車和馬匹都沉沉入睡」；〈耶利米書〉51:39後半句為「他們將會睡長覺，永遠醒不來」（Heidel 194）。又，床或榻的用途之一是抬屍體（Heidel 167引〈撒母耳記下〉3:31），因此合稱「床榻」寓有古意。

什麼擺在墓中？海德爾認為那是史前時代遺風，以器皿代表往日親友聚餐弔亡的習俗（Heidel 169）。德國Roemer und Pelizaeus博物館藏有雕刻在埃及墓碑的葬禮宴：幕主坐在椅子上，兒子在下方，僕人左手高舉麵包，右手抓著鴨子的翅膀，桌上擺滿祭品。埃及出土的墓室更是上述習俗的集大成，包括隨葬俑和葬禮宴，尤其是後者，「參加葬禮的人要享用一頓豐富的大宴，有樂師和舞者在旁助興，演唱為死者祈禱的歌曲。就在這酒宴歌舞之時，木乃伊被緩緩放入幕室中。」

視〈雅歌〉為情詩無需排除其中可能含有聖婚或祭祀儀式的遺痕，這或許是錢誦甘析論香草芳菲綿綿多情的《九歌》婚祭戀情特能給予我們的一大啟示。舉例而言，巴比倫神話的地母兼性愛女神伊絮塔前往幽冥世界營救丈夫塔牧茲，返陽途中遭到守衛的阻撓，衣服也被奪走，就像〈雅歌〉5:7描寫的。塔牧茲是農牧神（參見〈雅歌〉1:7），象徵春回大地萬物復甦，他的故事與希臘神話的阿多尼相類，也有相對應的年度祭典，如〈以西結書〉8:14提到耶路撒冷的婦人「為塔牧茲〔之死而〕哭泣」即是；希臘婦人則是哭叫「我心悲慟為阿多尼」（拙譯《利西翠妲》頁28），她們呼叫的名字Adonis很可能是閃米特語'adon（主，郎君）的變形（Avery 20）。主張〈雅歌〉是關於伊絮塔－塔牧茲祭典的學者認為，6:11a「往下走」暗示進入陰間，但無從確定是指塔牧茲去世或伊絮塔入冥。

或許有人會質疑：如果是戀歌，那麼〈雅歌〉8:6a-7b稱美愛情的力量，可比擬於希臘悲劇《安帝岡妮》劇中第三首唱詞（781-800行），主題如此相似，何以希伯來詩人絕口不提愛情女神？波普回答：「如果是愛情女神說到自己的威力，那就沒什麼好驚怪的了」（Pope 675）。同樣的道理，〈雅歌〉傳統上被稱作「所羅門之歌」，可是原文數度重出的「所羅門」這個名字如今廣被視為蘿攀藤附罷了。持寓意解讀的人相信3:3足以駁斥〈雅歌〉為情詩的說法，夢境之說卻足以四兩撥千斤。雖然〈雅歌〉通篇並無指涉「夢」的任何字眼，卻有許多注疏家把5:2b解釋為「我夢見愛人在敲門」，或認為敲門聲引出夢——這樣的作法和2:12b加上「鳥」或5:4a加上「門」（一如筆者在5:6a），本質殊無二致，都是個人的理解。其實4:16e-5:8呈現一連串快速變換的短鏡頭，尤其是5:3-8語氣轉為急促，加上場景不連貫，十足傳達夢境的特色。3:1-4、5:2-3和5:6-7更是流露一股焦慮。5:3女方拒不開門的理由十分牽強——除非是表達潛意識想要而意識不敢要，正如5:4思春女虛掩門扉所

透露的欲拒還迎。在另一方面，早就有人注意到7:2-10對於女性胴體的讚美，與《一千零一夜》的處理方式若合符節。再者，4:13-14這兩章提到幽谷林園裡的一切香草花樹，都是外來的。奇珍或有助於烘托女性的嫵媚，卻不合民歌慣例，因為民歌總是就近取譬。不過，這些奇花異草都具備時人所熟悉的情慾意涵，而異域情調向來是情慾文學的一個造境要素。諸如此處列舉的矛盾與駁雜，本質上其實類似《九歌》因係短章小歌編綴成篇而文義不連貫，以及〈湘君〉與〈湘夫人〉因係以婚祭辭寫兒女情而夾雜民歌語句（錢78-88）。沒有統攝全局的單一觀點，倒是多元視角有助於豐富情慾美學的景觀[35]。

對於情慾美學的意識形態背景所作的說明，雖然不見得是必備，卻肯定有助於讀者欣賞這一部選集。只就一事而論，狄兜與埃涅阿斯在狂風暴雨中完婚（維吉爾《伊尼伊得》6:160-8），從比較神話的觀點來看，正是聖婚儀式的遺跡：「天擁抱他的新娘，佈施有化育之德的雨水」（Eliade 1974, 4:24）。然而，即使僅僅著眼於無情天地有情人或有情天地無情人的生死愛慾，這也足使人留連。愛慾未必非得扯上生死不可；比較世俗的情慾觀就留待本書姐妹篇《情慾花園》的引論。

編輯說明

筆者原本規劃的西洋古典情慾文學選集，是從上古到文藝復興單冊成書，拆成《情慾幽林》與《情慾花園》兩冊印行純粹是為了方便讀者。雖然一分為二，卻是獨立的兩本書；雖然彼此獨立，卻也有連貫性。由於這兩個分冊的連貫性，同時也為了避免重複以節省篇幅，書目統一收錄在《情慾花園》一書。

---

[35] 8:7c、d這兩行似乎可確認當事的雙方是人間男女；然而，既然〈雅歌〉是彙編，文本細節自難求其統一，其困難就像有人試圖把《九歌》解釋成一首完整獨立的「交響曲」。更何況我們對於〈雅歌〉成篇的過程並不清楚。

一、近東文學

吉爾格美旭

（阿卡德語楔形文字，公元前約2500-1500）

　　今伊拉克境內的美索不達米亞東南部，底格里斯與幼發拉底兩河之間的肥沃平原，是文明的搖籃，於公元前四千到三千年間由史前時期進入歷史時期。在巴比倫於公元前約一八五〇年崛起之前，此一地區分成東南與西北兩半部，分別是蘇美人與阿卡德人的勢力範圍。蘇美人建立了世界最早的一批城邦，也發明了最早的文字體系。不過最早建立王朝帝國的是阿卡德人，雖然他們使用的是蘇美人發明的楔形文字，在宗教場合也一貫使用蘇美語，帝國的建立卻使得阿卡德語（Akkadian）於公元前約三千年到一千年間成為美索不達米亞的通行語言，考古學家甚至在埃及的阿瑪郡（Amarna）遺址挖掘出大量的阿卡德語泥版。阿卡德語後來分化為亞述方言和巴比倫方言，分別通行於美索不達米亞的北部與南部，因此又稱亞述－巴比倫語，和希伯來語以及阿拉伯語同屬於閃米特語（Semitic languages）的分支。阿卡德語的巴比倫語方言在公元前九世紀時成為中東地區的共同語，至西元一世紀消亡。

　　烏魯克（Uruk）出土的象形文字泥版是當今所知最古老的文字（約公元前三千三百年），不過十九世紀解讀出來的阿卡德語已使用楔形文字書寫。當時考古學家在尼尼微城內亞述王國末代王亞述巴尼帕（Assurbanipal，公元前668-627年在位）的圖書館所發現的十二塊泥版，總共約3500行，是現存最完整的《吉爾格美旭》（*Gilgamesh*）文本，另有在美索不達米亞和安納托利亞所發現的殘片可資補充。這一部當今所知最古老的史詩，背景是蘇美人所建立的城邦烏魯克，《聖經》稱為Erech，其地距離伊甸園八十餘公里（〈創世記〉2:14說是幼發拉底和底格里斯兩河匯流之處；參見《吉爾格美旭》XI:196「眾河入海口」和李鐵匠23-4頁），自二十世紀初葉開始挖掘遺址，迄今已確定的史前文化層多達十八個，其中最古老的城市遺跡可上溯到公元前五千年。詩中歌誦的英雄是公元前約二千七百年時，烏魯克第一王朝第五任國王吉爾格美旭。

按詩中所述，眾神創造吉爾格美旭的時候，「給了他完美的軀體」：太陽神賜他美，雷神賜他勇，他「三分之二是神，三分之一是人」。換句話說，他是「神人」，生而為人卻具有神的血統，相當於希臘神話說的*heros*（「英雄」，即英文的hero）或希伯來神話說的「神子」（《舊約・創世記》6:2）。他身為烏魯克城的統治者，卻仗勢欺人，要獨佔城內所有新娘的初夜權。百姓怨聲載道，向天神投訴。於是眾神之父安努（Anu）創造野人恩奇杜（Enkidu）以挫其勢，並藉此轉移他旺盛的精力。這兩個「世界上最強壯的男人」交鋒之後卻成為莫逆之交，作伙向黎巴嫩聖山進發，要聯手挑戰性愛女神伊絮塔（Ishtar）。他們打敗守衛雪松林的自然靈漢巴巴（Humbaba）──雪松是神廟與宮殿的主要建材，原產地在黎巴嫩山（參見《舊約・雅歌》1:17），出口地遠達埃及──進入聖山，又擊敗蠍人。伊絮塔眼看來者不善，主動向吉爾格美旭提婚，後者細數女神的戀愛史，深知沒有一個男人有好下場，因此拒絕。女神惱羞成怒，差遣神牛加害於他。吉爾格美旭得恩奇杜之助殺死神牛，恩奇杜卻因而喪命。由於喪友之痛，吉爾格美旭決心探究生死之謎，希望尋得起死回生的靈丹，甚至冒險深入幽冥世界，只為了帶領恩奇杜返回陽世。

　　吉爾格美旭穿越日夜門，進入極樂園（園中有寶石樹，累累結出瑪瑙、青金石和葡萄等果實），先後獲得釀酒女神席度瑞（Siduri）和死亡之海的渡夫厄旭納比（Urshnabi）的指示，終於見到歷經大洪水劫難倖免一死而進入神界的烏納皮旭廷（Utnapishtim）。烏納皮旭廷是凡人得賜永生僅有之例，告知吉爾格美旭永生之道。吉爾格美旭為了使恩奇杜起死回生，冒險潛入大海深處，取得還魂草，卻在上岸後小憩時被蛇偷吃。他親眼看到蛇蛻皮重生。使生死之交起死回生的希望落了空，但是他個人仍然有希望獲得永生。烏納皮旭廷說，如果吉爾格美旭能通過六天七夜不睡覺的考驗，就打敗死亡了。他熬了六天，卻在第七個晚上即將結束時打了個盹，功虧一簣。

　　起死回生和永生都不可得，吉爾格美旭徹底覺悟凡人的侷限，回到烏魯克積極建設城邦，年老時「在石版上刻下整個故事」。追尋的目標雖然落空，他卻學會欣賞自己所建設的烏魯克城。

　　這樣的結局到底有什麼意義？也許蘇美人和巴比倫人認為那是生而為人所無法避免的命運，但也可能意味著智慧的增進比獲得永生更重要（Mason 102），或強調人的作為就是榮譽所在，就是永生之所繫

（Marks 122），就像希臘英雄寄望後世唱歌傳頌他們的事蹟。吉爾格美旭的追尋雖然功虧一簣，倒也獲致非始料所及的不朽形態，用我們熟悉的措詞來說就是立德（像奧德修斯一般樹立英雄典範，包括拓展人生經驗與視野）、立功（建設烏魯克）與立言（流傳偉業）。他領悟到死亡是人生的定數，不朽唯有求之於人世；永生是精神的價值，與生理狀態無關。從前述的摘要不難看出，詩中包含神話世界共通的母題，西方學界最感興趣的洪水神話固不待言，其他包括人與自然的抗爭、友誼的可貴、永生的追尋，以及此處選譯的部份所披露的性與愛兼具毀滅之能與創之德的雙刃作用。從情慾文學史的觀點來看，詩中反映神權政治的衰微，是男人對女神奪權成功的文獻記錄。

《吉爾格美旭》記錄男人在人世間創造的「不朽」偉業，男人從此取代女神的地位。原文為詩體，此處以散文摘譯的部份總共445行，描寫恩奇杜從神話世界走上歷史舞台的過程。標題是中譯附加的。

性愛禮：恩奇杜來到人間
（泥版1欄2行9至泥版2結束）

　　吉爾格美旭走訪世界，來到烏魯克以前不曾遇到有人能夠抵擋他的一雙手臂。可是烏魯克的男人在屋子裡喃喃訴苦：「吉爾格美旭以敲警鐘為樂，他的自大日夜沒止境。沒有哪個兒子給留在父親身邊，因為吉爾格美旭把他們全部都要走了，連孩童也不留[1]：國王應該是百姓的牧人才對。他的淫慾容不下處女把貞操保留給情人，戰士的女兒和貴族的妻子都不例外[2]。他卻是這城市的牧人，明智、俊美又剛毅。」

　　天神聽到他們的悲嘆，向烏魯克的父神兼守護神安努呼救：「創生女神造了他，他壯得像野牛，沒有人能夠抵擋他的一雙手臂。沒有哪個

---

[1]　顯然是為了建設城牆和神廟（Heidel 5）。

[2]　原始時代「有些地方的地主或族長，有權和他轄地內的新婚女子在第一夜同房。〔甚至直到〕法國革命以前，歐洲地方有些封建的諸侯可以得到捐稅，以代替這種『第一夜的權利』」（張任章8）。蕾伊·唐娜希爾《人類性愛史話》提到，統治者為新娘「開苞」的習俗「可以遠溯至西亞的蘇美人時代。烏魯克人有一個時期對國王堅持對他們的妻子擁有初夜權感到極度不滿，而起來反抗」（Tannahill 237-8），說的正是此事。達蓬特編劇、莫札特作曲的歌劇《費加洛婚禮》，描述某伯爵在其領地廢除在先而事後反悔，最後又被迫放棄的「封建特權」（*diritto feudale*），就是這種初夜權（da Ponte 35）。

兒子給留在父親身邊，因為吉爾格美旭把他們全部都要走了。這是國王嗎？是百姓的牧人嗎？他的淫慾容不下處女把貞操保留給情人，戰士的女兒和貴族的妻子都不例外。」安努聽到他們的訴苦，對創生女神阿魯魯高喊：「阿魯魯啊，妳造了他，現在創造一個對手吧，要像他一樣，形影酷肖，就是他的另一個自我，烈性配烈性。讓他們互鬥，然後不聲不響離開烏魯克。」

於是女神在心中構想一個形象，素質和蒼天神安努一樣。她把手浸在水中，捏塑泥土，讓它落在荒野地，高貴的恩奇杜給創造出來了。他具備戰神尼努爾塔的德性。他的身體粗糙，一頭長髮像女人，長髮波動像穀物女神倪撒芭。他渾身毛茸茸像家畜神撒姆寬。他對人類一無所識，對於耕地一無所知。

恩奇杜和羚羊一起在山間吃草，和野獸一起在水池出沒；他和野生動物群居戲水。但是有個獵人一連三天在飲水口和他打照面，因為野物進入他的勢力範圍。一連三天打照面，這獵人驚嚇僵冷。他帶著捕獲的野物回到家，說不出話來，因為害怕而失魂落魄。他的臉變了形，好像是走了很長的一段旅程。他懷著驚恐，對他父親說：「父親，有個人，長相和我們都不一樣，從山上走下來。他是世界上最強壯的，好像是從天上來的永生者。他和野獸在山間遊蕩，一起吃草；他穿越你的土地，來到井水邊。我害怕，不敢走近他。他把我挖的陷阱填平，把我捕獵用的圈套破壞；他幫助野獸逃生，牠們從我的指縫溜走。」

這獵人的父親開口對他說：「兒子，在烏魯克住有吉爾格美旭；不曾有人成功反抗過他，他強壯得像天上的星星。去烏魯克，去找吉爾格美旭，去宣揚這野人的力氣[3]。請他給你一個神女，來自愛情廟的神女；帶著她回來，讓她運用女人的力量去征服這男人。下一回他到井邊喝水的時候，她要在那個地方，衣服脫光光[4]；他看到她招手時，他會擁抱她，這一來野獸會排斥他。」

於是這獵人上路前往烏魯克。他對吉爾格美旭說：「有個和我們都不一樣的人在草原上遊逛，他像天上來的星星一樣強壯，我不敢走近

3　一山不容二虎，這父親深諳陽剛世界的競爭原則。

4　她⋯⋯光：Heidel的英文譯本以拉丁文處理；稍後，吉爾格美旭回答獵人的重出語亦然。接著從在飲水口的地方，從獵人看到恩奇杜時對神女說話，一直到「躺了六天七夜」整整十四行（第一塊泥版第四欄8-21行）也使用同樣的翻譯策略。趙東恒的中文譯本則刪掉9-20行。此處說的當然不是特例。

他。他幫助野物逃走；他把我挖的陷阱填平，把我設的圈套拆掉。」吉爾格美旭說：「獵人，你回去，帶一個神女回去，一個歡樂之子。在飲水口的地方，她會脫光衣服；他看到她招手，他會擁抱她，這一來原野的獵物一定會排斥他。」

獵人帶著神女一起回家。走了三天的路，他們來到飲水口，在那兒坐下。神女和獵人面對面坐著，等候獵物到來。第一天過去了，第二天過去了，這兩個人坐著等，第三天卻來了一大群；牠們下山喝水，恩奇杜和牠們在一起。平原上的這些小野生物見水則喜，恩奇杜和牠們在一起——他和羚羊一起吃草，他是在山間出世的。她看到他，就是那個野人，從山間遠遠走過來。獵人對她說：「那就是了。現在，女人，露出妳的乳房，沒有什麼羞不羞，不要拖拉，這就去迎接他的愛。讓他看到妳沒穿衣服，讓他擁有妳的身體。他走近的時候，光著身子躺在他旁邊。教他，教那個野人妳的女藝，因為他喃喃對妳說情話的時候，在山間分享他的生命的野獸將會排斥他。」

她接納他不以為羞，她使自己光著身子歡迎他急切的渴望；當他趴在她上面喃喃說情話的時侯，她教他女藝。他們在一起躺了六天七夜，恩奇杜忘了他在山間的家；可是，等到他心滿意足了，他回到野獸那一邊。結果，羚羊看到他就跑開，野物看到他就逃走。恩奇杜想要追上去，可是他的身體好像有繩索綁住；他開始要跑，膝蓋卻使不出力；他的速度消失了。如今野物全都逃走了；恩奇杜變得虛弱，因為他有了智慧，也有了男人的心思[5]。他轉身坐在這女人的腳邊，全神貫注聽她說話。「你明理，恩奇杜。現在你變得像神一樣。為什麼你要跟野獸在山間狂奔？跟我走。我帶你去城牆堅固的烏魯克，去愛神伊絮塔和天神安努的聖廟：吉爾格美旭住在那兒，他強壯得像野牛，他統治城裡的人。」

她說完話，恩奇杜感到高興：他盼望有個同志，盼望有人瞭解他的心。「來，女人，帶我去那聖殿，去安努和伊絮塔的家，還要去吉爾格美旭統治百姓的地方。我要大膽向他挑戰，我要在烏魯克大聲叫喊[6]：

5　智慧：或作「知識」，參見《舊約‧知識果》2:9注釋。有了男人的心思：不只是某些英譯者透過譯文所表明的「見識更廣」，這不難從下文判斷出來。

6　大聲叫喊：叫陣。「善於叫陣」是古代英雄的一個特長，也是荷馬用於指稱米奈勞斯的描述詞（《奧德賽》15:14, 67）。

『我是這裡最強壯的，我來改變舊秩序，我是在郊野出世的那個人，我是所有的人當中最強壯的。』」

她說：「來，我們走吧，好讓他見識你。我很清楚吉爾格美旭在大烏魯克的什麼地方。恩奇杜啊，那裡所有的人都穿錦袍，天天是節慶，年輕的男男女女教人看了驚嘆。他們看起來多清爽！所有的大人物下得床來精神煥發。恩奇杜啊，你熱愛生命，我帶你去見識吉爾格美旭，他為人爽快：你好好看他光芒四射的男子氣概。他渾身散發歡樂的氣息，力氣比你大。他夜以繼日不休息。恩奇杜，你不用說大話。榮耀的太陽神夏瑪旭、天神安努和地神恩利爾特別照顧吉爾格美旭，智慧神伊亞給了他深刻的理解力。我告訴你，甚至在你離開荒野之前，吉爾格美旭就已在夢中看見你來到烏魯克。」

吉爾格美旭果真起床去告訴他母親他的夢——她叫寧蓀，無所不知。「母親，昨晚我作一個夢。我滿心歡喜，青年英雄圍著我，我在天空的星星下走了一個晚上，其中一顆星星，是和安努同樣素質的一顆流星，從天上掉下來[7]。我試著把它舉起來，可是太重了[8]。我試著把它移開，可是動不了。烏魯克境內的人都圍過來看，平民你推我擠的，貴族爭相吻它的腳：對我來說，它的吸引力就像女人的愛。我把它擺在妳跟前，妳自己說它和我是兄弟。」

智神寧蓀對吉爾格美旭說：「像流星一樣從天空降下，你想舉起來卻發覺太重，你試著要推它可是動不了，所以你把它擺在我跟前，我自己說和你是兄弟的這顆天星，是我為你造了它，那是刺棒，你會被吸引彷彿那是女人。那是個強壯的同志，是個患難之交。他是荒野中最強壯的，素質和安努一樣。他在草地出生，荒山撫養他。你看到他的時候，你會高興；你會愛他，好像他是女人一樣，而他永遠不會遺棄你。這就是那個夢的意義。」

吉爾格美旭說：「母親，我還作另一個夢。一把戰斧擺在城牆堅固的烏魯克的街道：它的形狀奇怪，人們圍聚在四周。我看到那把戰斧，喜上心頭。我彎下腰，深深被它吸引：我喜歡它就像喜歡女人一樣，把它帶在身邊。」寧蓀答道：「那把戰斧，你看到它，覺得它像女人的愛

---

7 Heidel英譯注：參見〈以賽亞書〉34:4、〈耶利米書〉33:22、〈詩篇〉33:6。中譯按：這三段經文依次和天怒、賞義與頌主有關。

8 太重：太強壯（Heidel 23, n. 37）。

一樣大大吸引你，那就是我給你的同志，他會來到你面前，像天星一樣展現他的力氣。他就是患難之交的勇伴。」吉爾格美旭對他母親說：「一個朋友，一個伙伴要來找我[9]，已經從地神恩利爾那裡出發了，我會交上這個朋友，向他討教。」就這樣，吉爾格美旭說出他的夢，那位神女轉述給恩奇杜。

她對恩奇杜說：「我看你已經變成像神一樣。為什麼你還要巴望和野獸在山區狂奔？從地面站起來，那是牧人的床。」他細心聽她說話。她給的是忠告。她把身上穿的衣服撕成兩半，一半披在他身上，另一半自己披；她拉著他的手，帶著他像小孩一樣來到蓄羊場，進入牧羊人的帷帳篷。在那兒，牧羊人全都圍攏過來看他，把麵包擺在他面前，但是恩奇杜只會吸野生動物的乳汁。他胡手一抓，大口一張，不曉得怎麼辦，也不曉得該怎麼吃麵包或喝烈酒。於是這女人說：「恩奇杜，吃麵包呀，那是生命的支柱；酒也喝吧，那是這地方的習俗。」於是他吃到飽，喝了七杯酒。他渾身變舒暢，心情振奮，滿面紅光。他搓掉覆蓋在身上的毛髮，為自己塗油。恩奇杜已經變成人；他穿上人的衣服，看起來像個新郎。他攜帶武器去追捕獅子，好讓牧羊人在晚上休息。他捕捉狼和獅子，人們都能安心睡覺，因為恩奇杜是他們的守護，他強壯無敵手。

他和牧羊人一起快樂生活，直到有一天，他抬眼看到一個男人走過來。他問那神女：「女人，把那個人抓過來。他來幹嘛？我想要知道他的名字。」她叫住那個人，說：「先生，在這荒野地，你上那兒去？」這男人回答，對恩奇杜說：「吉爾格美旭已經進入婚姻之家[10]，把人們關在外頭。他在街道寬廣的烏魯克城做奇怪的事，在咚咚的鼓聲中開始為男人辦事，為女人辦事。吉爾格美旭這個國王即將和情后慶祝婚禮，他要第一個陪伴新娘，國王居先而丈夫隨後，那是眾神從他出生就注定的，從臍帶剪斷時就注定的。現在鼓聲為選定的新娘在咚咚響，全城在呻吟。」恩奇杜聽了，臉色變白，說：「我要去吉爾格美旭統治他的百

9　直譯「但願它像大運落在我身上」（Heidel 25, n.39），猶如國人說「但願我走運」；「它」指夢中的流星，影射恩奇杜。

10　婚姻之家：男人的聚會所（Heidel 30, n.48）。「世界上有幾處地方，一種族裏的未婚者都一起住在公共的會堂裏」（張任章9），台灣鄒族也有這樣的傳統。大陸西南的白地納西族延續到一九四九年的「公房」制度則有不同：各村寨設有公房，供17、18歲以後的青年男女離家過夜集體社交的場所，投緣的男女雙方即可共度終宵（楊60-1），顯係「野合」此一母系社會古禮（宋1999:67-70）的遺跡。

姓的地方，我要大膽挑戰他，我要在烏魯克高聲呼喊：『我來挑戰舊秩序，因為我是這裡最強壯的。』」

恩奇杜跨步走在前頭，那個女人跟在後面。他進入烏魯克那個大市場；他站在城牆堅固的烏魯克的街上，大批民眾圍在他四周。人們推推擠擠，七嘴八舌談論他。有人說：「他像極了吉爾格美旭。」也有人說：「他比較矮。」另有人說：「他骨架比較大。又有人說：「他就是野獸的乳汁養大的那個人。他的力氣最大。」男人歡欣若狂：「現在吉爾格美旭遇到對手了。這個貴人，這位英雄，他美得像神，即使碰上吉爾格美旭也是個對手。」

在烏魯克，新婚床準備好了，正適合性愛女神。新娘等待新郎的來臨。吉爾格美旭半夜起床，前往這辦喜事的家。於是恩奇杜走出來，站在街道中擋路。強壯的吉爾格美旭往前走。恩奇杜在門口遇到他，伸出腳阻止吉爾格美旭走進這戶人家。就這樣，兩人開始纏鬥，緊緊揪住對方像公牛一樣。他們撞斷門柱，動搖牆壁，扭在一起哼著鼻息像公牛一樣。門柱斷了，牆壁在動搖。吉爾格美旭彎膝樹立在地上，身子一轉，把恩奇杜摔倒了。他的怒火瞬間消逝。恩奇杜被摔倒的時候，他對吉爾格美旭說：「這世界沒有一個像你這樣的人。寧蓀，她壯得像牛欄裡的野牛，她是你母親，生下你，你現在高居所有人之上，恩利爾給了你王權，因為你的力氣在人間沒有對手。」於是恩奇杜和吉爾格美旭擁抱在一起，他們的友誼緊密繫結。

埃及情詩

（古埃及象形文，公元前約1500-1000）

　　戀歌源於民間，因此是文學世俗化之後才可能出現的；情詩成於個人意識，因此是集權力量鬆動之後才可能產生的：埃及的新王國時期就是這樣的一個歷史契機。可能來自今黎巴嫩與約旦高地之間的西克索人於公元前十七世紀在埃及建立第十五王朝，宗教改革雖然功敗垂成，卻帶動了文化新風格的發展。由於神與人的形象徹底分離，雕刻與繪畫終於出現家庭生活的主題，人像開始展現個性與表情；在文學方面，由於倡導口語書面化的運動，「新埃及語」應運而興，隨世俗色彩的增強，情感與性感的要素開始產生滲透作用。公元前十六世紀中葉，小亞細亞的西台王國和兩河流域的亞述王國興起的同時，埃及歷史進入新王國時期。這個斷代延續約五百年，含括第十八到二十王朝，又稱埃及帝國時期，因為當時的法老王積極向東開疆拓土，勢力擴展到今天的巴勒斯坦地區和敘利亞。就是在新王國時期之初，描述歌（descriptive song）脫離宗教與宮廷，情詩／戀歌始興。

　　古埃及的情詩／戀歌引起學界的注意，不過是二次大戰結束之後的事，那是古文物學者在紙莎草卷和花瓶發現的，總共只有五十五首。新王國時期出現的這一類作品大多數按聯套（cycle）分類編排，此處選譯七首改依流水編號，其中編號四、五、六共三首係出自同一聯套。前面三首的說話者是男性，其餘的為女性——就如同《詩經》所看到的情況，詩中出現女性說話者並不必然意味著作者是女性。選取的原則除了藝術價值的考量，也希望能兼顧其共相性與殊相性——共相指的是埃及與西亞因地緣關係而共具的特色，殊相指的是環境殊異而造就的地域色彩。舉例而言，園子（花園、果園、林園）作為性隱喻總是指女性，這是情慾文學的通例，芳香意象則是各自的情慾文學得自聖婚儀式的共同遺產。女性說話者以花園自況也見於〈雅歌〉4:16e，希臘文學甚至常見以農耕或放牧意象描述女人，但不容易看到〈草中遊〉詩中女子自比為田地兼園丁的例子。其間的差別，就情慾

文學史觀而論，主要在於男人眼中的農耕或放牧意象往往把女性物化，不然就是視其為被征服或被墾殖的對象，總是帶有性別歧視的意味；但是女性以田地或園景自況，則往往另當別論。在另一方面，無花果、石榴、蓮花、催情果、酒、斑鳩都是近東文學常見的意象，捕鳥和鱷魚則獨盛於埃及，具有明顯的地方色彩。〈雅歌〉7:4取譬於小鹿與羚羊，讚賞女體形態上的美感，這種審美觀在古埃及文學是看不到的。但是，由於上古世界以蜂蜜為糖源，地中海南北兩岸都可見以蜂蜜形容感官的享受。

渡河是戀歌或情詩常見的背景，此乃傍水而居又取譬於現實的必然結果；至於以河起興或以賦筆鋪陳河流意象，那是後起詩人的事。捕鳥之於埃及有如採桑之於中國，是幽會的良機。〈誘餌〉的造境手法和〈雅歌〉如出一轍，使用排比修辭，取譬自然物為心上人寫像，而歸結於情慾的騷動。除了捕鳥，醫學是另一個埃及特有且常見的取譬素材，蔚成埃及愛情文學的一個特色，〈病相思〉即是。〈捕鳥夢〉以夢境為主體，不論其為描述夢境或只是白日夢，這是夢文學擺脫宗教意涵的一個早期例子。同樣是女性說話者使用捕鳥陷阱的意象，〈哀雁〉以被捕獲的獵物起興，更顯心理趣味。〈問心〉寫女性的直覺不乏幽默，以陽剛意象呈現三角關係中棄婦不甘雌伏的心理，似乎特能彰顯新王國時期的新氣象。〈草中遊〉以世界文學中俯拾可得的意象叢拼出一幅創意圖。恰如中文「野合」一詞所顯示，野外在古今中外無不具有性意涵，第2行「受尊崇」卻遙遙呼應鄧恩〈封聖記〉那種「唯愛為大，目無俗子」的戀愛中人的心理。接著套用女人即是可耕地這個農業社會源遠流長的性意象，卻寫出愛情文學的極樂芬芳園。以現代眼光來看，末行的煞筆似乎反高潮，可是對於需要外出採獵（參見四、五兩首）的人來說，吃與喝之意義重大無可置疑——愛情不可能不食人間煙火，除非是在虛擬的世界——更何況還有石榴加酒在敲邊鼓。

除了〈渡河〉譯自Sam Hamill所輯The Erotic Spirit（p. 1），其餘均根據William Kelly Simpson的編譯本。所有的標題都是中譯附加的。由於古埃及文只有現在與過去兩種時態，而且沒有關係副詞可以表達子句的相對關係，再加上文稿殘缺以及某些單字的意義仍不確定，現代譯文出現實質上的差異是無法避免的。

渡河：七之一

　　她種的小無花果樹[1]
　　準備要說話——葉子沙沙響
　　比蜂蜜甜美。

　　可愛的綠枝椏
5　結了新果還有熟果紅似血碧玉，
　　葉子是綠碧玉。

　　她的情意在遠方的岸邊等我。
　　河水在我們之間川流，
　　鱷魚在沙洲。

10　我兀自跳下河，
　　我的心掠過水流，平穩
　　彷彿我在走路。

　　我的妹妹[2]啊，是愛情
　　給了我力量和勇氣，
15　是愛情涉水渡河。

---

[1] 無花果樹廣見於地中海盆地（參見〈雅歌〉2:13注），埃及所產為「西克莫無花果」（Sycomore-fig），即「生命樹」，是獻給象徵自然界的精神力量的大母神Hathor-Nut，矗立在埃及的神話樂園中，兼具生、死雙重作用，因此能帶來重生（de Vries 183），性意涵不言自明。莎士比亞先後在《愛的徒勞》5.2.89、《羅密歐與朱麗葉》1.1.121和《奧塞羅》4.3.40玩文字遊戲（sycamore=sick Amor，「病相思」），顯然知道無花果的象徵意義：新鮮的無花果因為外觀酷似陰戶而使人產生性聯想，吃了就是在象徵的意義上達到高潮。

[2] 妹妹：古埃及文表示姊妹和女性情侶或是兄弟和情郎，都用同一個字。情侶或夫妻以兄妹相稱之例所在多有，特以民歌和民間故事為甚，如雲南納西族的《游悲》（「殉情曲」）「第一個心願，選個吉利日，哥妹去赴死；第二個心願，蜂花不分離，哥妹一起死；第三個心願，魚水一處游，哥妹永相愛」（楊17）。閃族人的用法起碼可以追溯到舊巴比倫時期；參見〈雅歌〉4:9a。古埃及文甚至用同一對詞（sen, senet）表示「兄妹」與「夫婦」，因而造成法老王兄妹聯姻此一以偏概全的錯誤印象（蒲2001:265）。

誘餌：七之二

我的牧草地綠葉賞心：
我的姑娘嘴巴像蓮花苞[3]，
她的乳房是催情果[4]，
她的手臂是葡萄藤[5]，
5　她的眼睛有如鑲嵌的漿果，
她的眉毛是柳樹羅網[6]，
我是那野雁！
為了誘餌咬斷她的秀髮[7]，
像蠐蟲在陷阱裡找誘餌。

病相思：七之三

七[8]天沒看到心上人，
一場病刺穿了我，
我變得懶洋洋，
忘了自己的身體。

---

[3] 埃及所稱的蓮是指睡蓮。蓮自古象徵繁殖力及其相關的觀念，如出生、純潔、性、死者的轉生
　　等。根據《大英百科全書》，睡蓮科植物蓮花自古埃及即用於裝飾柱頂，也是亞述聖樹的基部和
　　腓尼基石碑碑頂的雕飾，這些裝飾造型後來演變為希臘的愛奧尼亞柱式。「印度文化中蓮（荷）
　　種子和天地男女象徵有關」（鹿62）。中國青海都柳灣的野合節日就稱作蓮花節（宋1999:68）。

[4] 催情果：曼德拉草（mandrake，不是曼陀羅屬〔Datura〕）的漿果。曼德拉草重出於〈雅
　　歌〉7:14a，是地中海地區原產的玄蔘科植物，其漿果在晚春成熟，根形如人蔘，或分岔或
　　交纏，狀似外陰部，在古代是流傳甚廣的魔草，主要用於醫療與春藥之用（Pope 648）。
　　在性文化領域，曼德拉草在地中海地區可比擬於人蔘在遠東，都被視為「天之根」，連附會
　　的傳說和採摘的儀式都雷同（Rätsch and Müller-Ebeling 54-7）。

[5] 葡萄酒在地中海盆地被視為「大地之血」（Rätsch and Müller-Ebeling 62-3, 68-71, 88-9）。
　　葡萄的煽情作用可類比《詩經》世界使人「醉而傷其性」的桑果，如〈衛風·氓〉「桑之未
　　落，其葉沃若。于嗟鳩兮，無食桑葚；于嗟女兮，無與士耽」，因為桑葚在仲秋成熟，鳥類
　　吃了飛不起來會被捕，有如女子貪歡而成為男人的囊中物；參見〈雅歌〉1:6注「葡萄園」。

[6] 柳樹羅網：安置於柳樹上的捕鳥陷阱。1-6以植物隱喻為情人寫象像，這是〈雅歌〉的基本
　　修辭手法，特請參見5:11-15和7:3-9。

[7] 參較〈雅歌〉7:6c。

[8] 七：仿原文破題與收煞使用重出字的技巧。埃及戀歌運用這種詩律技巧，關鍵字眼也可以用
　　諧音代替重複字。

5　　就算請來一流的大夫，
　　　手術也無法寬慰我的心。
　　　賣藥的幫不上忙；
　　　我的病割不掉。

　　　能使我痊癒的就是告訴我「她來了」。
10　　只有她的名字會使我振作。
　　　只有她的信來來去去
　　　會使我的心起死回生。

　　　心上人比任何藥劑都有效；
　　　她比整部本草綱目[9]更管用。
15　　我唯一的救星是她進到裡面來。
　　　看到她，我藥到病除。

　　　她睜開眼睛，我身體年輕；
　　　她開口說話，我體能強壯；
　　　我擁抱她，她驅走我的心魔。
20　　可如今不見她人影的天數累積到七。

捕鳥夢：七之四

　　　我的哥哥[10]，我所愛的人，
　　　我的心追蹤你的愛
　　　以及適合你的那一切。
　　　所以我把發生的夢景告訴你。

5　　捕鳥[11]回家的路上，
　　　我一隻手拿著網，

9　本草綱目：中譯沒有加雙尖號，做普通名詞用。

10　哥哥：見注2。

11　古埃及壁畫常見捕鳥的主題，泛舟射獵更是貴族理想生活的重要場景。

另外一手提鳥籠

又握我的回力棒[12]。

朋特[13]所有的鳥

10　　雖然在埃及境內，全塗了沒藥[14]；

第一個來的

吃了我放的餌。

牠的香氣來自朋特，

牠的爪沾滿鳥膠。

15　　既然我的心向著你，

乾脆放了牠，好讓我們有時間獨處。

我讓你聽到我的聲音

悲嘆我沒藥塗身的好貨色，

等到我再設陷阱[15]的時候，

20　　你應該會和我在一起。

對心有所屬的人來說，

到野外去多麼愉快。

哀雁：七之五

野雁被誘餌困住，

哀哀叫聲傳過來。

對你的愛使我動不了，

所以我無法鬆開牠。

---

[12] 回力棒：從陵墓壁畫來判斷，是在灌木叢捕鳥時常用的工具，德國佩里宙斯博物館所收藏的曾來台展出，圖像見Pelizaeus頁135。

[13] 朋特：古代埃及對於紅海南岸及其毗鄰的亞丁灣海岸的稱呼，相當於衣索比亞和吉布地沿海地區，是香料產地。公元前約2200年，埃及曾派兵遠征朋特；新王國初期曾有女王前去遊覽，把見聞記錄在神廟的牆上。

[14] 沒藥：念作「莫藥」，一種含芳香樹膠的植物，在近東和地中海地區是製造薰香、香料和化妝品的配料。

[15] 陷阱：捕鳥陷阱。19-20是與事實相反的假設語氣。

5   我會把羅網擺一邊。
　　可是我天天回家
　　向來是滿載而歸，
　　如今可怎麼向我母親交代？

　　今天我沒有設陷阱；
　　對你的愛已經纏住了我。
　　我決心到戶外去，

問心：七之六

　　正好瞧見哥哥走過來，
　　我的眼睛在路上，耳朵在聽，
　　為的是方便伏擊[16]帕梅希。

5   我只在乎我愛定了我哥哥；
　　為了他，我的心不會沉默。

　　它[17]送給我一名信差，
　　快腿飛奔，
　　來來去去，
10   告訴我說他對不起我。

　　你找到了另一個[18]，
　　她在你眼裡閃耀。
　　另一個女人的心機
　　是用來打發我的嗎？

---

[16] 伏擊：陽剛且具有暴力意味的軍事意象，參見〈雅歌〉4:16a「奮起」。帕梅希：有幾首歌詞和若干殘篇提到這名字，Simpson譯注說也許是某王子或貴族的假名。

[17] 它：前一行的「心」。

[18] 你：即「我哥哥」（5）。人稱代名詞不一致，參見〈雅歌〉1:2注。

草中遊：七之七

　　草叢長得密麻麻，
　　我們在裡頭受尊崇[19]。

　　我是你最好的女郎：
　　我屬於你像一畝地[20]，
5　我在上頭種了花
　　和種種芬芳襲人的草。

　　渠道穿梭討人喜，
　　那是你親手挖掘，
　　好讓微風為我們提神；
10　好個散步的歡樂地，
　　有你和我手牽手。

　　我身體激動，我心歡暢[21]，
　　我們在一起遨遊。

　　聽到你的聲音是石榴酒[22]，
15　因為我活生生聽到；
　　留在我身上的每一瞥
　　對我意義重大超過吃與喝。

19　參見四川彝族的情歌「表妹啊……我還記得咱倆把草叢壓倒的情景」（宋1999:326引）。尊崇：與「草叢」發音近似，模擬原文破題字與第二行的動詞諧音，這是古埃及詩的一種技巧。

20　以田地（參見〈誘餌〉1「牧草地」）隱喻女性可能是地母神觀念的遺跡，用為詩意象必定早於（如〈雅歌〉4:12）園子。最晚在公元前約二千年的埃及第十一王朝就有「她是一片可耕之地」的文字記載（蒲1993:150）。播田與耕作是性交的自然喻象，無疑和為了確保生機旺盛而在新耕田地舉行的儀式性交合有關（Frazer 207-14）。

21　參見〈雅歌〉5:4。

22　石榴：見〈雅歌〉4:13注。

舊約

（希伯來文，公元前約750-450年）

　　《舊約》是以色列人的文化基本教材，也是猶太教的聖典，更是基督教義的本根源頭。按傳統對於這一部經典的詮釋，一神信仰是以色列人和雅威（Yahweh，以前被誤稱為Jehovah，即耶和華）在西奈山上所訂聖約的一部分，可是後來以色列人背離傳統的一神信仰，轉為崇拜偶像，因此才有眾先知對於偶像崇拜的嚴厲批判。這樣的說法深受晚近許多學者的質疑。舉例而言，如果以色列人真的獨尊一神，那麼十誡規定「在我面前」（在上主面前）不應該有其他的神，豈不是畫蛇添足？同樣的道理，以色列人離開埃及橫渡紅海時唱道「上主啊，在諸神中有像你的嗎？」（《出埃及記》15:11），引文顯示雅威只是以色列萬神殿中的一個成員。如果不是眾神羅列，《舊約》有必要疾言厲色禁止諸如豐饒祭和女兒祭之類的多神信仰儀式嗎？

　　上述的疑問在考古學、文化人類學、比較宗教學，乃至於女性主義等領域的學者努力之下，終於逐漸撥雲見日。只舉一事來說，一九二八年在貝魯特北方約一百公里的Ras Shamra 首度發現的烏加里特銘文，Mark S. Smith把它們拿來比較聖經文本之後，在《聖經一神信仰的起源》（2001）書中提出這樣的主張：一直到流亡巴比倫（公元前586-538），以色列始終維持多神信仰。至於猶太教和基督教共認的唯一真神雅威，原本只是亞伯拉罕所崇拜的神，在公元前八到六世紀年間由於政治、社會、家庭三重因素互相激盪，終於吸收其他眾神的職權，這才具備全知全能的神性，並且成為民族神。

　　希伯來人在兩河流域今伊拉克境內的烏爾城首度登上歷史舞台，亞伯拉罕則是《舊約》所記載的第一位歷史人物，在他之前的故事是神話。他的祖先是中東沙漠地區的遊牧民族，他擔任部落族長時帶領族人進入巴勒斯坦（《舊約》稱迦南），這才轉型為農耕社會。在這一段遷徙的過程中，希伯來人也把兩河流域的民俗信仰、神話傳說與集體記憶帶到新家園，大洪水和伊甸園只是其中最廣為人知的兩個母題。這些傳

統元素和「亞伯拉罕的上帝」這個新信仰融合的結果，就是我們今天讀到的《舊約》。其中〈創世記〉開頭寫希伯來人的始祖背叛上帝的誠命，前述舊元素與新信仰「異文融合」的痕跡斑斑可尋，這不難從譯注看出來。謹此建議讀者，這一部分的譯注應該配合本書引論〈千面女神說從頭〉乙節和〈情慾美學入目來〉結尾的部分有系統的申論。

在巴勒斯坦新家園，新環境與新生活自然產生新經驗與新感受，於是我們有機會讀到〈雅歌〉如此令人振奮的抒情詩。

然而，《聖經》全書沒有比〈雅歌〉更受爭議、引起更多評論的經文。標題本義「歌中之歌」，猶言「王中之王」，用於表達最高等級。至於譯作「歌」的這個字，希伯來原文指歡樂之歌（見〈創世記〉31:27、〈以賽亞書〉30:29、〈箴言〉25:20、〈士師記〉5:12），常用於以色列人的祭拜儀式（如〈詩篇〉42:8、69:30），但也用來稱呼外族伴有酒宴的祭祀歌（〈以賽亞書〉24:9、〈阿摩司書〉6:4-6），而且有樂器伴奏（〈歷代志上〉15:16、16:42），此當係中譯標題冠以「雅」一字的由來。歌詞開宗明義說是「所羅門王之歌」，這個「之」的希伯來文介系詞也可以有「關於」之意，未必是表達著作人。當今被收入聖典的文本可能是公元前五世紀流亡巴比倫之後纂輯成篇。通篇以愛為主題，這是毫無疑問的，可是篇中所傳達愛的本質是所有歧見的根源。傳統的觀點一向以寓言（allegory）看待：猶太人認為是描寫上帝與其選民的關係，基督徒認為是描寫基督和教會的關係，不然就是（如Watchman Nee）視為信徒靈修的「傳道書」。然而，寓言解讀在仰賴個人的虔信之餘，還得求之於令人噴飯的訓詁特技。自從現代批評在十九世紀興起之後，一般相信其為數百年間口傳情詩的彙編，成篇過程類如《吉爾格美旭》與荷馬史詩。

擺脫宗教義理的緊箍咒，這是多元觀點大鳴大放的契機。除了以譬喻故事（parable）視之的種種不同觀點之外，有人主張這是一部詩劇體裁的祝婚詩（如聯合聖經公會的譯本標明新郎、新娘與耶路撒冷的女子們各自的唱詞），有人主張是描述人神相戀或聯姻的祭祀歌。即使只就最狹義的情詩而論，有人認為是描述所羅門王和牧羊情侶的三角關係，有人認為是歌頌神界戀情（參見裴上27-37，下4-10）。現代學者的研究主要集中於這些情詩的起源與背景，特別是古代近東地區舉行豐饒儀式以生命和死亡為主要關懷的性祭典。舉凡漢學界曾經用於探討《九歌》與《詩經》的詮釋策略，幾乎都可以在〈雅歌〉評論史找到對應，差別

只在於儒家傳統是政治取向，基督教傳統則是宗教取向。晚近甚至有人主張〈雅歌〉是泰米爾（Tamil，印度南方的民族）文學中尋夫母題的近東版，或根據佛洛伊德學說主張這一部詩篇乃是熱戀（或單戀）中女人的思春夢。

以下的選譯，文本依據The Anchor Bible叢書中Marvin Pope著*Song of Songs*，筆者的序文和譯注引述近東地區古文化的資料，多方仰賴該書的引論、訓詁與注疏，其釋義以原文（希伯來文）為本。標題是筆者附加的。注釋依原章節編碼，而不是採用流水編號，而且以提供多元解讀的觀點為要義。

至於作品的年代，摩西五書（《舊約》開頭五書，含〈創世記〉）成於公元前約750-450年，這是根據R. G. Vincent的說法（"Monotheism (in the Bible)," *New Catholic Encyclopedia*, 9:1066）。〈雅歌〉的語言顯然受到波斯、希臘和阿拉米（Aramaic）等語言的影響，這是流亡巴比倫以後的事，因此可信是公元前六世紀以後才出現文字版本（Sáenz-Badillos, 123-4）

隨頁註

知識果（〈創世記〉2:4-4:2）

2:7　摶土造人：希伯來語的「土」和「人」發音相近。有靈的生物：暗示人為萬物之靈。人的「靈」即是神的「氣」，氣息即是靈氣，這是普世共通的文化母題。《舊約‧傳道書》12:7說：「土仍歸於地，靈仍歸於賜靈的上帝。」引文前半句影射〈創世記〉3:19 上帝對亞當的詛咒：「你要工作一生，直到死後歸於大地；你是土造的，所以要回歸大地。」引文後半句影射此處所述的靈氣。靈肉二元觀在此已見端倪。

2:8　「伊甸」即「歡樂」，一個是音譯，另一個是意譯，希伯來原文是透過阿卡德文輾轉來自蘇美文，其蘇美語則是「草原，平原，荒野」之意。希伯來語是閃米特語言的一個分支，閃米特語的字根 dn （「甸」）乃是用於形容植物青翠茂盛。以上的說明有助於瞭解「伊甸園」的本質：希伯來人的始祖亞伯拉罕（即亞伯蘭，見〈創世記〉17:5）奉上帝之命前往迦南之初，住在兩河流域下游的吾珥 （Ur），「伊甸園」其實是希伯來人在遷徙過程中所保留原鄉的集體記憶。

3:1　蛇：早見於兩河流域。在《吉爾格美旭》的結尾，吉爾格美旭出生入死找到回春靈草，卻在熟睡時被蛇偷吃。他醒來只看到蛇留下剛脫落的蛇皮——蛇已經「重生」了。

知識果

(〈創世記〉2:4-4:2)

第二章

〔樂園的禁忌（2.4-17）〕

⁴上帝創造宇宙之初，⁵地上沒有草木，也沒有蔬菜，因為他還沒有降雨，土地也沒有人耕種，⁶只有蒸發的水氣滋潤地面。⁷上帝摶土造人，朝他的鼻孔吹一口氣，人就成了有靈的生物。⁸上帝在東方闢建伊甸園，將他造的人安置在裏面。⁹上帝使地面生出各種好看又好吃的果樹，長在樂園中央的是一棵生命樹，另有一棵善惡知識樹。¹⁰有一條河流過伊甸灌溉樂園，在那裏分為四條支流：¹¹第一條支流叫比遜河，環繞哈腓拉全境，¹²那地方盛產純金、稀罕的香料和寶石；¹³第二條支流叫基訓河，環繞古實全境；¹⁴第三條支流叫底格里斯河，穿過亞述東部；第四條支流叫幼發拉底河。¹⁵上帝把人安置在伊甸園內，叫他耕種，看守樂園。¹⁶上帝這麼交代：「樂園中樹上的果子，你都可以吃，¹⁷只有知善惡樹上的果子你不可以吃，因為你一旦吃了，當天必死。」

〔父系社會為成年男子安排配偶（2.18-25）〕

¹⁸上帝說：「人單獨生活不好，我要為他造個適合他的幫手。」¹⁹上帝摶土造出各種動物和飛鳥，引牠們到人面前，讓他命名；凡人給生物起的名字，就成了那生物的名字。²⁰亞當為種種畜牲、飛鳥和走獸各取了名字，卻沒有一個適合成為伴侶幫助他。²¹於是上帝使人沉睡，趁他熟睡取出他的一根肋骨，然後使傷口復合。²²上帝用那根肋骨造一個女人，引她到那個人的面前。²³那個人說：「這是我的骨中的骨，肉中的肉，她應該稱為『女人』，因為她來自男人。」²⁴因此男人離開他的父母，和妻子結合，兩個人肉體合一。²⁵當時，男女二人都赤身露體，並不害羞。

第三章

〔偷吃禁果（3.1-13）〕

¹蛇在上帝所造的動物中最狡猾。蛇對女人說：「上帝真的交代你們不可以隨便吃樂園裡的果子？」

²女人對蛇說：「樂園裡所有樹上的果子都可以吃，³只有樂園中央那棵樹上的果子，上帝不許我們吃，也不可以摸，以免招來死亡。」

3:6 陳明「人的墮落」這個主題，即希伯來宗教獨有的原罪觀，也就是米爾頓《失樂園》破題句點出的「人首度違背誡令」。

3:7 眼界變亮：見前所未見，以前不是眼瞎，而是無知，因為還沒有品嚐知識果。《情慾花園》所錄鄧恩〈早安〉，寫一對情侶因肉體的結合而靈魂甦醒，意境差可比擬。發覺……露體：就視覺意義而言，即「看到自己和別人不一樣」；就道德意義而言，是「意識到羞恥之心」（參見2:25）。

3:14 肚子……吃土：神話的功能之一在解釋自然現象，此即神話成因論，是遠古的科學。

3:15 蛇是母系社會普遍的圖騰，蛇與和女人為敵的詛咒也見於希臘父系社會初期的神話。咬傷……腳跟：希臘神話中奧斐斯的妻子就是這麼死的，見奧維德《變形記‧入冥救妻》。

3:16 他：以陽性代名詞稱上帝，係根據1611年的英譯欽訂本。其實從經文本身無從斷定上帝的性別，而希伯來上帝的性別更是近二十年來備受爭議但迄無定論的神學問題。1919年中譯和合本始終稱「耶和華　神」，有效避免性別認定的困擾，然而「耶和華」之名是中古時代的誤稱（希伯來文依照閃米特書寫的慣例，只有子音字母），現代學者普遍相信正確的拼法是Yahweh（而不是Jehovah），中譯「雅威」或「亞衛」。妳將戀慕……主人：確立父權制，男人從此成為上帝的代理人。Rosalind Miles在《女人的世界史》118-26頁辯明一神教是一種權力關係，良有以也。

3:17 因你：也可能是「在你耕作的時候」。你仰賴……辛勞：說明農耕社會以男人為經濟支柱，有別於母系社會以女人為主要生產者。

3:18 吃野菜：不再是吃樹上的果子。園子外頭的居民採食為生，對比園子裡的居民種植為生。

3:20 夏娃：正如下文緊接著的說明，這個名字在的希伯來文是「生命，賜予生命者，眾生之母」，即神話世界的創生女神，不只是人類的母親，而是「眾生的母親」。父系社會崇拜的主神是「天父」，即「眾生的父親」。

3:22 我們：使用複數代名詞（上帝在1:26說「我們來創造人類」），因為除了亞當和夏娃，另有第三者，顯然是眾天使。

3:23 他：單數代名詞，不提夏娃，因為亞當這個「男人」已代表「人類」（見2:20註解）。

⁴蛇對女人說：「絕對死不了！⁵因為上帝知道，你們一旦吃了這果子，眼界變亮，就會像上帝一樣洞察善惡。」

⁶女人看那棵果樹好看又好吃，又能夠增進知識，就摘下果子吃了，然後轉手遞給她的男人，他也吃了。⁷果然兩個人的眼界變亮了，發覺自己赤身露體，就摘無花果樹葉，編裙子遮身。

⁸黃昏到了，他們聽見上帝在樂園走動的聲音，就躲在樂園的樹林中，避開上帝。

⁹上帝呼喚亞當：「你在那裏？」

¹⁰他回答：「我在樂園裡聽到你的聲音，我害怕，因為我赤身露體，所以躲起來。」

¹¹上帝問：「誰告訴你赤身露體？難道你吃了我禁止你吃的果子？」

¹²那個人說：「是你賜給我作伴的那個女人，她給了我那樹上的果子，我才吃了。」

¹³上帝對女人說：「妳為什麼這麼做？」女人答說：「是蛇哄騙我，我才吃了。」

〔上帝的詛咒（3.14-24）〕

¹⁴上帝對蛇說：「你做了這件事，所有的畜牲和走獸當中只有你該受詛咒；從現在起，你用肚子爬行，一輩子吃土。¹⁵我要你和女人互相仇視，你的後代和她的後代彼此為敵。她們們要踩扁你的頭顱，你要咬傷她們的腳跟。」

¹⁶他接著對女人說：「我要加劇你的生產痛。妳將在痛苦中生小孩；可是妳將戀慕妳的丈夫，而他將成為妳的主人。」

¹⁷他又對亞當說：「你聽信你妻子的話，吃了我禁止你吃的果子，讓土地因你受到詛咒！你仰賴土地維生將會終生辛勞。¹⁸土地會長出荊棘雜草，你只好吃野菜；¹⁹你必須汗流滿面才吃得飽。」

²⁰亞當給自己的妻子取名叫夏娃，因為她是眾生的母親。

²¹上帝為亞當和他的妻子做了件皮衣，給他們穿上。²²然後上帝說：「看，人已經跟我們一樣，擁有分辨善惡的知識；要是他也伸手去摘取生命樹的果子來吃，他就獲得永生了。」²³於是上帝打發他離開伊甸樂園去耕種他所從出的土地。

4:1　同房：這不是亞當和夏娃的第一次性經驗；他們早已偷吃禁果。也有可能這句話是在總結前一章的敘述。無論如何，〈創世記〉並不是按時間順序敘述，因為神話世界沒有時間。換句話說，兩位始祖離開伊甸園這個神話世界，進入歷史現實第一件事就是傳宗接代，從此不朽的意義不再是永生，而是生命的承傳。生下該隱：希伯來人的第一次有性生殖，標示歷史的起源，人類從此自己創造生命，這是歷史的開端，人類也從此步上死亡之旅。神話時代結束了，永生雖然夢斷，人類社會卻也展開新的永生形態：永生不再是個人長生不死，而是基因承傳不輟。

4:2　牧羊……耕田：一句話濃縮希伯來人從遊牧過渡到農耕的社會發展史。

〈雅歌〉

1:2　他……你：人稱不一致，原文如此；1:4和埃及情詩之六〈問心〉11亦然。《九歌・大司命》篇中，靈巫扮演的角色多達四個，人稱變化更複雜（錢93-109）。愛：希伯原文"dodim"特指「性愛」，重出於1:4d, 4:10b-c, 5:1f, 7:13e。1:3b直譯「傾瓶而出的乳液是你的名字」，用於解釋第一句；在閃族用法中，名稱代表人或物的本質（參見〈撒母耳記上〉25:25），因此3b可以改寫為「你的乳液氣味芬芳，因為你就是那乳液」。近東地區由於氣候的關係，乳液與芳香劑是必需品，男女都用。但是氣味也有催情作用（Fisher 32-4），這正是香水業廣告策略的基本訴求。

1:4　我們：聖婚儀式常以複數代替單數；由於新娘代表女神，複數可能暗示大能大德之神性，不然就是表示女祭司身兼女神與人間女子雙重身分，代表眾人分享到她蒙君王／神靈之愛的歡欣之情。在敘利亞的婚禮中，新郎稱作「君王」；在上古時代的近東地區，「君王」是豐饒祭典場合男性神的通稱；《九歌》中靈巫稱附身的神為「君」（錢43-7,99），在聖婚場合即是「夫君」。跑：情奔。參較2:8-13男方邀女方。臥室：也可能指帳棚。會：表未來式。

1:6　瞪眼：猶言「目瞪口呆」，原文沒有輕視或欣羨之意。母親的兒子們：同母兄弟，顯然是只知有母而不識其父的母系社會措詞。葡萄園：一如花園和田野，是源遠流長的性象徵，此處可信是隱喻女子的身體（參較4:12, 5:1），特別是性部位；參見〈埃及情詩〉注5和20。母系家庭的男性（說話者的兄弟，即母系家庭的舅舅）開始管制女兒的身體自主權。

1:7　休息：原文泛指四腳動物躺臥的狀態。牧羊人利用羊群「午休」時間幽會，見《達夫尼斯與柯妻漪》1:24-27。蒙臉人：見〈創世記〉38:12-26，但是和她瑪的目的不同；詩中女子希望知道情人在何處，不要重蹈她瑪的方法。

1:8　女子：此一稱呼並不排除受話者是女神的可能性。小羊：代稱羊群，為的是表達情慾影射，如〈創世記〉38:17所見。

²⁴上帝驅逐出這個人以後，就在伊甸樂園的東邊指派有翼天使又安排轉輪火劍，防守通往生命樹的路。

第四章

〔走出神話，進入歷史（4.1-2）〕

¹亞當和妻子夏娃同房。夏娃懷孕，生下該隱，說：「上帝成全我生了一個兒子。」

²後來她又生了該隱的弟弟亞伯。亞伯牧羊，該隱耕田。

〈雅歌〉（節譯）

1:2　願他用嘴唇親吻我！
　　　真的，你的愛香醇勝過酒。

1:3　芬芳勝過你的好乳液，
　　　你的名字香噴噴。
　　　難怪女孩子都愛你。

1:4　帶我走，我們一起跑！
　　　君王帶我到他的臥室。
　　　我們會因你而歡欣喜悅。
　　　你的愛會比酒更使我們陶醉。

1:6　別瞪眼看我黝黑，
　　　是陽光曬黑了我。
　　　我母親的兒子們對我發脾氣，
　　　他們要我看守葡萄園；
　　　我自己的葡萄園我棄守。

1:7　告訴我，我的心上人，
　　　你在哪裡放牧？
　　　中午你讓羊群在哪裡休息？
　　　在你同伴的羊群中。

1:8　最美麗的女子啊，
　　　既然妳不知道，
　　　跟隨羊群的蹤跡走吧，
　　　在牧羊人的帳棚邊，

1:15　鴿子：可能影射鴿子性情溫柔而且眼神含情脈脈，也可能描述眨眼牽動眉毛宛若鴿子鼓翼。希臘文稱鴿子為peristera，意思是 "the bird of Ishtar"（伊絮塔的神鳥）。

1:16　臥榻：坐、臥、睡三用，也是棺木的代用品，用於把屍體抬到墳場（Heidel 167）。翠茵：如茵碧草是神界伴侶纏綿的委婉語，如〈耶利米書〉3:6,13與《伊里亞德》14:347-51。野合婚也是以草地為床。

1:17　顯然不是民宅，有可能是神廟。參見〈湘夫人〉「桂棟兮蘭橑」，棟即屋樑，橑即屋椽。

2:1　藏紅花：與1:17雪松和柏同為近東地區的原生植物。睡蓮：Nymphae lotus，俗稱water lily，可能因此被誤譯為百合花，雖然欽訂本譯作 "lily"（重出於〈馬太福音〉6:28）其實是指銀蓮花（anemone）。從埃及經中東、印度直到中國、日本，蓮花都具有象徵意義，大抵關乎生命、豐饒與完美。

2:3　蘋果樹在蘇美人的聖婚神話有特殊意義。在蘋果樹下尋歡作樂及其危險，甚至可以在現代歌曲找到例子，如 "In the Shade of the Old Apple Tree" 和 "Don't Sit Under the Apple Tree"。蔭影：具有性隱喻的庇護之意，雖然並沒有暗示外在危險的跡象。果：原文一如譯文，都含有「後果」或「回報」的隱喻。甜美：比喻歡樂的活動，特別是性愛，如4:10，參見4:11注釋。

2:12　班鳩叫春。唱歌：原文重出阿卡德文塔牧茲祭歌的標題，但也可能是「修剪枝葉」之意。斑鳩在非洲北部過冬，於四月初回到巴勒斯坦——敘利亞。

2:13　〈路加福音〉13:28：「無花果一旦發嫩長葉，你就知道夏天近了。」〈創世記〉3:7使亞當和夏娃知道男女有別的善惡知識（即性知識）樹，感認就是無花果樹（見〈埃及情詩〉注1）。從印度到地中海，無花果樹普遍被尊為聖樹。

情
慾
幽
林
0
7
4

放妳的小羊吃草。

1:15　　妳真是漂亮，我親愛的，
妳真是漂亮。
妳的眼睛是鴿子。

1:16　　你真是英俊，我的愛人，
真賞心悅目。
我們的臥榻是翠茵。

1:17　　我們的屋樑是雪松，
柏是我們的屋椽。

2:1　我是平原上的藏紅花，
谷地的睡蓮。

2:2　像荊棘叢中一朵睡蓮，
我心愛的在女人當中就是這樣。

2:3　像叢林裡一棵蘋果樹，
我的愛人在男人當中就是這樣。
我喜歡坐在他的蔭影下，
他的果子甜美合我口味。

2:8　聽！我的愛人，
那邊他來了，
跳過群山，
躍過丘陵。

2:9　我的愛人像羚羊，
不然就是小鹿，
看，那邊他站在我們的牆後，
從窗口探望。
從窗櫺窺視。

2:10　　我的愛人對我說話：
起來吧，我心愛的，
我的美人兒，來吧。

2:11　　妳看嘛，冬天過去了，
雨停了，雨季過了，

2:12　遍地看得到花開，
唱歌的時候到了，

3:1　夜夜：原文是複數形態，字義卻是類似英文times（時代），意指「夜晚的時間」；有人認為指的是「夢中」，也有人認為是說話者等候心上人未果，在床上輾轉反側。在Ashur出土的一塊公元前七世紀泥版，記某王子入冥始末，開頭說「Kummaya/ 躺下睡覺，看到夜景。他在夢中入冥」（Heidel 132）。

3:2　要：將要，未來時態。城：城市，常用於指稱幽冥世界。

3:3　遇到：也有「找到」之意；5:7的重出字亦同。

3:4d　文義格局引人聯想伊絮塔入冥解救塔牧茲；但是，參見〈創世記〉24:67：「以撒帶利百加進他母親撒拉住過的帳棚，跟她成婚。以撒很愛利百加；自從他母親死後，到這時才得到安慰。」最後兩行則引人聯想採行母系走婚的中國摩梭族少女成年禮儀式的高潮：從母親手中接受家中專屬臥室的鑰匙，從此可以自由約男子在「那個臥室」過夜。

3:5　郊野：沒有人居、未經開墾、雜草叢生，而且牛羊與野生動物混雜遊蕩的地方，如城門外的空曠地，是慶賀婚禮的場所，伊絮塔有個描述詞就叫作「郊野娘娘」。在美索不達米亞和烏加里特（Ugaritic，古代迦南人的城市，其全盛期在西元前15至13世紀）神話，郊野之地是冥界的別稱。等：直到。愛：愛情，不是指人，而且在前一行是作動詞「催促」與「刺激」的受詞。

4:9　妹妹：見〈埃及情詩〉注2。一顧盼、一晃：原文只是「（不可數名詞的）眼睛」和「（頸項飾物的）一個配件」。不可數名詞的「眼睛」表達抽象意思的「眼神、眼光、流波」之意，如莎士比亞Love's Labor's Lost 4.3.308-9寫的 "where is any author in the world/ Teaches such beauty as a woman's eye?"（這世間哪裡有作家／像女人一顧盼展現這樣的美？）。

4:11　蜜和奶：依原文字序；可能影射上帝所許諾「奶與蜜汩汩流」的福地。前兩行指涉這一對情侶共嚐的甜蜜；在蘇美人的聖婚曲中，甜美與蜂蜜明顯指涉兩性交歡。

斑鳩的聲音
在我們境內聽到。

2:13　　無花果成熟，
葡萄樹開花放香，
起來吧，來，我親愛的，
我的美人兒，走吧。

3:1　　夜夜在我的床上
尋找我心愛的人，
我尋找，卻找不到他。

3:2　　我要起床進城去，
走遍街道與廣場。
我要尋找我心愛的人。
我尋找，卻找不到他。

3:3　　衛兵遇到我，
他們在城裡巡邏。
「你們看到我心愛的人沒？」

3:4　　我一離開他們
就遇到我心愛的人。
我抓著他不放手
直到我帶他到我母親的家，
進到她懷我孕的那個臥室。

3:5　　我求妳們，耶路撒冷的女子，
看在郊野的羚羊和雌鹿的份上
妳們別催促也別刺激，
就等愛自己情願。

4:9　　新娘，我的妹妹，妳使我銷魂，
妳的眼睛一顧盼，
妳項鍊一晃就使我銷魂。

4:10　　我的愛人，我的新娘，
妳的愛多麼甜蜜，
妳的愛香醇勝過酒，
妳散發的香氣勝過任何香料。

4:11　　新娘，妳嘴唇滴出蜜汁，

4:12 隱喻處女的身分，同時暗示性潛能。鎖：門閂。園林本身就是封閉的空間，上鎖進一步強化外人止步的私有權觀念。再者，一如田地、耕作、樹叢、果子等園藝措辭，園林或花園同樣影射情慾；參見《達夫尼斯與柯婁漪》2:4-8的描寫。水源：水泉，一如中文的「溪谷」，影涉女性性伴侶。

4:13 幽谷：原文字義不詳，也可能是「樹叢」，有人認為應該是指女子身體的某一部分，或許是胸部。石榴：從迦南的肥沃地偷運進口的珍產，隱喻多產，是蘇美人的聖婚曲常見的性象徵。鳳仙花：又名指甲花，除了用於化妝染料，芬芳尤其迷人；女人常綁在髮辮或擺在腋下，這意味著鳳仙花束，一如沒藥束（參見〈變形記‧蔥緣〉注95），被當作香袋使用，縫褶匿藏之處也正是現代人噴香水之處。甘松：梵文naladas經波斯傳入英文變成nard，和合本音譯作哪達（樹），是原產於印度東北的敗醬草科（valerianaceae）學名為Nardostachys jatamansi的草本植物，可提煉甘松油，貴重非凡（見〈馬可福音〉14:3-5），在原產地是作催情香使用，用法如同沐浴乳和乳液，也可以灑在隨身配戴的花。結滿、遍灑：原文是表達兩物混合的介係詞，英譯with，重出於4:14c、e的「連同」和5:1c-e「拌」。

4:14 番紅花提供名貴的染料，其雄蕊與柱頭曬乾磨成粉可作調味料，即番紅精。菖蒲：〈耶利米書〉6:20以之和乳香並論，〈以賽亞書〉43:24提到其名貴，〈以西結書〉29:19說是從南阿拉伯進口的。〈出埃及記〉30:23耶和華指示摩西製造聖油，成份包括沒藥、肉桂、菖蒲、桂皮等「上等的香料」。〈箴言〉7:16寫蕩婦勾引年輕人，說：「我已經用埃及的繡花織錦鋪好床，用沒藥、沉香和桂皮薰過了床榻。來吧，讓我們整夜做愛，盡情取樂。」沉香是從東印度進口的。

4:15 原文沒有主詞；一般中譯加上「你是」，其實毫無根據。

4:16 東風不吉祥，呼告南風則只是排比修辭格的運用。吹拂：延續前兩行的祈使語氣。芳香四散的花園顯然代表使男子渾身舒暢的女性嫵媚。聯合聖經公會的現代中文譯本認為本章六行全都是新娘唱的，吻合C. Siegfried所稱「風」比喻新郎，而且的「他」可以指「我的愛人」。值得注意的是，「奮起」是個陽剛且具有暴力意味的字眼，而且北這個方位以及北風之名在原文都是陰性的。相對於16c無從判斷說話者的性別，Pope（499）說e和f「明顯是這女士邀請她的愛人盡情享受她所有而歸他私藏的媚力」，又引述S.N. Kramer「說這『園林』是陰戶的委婉語不至於不通」；參見5:4a「手」。

5:1 開頭連續四個動詞都是表達即將完成的動作，而且該動作之完成係由無可改變之意志所決定。沒藥味卻苦，雖不是食物，可拌酒喝；參見8:2「香酒」。酒拌奶：即《達夫尼斯與柯婁漪》1:23提到的早餐；奶與蜜、油與酒是豐饒地所賜，因此是豐饒祭所不可或缺；戴奧奈索斯來到人間就是「地上流出奶，流出酒，流出蜂漿」（尤瑞匹底斯《酒神女信徒》142）。走向花園、果園或葡萄園是〈雅歌〉喜用的母題，也是蘇美人的聖婚歌的一個中心主題。

5:2 睡眠……警覺：原文的動詞形態為表態分詞（stative participles），表明始於過去而持續到現在的狀態。聽：原文強調的是噪音。男子要求開門，性意涵不言自明。

5:4 手：陽物的委婉語。洞口：原文可以指涉洞窟、牆或門的縫隙、眼洞、窗戶、門閂的插梢孔、鑰匙孔等種種不同形態的「開口」。近東地區舊式房屋使用的木製鑰匙，長度通常超過一英尺，不過在〈雅歌〉成篇的年代之前，可能尚未發明可以從外面上鎖的門鎖。手的性隱喻可以上溯到公元前一千年以前，因此即使沒有後續詩行描寫女方的情感反應，「伸手入洞」也足以有所暗示。五臟：原文除了指具體的內部器官，也涉及兩性的生殖力（見〈創世記〉25:23、〈以賽亞篇〉49:1、〈詩篇〉71:6對偶結構中與子宮對應的重出字）和種種感情的源頭，包括此處與性愛有關的情感；重出於5:14c「腹

蜜和奶在妳舌下，
妳衣裳芬芳
像黎巴嫩的香氣。

4:12　　我的妹妹新娘是園林上了鎖，
池子封閉，水源不開放。

4:13　　妳的幽谷是石榴苑
結滿上選的果子，
鳳仙花遍灑甘松油，

4:14　　甘松與番紅花，
菖蒲與肉桂，
連同所有的芳香木，
沒藥與沉香，
連同所有上等的香料。

4:15　　園林的水泉，
一口活水井，
從黎巴嫩山奔流而下。

4:16　　北風啊，奮起吧，
來吧，南風！
吹拂我的園林。
讓它芳香四溢。
讓我的愛人進入他的園林。
讓他吃裡頭上選的果子。

5:1　我這就進入我的園林，我的妹妹新娘；
我這就採集我的沒藥拌我的香料；
我這就吃我的蜂巢拌我的蜂蜜；
我這就喝我的酒拌我的奶。
吃吧，朋友，喝吧，
陶醉在愛情中！

5:2　我在睡覺，可是我的心警覺。
聽，我的愛人在敲。
對我開吧，我的妹妹，
我的最愛，我的鴿子，我最完美的！
我的頭霑滿露水，

部」，指軀幹的中腰部位。翻騰：原文為表示聲響（嘈雜、祈禱、琴聲、海嘯等）的動詞。

5:7　婦女戴面紗，本意是遮隱美貌或轉移他人的眼光，以求自保，卻往往適得其反。

5:11　精：可能指純度。〈但以理書〉先後述及巴比倫王尼布甲尼撒（Nebuchadnezzar）夢見代表眾王之王的精金頭像，和但以理在底格里斯河畔看到類似的異象（2:31-32,37-38; 10:5-6），這兩段文字引人聯想〈雅歌〉5:10-15，其修辭手法與 "A Prince's Vision of the Underworld" 開頭的部分寫亞述王子Kummaya在陰間所見（Heidel 132-3）雷同，也就是蘇美——巴比倫描述歌（Simero-Babylonian Descriptive Song）描寫神像的手法，「藉描述神像的特徵以呼告神明」（Pope引W.W. Hallo），而且都是依照從頭到腳、最後回到嘴巴的順序模式。埃及戀歌即是由於描述歌脫離宗教與宮廷而發展出來的。不過〈雅歌〉之例是當今所知屬於聖婚祭典最古老的例子。Pope（535）提到在 Minet el Beida發現一尊頭顱覆金而身軀包銀的烏加里特豐饒神Baal，在Ras Shamra發現的一尊則包括琥珀金（金銀合金）、金、銀、銅、塊滑石共五種材料。連峰疊翠：濃密的鬢髮，狀如波浪，但是Pope所舉與原文taltallîm有關的單字都是植物類。黑：近東神話常用於人類的描述詞「黑頭」，或許就是指髮色。

水氣濕透我的頭髮。

5:3　我已經脫了衣服，
　　　怎麼好再穿上呢？
　　　我已經洗好腳，
　　　怎麼好再弄髒呢？

5:4　我的愛人伸手進洞口，
　　　我為他五臟翻騰。

5:5　我起來為我的愛人開門，
　　　我兩手滴下沒藥汁，
　　　我的手指有沒藥汁，
　　　滴在門閂的把手上。

5:6　我對我的愛人開門，
　　　可是我的愛人已轉身離去。
　　　看不到他，我失魂落魄。
　　　我尋找，可是找不到他。
　　　我呼叫，可是他沒有回答。

5:7　衛兵遇到我，
　　　他們在城裡巡邏；
　　　他們打我，他們打傷我，
　　　他們奪走我的面紗，
　　　他們是城牆的守衛。

5:8　耶路撒冷的女子啊，我求妳們，
　　　妳們如果找到我的愛人，
　　　要跟他說些什呢？
　　　就說我害了相思病。

5:9　妳的心上人有什麼勝過別人，
　　　最美麗的女子啊，
　　　妳的心上人有什麼勝過別人，
　　　妳就這樣要求我們？

5:10　　我的愛人紅光煥發，
　　　千百萬人中最醒目，

5:11　　他的頭是精金，
　　　他的頭髮連峰疊翠，

5:13　蓮：lotuses，幾種植物的通稱，此處可能指睡蓮科，見〈埃及戀歌〉注3，此處重點在於紅或深紅的色澤。

5:14　藍寶石：不是真正的藍寶石，而是雜青金石，即佈滿藍色紋理與含金黃鐵礦的石灰岩。

5:15　雪松：或譯作香柏（但是1:17和7:12的柏是cypress），其宗教意涵可從所羅門王營建的聖殿裡裡外外盡是雪松看出（〈列王記上〉6:9-7:12）；神話意涵可從《吉爾格美旭》看出。雪松林是「眾神的居所，伊絮塔的寶座所在」，「樹蔭佳美，賞心又閱目」；伊絮塔向吉爾格美旭求愛時說：「你進入我們的房子時，會有滿室雪松的芬芳」（Heidel V:1:6,8, VI:13）。

5:16　口舌：原文指嘴巴內部包括說話與味覺器官。誘人：即老子「不見可欲，使心不亂」說的「可欲」。

6:2　已降臨：原文yarad是寓有動機的字眼（Pope 554引W. Wittekindt）。除了《奧德賽》，筆者所知的地中海地區上古文獻提及幽冥世界都說是在地下。台灣民俗有乩童下地府，一路回報沿途所見，名為觀落陰，又稱落地府或落獄府（《台灣民俗大觀》2:16），這裡的「落」仍存古意。花園：顯然有別於4:12和5:1指新娘（在上古文學往往表示女性伴侶）及其嫵媚的重出字。奧德修斯入冥是進入冥后的花園。某伊絮塔讚美詩有這麼一句「降臨花園的是君王，他折斷雪松（枝）」（Pope 555引H. Schmökel）。台灣民俗所稱乩童「進花園」，「花園」在閻魔廳附近，園中花木是兒童靈魂的發源地（《台灣民俗大觀》2:16-19）。花圃：即花床。有一首塔牧茲讚美詩說：「他喲，年紀輕輕就睡在園中花叢。／他躺在園中花叢手腳張開」（Pope 555引W. Wittekindt）；蘇美人的聖婚曲則有「他在花苞叢躺下，躺在花苞叢，／這牧人──他在花苞叢躺下，／牧人躺在花苞叢作了夢」（Pope 555引S.N. Kramer）。

6:10　俯眺：兼具俯視、眺望、降臨等意思，隱含崇高與卓越。晨曦：同時表示破曉時出現在地平線的玫瑰色光輝。

6:11　胡桃：「堅果」，特指胡桃；就性象徵而論，代表女性生殖器。看：陳述動作，同時隱含動作者的感情，不論是悲、歡、同情、懊惱、懷疑或輕蔑。山谷：古今中外共通的性象徵。新綠：指涉春天新長的嫩芽綠葉。

6:12　不知不覺：「在（我）知道之前」。坐：被安置在上面。王子：可能是「哥哥」或「王子般的哥哥」，參見4:9注；也可能影射高貴的人品。

黑得像烏鴉。

5:13　　他的臉頰如香花壇，
香草欣欣向榮。
他的嘴唇是蓮花，
滴出沒藥汁。

5:14　　他的手是金杖，
鑲滿寶石；
他的腹部比擬最光滑的象牙，
鑲崁藍寶石。

5:15　　他的腿是大理石柱，
安在金座上；
他的儀表像黎巴嫩山，
挺拔如雪松。

5:16　　他口舌甘甜，
他渾身誘人；
耶路撒冷的女子啊，
那就是我的愛人，我的伴侶。

6:1　最美麗的女子啊，
妳的愛人哪兒去了？
妳的愛人轉向何處，
我們可以陪你找到他？

6:2　我的愛人已降臨他自己的花園，
去到香脂草花圃，
去園子裡放牧，
去採集蓮花。

6:10　　什麼人俯眺如晨曦，
皎皎像月亮，
光明像太陽，
壯盛像戰利品？

6:11　　我往下走到胡桃林，
去看山谷新綠，
去看葡萄樹是不是開了花，
石榴是不是開了花。

7:2　尊貴：「王子般」，可能是比喻用法。穿涼鞋：腳是裸露的，這顯然被視為特別迷人。

7:3　五味酒：以五種成分調味而成的美酒。麥墩：去糠的穀實所堆積，呈弧狀對稱。作圍籬：在腰與臀之間繫以蓮花環繞，其作用純為裝飾，不是為了保護性感帶。當今新疆維吾爾族女舞者跳肚皮舞，仍可見到以飾物圍繞小腹的古風。

7:4　兩隻、孿生：強調乳房的對稱。阿拉伯人崇尚小乳房。羚羊以其形態之完美而在阿拉伯詩歌備受歌頌。

7:5　希實本：亞摩利王都（〈民數記〉21:26-34），水源豐富。水池在古代的用途之一是當作鏡子。巴拉丙門：進行法律裁決並昭告天下的地點。黎巴嫩：山名，也可能指山上的瞭望塔。

7:6　迦密山頂樹林蓊鬱，可比擬濃密的秀髮。紫紅：在上古地中海地區包括從紅到深藍的一系列色調，其原料係取自骨螺（murex）。A. Parrot在Mari發現的一尊蘇美的性愛女神伊絲塔的小雕像，其頭部明顯可見染成紅色，這可能意味著染紅髮是女性美的表徵。以君王稱情郎已見於1:4b。囚在秀髮中：相擁纏綿之狀。

7:7　歡樂的女兒：措辭與法文的fille de joie（歡場女子）如出一轍，但意涵可能不同。《吉爾格美旭》稱神女為「歡樂之子」，是性愛女神的女兒／女祭司。

7:8　棗椰樹：date palm，棕櫚科，又名海棗，盛產於埃及到印度的溫濕地區與綠洲，株高約23公尺，樹冠由美麗光澤羽狀葉構成，其漿果為長圓形，成串有如葡萄，一條枝上可結一千多的果子。以棕櫚比喻高挑的女郎是經典修辭，如奧德修斯讚美Nausicaa時說的「我看到棗椰樹的嫩株拔地而起」（Odyssey 6:163）。乳房：複數，但不必然成雙。一串串：一般用於指稱葡萄，但不盡然，如1:14a是用在鳳仙花，此處更可能是指棗椰果。以弗所的大女神像上半身佈滿乳房，像一串棗椰果，此處的比喻或許有類似的意涵。

7:9　抓：原文隱含某種活力或暴力。芬芳：〈雅歌〉一再提到的催情氣味（1:3,13, 2:13, 4:10,11, 7:14）。

7:10　嘴唇：包含嘴唇的延伸意義，如情話和親吻。流：原文沒有「往下流」的含意，可見這一對情侶是躺臥的姿勢。

7:12　野外：一如葡萄園、花園、果園，是影射女性繁殖機能的意象。過夜：原文並無暗示有或沒有性活動，但很難不引人聯想野合婚。無論如何，婚姻即「昏因」（因者，親也），男女在黃昏時約會而成為親密的伴侶，即歐陽修寫的「月上柳梢頭，人約黃昏後」。7:12參較3:4。

6:12　　　　不知不覺我坐上車
　　　　　　和王子在一起。

7:2　　　尊貴的姑娘啊，
　　　　　妳穿著涼鞋的腳多漂亮！
　　　　　妳大腿的曲線像裝飾品
　　　　　出自藝術家的手工。

7:3　　　妳的肚臍是個圓酒杯，
　　　　　願五味酒永不匱乏！
　　　　　妳的小腹是麥墩，
　　　　　蓮花作圍籬。

7:4　　　妳的乳房像兩隻小鹿，
　　　　　一對孿生的羚羊。

7:5　　　妳的脖子有如象牙塔，
　　　　　妳的眼睛像希實本的水池
　　　　　在巴拉丙門邊。
　　　　　妳的鼻子像高聳的黎巴嫩山
　　　　　眺望大馬士革。

7:6　　　妳的頭像迦密山，
　　　　　妳的頭髮秀麗如紫紅，
　　　　　君王囚在秀髮中。

7:7　　　妳多麼漂亮，多俊美！
　　　　　啊愛人，歡樂的女兒。

7:8　　　妳這身材像棗椰樹，
　　　　　妳的乳房一串串。

7:9　　　我想爬棗椰樹，
　　　　　我要抓樹枝。
　　　　　讓妳的乳房像葡萄串，
　　　　　妳的陰戶芬芳如蘋果，

7:10　　　　妳的嘴唇像美酒
　　　　　　為我的愛而流，
　　　　　　激動酣睡人的唇齒。

7:11　　　　我屬於我的心上人，
　　　　　　他動情是為了我。

7:13　那裡：除了指地點，也通常跟時間有關，是「此時此地」的反義。

7:14　催情果：見〈埃及情詩〉注4。放香：原文可能隱含散發迷魂香之意。美果：也可能是園子裡（4:12）可口的果子，專指她最私密的迷人之處。

8:1　外頭：欽定本與和合本的譯法，指房子、帳棚、城市之外，原文不必然是指「街上」。遇見：參見3:1-4、5:6-8。最後一行顯示，情侶以兄妹相稱只是障眼法。

8:2　我出生的臥室：Pope英譯作「生我的那個人的臥室」，參見3:4d-e和8:5d-e。香：香料調製的。

8:3　譯文沒能傳達原文所暗示動作之急切。墊：在…之下。

8:5　倚靠：原文無從斷定這一對情侶是手牽手走路，還是並肩斜躺在轎子上。蘋果：情慾意涵見2:3和《達夫尼斯與柯婁漪》注13。叫醒：無關乎睡覺，而是喚醒疲懶了的愛；換句話說，男方有了疏離之心，女方意圖喚回他以往共享魚水之歡的情懷。懷孕：原文的動詞字根通常用於陣痛和分娩（如聖經聯合公會5d），但也可能應用在相對無痛甚至帶來歡樂的懷孕過程；依後一義，「那兒」所指的出生地是說他的愛情，而不是（如聖經聯合公會5e和張久宣的譯文）說他的生命，更不可能（如和合本）指養育的處所。神話人物的出生往往與聖樹有關，如阿多尼（相當於巴比倫神話的塔牧茲）生於沒藥樹，他的別名Melus，「蘋果」之意，指他是園丁。

8:6　首行猶言銘記心版，不過蓋印章代表神聖的誓約（〈耶利米書〉22:24）。印章掛在胸前或戴在手指上，可以當作抵押品、證明身分、代表授權（〈創世記〉38:18，41:42），是蒙受上帝揀選的隱喻（〈哈該書〉2:23）。手：原文「手臂」，兩者在詩的用法是同義詞。死亡：一般認為只是用來表達最高級的程度，但更可能影射擬人格的死神Mot，其為幽冥世界的主宰，權力堅不可摧，因為有生必有死。可是，只要人間有愛，死亡也無法耀武揚威。

7:12 來吧，我的愛人，
我們趕緊到田野去，
在柏樹上過夜。

7:13 　清早我們到葡萄園去。
我們將看到葡萄是不是發芽，
花苞是不是開了，
石榴是不是熟了。
在那裡我要給你我的愛。

7:14 　催情果放香，
在我們門前是各種美果；
有新的也有舊的，
我已經為你珍藏，我的愛人。

8:1 巴不得你是我哥哥，
是吃我母親的奶水！
那麼我在外頭遇見你，吻你，
誰也不會怪我。

8:2 我會引你到我母親的家，
帶你到我出生的臥室。
我會要你喝香酒，
喝我的石榴汁。

8:3 他的左手墊我的頭，
他的右手擁抱我。

8:5 是什麼人從郊野回來，
倚靠著她的愛人？
蘋果樹下我叫醒了你；
在那兒你的母親懷了你的孕，
在那兒生你的那個人懷了你的孕。

8:6 把我當印章捺在你心上，
像印章戴在你手臂上。
因為愛情像死亡一樣堅強，
戀情像陰間一樣冥頑。
它射出的是火光，
烈焰熊熊。

8:7 眾水不可能熄滅愛情，
　　　汛洪不可能把它淹沒。
　　　如果有人付出全部的家財
　　　換取愛，不會被人瞧不起嗎？

二、希臘文學

（古希臘文）

荷馬《奧德賽》（公元前8世紀）

　　依格律、伴奏樂器以及表演場合的不同，古希臘的詩歌可分成敘事和抒情兩大類。其中敘事詩以說故事為主，如史詩即是，原本是貴族的娛樂，表演形態類似彈詞。荷馬的《伊里亞德》和《奧德賽》是這一類詩歌口述傳統的集大成（參見拙編《新編西洋文學概論》頁15-18）。

　　荷馬不只一次提到專業詩人在宮廷唱歌助興，但完整寫出唱詞的只有一次，就是此處摘譯的《奧德賽》卷八266-366行，狄莫德可斯（Demodocus）唱出愛神與戰神的醜聞。這一場神界捉姦是奧德修斯漂泊海域期間，作客於人間仙境腓埃基亞（Phaeacia）時，當地的國王阿基諾俄斯（Alcinous）所安排的餘興節目，為的是調解奧德修斯與當地某王子的爭執。從整部詩篇的文義格局來看，節目的內容引人聯想到特洛伊戰爭本是一樁姦情引發的（海倫與特洛伊王子派瑞斯私奔），同時也伏筆襯托奧德修斯之妻珮涅洛珮（Penelope）的忠貞（新婚未久即面臨長達二十年的離別）。世外桃源一如天國神界，並無倫常義務或英雄功業可言，奧德修斯的人格特質因而成為挺立於天地間的一根中流砥柱。戰神在戰場速如風，愛神在情場計如網（如〈愛神讚美詩〉所見），居然雙雙在小小的床上陷入天羅地網。金工神捉姦全靠「妙計」（331）立功，這一「妙」也正是奧德修斯在西洋文化史上永垂不朽的智多星標籤。

　　中譯附加的標題冠以「記趣」二字，反映出原作輕鬆的筆調。荷馬以不論斷是非的客觀筆法把天神徹底世俗化，為「人依照自己的形象造神」這個宗教現象留下了淺顯易懂的文獻記錄，也為神人同形同性論（anthropomorphism）這個神學觀念留下了令人過目不忘的例子。然而，受過女性主義洗禮的讀者必然在荷馬的「客觀」看出「記趣」以外的深義。「女性神都留在家裡」（324）對比男神的「開懷哄堂」（327），正看出眾神是男性幻想的產物。文學不論如何「無我」，終究無法完全擺脫社會文化的制約，而此處所提的制約條件即是父權的陰影。歸根究底說來，愛神阿芙羅狄特是父權興起之前的豐饒神，而豐饒的前提就是蓬勃的生機，亦即事屬神聖而事涉兩性的機緣。以「大母

神」形象現身的愛神必然不只一個性伴侶，甚且應該是多多益善，這其實只是「但有其母而不知其父」的野合婚制的遺跡。公元前二世紀羅馬軍事征服希臘的時候，希臘文化也同時征服了羅馬，跡象之一就是義大利本土信仰的農藝與成長女神維納斯同化於阿芙羅狄特。大母神淪為愛神，父權固然興起，生機卻不能放棄，只是性愛世俗化導致男人以「社會新聞」的眼光看待愛神的事跡，過程有如「野合」從常態婚姻制度，經具有狂歡性質的節日野合，到如今只留下負面的意義。這麼看來，視〈捉姦記趣〉為「神話世界的八卦新聞」，誰曰不宜？只是，別忘了八卦背後所隱含深層結構的意義：由於制度縮限生物求偶的本能，有婚姻制度就難免會有婚外情的事例。

捉姦記趣（《奧德賽》8:265-366）

狄莫德可斯撥動琴弦開始精采唱故事，
唱阿瑞斯和華冠阿芙羅狄特的戀情[1]，
他們第一次在赫菲斯托斯家裡幽會
共枕；他付出許多禮物，玷污了她和
270　赫菲斯托斯的婚床。通風報信的是
赫利俄斯[2]，他看到這對愛侶睡一起。
赫菲斯托斯聽了心酸，
回到他的打鐵廠，悲痛盈胸，
把巨大的鐵砧擺在墊座上，要打造
275　鬆不開也扯不破的細絲，牢牢捉姦。
他對阿瑞斯滿腔憤怒，完成了這個
陷阱，回到臥室——那兒有他心愛的床——

---

[1]　阿瑞斯：戰神。冠：花冠；為女神披花圈或戴花冠是古禮，如龍戈斯《達夫尼斯與柯婁漪》1:32所見。阿芙羅狄特：性愛美神，羅馬神話稱維納斯；她的丈夫是下一行提到的赫菲斯托斯，是跛腳的金工神。容格派心理學家Jean S. Bolen 指出（234-5），美神和金工神結合可能代表藝術（手工藝之美）的產生；傳說愛神和戰神生下女兒Harmonia（和諧）和兒子Deimos（恐怖）與Phobos（畏懼），這意味著情場與戰場是最難控制人性熱情的兩個領域，保持平衡才有和諧可言。

[2]　赫利俄斯：太陽擬人化而為太陽神，其傳統造形為頭頂光芒，駕日車巡迴天空的俊美青年；後人把他和阿波羅混淆了。

沿著床柱繫事先緊編結好的網，

又在床鋪上方從屋樑垂掛細絲，

280　輕巧有如蜘蛛網，甚至連幸福的眾神

也看不出來。他的手藝不愧神工。

安置妥當這樣一張罩床陷阱網，

他出發前往連諾斯[3]，那堅固的城砦

是世上人間他最鍾愛的地方。

285　仔細守候的金韁[4]阿瑞斯不是瞎子，

他一看金工巧匠上了路，

立刻跟進巧匠赫菲斯托斯的家門，

懷著纏綿華冠庫泰拉[5]的情慾；

她先前去拜訪她父親——就是克羅諾斯

290　大權在握的兒子——剛回來坐定，阿瑞斯就進門。

他拉起她的手，叫她的名字，對她說：

「來吧，親愛的，我們上床去，躺下來，

因為赫菲斯托斯不在這附近，他已經

在連諾斯探望那些說野蠻話的辛提亞人[6]。」

295　她聽他這麼說，也高興和他睡，於是

上床躺下。突然在他們的四周

罩下赫菲斯托斯精心設計的網，

雙雙動彈不得，也起不了身，

這才明白真相，再也無路可逃。

300　臂力過人的金工巧匠來了，站在床邊，

他還沒抵達連諾斯就半路折回，

3　連諾斯：愛琴海一火山島，礦產豐富，正是天然的鑄鐵場。赫菲斯托斯「最鍾愛」該地
　　（284）的另一個理由是，有一次宙斯和希拉（他的父母）吵架，他站在希拉一方，宙斯憤
　　而抓起他的腳，把他摔出天界，掉落在連諾斯，從此跛腳，連諾斯居民照料有加（《伊里亞
　　德》1:586-94）。

4　金韁：阿瑞斯的神駒以金繩為韁，故有此描述詞。荷馬使用描述詞，主要是基於格律的考
　　量，其中不乏蕭規曹隨的傳統用法，有的甚至連荷馬本人也顯然不知其意義，如362並無反
　　諷可言的「笑臉女神」，這是口傳詩歌的一大特徵。

5　庫泰拉：見赫西俄德〈愛神的誕生〉195-8。

6　辛提亞人：Sintians，定居於連諾斯的色雷斯（Thracian）人。

因為赫利俄斯替他監視，告訴他實情。
所以他回來了，滿心悲痛，
站在門前，怒氣填膺，
305　大聲叫嚷著，呼喊眾神：
　　「宙斯天父[7]，還有你們其他幸福
永生的神，來啊，來看好笑[8]的事，
不體面的事，宙斯的女兒阿芙羅狄特
看我不上眼，偏偏愛上兇煞阿瑞斯，
310　因為他長得帥，兩腳健全，而我
生來殘障，那不是我的錯，要怪
得怪我父母，恨不得他們沒生我。
現在看吧，看他倆爬上我的床卿卿
我我。看他們這樣，我就痛心。可是
315　我相信他們不會想要多抱些時候，
雖然他們愛得死去活來；我想他們不會
有睡意的，我的定身網會裹住他們
直到她父親全數退還我當年為了
娶他的狐狸精[9]女兒所付出的聘禮。
320　她麗質天生，卻水性揚花。」
他這一喊，眾神聞聲聚攏他的銅地板
房子。動地神波塞冬[10]來了，也來了和善的
赫梅斯，還有威力無遠弗屆的阿波羅[11]。
可是女神都留在家裡，因為害羞。
325　行善施恩的這些男神圍聚在前庭，
走近觀看巧匠神赫菲斯托斯的手藝，

7　呼叫宙斯，出面的卻是其弟波塞冬（322）；宙斯對於天神的爭執，一向置身事外。

8　希臘人愛面子，受人嘲笑事關重大，因此金工神這一叫嚷足以平冤雪恥（Jones 73）。

9　狐狸精：原文「狗臉」，極言其無恥。「在希臘人看來，狗以隨地苟合知名」，「這是逐字翻譯可能誤導讀者的佳例」（Hexter 100, 115）。

10　波塞冬：海神。波塞冬成為海神之前乃是深層陸地之神，咸認地震是他引起的，故有「動地神」之稱，也因此地震頻繁的地區，如斯巴達和色薩利（Thessaly），特別崇拜他。

11　赫梅斯：宙斯的神使，也負責護送亡魂到陰間，所以有335「引路行善」這樣的描述詞。威力無遠弗屆：可能指阿波羅的弓箭神身分。

看得永生的男神無不開懷哄堂大笑。
他們交頭接耳，你一句我一句：
「壞事沒有好下場。看，跑得慢的趕上
330　跑得快的，慢吞吞的赫菲斯托斯已經趕上
奧林帕斯眾神中最善跑的阿瑞斯，靠妙計，
雖然他跛腳；阿瑞斯得要付遮羞費。」
眾神就是這樣議論紛紛，
宙斯的兒子阿波羅對赫梅斯說：
335　「宙斯的兒子，引路行善的赫梅斯，告訴我，
你可願意裹著那樣的定身網，
睡在金阿芙羅狄特的身邊？」
殺死百眼巨人的神使回答道：
「弓箭神阿波羅，我可是求之不得，
340　即使是套上三層的定身網，
男女眾神都來圍觀也沒關係，
我樂意睡在金阿芙羅狄特身邊。」
他這一說，眾神又是一陣哄笑；
只有波塞冬不覺得好笑，他不斷催促
345　巧匠金工神赫菲斯托斯，要求他釋放
阿瑞斯，大聲對他說出展翅話[12]：
「放他走，我擔保他的賠償
如你所願，永生的眾神一起作證。」
臂力過人的知名金工神答道：
350　「動地神波塞冬，你不要逼我。
卑鄙的傢伙怎麼擔保都是卑鄙。
要是阿瑞斯一逃了之，賴賬不付，
留下一面空網，我能夠當著眾神網你嗎？」
動地神波塞冬回答他：
355　「赫菲斯托斯，如果阿瑞斯開溜，
欠你錢不付，我就自己墊款。」
臂力過人的知名金工神答道：

---

[12] 展翅話：迅速傳達遠方的話語。

「你這麼說，我不能也不該不通情理。」
於是赫菲斯托斯鬆開定身網，

360　他們倆重獲自由，立刻一躍而起，雖然
束縛是那麼堅韌。阿瑞斯逃往色雷斯[13]，
笑臉女神阿芙羅狄特奔回帕佛斯，
在塞普路斯[14]，那裡有她的聖地和香火祭台，
美惠女神[15]在那兒為她沐浴塗神油——

365　那一類的東西，永生的神多的是——
幫她穿賞心悅目的衣服，看一眼也夠驚嘆。

[13] 色雷斯：位於愛琴海北方，馬其頓之東，在當今的歐洲土耳其境內，其民驍勇善戰，傳說是阿瑞斯的故鄉。

[14] 塞普路斯：東地中海的一個大島，傳說阿芙羅狄特誕生於該島近海，島上的帕佛斯是她的聖地。她逃走的方向恰與戰神相反。

[15] 美惠女神：年輕貌美的三姊妹，專門伺候阿芙羅狄特，是「優雅」的擬人格。

赫西俄德（公元前8至7世紀）

　　荷馬以浪漫情懷謳歌五百年前（公元前十三世紀）的英雄傳奇。《伊里亞德》和《奧德賽》的成就標誌舊時代的結束，同時也預告新時代即將來臨。此後，隨創作的媒介由文字取代口傳，希臘文學的重心逐漸從愛琴海東岸轉移到希臘本土。赫西俄德（Hesiod）就是希臘本土產生的第一位大詩人。他使用荷馬的格律與措辭，表達的卻是當代農民腳踏實地的人生視野與世界觀，沉重而不失質樸。他開創了教誨詩的傳統，也就是寫詩承傳經世致用之道的文學傳統。不論是把希臘眾神與史前文化納入一個族譜的《神統記》，或是在農耕社會尋求安身力命之道的《歲時紀事》，都可以看到文學與現實緊密掛鉤的痕跡。（這兩部作品，坊間有張竹明與蔣平合譯的單冊本《工作與時日神譜》）

　　以下選譯的兩段，第一段〈愛神的誕生〉摘自《神統記》116-22與164-206行。《神統紀》在開場白之後，從116行開始講述性愛美神阿芙羅狄特誕生之前的神譜。阿芙羅狄特就是羅馬神話所稱的維納斯。有必要先作說明的是，大家都知道維納斯有個兒子叫Cupid（丘比德），那是羅馬時代才出現的說法，甚至在龍戈斯的作品也無跡可尋。小愛神Cupid又名Amor，拉丁文「愛」，而拉丁文的*cupido*是「慾」，合而言之正是本書的主題「情慾」。因愛生慾，有情有慾遂有萬物，希臘文的*eros*正是這個意思。希臘神話把eros擬人化，變成Eros，就是音譯取義的「愛樂」。愛樂是宇宙萬物的創生原則，比愛神的資歷老多了。本書凡稱愛樂，都是指Eros。

　　第二段選譯〈潘朵拉禮盒〉，摘自《歲時紀事》42-105行，是希臘版的「失樂園」。愛可以帶來樂，可是不必樂極也可能生悲。在另一方面，這個故事讓我們看到，好奇乃是西方世界從希臘繼承而來的善惡知識樹所結出的文化原罪果。為滿足好奇心而挑釁禁忌，這是本選輯中〈尋愛記：丘比德與賽姬〉的一個主題，也是現代科技發展的一個母題。至於巧施美人計，神話雖然不常見，歷史可不陌生。兩個標題都是中譯附加的。

愛神的誕生（《神統記》116-210）

116　最早出現的是渾沌；其次是
　　　廣胸懷的蓋雅[1]，為積雪封頂的
　　　奧林帕斯眾神提供牢靠的地基；
　　　還有地底深處幽暗無光的塔塔若斯[2]，
120　以及愛樂[3]，永生的神當中最漂亮的，
　　　他使得四肢無力[4]，馴服心靈
　　　與心智，凡人與眾神都不例外。

〔渾沌生出陰府和黑夜；黑夜因愛樂而與陰府交合，生下以太（Aether，上天清靈之氣，有別於下天包被地表的大氣或空氣）和白日。地母自受孕，生出眾神居住的星空。星空即是烏拉諾斯（Uranus），後來成為天父，他和地母因愛樂而結合。天父不喜歡地母為他生的孩子，把他們深藏在不見天日的地底，地母深以為苦，忍痛呼籲孩子：〕

　　　「孩子，你們的父親罪孽深重，
165　只要你們聽我的話，我們就可以
　　　懲罰他的惡行。是他起頭動念
　　　做出無恥的行為。」她這麼說
　　　可嚇著了他們，沒有接腔的。但是
　　　克羅諾斯有勇有謀，回答他摯愛的母親：
170　「母親，這事由我來，因為
　　　父親壞名聲，我看不過去；是他
　　　起頭動念做出無恥的行為。」
　　　聽他這一說，地母滿心歡喜，

---

[1]　蓋雅：「大地」的擬人格，即地母。

[2]　塔塔若斯：陰府最幽深之處，犯不赦之重罪的凡人不待過世就發落到該處受永罰。

[3]　愛樂：Eros，羅馬神話稱丘比德，是「性愛」的擬人格，也是「與攻擊的能力相頡頏原慾精力，致力於生命的滿足與深化，也致力於生命與其環境的融合，是與死之本能相對應的生之本能」（Marcuse 282）。本選集〈尋愛記：丘比德與賽姬〉可以印證這樣的哲學觀點，《達夫尼斯與柯婁漪》則更接近赫西俄德所述愛樂是自然與眾神的化育者這樣的神話觀點。

[4]　愛使人四肢無力，這是莎芙以降希臘情詩的一大母題。

把他藏在隱蔽處，交給他一把

175　鋸齒鐮刀，說出她設想的計謀。

天父回來，身邊帶著黑夜，
心裡想著愛，把自己整個攤開，
覆蓋地母。他的兒子從埋伏地點
伸出左手[5]，右手握長柄的鋸齒鐮刀

180　迅速收割他父親的生殖器[6]，
隨手往身後丟。這一丟
並沒有白費，因為所有的血滴
地母全部吸收[7]。歲月推移，
到了時機成熟時，她生下

185　復仇女神、壯碩的巨人族
身披閃亮的鐵甲又手執長矛，
以及世人稱為米莉的梣樹仙女[8]。

被狠狠割下的生殖器從陸地給丟入
波濤洶湧的海面，隨浪逐波

190　好長的一段時間。白色泡沫
包圍這永生的肉體，從中誕生

---

[5]　伸出左手：為的是抓住被害人的命根子。左手因此被視為不吉祥（Graves 6.a）。

[6]　克羅諾斯閹割天父烏拉諾斯（Uranus，「天」）的故事其實是天與地（地母蓋雅，英文作 Gaea，希臘文的gaia是「土地」）一分為二的一種說法，是創世神話最後的開天闢地階段。他的名字，英文為Cronus，希臘文作*Kronos*，這卻不是希臘字，而可能是希臘境內的原住民所殘留的語言痕跡。Isaac Asimov指出英語世界的訛傳，常誤以為Cronus是「時間之神」，因此把「時間老爹」（Father Time）說成手持鐮刀的老人。其實，希臘文的「時間」是chronos（因此英文以chrono-為表示「時間」的複合字根）。對希臘的原住民來說，Cronos可能是農業之神，他手上的鐮刀正是農民收割穀物的工具（Asimov 22）。按Robert Graves，「時間老爹」的造形源自希臘人誤把Cronus讀作Chronos（Graves 6.2）。無論如何，178-80描述「急速收割」的寫實筆觸，正是一幅農忙即景。

[7]　「血」即精血，地母吸收精血隱喻天地交合。

[8]　米莉：*Meliae*（複數形態），「梣樹」；此處特別提及，因為她們是宙斯的奶媽。仙女：nymph，這個希臘字本義為「新娘」，後來泛稱「美少女」，特指神話階層體系中地為介於人神之間的「仙女」。她們和神一樣可以青春永駐，卻和人一樣可能遭遇死亡。她們其實是汎靈信仰中自然界「精靈」的化身。

美少女，她先漂近聖島庫泰拉[9]，

然後移往海波環腰的塞普路斯，

長成可敬可愛的女神，款步落腳

195　青草生，人神同稱阿芙羅狄特，

〔也稱作泡沫生女神和華冠庫泰拉[10]〕

因為她從泡沫而生，稱呼她為

庫泰拉則是因為她到過庫泰拉；

因為生於那個浪淘島，又名塞普路基妮[11]；

200　因為出自生殖器，又名愛性器女神[12]。

愛樂是她的同伴；貌美的慾望

緊追隨，在她出生和加入天界

都一樣。這樣的榮幸她從一開始

就擁有，在神族人間都有這緣分[13]：

205　少女的呢喃、微笑和小花招，

以及甜蜜的歡樂、情意和優雅。

天父譴責他自己的兒子，

稱他們為提坦族[14]，因為，他說，

他們施展張力太過分，做出

210　日後會招來報應的行為。

9　庫泰瑞雅：Cythera，希臘東南外海的大島，是阿芙羅狄特的信仰中心，因此有「庫泰拉」（Cytherea）這個別稱。

10　方括弧表示根據不同的校訂本補充。泡沫生：阿芙羅狄特原名Aphrodite，希臘文的aphros則是「（海中）泡沫」。海波衝岸形成浪花，浪消產生泡沫，因此有人把阿芙羅狄特「生於海中泡沫」譯作「生於浪花」。

11　塞普路基妮：Cyprogene，此一希臘字是Cypro（塞普路斯）和genea（氏族，世代）複合而成。

12　愛性器：Philommedes，字首philo-是「親愛」。一般認為這個別名是阿芙羅狄特特有的描述詞philomeides（「愛笑」）的轉訛誤稱。下一行的「慾望」，一如這一段神話所提到的一切神名，是擬人格。

13　緣分：205-6所述戀愛中人共有的行為或特色，只有阿芙羅狄特得以分享。

14　提坦：字意「使勁製造張力或拉力者」。提坦神族中的瑞雅（Rhea）和克羅諾斯後來姊弟聯姻，他們的後代就是奧林帕斯神族，即住在奧林帕斯山上，以宙斯（Zeus）為家長的神族（《神統紀》453行以下）。

潘朵拉禮盒（《歲時紀事》42-105）

42　眾神私藏維生的原料，不讓

　　人類知道。要不是這樣，你[15]可能

　　工作一天就賺到一整年的糧食，

45　從此把舵閒置[16]任煙燻，荒廢

　　牛和騾勤苦工作的田地。

　　宙斯隱藏秘訣是因為

　　氣憤普羅米修斯欺瞞他，

　　所以他算計以悲苦對付人類。

50　他藏了火，但是伊阿佩托斯

　　英勇的兒子[17]從智慧神宙斯那兒

　　偷出火種，藏在中空的茴香莖。

　　聚雲神[18]宙斯失察在先，事後盛怒：

　　「伊阿佩托斯的兒子，你詭計超群，

55　盜火瞞過我，你志得意滿——

　　天譴會降臨你和全體人類。

　　我要送給他們不吉祥的禮物

　　當作他們為了火付出的代價，

　　讓他們喜洋洋擁抱災殃。」

60　人神之父說完，哈哈大笑。

　　他指示大名鼎鼎的赫菲斯托斯[19]趕緊

　　混合水和土，攪進人類的聲音

　　和活動力，捏成甜美可愛的姑娘，

---

[15] 你：赫西俄德的兄弟Perses。赫西俄德寫這一部作品，乃是有感於Perses在分家產時，賄賂當局而豪奪「較大的一份」（39），為求伸張正義並有以規勸而發為文。

[16] 閒置船舵意味著懶於出海謀生。

[17] 伊阿佩托斯的兒子即是普羅米修斯。

[18] 聚雲神：宙斯本為雷神；因雷聲巨大，又有「響雷神」之稱（79）。

[19] 赫菲斯托斯：金工神兼火神，宙斯和希拉的「婚生子」，也是天界唯一的跛腳神（見72行）。他跛腳的原因，說法不一，有人說是希拉嫌棄，把他丟棄，也有人說是父母吵架，他站錯邊，被宙斯踢倒。不管是手丟或腳踢，他從天界花了九天九夜才摔下地。

容貌就像永生的女神；他又交代

65　雅典娜教這女孩針線活和紡織，
金[20]阿芙羅狄特在她頭頂灌注
嫵媚以及疲身勞神的慾望
和憂愁。宙斯接著下令引路神[21]，
就是斬殺百眼巨人的赫梅斯，

70　擺進狡滑的天性和無恥的心。

克羅諾斯的兒子[22]下令，無神不從。
跛腳神遵照宙斯的指示，摶土塑造
羞怯姑娘的形象，明眸[23]雅典娜裁給她
披身布和束腰帶，賜她金項鍊的

75　是天界媚娘和美惠女神[24]，在她頭上
編戴春花圈[25]的是濃髮娘娘四季女神，
〔帕拉絲[26]雅典娜點化她婀娜生姿。〕
斬殺百眼巨人的引路神為她設計

---

[20] 「『金』對希臘人來說就是『美』」（Bolen 233）。阿芙羅狄特：美神兼愛神，即羅馬神話所稱的維納斯。

[21] 引路神：赫梅斯，眾神的信使，特別是宙斯的傳令」，故有「傳令神」、「神使」之稱（80, 85），也是旅行人士的保護神，又負責引導亡魂前往陰間（*Odyssey* 24:1-14），故名。他出生當天就跳下搖籃，偷走阿波羅的牲畜，還製造不在場證據耍賴，足為厚顏無恥之徒的老祖宗（參見78-9）。他所斬殺的百眼巨人（69）乃是奉希拉之命監控伊娥（宙斯愛上的凡間女子），希拉感念其忠心，拿那些眼睛裝飾她的神鳥孔雀。他發明有翼涼鞋，飛速如風，因此稱「速行」（85）。

[22] 宙斯。

[23] 明眸：眼睛亮麗，是荷馬慣用於雅典娜（如《奧德賽》1:156）的套式描述詞（*glauk*-即「閃亮」，*-opis*即「眼光」）；「明」特指湛藍所反射的光澤，因此也有人譯作「灰藍」，也就是西方人或貓頭鷹的眼珠所呈現的那種藍。不過，一般認為「明眸」的本義是「鴞眼」，這可能反映雅典娜的原始造形是鴞首人身，到了荷馬時代已經不知其所以然（Bowra 22; Willcock 14）。

[24] 媚娘：「媚力、說服力、誘惑」的擬人格，詳見拙譯《奧瑞斯泰亞》1:385行注。此處以「媚娘」為女神，故有「天界」這樣的描述詞。美惠女神：Graces，傳統男性社會所設想外觀可見的「婦德」形象（即英文的graceful）的擬人格。

[25] 春花圈：以春季的花卉編成的花冠。

[26] 帕拉絲：Pallas，因襲荷馬的套式描述詞，「美少女」之意，為雅典娜所專用，也因此成為她的代稱。方括弧表示本行取自不同抄本的異文；下同。

花言巧語和心機，〔完全符合響雷神
80　　宙斯的意志。〕傳令神又為她取名
潘朵拉[27]，因為奧林帕斯眾神全都
送她禮物，這是吃穀物的人[28]遭受的天譴。

完成這個天羅地網之後，天父
派遣榮耀齊天，斬殺百眼巨人的
85　　速行神使帶這禮物送給葉皮米修斯[29]。
葉皮米修斯沒在意普羅米修斯
先前警告他不能接受宙斯的禮物，
要退回，免得人類受害。
他後來明白了，卻已鑄成大錯。

90　　這之前，人類一族居住在世間，
不知憂愁勞苦為何物，
不曾見識帶來死神的重病──
〔人處境悲慘就老得快。〕
但是，女人伸手打開禮物盒蓋[30]，
95　　愁苦重病四處飛散，遺害人間。
盒壁裡面只留下一樣東西
沒有飛出開口，就是希望。
盒蓋即時把她攔截下來，
〔貫徹山羊盾主宙斯[31]聚雲神的天意。〕
100　　但是無數的災殃在人間流竄，

27　潘朵拉：Pandora，「全部的（pan-）禮物」。如此命名，很可能意味著她原本是地母或大
　　母神神（Grant 109, 129; Harrison 280-1）。

28　吃穀物的人：凡人；眾神吃的是ambrosia，喝的是nectar。

29　葉皮米修斯：Epimetheus，「後知後覺」。其兄Prometheus（普羅米修斯）則是「先知先
　　覺」。

30　「盒子」希臘文作kista，在古代是kustus（女性的外陰部）的雙關語；一如〈丘比德與賽
　　姬〉中，維納斯要賽姬去陰間裝回「美」，交給她一個pyxis（小盒子），這個拉丁字在俚
　　語也是指女性的生殖器（Pollack 130, 170）。

31　山羊盾主：宙斯的盾牌（一說是胸甲）叫aegis，「山羊皮」之意。

陸地海洋從此災害連連。
每天都有疾病侵襲世人，
甚至在夜晚不請自來，
悄悄地把不幸帶給凡人。
105　可見無法逃避宙斯的意志。

荷馬詩贊（公元前7至6世紀）

　　由荷馬總其成的史詩傳統在愛琴海東岸的愛琴海東岸的愛奧尼亞地區（Ionia）已趨沒落，而赫西俄德的教誨詩在希臘本土方興未艾之際，諸神讚美詩大量問世。晚至亞歷山大時期才纂輯成單行本的這些讚美詩，總共有三十三首傳世，合稱《荷馬詩贊》（Homeric Hymns）——加上「荷馬」這個形容詞，因為古人託稱荷馬所作。以神人互動為大特色的這一部讚美詩彙編，運用荷馬的格律傳達史詩餘韻，卻流露赫西俄德的現實趣味。荷馬遺風的一個文體特色是套式描述詞，可能也是現代讀者在閱讀上比較感到費解的地方；可是緊密連繫的人神關係卻有助於拉近古詩與現代讀者的距離。

　　此處譯出第五首，原標題為〈阿芙羅狄特讚美詩〉。阿芙羅狄特也就是一般讀者所熟悉的維納斯。維納斯原是羅馬人崇拜的園圃與成長女神，後來同化於阿芙羅狄特，降至中古時代則成了世俗之愛的同義詞。至於阿芙羅狄特，單看3-6行的開場詩就知道她非比等閒；70-74寫她在伊達山吸引野物產生情慾，更進一步透露她是主管生殖的野物娘娘（the Lady of the Beasts, Neumann 268-80）——「愛性器」的這個描述詞（赫西俄德〈愛神的誕生〉200）顯非浪得。事實上，希臘人所稱的「大母神」在伊達山就是以動物的保護神受到崇拜。尤有進者，她專有的描述詞當中，有兩個與情慾無關卻隱含創世神的屬性：Aphrodite Urania（天后），Pasiphaë（普照）。有人主張阿芙羅狄特源於亞述女神伊絮塔，說她的信仰是由Ascalon的腓尼基人帶到塞普路斯島上的佩佛絲，稱其為Astarte（Avery 123）。「金身阿芙羅狄特」（1）似乎特能彰顯阿芙羅狄特的古老神性，因為在古埃及人的信仰中，黃金是神肉，而且西亞的神像常以金色呈現——此一信仰在佛教甚至維持到現在。更有意思的是，阿芙羅狄特的這一趟尋愛之旅，結果是埃涅阿斯的誕生，也就是羅馬人所承認的民族始祖；即使在高度世俗化的羅馬，愛神仍然難掩其為創生女神的屬性。

　　希臘人寫讚美詩是用於祭典的場合歌頌主祭的對象。在性別階級嚴明的父系社會，性愛美神的職責已由性愛轉為情愛，甚至單獨標舉其

為「美神」。由此觀之，阿芙羅狄特簡直是「倒追」牧羊人。女神的追尋之旅乍看好像顛覆了人神戀愛的基本模式（男神追女性），可是從女性主義的角度而論，影響情慾政治的關鍵不在於性別差異，而是在於權力關係；既然女神的地位高於男人，因此「顛覆」之說就難以成立了。從情慾文學的觀點來看，這首讚美詩甚至可以說是透過大女神追尋「夫君」的事蹟闡明聖婚的真諦。

愛神讚美詩（第五首）

    繆司，請告訴我金身阿芙羅狄特[1]
    塞普路斯娘娘[2]的事跡，她攪動眾神
    甜蜜的熱情，制服凡人一族、

    空中飛鳥以及所有陸地和大海
5   滋養的許許多多的生物：這一切
    無不喜愛華冠娘娘庫泰拉[3]的作為。

    可是有三顆心她無法說服也無法誘捕。
    第一個是山羊盾主[4]宙斯的女兒雅典娜；
    她不認為阿芙羅狄特的作為有樂趣，
10 卻喜歡戰爭和阿瑞斯的工作[5]，
    就是戰鬥、打殺和磨練技能。
    她最先教導工匠製造戰車
    和青銅車，她也教導少女
    留在室內，並且充實她們
15 種種手藝的知識和技巧。

---

1 繆司：文藝女神；以呼告繆司破題，正是荷馬史詩的手法。金身：polychrysou，直譯是「多金」，但是這個希臘字作阿芙羅狄特的描述詞，係與chryseos同義（Liddell & Scott 1446），而後者出現在《伊里亞德》只是形容別針，顯然poly-是誇示修辭。

2 塞普路斯是阿芙羅狄特的聖地，見〈愛神的誕生〉192-9行。

3 庫泰拉：見赫西俄德〈愛神的誕生〉190-8。

4 山羊盾主：見赫西俄德〈潘朵拉禮盒〉注16。

5 雅典娜和阿瑞斯，一女一男，都是戰神。雅典娜同時也是智慧和手藝的保護神。

愛笑娘娘[6]阿芙羅狄特也無法
以愛馴服金箭女獵神阿特密絲[7]，
因為她喜歡射箭、在山區殺野獸、
也喜歡抱琴[8]、跳舞、尖叫，以及
20　　陰涼的樹林和居民正直的城市。

清純少女赫絲悌雅[9]也不喜歡阿芙羅狄特
的作為。由於山羊盾主宙斯的意志[10]，
她是機伶神克羅諾斯的第一胎，最年輕[11]。
波塞冬[12]和阿波羅都想娶這尊貴女郎，
25　　可是她沒有意願，斷然拒絕。
她手觸山羊盾主父神宙斯的頭，
鄭重發下後來果真應驗的誓，
說她永世永生是姑娘。父神宙斯
於是賜她不婚的榮耀，讓她據擁
30　　家屋的中心，享受最好的祭品。
所有的神廟她都分享到榮譽，
她是凡人世間最主要的女神。

這三女神的心，阿芙羅狄特無法說服也無法
誘捕。可是其他的天神和所有的凡人，
35　　沒有一個逃得過阿芙羅狄特的掌握。

6　愛笑娘娘：典型的荷馬式描述詞，即荷馬史詩中附屬於特定角色的複合形容詞（*philo*-即「喜愛」，-*meides*即「笑」）。這種描述詞的使用，往往只是為了配合詩的格律，159行「吼聲低沉」也是一例。

7　阿特密絲：Artemis，狩獵女神，羅馬神話稱狄安娜。

8　抱琴：古希臘多種弦樂器的總稱，抱於胸前彈撥。

9　赫絲悌雅：火塘（爐火）女神，家庭的象徵。

10　宙斯的意志：荷馬史詩的套語，猶如國人說「天意」。宙斯是古典希臘所崇奉的主神（因此26行稱他為「父神」），因此一切已然之事無不歸於他的意志。

11　依赫西俄德《神統紀》466-97，克羅諾斯把自己的孩子甫出世就一一吞下肚，後來中計，被迫一一吐出。第一胎最先被吞下肚，因此最後一個被吐出來的，所以「最年輕」。

12　波塞冬：海神。

連喜雷神[13]宙斯的心也被她
引上歧途。他雖然地位至尊，
神相莊嚴無比，她照樣隨興
迷惑他的明理心，把他和凡間女子
40　配對，不讓他的姊妻[14]希拉知道——
就是永生的女神當中堂堂
絕美，機伶的克羅諾斯和瑞雅
所生的女兒，後來成為智慧
天長地久的宙斯明媒正娶的賢妻。

45　但是宙斯在阿芙羅狄特身上灌注
濃情蜜意，讓她懷著甜美的慾望
愛戀人間男子，讓她很快就嚐到
凡人之戀，為的是預防愛笑娘娘
阿芙羅狄特日後淺笑挖苦眾神
50　說男神愛戀人間女子是她一手促成，
為永生的男神生下必死的兒子，
又為女神和人間男子配對[15]。

於是她產生慾望，愛戀安紀塞斯——
他在水源豐富的伊達山放牧，
55　相貌看來有如永生的神。
愛笑娘娘阿芙羅狄特看到他，
產生愛意，強烈的慾望無法自拔。
她前往塞普路斯的帕佛斯[16]，
那裡有她的領地和祭台。
60　她走進芳香殿，推開

13　喜雷神：宙斯本為雷神，以雷電為武器。此一描述詞顯示荷馬所塑造的宙斯形象乃是英雄時代的產物，即男人叱吒風雲唯沙場的時代。

14　姊妻：希拉和宙斯是姊弟聯姻。始祖神一般都說是兄妹聯姻，這是父權社會的說詞；從人類文化學的角度來看，女神的誕生早於男神，因此應該是姊弟聯姻。

15　帕佛斯：地近阿芙羅狄特誕生處的一座名城。

16　從45行到53行解釋女神愛上男子，反映多神信仰中眾神相互制衡的現象。

閃亮的大門，美惠女神幫助她
洗神油浴，用的是永生神敷身的
花露汁，這種天香油芬芳撲鼻，
她隨身攜帶。愛笑娘娘阿芙羅狄特
65 穿華衣戴上金飾之後，離開
芳香的塞普路斯，轉往特洛伊，
騰雲駕霧在高空急馳。一路來到
水源豐富的伊達，看到山間
孳養許多野生物，她飛越山嶺，
70 直奔農舍。她後頭跟隨著灰狼
在撒嬌、獅子目露兇光、熊以及
貪婪而敏捷的豹。她滿心歡喜
看到牠們，在牠們心裡注入慾望，
好讓牠們在蓊鬱的山谷成雙配對。

75 她來到搭建雅致的遮風避雨處，
發覺他獨自留在農舍裡——
就是天神模樣的英雄安紀塞斯。
其他的人都跟隨畜群上青草地，
只有他獨自在農舍裡悠哉晃蕩，
80 彈著抱琴，教人聽了震心弦。
宙斯的女兒阿芙羅狄特在他面前
站定，體態豐采像個清純少女，
免得他轉頭注目時受了驚。
安紀塞斯看到她，問了安，
85 驚訝她的體態風采和耀眼的服飾。
她火亮的外套光彩奪目，
是金線織成的錦袍，刺繡精美，
在她的酥胸上一閃一閃如月亮
令人驚嘆。她還繫了渦捲別針[17]，
90 戴花狀耳環，圓潤的脖子搭佩可愛的項鍊。

---

[17] 別針：古希臘女人的衣服是兩片布料遮身，在肩部以別針接合，另以腰帶束腰。

安紀塞斯為愛所擄，對她說：「妳好，

姑娘，想必是哪個仙女光臨寒舍，

或許是阿特密絲，或嫘投[18]，或金阿芙羅狄特，

不然就是出身高貴的泰米絲[19]或明眸雅典娜。

95　或許來的是美惠女神，與天神為伴

而被稱為永生，不然就是出沒

在清爽的樹林，或是在這可愛的山上

以水源和草地為家的哪個仙女。

我要在山顛為妳築祭台，老遠看得到，

100　還要長年奉獻豐富的供品。

但願妳對我友善，使我成為

特洛伊人當中出類拔萃的一個，

使我世世代代子孫綿延昌盛。

至於我本人，請妳賜我長壽快樂，

105　陽光普照我一生，直到我走近

壽命的門檻，不枉為人中豪傑。」

宙斯的女兒阿芙羅狄特回答他：

「安紀塞斯，你榮耀超出人倫，

我可不是什麼女神，你何必

110　說我永生？我是女人生的凡人[20]。

家父是歐楚斯，或許你聽說過，

他統治城砦遍地的弗里幾亞[21]。

我聽得懂你的口音，因為我是

特洛伊一個奶媽從小帶大的，

115　我在她家一直住到兒童時期。

所以，我完全聽懂你說的話。

我是在金箭女獵神阿特密絲的舞會

18　阿特密絲：即羅馬神話的狄安娜，阿波羅的孿生妹，狩獵女神，宙斯與嫘投（Leto）所生。

19　泰米絲：提坦神之一，天父和地母的女兒，擁有預言的能力，是人類第一個建廟供奉的天神。

20　以下的身世當然是瞎掰的。早在《奧德賽》，我們就見識過奧德修斯為了達到預定的目標，以無害的謊言逢凶化吉。

21　弗里幾亞：小亞細亞的古國，特洛伊即是境內最知名的城市。

被握金杖的阿古斯殺手[22]捉來的。
那是仙女和待嫁娘[23]的聚會，我們
120　一起玩樂，數不清有多少人。
從那兒阿古斯殺手用權杖叼我，
帶著我越過一大片凡人的田地，
也越過一大片沒人耕種的荒野，
看到野獸在陰涼的山谷遊蕩，
125　我心想再也踏不到養生的土地了。
他說我應該成為安紀塞斯明媒
正娶的妻子，為你生下好孩子。
這樣勸過我之後，阿果斯殺手
回他永生神的家，我就到這兒來：
130　這一切都是命中注定，改變不了的。
我請你，看在宙斯的份上，還有
你高貴的父母──因為卑微人家
生不出你這樣的兒子──帶我走，
我一身清白，沒嚐過愛的滋味，
135　帶我去見你的父母和親兄弟。
我不會是討人嫌的媳婦。還有，
趕緊派人通知馬如風[24]的弗里幾亞人，
告訴家父和憂心忡忡的家母；他們會
賞你許多貴重的禮物，黃金、布料都有，
140　就當作嫁妝。就這麼辦，就開始準備
世人和永生神一體同尊的婚禮。」

這女神說著，在他心裡注入甜蜜的慾望，
於是安紀塞斯為愛所擄，開口說：

22　阿古斯殺手：神使赫梅斯。阿古斯：身上長出五十個頭、一百隻眼睛的巨人（也有人說他全身長滿了眼睛），奉希拉之命監視宙斯一心要求歡的伊娥Io。由於赫梅斯的權杖有催眠作用，因此輕易達成宙斯交代的殺手任務。阿古斯死後，希拉拿他的眼睛裝飾孔雀的尾巴，以表紀念。詳見奧維德〈婚外情的受害人〉。

23　待嫁娘：本義「贏得家畜的姑娘」，因為家畜是定情的禮物（Evelyn-White p. 417n）。

24　馬如風：表示弗里幾亞人善騎馬的荷馬式描述詞。

「如果妳是凡人，令堂是人間女子，

145　威名遠播的歐楚斯是令尊，

就像妳說的，如果妳來到這裡

是永生的引路神赫梅斯的意思，

就是要成為我明媒正娶的妻子，

那麼不論什麼人或神都無法阻止

150　我和妳共枕愛床；即使是遠射神[25]

阿波羅本身也不該從他的銀弓

發射悲傷箭。姑娘，妳的美貌

和女神沒有兩樣；一旦上妳的床，

我可以心甘情願走進哈得斯的家[26]。」

155　說著，他握住她的手。愛笑娘娘

阿芙羅狄特轉過臉去，垂下

漂亮的眼睛，爬上已經為英雄

鋪好軟墊的床榻[27]，鋪的是

熊的皮和吼聲低沉的獅子的皮，

160　那是他本人在高山上捕獵所得。

他們上了舒適的床，安紀塞斯

先是卸下她珠光寶氣的髮簪、

渦捲別針、耳環和項鍊，鬆開

束腰帶，脫掉錦衣，擺在鑲銀椅上。

165　由於眾神的意志，他注定和她

睡在一起，一個凡間男子和一位

永生的女神，他不明白自己做的事。

牧人驅趕成群的牛和耐寒的羊

從野花處處的草地回到畜棚。

170　阿芙羅狄特撒下溫馨的睡眠

---

[25] 遠射神：阿波羅是弓箭之神，威力無遠弗屆。

[26] 哈得斯是冥神，他的「家」就是陰間，本行猶云「死而無憾」。

[27] 「鋪床」這個動作本身在荷馬史詩向來隱含強烈的性意涵，正如161-4的描述所暗示的。

在安紀塞斯身上，自己穿上錦衣。
容光煥發的女神梳妝完畢，
站在榻邊，頭靠在柱子上；
她的兩頰散發人間不曾有的美，
175　　正是華冠娘娘庫泰拉[28]的本相。
她喚醒他，開口對他說：
「起來吧，達爾達諾斯[29]的兒子，
怎麼睡得那麼沉？看看我
是不是像你第一次見到的模樣。」

180　　她這麼說，他立刻醒過來，並且
遵照她的話。看到阿芙羅狄特
的頸項和眼睛，他嚇壞了，
把眼光轉向另一邊，俊美的臉
藏在斗篷裡，急忙向她懇求道：
185　　「女神，我第一眼看到妳，
就知道妳是天神，可是妳沒有
告訴我實話。憑山羊盾主宙斯，
我求妳，別讓我從此不能人道[30]。
請憐憫我，因為和永生的女神
190　　睡過覺的男人一向性無能。」

宙斯的女兒阿芙羅狄特回答他：
「安紀塞斯，凡人當中你最光榮，
振作起來，心裡犯不著那麼害怕。
沒必要擔心我或哪個天神
195　　傷害你，因為眾神喜歡你。
你將有個兒子統治特洛伊人，
在他之後，子孫綿綿世代不絕。

---

[28] 庫泰拉：見赫西俄德〈愛神的誕生〉196-8。
[29] 達爾達諾斯：Dardanus，特洛伊人的始祖。
[30] 男人早在神話的世界就有性焦慮。

你要為他取名為埃涅阿斯，因為
我痛心非比尋常[31]，竟然睡在
200　人間男子的床上。不過，你的族人
俊美與功業都是凡人當中最像眾神的[32]。

……

我不希望你在永生的神當中
240　像那個樣子永生卻老而不死。

如果你能夠維持現在的容貌
和體態，永遠當我的丈夫，
那麼悲愁不會來包圍我的心思。
可是，無情的歲月很快會裹住你，
245　壽命無情守候在每一個人的身邊，
要人納命，讓人衰老，眾神也吃驚。

由於你的緣故，我蒙受奇恥大辱[33]，
今後眾神會不斷地拿我當笑柄。
他們向來都怕我捉弄耍計
250　把天神和人間女子配對，
使他們一個個向我屈服。如今
我這張嘴巴對眾神不再有作用；

---

[31] 此處把Aeneas（埃涅阿斯）這個名字和*ainos*這個描述詞聯繫起來（Evelyn-White p. 419n）。按埃涅阿斯在希臘文拼作*Aineias*，而本行的*ainon*是副詞，指極其強烈的程度，因此譯作「非（比尋常）」。但是荷馬經常以之為描述詞使用，表達「可驚，可畏」之意。又，埃涅阿斯就是維吉爾史詩《伊尼伊德》的主角，他在特洛伊滅亡之後，率遺民逃難，後來他的子孫建立羅馬城。羅馬詩人杜撰的這一段故事，使得羅馬開國神話成為繼希臘神話之往而開羅馬歷史之來的關鍵，羅馬人信其為他們的「正史」。

[32] 以下202-38行刪略的部份，是阿芙羅狄忒為了替自己「遮羞」，宣稱安紀塞斯的族人幾乎與天神無異，如噶尼梅德斯（Ganymede）和提托諾斯（Tithonus）這兩個人的情形。宙斯看噶尼梅德長得俊美，把他帶到天界當酒僮，並且賜他永生不朽。黎明女神（Eos）也看上凡人提托諾斯，獲得宙斯准許以他為夫，並賜與永生，但她忘了要求宙斯賜他青春永駐，結果提托諾斯的命運是「老而不死」。另一個傳說給了圓滿的解決：黎明女神把提托諾斯變成蚱蜢。

[33] 女神委身於男人，門不當、戶不對，明顯表達父系社會政治婚姻的觀點。

我蠢到極點，蠢得不幸，蠢得可怕，
我瘋過頭，和人間男子配成對，
255 　在自己的束腰帶下懷了孩子。
說到這孩子，他一出世見到陽光，
住在這名山聖地的仙女會撫養他。
她們的階級比天神低卻比凡人高：
她們的壽命長，吃的是天界的食物，
260 　跳美妙的舞步與天神作樂，
一起作伴的還有老羊人[34]和
銳眼神阿古斯殺手[35]在山洞嬉鬧；
她們出生時，松樹和摩天橡樹
從沃壤發芽抽枝同時成長，
265 　高聳於叢山峻嶺，世人都說
那是天神的聖地，不會有
凡人拿斧頭砍伐那裡的樹；
可是，死亡的命運一旦降臨，
那些可愛的樹先是枯萎，
270 　然後樹幹脫水生出皺紋，
樹枝掉落，最後仙女的生命
伴著樹木的生機同時離開陽界。
就是這些仙女會照顧我的孩子，
撫養他直到幼年，然後仙女們將會
275 　帶他到這兒，讓你看看自己的孩子。
孩子滿四歲時，我會再來，把他
交給你，同時交代我心裡的話。
你看到他，看到王孫使眼睛生輝，
你將會滿懷欣喜百看不厭，
280 　因為沒有人比他更像天神。
然後，你要立刻帶他去特洛伊。
如果有凡人問起是誰為你生下

34　老羊人：年紀大的羊人（Satyr）。羊人是人首山羊身的神話生物，酒神和牧羊神的跟班。

35　銳眼：表示眼光銳利或機警的荷馬式描述詞。阿古斯殺手：見〈愛神讚美詩〉118。

這孩子，千萬記得依照我的話
回答：說他是如花仙女的後代，
285　她住在這林木森森的山上。
如果你傻裡傻氣吹噓說什麼
你和華冠娘娘阿芙羅狄特睡覺，
宙斯一生氣將會賞你冒煙的雷霆。
該說的我都說了。再一次提醒你：
290　絕口不提我的名字，當心天神發威。」
女神說完，翱翔奔向多風的天界。

讚美女神，塞普路斯美城池的天后！
曲終意未盡，我再謳歌把妳來稱頌[36]。

---

[36] 接著第六首讚美詩，也是獻給阿芙羅狄特。

莎芙（公元前7至6世紀）抒情詩

　　抒情詩以發抒情感為主，又分合唱與獨唱兩種。合唱抒情詩表達的是城邦為一生命共同體的情思，用於伴舞，如戲劇中的唱曲即是，也就是後人所稱的頌詩。獨唱抒情詩傳達的是個人的情感，用於自彈自唱，著重的是唱者與聽者彼此的情感交流，後世專稱的「抒情詩」即是指這個傳統。

　　莎芙（Sappho，生於公元前約630）是我們所知道的歐洲第一位女作家，早在古希臘就有「第十位繆思」的美譽。可是她留傳下來的作品，除了下面譯出的第一首，其餘都是殘篇。公元一世紀的希臘文學批評家龍吉努斯（Longinus）在《論雄偉》（On the Sublime）例證說明莎芙的造詣，寫道：「莎芙總是從伴隨的情況和實際的處境選出引人聯想到情痴的種種情感。她如何展現卓越？訣竅在於她擅長挑選並結合最重要又最極端的共存經驗。」接著摘引下面譯出的〈殘篇第三十一〉之後，他又補充：「看她在瞬間探出靈魂、軀體、聽覺、舌頭、視覺、臉色，仿如這些感官都是外在的，一個個離她而去，難道你不會感到驚訝？看她如何處身於矛盾的經驗，同時發冷又發熱，同時痴狂又清醒，膽顫心驚而死之將至，竟使得我們從中觀察到的不是單獨一種情感，而是許多情感的綜合，這不會使你驚訝嗎？這一切當然是發生在戀愛中的人；但是，就像我說過的，這首詩之所以卓越就在於她選出最重要的細節，又將之組合成一個整體。」（Longinus x.1-3; Campbell I:78-81）龍吉努斯的觀察和心理學家調查戀愛中人心蕩神迷現象所得出的結論如出一轍（cf. Fisher 27-30）。

　　莎芙的抒情詩描寫希臘女人的世界，包括她們的少女情懷、婚姻與戀愛，特別是姊妹情誼的摯愛以及嫁為人婦的離苦。對於這些詩歌的社會背景，我們只能推想：它們可能反映女性貴族的世界，那些貴族千金彼此情深意篤。這樣的感情臍帶一度是女同性戀的標誌（英文稱女性戀為Lesbian，源自莎芙的故鄉Lesbos，指的就是以她為首的女性團體），晚近女性主義的觀點卻有不同的看法。引孫康宜的說法：「在多數女性

主義者的心目中，莎芙是否為同性戀者已不再是主要的關切點了。重要的是，莎芙的詩充分代表了女性慾望的『主體性』（subjectivity），而這個『主體性』也正是現代女性主義者藉以解構男權中心的出發點。從莎芙的作品中，我們看到現代女性的影子，那是一種肯定自我慾望的聲音」（孫182）。敢於肯定自我的人也就敢於主動追尋自己的所愛，莎芙所瞭解的海倫即是如此。可是這樣的女人，在父權意識觀照下全走了樣，而被污名化為水性揚花，或被扭曲為「被男人拐誘」，彷彿希臘堂堂一王后是少不經事的小女生。

特別值得一提的是，莎芙稱美阿芙羅狄特「風韻巧織」（1:2）。希臘神話的女紅保護神並不是阿芙羅狄特，而是雅典娜。此處的用法不免引人聯想愛神兼有命運女神的身分（參見Neumann 226-33），或是以紡紗織布隱喻紡織命運（如契訶夫《凡尼亞舅舅》呈現老奶媽織襪子的景象）。無論如何，紡織需要技巧（手腕）和專注（忠誠），此一陰柔特質無疑有助於強調女性的主體意識。古代作家告訴我們「莎芙稱愛樂是編織故事者」（D. Campbell 93），這可能是大母神編織宇宙命運的信仰退化成世俗的文學意象的一個例子。雖然世俗化，但詩人所用祭禱的體例（見注3），以及整首詩的語調，在在引人聯想祭典的場合，而其中透露人神關係之親密，後世作家即使描寫顯靈母題也不容易看到。

祈求愛神再降臨（之一）

> 五彩神座，永生的阿芙羅狄特[1]，
> 宙斯的女兒，風韻巧織[2]，我向您祈求，
> 不要帶給我悲傷和愁苦，害我
> 痛心，啊女神；
>
> 5　求您來到我身邊，既然您曾經[3]
> 老遠聽到我對您的呼告，

---

[1]　五彩神座：似乎是描寫禱告者進入神殿，近距離瞻仰神像時第一眼所見。呼告性愛美神，這意味著導告者相信能夠因美得愛乃是阿芙羅狄特（羅馬神話稱維納斯）所賜。

[2]　詳見前文介紹莎芙的小序。

[3]　希臘人禱告必定回憶以往與神打交道的經驗。

離開令尊的寶殿，凌空而降，
金輦作車駕

神雀[4]遠道來驅馳，輕姿曼舞
10　　迅速穿越黑土地[5]上方，清朗的氣流
閃閃飄浮伴隨著急速拍動的翅膀
震顫不稍停

下凡只在轉眼間，而您，有福的女神，
永生的美貌帶著微笑
15　　問我什麼事受苦，為什麼
向您求助，

又問我苦惱的心有什麼期望
最迫切：「這一次妳要誰動情[6]
對妳回心轉意？莎芙，是什麼人
20　　錯怪了妳？

現在逃跑的，不久將會回頭來追妳[7]；
現在拒絕妳的禮物，將來會送妳禮物；
現在不愛妳，不久一定會愛妳，
即使不情願。」

25　　求您再一次降臨，解除
我的疑慮和悲愁，成全

4　神雀：麻雀，阿芙羅狄特的神鳥。

5　黑土地：孫康宜（185）譯作「霧氣迷漫的戰場」，顯然是要凸顯詩中最後一行取來對比情
　　場經驗的戰場意象；參較第十六首第1行，孫（183）作「世上」。荷馬也用同一色調形容
　　戰場的景象，但情形顯然不同：阿基里斯抽出短劍刺向赫克托，「像翱翔高空的老鷹／鑽出
　　烏雲層朝平地俯衝」（《伊里亞德》22:208-9）。參見16:8。

6　要誰動情：要我去說服什麼人。動情：見注12。

7　本行有可能是戰場意象，如荷馬描寫阿基里斯在戰場上追逐赫克托（《伊里亞德》22:136-
　　93）。情場追逐更廣為人知的一個例子是本書選譯奧維德〈月桂情〉所寫阿波追達芙妮的故事。

我心中的期盼，請您現身

和我並肩奮戰。

愛人最美（殘篇之十六）

黑土地[8]所見誰最美？

有人說是騎兵的行列，

有人說步卒，有人說船隊，

我說是所愛的人。

5　　把這道理說明白

並不難：海倫貌美[9]

世間沒人比得上，她曾經

拋棄尊貴的丈夫

渡海奔向特洛伊[10]。

10　　她對孩子和親愛的父母

並不懷念，只因為愛情女神

第一眼就贏得她的心[11]。

新婚少婦本多情，

8　以黑色形容土地，如《伊里亞德》18:548，可能隱含「肥沃」之意，如古埃及人稱尼羅河谷
　　為kmt（「黑土地」；顏57）或稱自己的國家為Kemi（「黑鄉」），指的是河水氾濫帶來的
　　沃土（蒲2001:21）。埃及以五種顏色為象形符號分類，其中地是黑的（顏130）。也有可
　　能「黑」是古印歐語族人指稱土地的傳統描述詞，如西臺（Hittite，公元前二千年古印歐語
　　族人的一支在今安那托利亞高原所建立的文明）史詩所見（Kramer 156）。近東神話一貫
　　稱人類為「黑頭人」。Stone（66）說古印歐語族人帶來光明：黑暗＝善：惡＝高：低這樣
　　的二元論，可能反映他們對於膚色較黑而身材較矮的南方人所流露的優越感。

9　關於海倫的美貌，英國劇作家馬婁以文藝復興高超的想像，模擬荷馬在《伊里亞德》3:156-
　　60含蓄側寫的筆法，有精采的描述：「是這張臉啟動千艘戰船／燒毀特洛伊高聳的城樓？」
　　（《浮士德博士》5.1.97-8）。

10　傳統的男性中心觀視海倫為「水性楊花一女人」（拙譯《阿格門儂》62行）。《阿格門儂》
　　399-419行具體而微寫出海倫之為紅顏禍水的傳統觀點，莎芙這首詩卻全面顛覆以荷馬為濫
　　殤的那個傳統——本詩2-3與19-20行即是影射史詩傳統所標榜的陽剛美的象徵。

11　愛情女神第一眼就贏得海淪的心，用現代措詞改寫，可作「海倫（看到派瑞斯）第一眼就來
　　電」，一見鍾情之意。海倫在莎芙筆下已從「慾望的客體」轉為「慾望的主體」。

悸動的心輕易可說服[12]，
15　就像我現在想起安娜桃瑞雅，
她不在我身邊。

我情願看她可愛的步態
和煥發的容光更甚於
呂底亞[13]戰車馳赴沙場
20　壯盛的軍威。

我心在顫抖（殘篇之三一）

在我看來和天神平輩的是
坐你對面那個人聽你
輕聲細語甜蜜蜜
喃喃訴愛

5　傳笑聲。可是這使我
一顆心在胸膛裡顫抖。
只看你一眼，我就
說不出話，

舌頭折斷了，皮膚
10　底下微火四竄；
眼前空無一物，耳朵
只有雷聲，

---

[12] 原文13、14兩行脫落不全，中譯係根據Lattimore英譯重整的結果，其中「說服（be persuaded）」雖為希臘原文所無，卻忠實反映希臘的愛情觀（參見《阿格門儂》385行注釋「媚娘」）。如以現代措詞表達希臘觀念，情意的產生乃是愛情女神「放電」的結果。

[13] 呂底亞：古安納托利亞西部的一個地區。呂底亞人於公元前七世紀中葉稱霸小亞細亞，為期一個世紀（約當莎芙在世期間）。之後，愛琴海世界的文明重心由東北岸轉移到西岸的希臘本土中部，此時的呂底亞已成為古典希臘的傳說。

汗珠在我身上滾，冷顫
相纏，我比草更蒼白[14]；

15　　我感到死亡挨近[15]，
只能忍受。

---

[14] 「蒼白」這個形容詞傳達的是嫉妒之情。

[15] 死亡是情慾文學常見的高潮隱喻，如莎士比亞十四行詩129:14稱性愛為「引人下地獄的天國」，莎芙卻用在嫉妒的場合。即使在這樣的情況，詩中人仍然明白自己的熱情的本質，正見其為積極主動的情慾主體，而不是一味被動接受別人的熱情。

阿納克瑞翁（公元前6世紀）

阿納克瑞翁（Anacreon，生於公元前約570）是希臘亞洲部分的最後一位大詩人，在上古世界與莎芙齊名，如今所傳只得殘篇，除了一首可能是例外。在那一首詩（Campbell II:57）中，阿納克瑞翁自述愛上一個「來自列斯沃斯」的女孩，可是對方「挑剔我一頭白髮，／瞠目為另一個女子」，有人說那是他寫給莎芙的。有意思的是，詩中述及俗稱小愛神的「愛樂」（見赫西俄德〈愛神的誕生〉120），用的描述詞是「金髮」，也正是龍戈斯〈初戀的滋味〉2:4所形容的（參見〈雅歌〉5:11）；述及意中人的外觀，只說她「穿俊俏的涼鞋」（參見〈雅歌〉7:2）。

阿納克瑞翁的這一首詩洋溢柔情軟調，和前面三首莎芙的詩依次使用到戰爭、軍威等陽剛意象和死亡的暴力隱喻構成強烈的對比，讓我們看到愛的兩種極端調性，這樣的對比也正是悲劇詩人索福克里斯在《安蒂岡妮》781-800第三首唱曲〈愛情頌〉鋪陳的愛樂兩相。同樣寫愛神，莎芙這位女詩人筆下出現的是愛情女神，阿納克瑞翁筆下出現的卻是愛情男神，乍看之下似乎性別差異不言自明。其實這樣的差異是個人詩風所致，箇中道理只要比較阿納克瑞翁的「搔癢」和莎芙的「顫抖」（31:6）措詞之不同即可明白。莎芙也寫愛樂的暴力，如〈殘篇40〉「愛樂搖撼我的心／有如強風猛吹山上的橡樹」，又如〈殘篇130〉「愛樂這個苦中含蜜、無從抗拒的東西／使人肢體無力，又一次使我渾身顫抖」。經驗的本質取決於個人主觀的感受，此所以「蘇格拉底說愛樂是詭辯家，莎芙稱愛樂是編織故事者」。

詩的標題是譯者附加的。

愛的感覺

很久以前，我在編花圈
驀然發現愛樂
在薔薇花叢中。

我抓住他的翅膀
5　　　猛然把他壓進酒中
緊接著把他喝下肚[16]。

從那以後，在心坎深處
我感受到愛樂的翅膀
輕輕在搔癢[17]。

[16] 預告歐洲文學飲酒詩的誕生。

[17] 「心跳如鼓翼」這個意象在古希臘詩通常傳達情慾蠢蠢慾動的經驗。

亞里斯多芬尼斯
（公元前約446—約386）

亞里斯多芬尼斯是雅典的喜劇詩人，西洋文學史上第一個以性為創作主題的作家。他的《利西翠妲》以雅典和斯巴達之間長達二十七年（公元前431-404）的伯羅奔尼撒戰爭為背景，結合城邦衝突和兩性戰爭，極力鋪陳「性乃生之大欲」這個亙古長青的話題。

希臘男人時興在晚餐後聚眾飲酒暢談，此即「會飲」，就是現代座談會（symposium）的前身。公元前四一六年，詩人阿格通（Agathon）獲得雅典酒神祭悲劇競賽的首獎，邀好友會飲，大家商定針對愛樂（Eros）各發表頌詞。柏拉圖的哲學對話錄《會飲篇》（舊譯「饗宴」）是那一次會飲的「紀實報導」。亞里斯多芬尼斯也在座，此處所譯就是他的發言（189c-193d），妙趣橫生的想像和寄意深遠的立論在在可以印證他的喜劇風格。「愛樂頌」這個標題是中譯添加的。

亞里斯多芬尼斯雖是喜劇詩人，卻沿用悲劇詩人「透過神話思考」的創作手法，以自出機杼的寓言體裁闡述自己的性愛觀。用現代讀者熟悉的措詞來說，我們可以摘述他發言的內容如下：愛是本能的衝動，意在追尋失落的另一半自我，因此不是要把對方佔有己有，而是要兩相契合；而且異性愛與同性愛都是天性使然，也就是基因決定的。龍戈斯的《達夫尼斯與柯婁漪》可以說是以小說體裁闡明亞里斯多芬尼斯的哲學寓言。

愛樂頌（柏拉圖《會飲篇》189c-193d）

在我看來，人類根本不瞭解愛樂的力量有多大，才會對他漫不經心。要不然，他早就該有巍峨的神廟、高聳的祭壇以及豐盛的祭品；這些東西，他受之無愧，卻一樣也沒有。眾神當中，就數他對人類最友善：他解苦濟厄，帶給人類莫大的幸福。所以我樂意略盡棉薄，向各位說明愛的力量，也希望你們有機會就廣為宏揚。

首先，我必須說明一下人的本性和來歷，因為古時候的人類和現在不一樣。人類原本有三種性別，不像現在只有男女兩性。這第三種性別同時具備男女兩性的特徵，以前真的有，現在絕種了，只有名稱還保留下來——留下來罵人用的——就是陰陽人[1]。

接著我要說到原始人的外觀。人原本是球形的，拱背凸腰圓滾滾，身上長出四隻手四隻腳。圓脖子長出一個圓頭顱，頭上有兩張臉，可以同時看相反的方向。耳朵有兩個，生殖器有一對，其他的器官也都是我們的兩倍。他們能夠像我們一樣直立行走，卻是前後左右行動自如。他們甚至有辦法快速滾動，「八肢」一起來，像雜耍連續翻觔斗那樣輪轉——這就是他們的快跑。

那時候，就像我剛說的，人有三種性別。三種性別正好呼應太陽、地球和月亮，因為男人是太陽生的，女人是大地生的，陰陽人則是月亮生的——月亮同時具備太陽和地球的性質。那些人一個個長得圓滾滾，滾動的模樣跟他們的父母一模一樣。他們精力充沛、活力無窮，又自負非凡，對神族發造反。歐圖斯和埃菲阿泰斯的故事說的就是他們：荷馬說這兩兄弟[2]膽大包天，要跟天神較量。

為了對付這一批膽大妄為的人種，天神召開緊急會議，卻因神多口雜又多所顧慮而不得要領。用雷電殲滅圓種人不失為釜底抽薪之計，就像當年對付巨人族那樣[3]。問題是，人類一旦滅絕，就沒有人殺牲奠酒頂禮膜拜了。可是，縱容無法無天的行徑實在後患無窮，眾神傷透了腦筋。幸虧宙斯靈機一動，想出兩全其美的辦法。

宙斯說：「我有個主意讓他們收斂。人類當然不能絕種，但是我們可以把他們一個個對半切開，既可以削弱他們的力量，有可以增加人口，也就是增加祭拜天神的人數。他們以後就用兩條腿直立行走。如果他們還敢再放肆，我們再把人類對半切開，讓他們用一隻腳跳著前進。」

宙斯說到做到，把圓種人一個個對半切開，就像做橄欖蜜餞得先把橄欖切開，也像水煮蛋用線切開。他把圓種人切開之後，交代阿波羅把人的臉和半個脖子轉半圈，朝向切剖面，好讓人看得到自己被切開的這面身體，永遠記得這半人之身而曉得要節制。阿波羅還奉命治療人的傷口，整形美容一番。

於是阿波羅把人的臉反轉，把背後和兩側的皮膚拉緊來覆蓋我們叫做腹部的地方當作我們的肚皮，就像袋口用繩子紮緊，最後打了個結，這就是我們說的肚臍。接下來整修胸部，把皺紋打平，就像鞋匠把皮革放在鞋模上打平。肚臍周圍的皺紋倒了留了下來，為的是提醒人類別忘記過去的遭遇。

完整的人被切成兩半之後，都在思念另外的一半，見面就張臂擁抱，如膠似漆，無非是希望結合成為一體。結果，只想著對方卻忘了自己，為了長相廝守不惜忘寢廢食，大伙兒坐以待斃。如果有人死了而另一半還活著，活著的那一半就會千方百計去尋找死了的那個「半侶」，找到了就戀戀不捨彼此糾纏。「半侶」有男有女：是男性圓種人切半的，我們叫做男人，是女性圓種人切半的，我們叫做女人。

這樣一來，「半侶」一旦死亡，另一半也是壽終正寢指日可待。長此以往，人類勢必絕種。宙斯心生不忍，又想個個解決的辦法。人的生殖器原本是在背後，現在宙斯把它挪到前面。以前的人類生小孩，生殖不是男女交合，倒是像蚱蜢下卵。現在生殖器的位置改變了，男人抱著女人播種就可以傳宗接代。要不然，男人互相擁抱也能夠心滿意足，又不妨礙日常事務[4]。人都需要另一半，這個慾望根深柢固又源遠流長，無非是要使「半侶」配成「佳偶」，結合兩半成為一體，尋回失落的自我以成為完整的人。

我們都和比目魚一樣，只擁有「半身」[5]，像剖開的符契，只算得上是半個人，所以不斷在追尋自己的另一半。有的男人喜歡女人，甚至看到女人就意亂情迷，他們就是圓種陰陽人切半產生的。有的女人喜歡男人，甚至看到男人就心花亂放，也是同樣的道理。姦夫淫婦都是這麼

---

[4] 透露希臘文化對於男同性戀的認可。異性戀難免耽誤正事，女同性戀則徹底缺席，正是父系書寫的遺跡。

[5] 比目魚的特徵是魚身扁平，成魚的兩眼長在同一側（故云比目），類似亞里斯多芬尼斯口中的圓種人被對半切開。

來的。圓種女性切半產生的女人不會對男人有興趣，倒是會纏著女人不放，這就是女同性戀。至於圓種男性切半而成的男人，他們一貫不近女色，因為他們是半個圓種男人，少年時期總是迷戀大男人，由交往進而擁抱。這一類小男生是最優秀的人，因為他們都是純男本性，最具有男性氣質。

有人非議純種小男生是無恥之徒，這實在大錯特錯。少男同性相戀的行為不是源於無恥，而是源於純男本色，是道道地地的男子氣概。這些「男中之男」只是物以類聚罷了。他們個個都是未來政壇的主人翁，只有他們能夠成為政治家，單是這一點就足以證明我說的道理[6]。他們成年以後轉而喜歡少男，對於結婚生子意興闌珊；就算結了婚，也不過是為了從俗。如果有幸獨身，跟志同道合之輩長聚不散，他們也心滿意足。他們情投意合，以愛報愛，彼此珍惜。這類人一旦遇到自己的另一半，遇到自己如假包換的「半侶」，歡欣若狂固不待言，出雙入對、水乳交融、難分難解也是意料中事。他們終其一生情誼永固，卻說不上來彼此之間有什麼欲求，因為他們永結同心無關乎性慾。他們的心靈顯然別有所求，冥冥之中使他們彼此心繫魂牽卻難以言詮。假如赫菲斯托斯提著工具[7]，看到他們相擁而眠，問道：「你們想從對方得到什麼？」他們一定無言以對。再假定赫菲斯托斯又問：「你們希望結為一體，日日夜夜永不分離，對不對？如果這就是你們的心願，我隨時可以把你們擺進爐子熔為一體，這一來，『我身中有你，你身中有我，你我永生永世不分離，死後到了陰間還是亡魂在一起』──這就是你們的心願？這樣你們才知足？」他們聽到這樣的提議，鐵定異口同聲說對。

兩相結合成為一體是人生素願，誰能否認？道理很簡單：「人之初，性本一。」我們原本是好端端、完完整整的一個人，奈何世風日下而人心不古，終至於招來天譴，被從中剖開，像斯巴達大軍驅散阿卡迪亞人那樣[8]。完人成了半人，既然有所欠缺，「性相同，結一體」毋寧是

6　雅典女人沒有參政權，因此政治壇清一色是男性。亞里斯多芬尼斯的論點另還反映古希臘的性別成見：獨尊陽剛氣質，認定陽剛氣質是男性所獨有，因此男性相戀是最受推崇的純陽本色。

7　赫菲斯托斯是火神，擅長製作鐵器，是農耕社會父系神話思維之下的「創生神」。參見〈潘朵拉禮盒〉61-4。

8　斯巴達於公元前385年揮軍橫掃阿卡迪亞（Arcadia）之後，強迫該城民眾散居於四個村落。按《會飲篇》所記飲酒聚談之事，實際發生於公元前416年，顯然與引述之史實有年代上的落差，卻足以證明柏拉圖寫這篇對話錄的時間不早於公元前385年。

順理成章。渴望結合，進而追求完美，這就是愛。如果人類不懂得潔身自愛，難保不會再度被對半剖開，只剩下半個鼻子半張臉，像墓碑上的側面浮雕像。萬一到了那個地步，人跟騎縫章有什麼不一樣？所以我們一定要勸勉世人敬畏天神，才能夠避凶趨吉。

愛樂所為何事？無非是保障人類，賜福人間。愛到最高點，心中不思惡；對愛樂不敬，那是玩火自焚，公然與眾神為敵，必然惹禍上身。反過來說，只要對愛樂友善，人神和平共處，愛樂就會保佑我們找到真愛，快快樂樂尋回失落的另一半。只可惜放眼當今的世界，那樣的人鳳毛麟角。我可不是在開玩笑，所以請埃瑞科[9]務必正經一些，不要以為我蓄意影射包薩尼[10]和阿格通——他們兩位，如果我的理解是正確的，都屬於我剛才說的「純陽本性」那一類，配對正好成為「伴侶」。

我說的這一番道理，是就人類全體而言，普天之下男男女女都包括在內。我深信，只要我們誠心誠意以愛樂為師，每個人都能找到真愛，都能尋回本性，那麼人類一定幸福無疆。這樣的境界當然是理想，可遇不可求。在目前的情況下，退而求其次，兩情能夠相悅，情投意合彼此有個寄託也算是不錯。

照這麼看來，要說有哪位神帶來幸福滿人間而值得我們讚揚，非愛樂莫屬。愛樂大恩大德，不但引導我們在今生今世尋回本性，而且使我們對未來懷抱無窮的希望。他允諾：只要我們心地虔誠，他就會妙手回春為我們療傷止痛，使我們恢復原初的狀態，享受快樂與幸福。

---

[9] 埃瑞科（Eryximachus）是醫生，出席會飲的人士之一。

[10] 包薩尼（Pausanias）是東道主阿格通的同性戀對象，也參加聚會。

龍戈斯（2至3世紀）《達夫尼斯與柯婁漪》

　　縱使文學史上不乏評價兩極化的作品，《達夫尼斯與柯婁漪》（Daphnis and Chloe）仍然值得一提。婁柏古典叢刊的本子附有一六五七年（清教徒統治英格蘭的時代）George Thornley英譯本的標題頁，其中加上了副標題：A MOST SWEET AND PLEASANT PASTORAL ROMANCE FOR YOUNG LADIES（為年輕淑女而寫，最怡情悅性的田園傳奇）。整整兩百年後，自身的情場經驗已成為傳說的英國女詩人伯朗寧夫人，卻讓她筆下特立獨行的女主角說那是一部「淫書」。進入二十世紀，學界普遍認為那是剖析初戀心理的傑作。

　　如果說這部作品如謎，那麼作者根本就是無解之謎。Longus是拉丁名，小說卻是希臘文寫成的。可是，有一份傳抄稿上寫的作者不是 *Loggos*（等於拉丁文的*Longus*），而是*Logos*（「故事」），而這個希臘字卻有可能是標題的一部分。至於這個作者的時代背景，我們只能用推測的。公元二世紀末、三世紀初出現一類小說，古典學者稱之為*Erotici Graeci*（希臘愛情小說），那些小說使用當時辯術復古運動（Second Sophistic）所時興的駢麗文體。不論就題材或體裁來看，《達夫尼斯與柯婁漪》顯然屬於這一類作品。但是嚴緊的結構和優雅而不流於做作的文體，特別是獨樹一格的田園情調，使得它與眾不同（Turner 5-8）。

　　「物象描述」（*ekphrasis*）是公元二世紀散文書寫的一個特色，龍戈斯把這個文學手法轉化為整部作品的結構之餘，又注入感情的要素和自傳的趣味。《達夫尼斯與柯婁漪》以一篇緒言開端，敘述者用第一人稱的口吻，說明故事緣起。在古代，第一人稱觀點的敘事技巧擺明了故事所描述的是作者和讀者共同經驗的當代生活。矛盾的是，緒言明明告訴我們，這個「當代性」是虛構的。向壁虛構的尋常生活，這正是後世所定義的小說。由於這部小說的劇情發展與季節的變遷配合無間，不少學者認為它和奧斐斯信仰（Orphism）有關，雖然關係的深淺並無共識。奧斐斯信仰是公元前六世紀開始的一場宗教改革，可能是為了調合酒神信仰的熱情放縱和阿波羅信仰的冷靜節制。在龍戈斯筆下，這兩種信仰

的成分固然明顯不過，但我們也不能忽視達夫尼斯的尋愛記根本就是奧斐斯入冥救妻（見本書選譯奧維德《變形記》）的田園版，他也是藉著音樂的魅力才尋回失落了的愛。持平而論，或許可以這麼說：這是關於愛樂（Eros）真情，男歡女愛擺脫獸性而臻於成熟的具有神話寓意的故事（mythic fable），緊密呼應季節的變遷則透露作者尋求「宇宙的和諧」（用中國觀念來說就是「天人合一」）的意圖（cf. Heiserman 130-45）。

龍戈斯除了安排故事中人的經驗呼應時序的節奏，還讓達夫尼斯和柯婁漪模擬動物的行為，並且體會植物世界的奧秘，就這樣創造出一個詩情畫意的田園世界。可是作者筆法並沒有想要經營逼真的效果，而「逼真」卻是小說的主要特徵。所以《達夫尼斯與柯婁漪》被稱為「田園傳奇」。

以下的選譯，刪略的部分以方括弧摘要交代。標題「初戀的滋味」是中譯附加的。

初戀的滋味（節選）

楔子

我在列斯沃斯[1]打獵時，在樹林裡的一個仙女洞看到生平所見最賞心悅目的景象。那是描繪愛情故事的一幅畫。樹林本身就已經美不勝收，枝葉扶疏，繁花如星，又有一泓清泉流貫其間，滋養花木。可是，由於精美絕倫的畫工加上浪漫愛情的故事，那幅畫比現場的景致更勝一籌。因此，遠道慕名而來的人潮不間斷，本地人、外地人都一樣，膜拜仙女的心意固然有，不過主要還是為了看那幅畫。上頭畫的有少婦，有嬰孩，有婦人在裹襁褓，嬰孩曝露在一旁接受綿羊和山羊的哺乳，牧羊人拾起棄嬰，年輕人山盟海誓，海盜侵擾，武裝的男人在作亂。

我凝神觀賞這些還有其他許多詩情畫意的場面，興起了形之於文字的念頭，渴望文字描摹和那幅畫相得益彰。於是我多方尋訪解說這形象畫意的人士，寫下這四卷書，把它獻給愛樂[2]、那個洞窟的仙女和牧羊神

---

[1] 列斯沃斯：Lesbos，愛琴海東岸近小亞細亞一島嶼，莎芙的故鄉。由於這個地理背景，有人主張龍戈斯是希臘人，而且與莎芙同鄉。不過，龍戈斯在2:1說列斯沃斯的葡萄品種是「低珠矮莖」，在4:2卻說是「高株長莖」，他似乎不知其詳。

[2] 愛樂：羅馬神話稱丘比德。

潘恩[3]，甚至普天下的人覽書可以樂無窮。讀這個故事，有病在身的人會不藥而癒，萎靡不振的人會發奮圖強，嚐過愛情滋味的人可以回味，沒嚐過的有以啟迪。歸根結柢說來，從來不曾有人能夠完全擺脫愛，而且只要人間有美而且眼睛能看，將來也不會有。至於我自己，但願天神玉成我書寫別人的熱情，卻保持自己的冷靜。

第一卷

〔列斯沃斯島上的大城米蒂利尼郊外，達夫尼斯和柯婁漪先後被遺棄在同一個仙女洞，分別被兩個牧人收養。到了男孩十五歲而女孩十三歲那一年，這兩個牧羊人在同一天晚上做了同樣的夢：仙女把達夫尼斯和柯婁漪交給一個目中無人卻俊美無比的小男孩，他的肩上長了一對翅膀，揹弓帶箭；這男孩用同一支箭先後碰觸兩名棄兒，然後指示他們去牧羊。春天到來，草鮮花艷而蜂羣，牧山羊的達夫尼斯和牧綿羊柯婁漪相識成為好友。一天，達夫尼斯追羊而誤蹈捕狼陷阱。脫險後，他就近找了個地方洗澡。接下來就是摘譯的部分，方括弧內的阿拉伯數字是原文的節次。〕

〔13〕達夫尼斯和柯婁漪一起來到仙女洞。他把隨身包和束腰衣[4]交到她手上，自己站在水源邊，從頭到腳清洗一番。他的頭髮長又黑，一身曬成古銅色，簡直像是貼上一層他頭髮的陰影，在柯婁漪看來既悅目又賞心。她驚訝自己從來不曉得他是這模樣，心想那必定是清洗造成的。她幫他洗背部和兩肩時，肌肉在她的手摸起來是那麼光滑、那麼溫柔，因此她一次又一次偷偷輕觸自己，想知道自己的是不是比他的更細緻。夕陽斜照，他們趕羊群回家。當天晚上，柯婁漪心裡只想著一件事：她希望能夠再看到達夫尼斯洗澡。

第二天早上，他們照樣上草地牧羊。達夫尼斯坐在橡樹下他們的老地方，吹著笛子看著羊，羊就躺在四周，仿如在欣賞笛樂。柯婁漪坐在近旁，她沒忘記看顧羊群，但是更多的時候是在看顧達夫尼斯。他在那兒吹笛，她又一次覺得他看起來是那麼賞心悅目，又一次感到驚訝，心

3　由於地理條件，希臘的畜牧業比農業發達，牧羊神因此備受尊崇，重要性遠高於農神，此一文化——神話景觀在地中海盆地的東半部自成一格，也使得以牧羊為背景的希臘田園文學有別於（如中國的）農耕田園風情。希臘獨尊牧羊神的情況一直維持到基督教興起才趨於沒落。

4　束腰衣：古代地中海國家男女通用的基本服裝。兩片亞麻布相疊後，留出鑽頭伸臂的位置，把兩側和頂部的其他部分縫起，穿用時腰間束帶。現代天主教的主教祭服和司鐸、牧師的白長袍，仍保留此一形制。

想那必定是音樂造成的。於是，他一歇手，她就從他手中接過笛子，吹了起來，說不定自己會變得一樣漂亮。隨後，她問他是不是要去洗澡，說服了他之後，就看著他洗。她看過之後，伸出手去摸他，然後走開，又一次滿懷欣羨。那種心情是愛的開端。

她不曉得自己發生什麼事，因為她是個在鄉下給帶大的小女孩，甚至不曾聽到任何人說過什麼戀愛。可是她的心不舒服，她的眼睛不由自主地飄移，開口閉口總不離達夫尼斯這個又達夫尼斯那個。她食不知味，她睡不安眠，她疏忽了她的羊群。她忽笑忽哭，她坐立不安。說她臉色蒼白，轉眼間卻是緋紅。即使是被虻圍攻叮咬的小牝牛也沒有像她那樣舉止怪異。

有一天，四下無人的時候，她自言自語悲嘆起來：

〔14〕「我覺得不舒服，卻不曉得是什麼病。我覺得痛，雖然我沒有受傷。我感到悲傷，雖然我的羊一隻也沒少。我渾身發熱，雖然我坐在樹蔭底下。多少荊棘刺過我，我沒哭過一次！多少蜜蜂螫過我，我沒叫過一聲！可是，這東西扎痛我的心，比那一切都更尖銳。達夫尼斯是耐看，可是花也耐看；他的笛聲耐聽，可是夜鶯的聲音也耐聽：可是，我不會在乎那些。但願我是他的笛子，好讓他的嘴巴賞給我元氣。但願我是他的山羊，好讓他帶我吃草！你這狠心的水流！你就只把達夫尼斯變成那麼漂亮；你也洗過我，我卻什麼事也沒發生。哎！親愛的仙女，我快死了，妳們竟然不伸手拯救妳們的寄養兒。我走了以後，誰為妳們編花圈呢？誰看管我可憐的小羊，照料我費了好大的勁捉來的那隻飛蝗？我一向把牠擺在洞口，讓牠唱歌催我入眠，可是現在我因為達夫尼斯而睡不著覺，飛蝗唱歌也白唱了。」

〔15〕她在尋找「愛」這個字眼的時候，心裡的感受就是這樣，說的就是這些話。但是牧牛人多爾孔，最近剛長鬍子的一個年輕人，把達夫尼斯和公山羊從陷阱拉出來的就是他，他認得愛——他知道什麼是愛，也知道愛會使人做出什麼事。那一天他當場就愛上柯妻漪，從那以後他一天比一天更火熱。他吃定達夫尼斯只是個毛頭小子，決定不管三七二十一自行其是，送禮或耍力都無所謂。

起先，他送禮物給他們：給達夫尼斯的是潘恩笛[5]，並排的九管蘆葦莖用銅固定，而不是用蠟；給柯妻漪的是酒神女祭司用的那種花彩鹿

5　潘恩：牧羊神，上半身是人，下半身是山羊。潘恩笛的由來，見2:34。

皮，色彩簡直像是畫上去的。從那以後，他們把他當作朋友看待。但是他越來越不理會達夫尼斯，倒是每天帶東西給柯婁濰，像是一塊可口的乳酪啦，一個花圈啦，不然就是幾個新採的蘋果。有一天，他送她一頭新生的小牛、一個木質雕花鑲金大飲杯和幾隻雛山鳥。這純樸的女孩不曉得心中有愛的人會生出詭計，高高興興接受這些禮物，因為她現在有東西可以送給達夫尼斯了。

現在輪到達夫尼斯見識愛的作為。有一天，他和多爾孔舉行競美[6]，裁判是柯婁濰，獎品是吻柯婁濰。多爾孔先發言：

〔16〕「可愛的姑娘，我比達夫尼斯長得高大，而且是個牧牛人。他只不過是個牧山羊的，因此，就如同山羊的價值比不上牛，放牧的人也同樣差一級。我的皮膚像牛奶一樣白，我的頭髮像即將收割的田野一樣金紅。而且，我有母親，我是喝母奶長大的，不是喝野生動物的奶。可是這個傢伙，個子小不點，像女人一樣沒有鬍子，皮膚黑得像隻狼。還有，他看管山羊，沾了一身的羊騷味。他窮得養不起一隻狗。而且，就像人家說的，他是一隻母山羊餵他羊奶長大的。他比一隻小山羊強不了多少。」

多爾孔說完，達夫尼斯接著發言：「我是山羊哺乳長大的，宙斯也是[7]。我放牧的山羊比他的牛來得壯。我身上沾的羊騷不比牧羊神潘恩多，雖然他的長相與其說像人不如說像山羊。我有足夠的乳酪，有鐵叉可以烤麵包，也有白酒，在鄉下過個富足的生活綽綽有餘。我沒有鬍子，酒神戴奧尼索斯也沒有。我的皮膚是深色調，風信子[8]也是。酒神勝過羊人[9]，就像風信子勝過百合花。可是多爾孔頭髮紅得像狐狸，鬍子長得像公山羊，皮膚白得像住在城裡的女人。要吻的話，妳得吻我，妳要吻的是我的嘴唇；要是吻他，妳會吻到他下巴的毛。最後，親愛的姑娘，我請妳回想一下，妳是綿羊把妳奶大的，可是妳照樣又甜又美。」

---

6 公元前三世紀，開創希臘田園詩傳統的Theocritus就描寫過比賽者讚美自己的「競美」方式。

7 克羅諾斯從神諭獲知他有個兒子會推翻他的神座，因此其妻瑞雅每生下一個孩子就被他吞下肚。生老六宙斯時，瑞雅以襁褓裹石塊讓克羅諾斯吞食，把新生兒藏匿在克里特島的一個山洞，由山羊仙女Amaltheia哺乳。

8 風信子的花以藍色居多。不過C. Gill（296, n.13）指出，"hyacinth"在希臘文總是指藍色的花，不論其為燕草（larkspur）或藍鐘（bluebell）。

9 羊人；satyrs，酒神的忠實信徒，半人半羊，上半身雖是人，卻有一撮山羊鬍，頭上長角，全身毛茸茸。他們代表自然界旺盛的生機。

〔17〕他才說完話，柯婁游片刻也不耽擱，衝著他對她的讚美以及她常久渴望一吻的念頭，即時撲過去賞他一個吻。雖然是生手初吻，卻也足使一顆心升溫著火。多爾孔看到這情景，痛心轉身跑開，去尋求反敗為勝的求愛之道。可是達夫尼斯轉眼間黯然神傷，仿如是被咬到，而不是被吻到。他經常神情落寞，莫名其妙打冷顫；他試著壓制噗通跳不停的心。他很想多看柯婁游一眼，可是一看就面紅耳赤。於是，他第一次懷著讚賞的眼光看到她一頭金黃的頭髮，一對眼睛大得像母牛的，一張臉白得像山羊奶。說來不可思議，他的感覺就像自己一直是個瞎子，是在這一刻才長出眼睛[10]。

他從此食慾大減，吃東西只是淺嘗，即使非喝水不可，也只是濕潤一下嘴唇。以往他像飛蝗一樣話說個不停，現在卻悶不吭聲；以往他比山羊更有活力，現在卻動也不動。他的羊群給疏忽了，他的笛子給擱在一邊涼快，他的臉色比夏季的草更蒼白[11]。只有在柯婁游面前他才找得到自己的舌頭。一旦她離開了，留下他一個人，他就像這樣喃喃自語：

〔18〕「柯婁游那一吻到底把我怎麼了？她的嘴唇比玫瑰花瓣還要柔軟，她的嘴比蜂蜜甜，可是她的吻比蜜蜂螫人更刺痛。我常吻小孩子，我也吻過一隻漂亮的小狗，也吻過多爾孔給我的那隻小牛，可是這一吻不一樣。我幾乎喘不過氣，一顆心跳出胸口，我的靈魂在融化，可是我還想要再吻她。這算哪門子的勝利！好奇怪的病，我竟然不曉得病名！難道柯婁游吻我之前先吃了毒藥不成？如果是這樣，她怎麼沒有死？夜鶯唱歌多麼甜美，我的笛子卻靜悄悄！小孩子蹦蹦跳跳多麼活潑，我卻坐在地上動也不動！花開多麼漂亮，我卻沒有興致編花圈！紫羅蘭和風信子在開花比美，達夫尼斯卻逐漸枯萎。到頭來會不會多爾孔變得比我帥？」

〔19〕善良的達夫尼斯就是這樣的心情，就這樣自話自語。他第一次經驗愛的滋味，第一次體會愛的語言。

---

[10] 長出眼睛：開了眼界。愛使得情侶眼睛變亮，因而見前所未見，這是愛情文學的一大母題。性與愛在古代並無區隔，此所以希臘的愛樂和阿芙羅狄特都是性愛之神。亞當和夏娃吃了禁果之後，不但覺得好吃，而且眼睛變亮，知識也增進，正是性愛的妙用：「好吃」是以口慾轉喻情慾的傳統修辭，「增進知識」因為性是唯有體驗才可能具備的知識。

[11] 龍戈斯描寫情侶的生理與心理反應，是在迴響希臘情詩的韻味，特別是莎芙的情詩。「比草更蒼白」根本就是取自莎芙抒情詩31:14。

〔以下到第22節結尾的部分刪略，摘要如後。多爾孔比美敗北仍不死心，想到一個力取佳人的詭計。他披上狼皮，冒充狼，躲在草叢後面，要憑暴力擄走心上人，結果遭到牧羊狗襲擊，功敗垂成。由於達夫尼斯和柯婁漪對於情場險惡毫無經驗，他們認為那只是多爾孔的惡作劇，並沒有放在心上。〕

就只有那一個晚上，達夫尼斯和柯婁漪一覺睡到天亮；勞累治療情苦有特效。可是，白天一到來，舊病又陣陣發作。他們彼此見面就歡喜，分手就悲傷。他們知道有所欠缺，卻不曉得要的是什麼。只有一件事他們心知肚明：達夫尼斯因為一個親吻而失魂落魄，柯婁漪則是因為一次洗澡。

〔23〕節氣也在他們的情火上加溫。春季結束，夏季到來，萬物蓬勃無以復加，樹上有果子垂懸，田裡有作物挺立。蚱蜢的歌聲美妙，果子的氣味芬芳，綿羊咩咩也悅耳。你可能以為水聲淙淙是河流在淺唱低吟，谷風習習是氣流在松林弄笛嬉耍，蘋果是因為熱情而落地[12]，太陽是為了賞美而要人卸除衣裝。由於這一切，達夫尼斯火熱難挨，常到溪流去洗澡，冷卻自己，或是追逐水中的游魚。他還經常牛飲河水，希望澆熄內在的火熱。

柯婁漪擠好羊奶，花了許多時間又費了好大的勁才把鮮奶做成乳酪，因為飛蠅纏人很煩，連驅趕牠們也會被叮咬。這之後，她洗完臉，編個松枝冠戴在頭頂，鹿皮襖披上身，然後把酒和鮮奶倒進汲水桶，為達夫尼斯和她自己準備飲料。

〔24〕臨近中午，又到了他們投眼捕捉對方的時間。柯婁漪看到達夫尼斯光著身子，目瞪口呆凝視他的美，看到頭暈還是找不出一絲一毫可以挑剔的地方。達夫尼斯看到柯婁漪披著鹿皮襖，戴著松枝冠，提著酒奶喝，總覺得自己又看到了仙女洞裡的仙女。他從她的頭上摘下松枝冠，吻了之後，戴在自己頭上。柯婁漪趁他在洗澡光著身子的時候，拾起他的衣服，吻了之後，穿在自己身上。有的時候，他們互丟蘋果[13]，又

---

[12] 龍戈斯要讀者想像蘋果是因為熱戀大地才掉落，正配合他所描述夏季的情慾氣氛。在這一部小說，蘋果因為象徵豐饒（Neumann 262）是西洋情慾世界的造境要素，具有強烈的性意涵；參見《舊約雅歌》2:3注。

[13] 按上古田園傳統，丟蘋果是示愛。第三卷在沒有選譯的部分，達夫尼斯爬上最高的樹枝摘蘋果，那是樹上僅存的一個，最美也最香，顯然象徵待嫁的處女，在此處當然是柯婁漪。葉慈《黛佳》（W. B. Yeats, Deidre）劇終前，康諾哈大王說：「黛佳已歸我所有；／她是我的王后，誰也搶不走。我必須爬上最高的樹枝，／才能在風中摘下這蘋果。」

為對方梳頭編髮。她說他的頭髮像香桃木的漿果，因為它烏黑；他說她的臉像蘋果，因為它白中透紅潤。他也常教她吹笛，等她一開始吹，他就把笛子從她的嘴唇搶過來，擺在自己的嘴唇上來回摩擦。他煞有介事說是糾正柯婁漪的錯誤，其實是藉機透過笛子吻她。

〔25〕日正當中，他吹著笛子，羊群在納涼，柯婁漪不知不覺睡著了。達夫尼斯定睛瞧，擱下他的笛子，放膽瞧個過癮，既不害羞也不害怕，觀遍她的全身。他一邊觀賞，一邊開口輕聲道：

「睡著的那一對眼睛多麼迷人！那嘴巴吐出的氣息多麼香！蘋果的香味比不上，梨子也比不上。可是我怕吻她。她的吻扎痛我的心，而且像新釀的蜜那樣使我發狂。再說，我怕把她吻醒。噢，這些饒舌的蟬！牠們的吵聲只怕打斷她的睡眠。旁邊的公山羊在打架，角牴角鬥來鬥去。唉，狼啊，你們比狐狸更膽小，要不然早就把牠們給搶走了！」

〔26〕他這樣喃喃自語的時候，一隻蚱蜢為了逃避燕子的追捕，跳到柯婁漪的胸部找庇護。燕子撲空，可是因為追得緊，翅膀拍到柯婁漪的臉頰。她莫名其妙挨一拍，叫了一聲，驚醒過來。看到燕子還在附近飛，達夫尼斯卻在一旁笑她受驚，她不再害怕，揉起睡意仍濃的眼皮。蚱蜢躲在她的胸部唱歌，彷彿逃難到那兒感謝她的保護。柯婁漪又一次失聲尖叫，達夫尼斯卻大笑。他利用這機會，伸手探進她的胸部，抓出那一隻親切的蚱蜢。蚱蜢在他的手中仍然唱不停，柯婁漪看得心花怒放，伸手接過蚱蜢，吻了之後，又把牠擺進她的胸部，牠還是唱不停。

〔27〕有一天，他們聽到一隻斑尾林鴿在樹林裡唱田園曲，聽得開懷舒暢。柯婁漪想知道那隻鴿子到底唱些什麼，達夫尼斯說了一個日常流傳的故事：

「從前有一個少女，跟妳一樣漂亮；她跟你一樣是個牧女，在樹林裡養了許多乳牛。她有音樂天賦，連她的家畜都喜歡聽她唱歌。調教牠們用不著棍子或棒子，她只要坐在松樹下，戴上松枝冠，唱牧羊神潘恩和松樹仙女的故事[14]，她的牛群自然不會走出她歌聲的範圍。有個男生在距離不遠的地方也養牛。他也長得俊，也有音樂天賦。他向她下戰帖，比賽唱歌。他展現男人雄渾嘹亮的音色，卻又洋溢男孩甜美的音調。這少女的牛群中最好的八頭母牛受到引誘，加入他的牛群，跟著他跑了。她苦惱自己的牛隻少了，又懊惱自己唱歌輸給對方，當場祈禱天神，在

---

14 希臘文 *pitys* 是松樹，擬人化成為少女，為了逃避牧羊神潘恩的糾纏而變成松樹仙女。

她回家之前把她變成鳥。天神成全她的心願，把她變成一隻山鳥，因為這少女經常在山區出沒，又有音樂天賦。直到現在她還在唱歌表達她不幸的遭遇，說她在尋找出走的母牛[15]。」

〔28〕這就是夏天帶給他們的歡樂。可是，到了秋天葡萄成熟時，來自皮拉的海盜為了冒充外國人，利用卡里亞小船上岸[16]，入侵這一片原野。他們穿甲帶劍，伸手所及搜刮一空，芳香的酒、庫藏的麥、蜂巢裡的蜜，無一倖免。多爾孔的牛也被擄走一部分。

達夫尼斯在海邊遊蕩，也被他們抓走，柯婁漪則因為是個女孩，怕人家笑她，很晚才趕她養父德萊亞的羊出去吃草，因此逃過一劫。海盜看達夫尼斯年輕力壯，長相也漂亮，比田野上的其他戰利品來得值錢，抓到了他勝過羊群或其他什麼的，也就不多耽擱，押著他上船。他一路哭叫柯婁漪的名字。海盜解開纜索，把船推下水，備妥船槳，火速出海。

這時柯婁漪正趕羊出來，帶著一支新笛子，是要送給達夫尼斯的禮物。她看到羊群一陣慌亂，又聽到達夫尼斯叫她的名字，越喊越大聲，當場棄羊不顧，丟下笛子，跑向多爾孔求救。

〔29〕可是多爾孔被海盜砍傷，血流不止，躺在地上奄奄一息。看到柯婁漪，他舊愛復甦，情火微閃，說：「柯婁漪，我活不了多久了，唉，那些可惡的海盜，我拼命要保護我的牛群，他們卻把我當牛殺。妳要救達夫尼斯，把他們毀掉，為我報仇。我的牛已經習慣跟隨牧笛的聲音，不論跑到多遠的地方吃草，牠們都會聽笛子的旋律。所以，妳過來，拿著這笛子，吹我以前教達夫尼斯，達夫尼斯又教妳吹的曲調。接下來就看笛子和那些牛的造化了。柯婁漪，這支笛子就當作是禮物送給妳，靠這支笛子，我在許多競賽的場合打敗牧牛人和牧羊人。看在這件事的份上，請妳吻我吧，趁現在我還活著；等到我死了，也請妳為我哭一場，看到有人放我的牛吃草，請妳記得我。」

〔30〕多爾孔說著，接受了最後的一吻，帶著這些話和這一吻，呼出最後的一口氣。

柯婁漪拿起笛子，湊到唇邊，開始吹，盡量大聲吹。被海盜趕上船的牛群聽到笛聲，認出曲調，一陣狂奔猛吼，紛紛跳下海。這一跳，海

---

[15] 牧人唱歌比賽，這是歐洲田園文學的一個要素。鳥唱歌訴說變形故事，這是希臘神話的一個母題。

[16] 皮拉：Pyrrha，小說背景萊斯沃斯島岸的城市。卡里亞：Caria，小亞細亞（今土耳其境內）西南包括弗里幾亞在內地區的古名。

面顛簸，船身不穩，一個回頭浪把船給吞下去了，不留活口。海盜一個個隨船翻覆，因為他們攜刀佩劍，穿的是鱗狀甲冑，護脛套直蓋到小腿肚。可是達夫尼斯打赤腳，因為他是在平地看羊，而且因為暑氣逼人而半裸。結果是，他們游不到兩下，全被身上的裝備給拖下海底。達夫尼斯雖然輕易甩開衣服，但因為以前只在溪流游泳，如今下海備感吃力。不過求生的本能倒也發揮效果，他划進牛群，抓住兩隻牛，一手握一角，居然不費吹灰之力，像駕車一樣給拱上岸。牛的泳技比人類高明太多，只有水禽和魚類比牠們高竿；除非牠們的蹄浸水太久腫脹脫落，牠們不會沉水的。這一點，事實可以證明：海邊有許多地方到今天仍保留「牛渡灣」的古名[17]。

〔31〕達夫尼斯意外逃過海盜和船難兩劫，保了一條命。脫險之後，他在岸邊找到柯妻漪，又笑又哭，奔入柯妻漪的臂彎，問她為什麼吹笛子。她一五一十說出先前的遭遇，如何逃向多爾孔求救，牛群如何聞笛辨聲，他如何教她吹笛，他們的朋友多爾孔如何遇難身亡。只是，她不好意思告訴她那一吻。

他們覺得虧欠多爾孔一份人情，義不容辭該向他表達敬意與懷念。因此，他們和他的親屬合力埋葬不幸的多爾孔。他們在他的屍體上堆出好高的墳土，栽植許多園藝樹，垂掛他們第一次收成的果子。他們又酹鮮奶祭奠，挑最漂亮的葡萄串親手擠汁，在他墳前折斷許多牧笛。他們聽到牛群悽慘的呻吟低鳴，邊哀號邊狂奔。當地的牧人咸信這些牛是在哀悼放牧牠們的人。

〔32〕多爾孔的葬禮結束後，柯妻漪帶達夫尼斯前往仙女洞，親自為他清洗。然後，她第一次在達夫尼斯的注視下洗自己的身體。她的身體又白又嫩，其實不用靠清洗來美化。兩人都洗好了，他們摘當季的花，編成花圈，戴在仙女像上，又把多爾孔的笛子掛在石壁上，當作酬獻禮。

這一切都完成了，他們轉往察看羊群，發覺牠們沒在吃草，也聽不到牠們的叫聲，而是躺在地上。我想牠們是太久沒看到達夫尼斯和柯妻漪，所以無精打采。他倆一現身，吹笛呼叫，綿羊立刻起身吃草，山羊也蹦蹦跳跳的，仿如欣喜牠們熟悉的牧羊人平安歸來。

---

[17] 牛渡灣：Bospori，希臘文「牛渡」之意。拉丁文拼作Bosporus或Bosphorus；分隔歐亞兩洲而銜接黑海與地中海的博斯普魯斯海峽即是以之為名，一說是變形為牛的伊娥（見奧維德〈婚外情的受害人〉）渡過這海峽，一說是海域狹窄，牛輕易可渡。掉書袋在希臘小說是司空見慣，也是辯術復古運動的一個特色。

可是，達夫尼斯現在快樂不起來了，因為他已經看到柯妻游裸體，已經看到以前是隱而不顯的那種美。他的心在痛，似乎有不知名的毒物在囓噬。連他的呼吸也受影響：有時候上氣不接下氣，仿如有人死命追趕他；有時候幾乎喘不過氣，彷彿剛經歷的一場打鬥耗盡了他的氣息。這一次洗澡似乎比海水更恐怖。他覺得自己的生命仍然掌握在海盜手中，因為他畢竟年輕，又是住在鄉下，對於愛樂[18]的侵襲仍無所知。

第二卷

〔1〕時序進入果季的盛期[19]，葡萄成熟待收。每一個人都在農地忙碌：有的修補葡萄搾汁桶，有的清洗酒甕，有的編籃子，有的準備採收葡萄串的小鐮刀。這邊有人忙著找壓搾葡萄的石塊，那邊有人拿捲成薄片的柳木條製作夜間汲取新甜葡萄酒[20]所需的火炬照明。這時節，達夫尼斯和柯妻游無暇牧羊，四處幫人作活。達夫尼斯拿籃子裝葡萄，倒進壓搾桶，用力踩踏，汲汁入甕。柯妻游為採收工準備伙食，供應陳年葡萄酒，順便採收靠近地面的葡萄。列斯沃斯的葡萄不是高株攀樹的那種，而是低株短莖的品種，枝條在低處攀爬像常春藤，牙牙學語的兒童伸手也摘得著。

〔2〕按慣例要舉行酒神祭，隆重慶祝葡萄酒誕生。從鄰村來幫忙的女人不約而同把眼光投向達夫尼斯，誇他俊美，說他簡直就是酒神戴奧尼索斯再世。比較放得開的大女孩甚至吻了他，吻得他心癢，卻傷了柯妻游。

在壓搾桶裡踩葡萄的男人則衝著柯妻游又叫又嚷，在她眼前狂跳猛躍，一個個激動得像酒神女祭司面前的羊人，無不希望自己變成綿羊，好讓這樣的牧羊女看顧。這一次輪到這女孩心花怒放，輪到達夫尼斯傷心。不過他們兩人都盼望葡萄收成季早些完工，這一來就可以回到原野上的老地方，再聽美妙的笛聲和羊群咩咩，總勝過這些老粗的嘈雜。

幾天之後，葡萄採收完畢，新甜葡萄酒入了甕，不再需要什麼幫手。達夫尼斯和柯妻游趕羊上草地，歡天喜地去祭拜仙女，連枝帶葉獻

---

18 愛樂：羅馬神話稱丘比德。

19 仲秋。

20 葡萄倒入桶子之後，先用腳踩，再以石塊重壓擠殘汁，尚未完全發酵的葡萄液仍有甜味，此即新甜葡萄酒，英文稱must（Gill譯注）。

上成串的葡萄當作葡萄收成的初祭。這不是說他們以往怠慢了仙女；相反的，他們每天放牧之前總要來到仙女洞小坐片刻，收牧之後也總是不忘來這裡膜拜，每次都會帶些供品，或是一朵鮮花，或是果子，不然就是一捧綠葉或一瓢鮮奶。他們的虔誠後來得到女神的賞賜。現在，就像俗話說的，他們有如鬆開皮帶的狗，又唱又跳又舞又吹笛，和他們的羊嬉戲耍鬥。

〔3〕他們正在自得其樂的時候，一個老人朝他們走來。他身上披的是羊皮縫製的斗篷，腳上穿的是生獸皮做成的涼鞋，肩上揹的是久經風霜的袋子。他在他們旁邊坐下，開口說道：

「孩子，我是菲利塔斯[21]老頭。我常唱歌給這裡的仙女聽，也吹笛給那邊的潘恩聽，用音樂的力量帶領過一大群牛。我來這兒是要告訴你們我看到的，讓你們知道我聽到的。

「我有一座園子，是我親手闢建的。自從我上了年紀不再放牧，我就把心力用來經營那園子，一年到頭都有當季的花果。春季有薔薇、百合、風信子和紫羅蘭，深色調和淺色調的都有；夏季有罌粟、梨和各種蘋果；現在是秋季，有葡萄、無花果、石榴和翠綠的香桃木。成群的鳥一大早就飛進園子，有的來找吃的，有的來唱歌，因為枝葉茂密，蔽日遮蔭，又有三個水源灌溉。如果把圍籬拆掉，你會以為那是一座小樹林。

〔4〕「今天大約中午的時候，我走進園子，在石榴和香桃木樹叢下看到一個小男孩，手裡握著香桃木漿果和石榴。他的皮膚白得像鮮奶，頭髮金黃似火，渾身乾淨清爽像是剛洗過澡。他沒穿衣服，也沒同伴，一個人在那那兒摘果子，自由自在仿如那是他的園子。我快跑過去要抓他，因為我擔心他那麼調皮，在樹叢裡胡鬧，到頭來會折斷石榴和香桃木的樹枝。可是他身手矯捷，鑽進鑽出的，一下子跑進薔薇叢，一下子躲進罌粟叢，像隻小鷓鴣。我經常疲於奔命追逐還沒斷奶的幼兒，也經常為了追趕小牛累壞這一雙腿，和這一次碰上的小鬼比起來都不算什麼。

「老了經不起折磨，我一不做二不休，拿出柺杖，看好不讓他逃脫。我問他是誰家鄰居的小孩，這樣蹧蹋人家的果園是什麼意思。可是

---

[21] 菲利塔斯：Philitas，公元前三至二世紀，有個希臘詩人就叫這個名字。在古代，詩、樂一體，因此下文菲利塔斯說他自己唱歌又吹笛，就是詩人。

他一句話也不回答，走到我面前，笑得很甜，拿香桃木的漿果丟我，竟然逗得我開心，我也不知道怎麼回事，氣就消了。於是，我告訴他不用怕，要他讓我抱，我還指著香桃木的漿果賭咒說，我會放他走，還會給他一些蘋果和石榴，允許他隨時高興都可以進來摘果折花，只要他吻我一下就好。

〔5〕「他一聽我這麼說，開懷大笑，聲音比燕子或夜鶯更悅耳，甚至像我這麼老的天鵝也比不上[22]。他說：

「『菲利塔斯，我吻你是無所謂啦，因為我喜歡人家吻我更甚於你喜歡變年輕。可是，你自己想想看，我這一吻是不是適合你那一大把年紀。你的年紀不會因為受我一吻就不追我，問題是你追不上我呀，就算你是鷹或鵰或任何比牠們飛更快的鳥都一樣。我看來像小孩，其實不是；我比時間、甚至比宇宙本身更古老[23]。你情慾初發的時候我就認識你了，那時候你趕一大群牛在那邊的水草地放牧，在那些橡樹下為你的心上人阿瑪瑞莉絲唱歌、吹笛，我就在你面前。雖然我和那女孩挨得很近，可是你沒看見我。是我成全她跟你結婚，成全她為你生下小孩，他們後來成為一等一的牧牛人和農夫。現在達夫尼斯和柯蘿洖就是歸我照顧。早上我把他們湊在一起之後，就進入你的園子，享受你的樹蔭花叢，也在這水源洗澡。這也是為什麼你的花和數樹會那麼漂亮——因為我洗澡的時候，水四處濺四處灑，你所有的花株和植物都受到滋潤。你往四周瞧一瞧，看看是不是有哪一根樹枝給折斷，是不是有哪個果子給扯落，或哪一枝花梗給蹧蹋，看看水源有沒有給弄髒。你要開心才是，菲賴特斯，凡人當中，年紀一大把還看到我，就只有你一個人。』

〔6〕「這可愛的小男孩說著，一跳就跳進香桃木叢裡去，像隻小夜鶯，從這細枝跳到那細枝，穿過綠葉跳上樹梢。我看到他的肩上長了翅膀，背部兩片翅膀的中間有小巧玲瓏的弓和箭。可是，就那麼一眨眼，他從此不見蹤影。如果我這一頭白髮不至於痴長，如果我這一大把年紀不至於白活，你們聽我的話，為愛樂犧牲奉獻，愛樂自然照顧你們。」

〔7〕達夫尼斯和柯蘿洖聽得愉快，心想剛才聽到的是故事，不是事實，因此問道：「那麼，愛樂到底是什麼？是個男孩，還是一隻鳥？他到底有什麼能耐？」

---

[22] Gill 譯注指出，古人因為天鵝的白羽毛而聯想到高壽。

[23] 愛樂比時間更古老，見赫西俄德《神統記：愛神的誕生》註3和註6

菲利塔斯說：「孩子，愛樂是神，年紀輕，非常俊美，有翅膀。所以他喜歡青春，到處追隨美，為我們的靈魂添加羽翼。他的勢力連宙斯也比不上。他管轄所有的元素，統御眾星，甚至主宰和他平起平坐的眾神，遠超出你們對於羊群的管轄。所有的花都是愛樂的作為，所有的植物都是他的創造。河水由於他而流動，風由於他而吹拂。我見過一頭牛，發了情就哞哞叫，好像挨了牛蛇咬，還有一隻公山羊愛上一頭母羊，追著她跑上跑下。

「我自己年輕過，那時候愛上阿瑪瑞莉絲，連吃、喝都忘了，還睡不著覺。我的靈魂會痛，心跳加速，身體冰冷。我大吼大叫，好像挨人毒打；我悶不吭聲，簡直變成僵屍；我跳進河流，好像著了火。我向潘恩求救，因為他自己曾經愛上松樹仙女。我讚美厄珂，因為她一再隨我呼叫阿瑪瑞莉絲的名字[24]。我折斷好多支笛子，因為那些笛子招引得來牛群，卻帶不來阿瑪瑞莉絲到我身邊。醫藥治不了愛樂，吃、喝、唸咒作法都沒用，只有吻、擁抱和裸體躺在一起。」

〔8〕菲利塔斯這樣開導這一對沒經驗的情侶，接過他們給的一些乳酪和一隻新近才長角的小山羊之後，繼續上他的路。來人既已離去，兩人獨處，第一次聽到「愛樂」這個名字，瘋心病當下猛擊。當晚回到家，他們開始比較自己經歷的和白天聽到的：

「戀愛中的人感到痛苦，我們也是。他們沒胃口吃東西，我們也同樣沒胃口吃東西。他們睡不著覺，我們現在正是那樣。他們覺得好像著了火，我們體內也有一團火。他們渴望彼此見面，我們就是因為這樣才祈禱白天快點來。那必定是愛；我們互相愛戀對方，卻不曉得那是戀愛。難不成戀愛就是這樣？還是我自個兒在戀愛？可是，為什麼我們感到同樣的痛苦？為什麼我們總是在找對方作伴？菲利塔斯說的每一件事都是真的。我們的父親在夢中也見過園子裡的那個男孩，是他要我們牧羊的。怎樣才能抓到他？他那麼小，一溜煙就不見了。怎樣才能躲開逃過他呢？他有翅膀，他想要就可以手到擒來。我們得趕快求仙女幫忙。可是，菲利塔斯愛戀阿瑪瑞莉絲的時候，潘恩並沒有幫助他。這麼說來，我們得要試試他說的藥方：吻，擁抱，裸體躺在一起。這樣會冷，可是菲利塔斯忍受過了，我們也可以。」

---

[24] 厄珂：Echo，「回聲」，34節會講述她的故事；參見選譯奧維德〈自戀水仙〉。

〔9〕他們這樣度過一個晚上的啟蒙教育。第二天,他們趕羊吃草,兩人一見面就親吻,這是他們以前沒做過的事,接著環臂擁抱。可是,第三個醫療步驟,就是脫掉衣服躺在一起,他們不敢輕易嘗試,因為那得要女方比預期的更放得開,更何況她是個年輕的牧羊女。於是,他們又失眠了一個晚上,一再回想他們做過的事,一再埋怨沒做成的事。

「我們相吻了,沒什麼用處。我們擁抱了,沒什麼結果。治療愛只剩下一個法子,就是躺在一起。無論如何得試試那一招。那裡頭一定有比吻更有效的妙方。」

〔10〕這樣左思右想,他們自然而然作春夢,夢見親吻和擁抱。白天不敢做的事,他們在夢中做了:赤身裸體躺在一起。於是,早上起床,他們中邪更深,放羊吃草就迫不急待想要接吻,一看到對方就笑容滿面跑過去迎接。吻過了,接著抱過了,卻遲遲沒有嘗試第三劑藥,因為達夫尼斯不敢開口提起,柯妻漪也不想採取主動。直到最後,說來是機緣,他們終於一嘗宿願。

〔11〕他們靠在橡樹幹,並肩而坐,嚐過了親吻的喜悅,回味無窮卻有未盡之意。為了把嘴唇湊得更緊,兩個身體緊緊抱在一起。抱著抱著,達夫尼斯把柯妻漪拉向自己,用力太猛,她往一邊傾倒,他順勢繼續吻她,隨她一起倒在地上。他們想起夢中的情形,這樣躺了好長的一段時間,仿如被綁在一起。可是他們不曉得下一步要幹嘛,以為愛到這樣的地步就是盡頭,無路可走。耗掉大半天的時間,他們只好分開,趕羊回家,咒罵夜晚。說真的,他們也許會發覺還是有事情可以做,然而事故接二連三,把這整個地區搞得天翻地覆。

〔以下刪略12-33節,摘要如下。暮秋,一樁意外引發戰火,島上第二大城梅亭納(Methymna,距離列斯沃斯四十里,是個獨立城邦的中心)的部隊大肆搶劫米蒂利尼,擄走柯妻漪。達夫尼斯想尋死,仙女出面安慰他。牧羊神潘恩顯靈,託夢給梅亭納的部隊長,要他送回柯妻漪。小情侶再度團圓,村民通宵舉行酬神祭典。典禮中,達夫尼斯的養父轉述牧羊神潘恩和牧羊女席菱絲(Syrinx,小寫在希臘文即是牧羊笛,又名潘恩笛)的故事,是西西里一個牧羊人唱給他聽的。〕

〔34〕「這些管子原本不是樂器,而是一個美少女,歌聲甜得很。她放牧山羊,和仙女一起玩耍,也一起唱歌——和現在的她一樣。她在放羊、遊戲、唱歌的時候,潘恩走過來,試著說服她順他的心意,還保證讓她的山羊年年生雙胞胎。可是她笑他痴心,說她不會愛上一個既不

是人也不是羊的怪物。於是潘恩開始追她，要霸王硬上弓。席菱絲拔腿就跑，要逃避潘恩的追逐和暴力。跑累了，她鑽進河邊的蘆葦叢，消失在水澤。潘恩氣在心頭，砍了蘆葦還是不見女孩的蹤影。後來，他明白她的苦難，從中受益，發明了潘恩笛[25]：他把一些長短參差的蘆葦莖綁在一起，用蠟固定，就這樣當作樂器。蘆葦莖不一樣長，因為他們的愛不平等。於是，從前的美少女變成現在悅耳的牧羊笛。」

〔以下35-39節摘要：達夫尼斯和柯婁漪以舞蹈演出潘恩和席菱絲的故事，菲利塔斯用自己的牧羊笛獎賞達夫尼斯出色的表演；酬神祭典結束，天色已亮，這對情侶誓願以愛相許。〕

第三卷

〔冬天來臨，大雪封凍四境，群羊入棚。達夫尼斯想盡藉口去見柯婁漪，聊解相思之苦。好不容易挨到春回雪融的時節，他們重拾牧羊尋愛的日子。〕

〔13〕綿羊到處咩咩叫又蹦蹦跳，忽而跪在羊媽媽的腹下拉扯奶頭。至於那些還沒交配的母綿羊，公綿羊沒追到手不罷休，直到一隻接一隻的公羊捉到他的母羊。公山羊追起母山羊更有勁，甚至為了她們打起架來，因為每一隻公山羊都有他自己的妻妾，總是嚴防姦夫。這樣的情景，連老頭子看了都會心癢情動，更何況年紀輕、精力旺盛而且逐愛已久的達夫尼斯和柯婁漪。耳朵聽到的夠他們火熱發燙，眼睛看到的把他們的心熔化了，他們在尋找親吻和擁抱的缺口。尤其是達夫尼斯，他的青春已經浪費了一整個冬季在家裡枯坐，現在如饑似渴盼望親吻，興起擁抱的慾望，動了大膽進取全面征略的念頭。

〔14〕他問柯婁漪是不是願意成人之美，讓他做他想要做的事，就是不穿衣服躺在一起，比上一次躺更久。他說，菲利塔斯所教導治療戀愛的藥方，只剩下這個步驟還沒試過。

「我們吻過了、抱過了、躺過了，還能怎麼樣？」她問道，「不穿衣服躺在一起，你打算幹嘛？」

他回答：「學公綿羊對母綿羊，還有公山羊對母山羊。做了之後，母山羊不會看到公山羊就跑，公山羊也不會費勁追母山羊，難道妳沒注

---

[25] 似乎是在闡述「從經驗得到教訓」這句希臘古諺。事實上，龍戈斯這部小說就是呈現初戀情侶體驗大自然奧秘的故事。

意到？從那以後，他們挨在一起吃草，好像分享了什麼樂趣。他們必定是做了非常甜蜜的什麼事，甜蜜蓋過了愛的苦味。」

「可是，親愛的達夫尼斯，你有沒有看到，公山羊和公綿羊做那事是站著的，母山羊和母綿羊讓他們做也是站著，公的從後面跳到母的背上。你卻要我躺在你的旁邊，而且不穿衣服。你自己看嘛，他們一身都是毛，裹得比我穿著衣服還更來得緊密！」

說歸說，她還是照他的要求做了。達夫尼斯在她身邊躺下，躺了好長的一段時間。他實在不曉得怎麼進行他火辣辣想做的事，只好扶她起來，學公山羊的榜樣，試著從後面抱她。這一來比先前更困窘，他頹然坐下，想到隨便一隻羊也比他更精通跟愛有關的事，不禁痛哭流涕[26]。

〔15〕他有個鄰居叫柯羅米斯，是個自耕農。柯羅米斯雖然體力已經走下坡，卻從鎮上娶了個年輕又漂亮的妻子，用鄉下的標準來看簡直就是妖媚。她的名字叫做呂凱寧[27]。她每天早晨目送達夫尼斯趕羊去吃草，一到薄暮又目送他趕羊回家，打定主意要引誘他當情夫，計畫送禮物博取郎心。於是，有一天，呂凱寧看他形單影隻，逮住機會送他一支牧羊笛、有蜂蜜的蜂窩和鹿皮隨身包。但是，她猜得著他一心向著柯婁漪，話含在口裡猶豫再三，因為他親眼看見過他對那女孩款款情深。

呂凱寧看他們眉來眼去笑不停，心癢接著手也癢。就在那一天，她對柯羅米斯說要去探望剛生產的一個鄰居，卻一路跟蹤達夫尼斯和柯婁漪。她藏身在草叢，聽到了他們說的話，也看到了他們做的事，當然沒有錯過達夫尼斯痛哭流涕的情景。這一對小情侶的可憐相看得她心裡好不難過，心想一箭雙鵰的機會終於來臨，既可以為生手成其美事，又可以滿足自己的慾望。所以她設下了一個計謀。

〔16〕第二天，她謊稱又要去探望那產婦，來到——這一回是大大方方的——達夫尼斯和柯婁漪席地並坐的橡樹下，擺出小女生可憐兮兮的模樣，叫嚷著：「哎呦，達夫尼斯啊，快來救救我，我好慘哪！一隻老鷹抓走了我最好的二十隻鵝，重得他沒法子叼到那邊峭壁上的老地方，現在停在樹林子這邊。我拜託你，看在仙女和潘恩的份上，陪我去

---

26 Gill譯注：「在這部小說中，人類常模仿動物，從中受益（如1:3、1:6、1:9所見之例）——這說明人與動物在田園世界共處和諧。龍戈斯此處不著痕跡指出人類與動物的一大差異，他的田園情侶仍未體會出來（參見3:17）。」差異所在，見3:17。

27 呂凱寧：Lycaenion，「母狼」的暱稱，而母狼是牧人的天敵（Gill譯注）。

一趟樹林子，我不敢自己一個人去。拜託你救救我的鵝，我一隻也丟不起的呀！說不定你還能夠把那隻老鷹給殺了，不讓他抓走你們的小羊。柯妻漪可以幫你看羊。這些山羊一定認得她，她一向都是幫你牧羊的。」

〔17〕達夫尼斯不知就裡，當場起身，握著牧羊杖，跟隨呂凱寧而去。她在前頭帶路，盡可能遠離柯妻漪，來到樹林最茂密的地方，要他在一處水泉邊坐下。

「達夫尼斯，」她說，「你和柯妻漪在談戀愛。仙女昨晚託夢告訴我的，我這才知道你昨天痛哭流涕的事。她們交代我來解救你，要我教你怎麼做愛。做愛不只是接吻、擁抱和做母山羊和公山羊做的事。那是性交的一種，和山羊做的大不相同，而且甜蜜多了，因為比較花時間，而且持續比較久。所以，如果你不想再自哀自怨，如果你想要體驗你一直在尋找的那種喜悅，那就來吧，把你自己交給我，快快樂樂當我的學生，而我呢，為了不讓仙女失望，我會教你。」

〔18〕達夫尼斯喜出望外。畢竟是沒見過世面，只是個牧羊人，年紀又輕，而且正發情，他跪在呂凱寧的跟前，求她不要浪費時間，趕快教導他要對柯妻漪做的事。看他的樣子，簡直就是準備接受天神的開示：他允諾給她一隻小羊、母山羊的初乳做的酪餅，甚至連母山羊也要一起奉送。

呂凱寧沒料到會有這等天真的事，大受鼓舞，開始竭盡所能教育他。她指示他坐到她身邊，然後吻她，深情地吻，就像他以前吻柯妻漪那樣；然後，還在吻的時候就要他伸出手臂抱住她，接著躺下來。於是達夫尼斯坐了下來，開始吻她，然後躺了下去。呂凱寧發覺他有了反應，變大了，就把他從躺的姿勢扶起來，撐在她上面，順勢滑了進去，把他引入他長久以來始終找不到的門路。在這之後，她就不用多費力了，因為自然本身教了達夫尼斯後續的進度。

〔19〕做愛課程結束，達夫尼斯仍然像牧羊人一樣天真，迫不及待要跑回柯妻漪身邊，要馬上學以致用，仿如擔心時間一荒廢就會忘記新學到的知識。可是，呂凱寧要他稍安勿躁，說：「達夫尼斯，還有些你該知道的事哪。我碰巧是個開了竅的女人，所以現在好好的沒受什麼傷——我是老早以前就有另一個男人教我這一課，他把我的貞操當作他的報酬。可是，如果你和柯妻漪也要這樣纏鬥，她會尖叫痛哭，會躺在旁邊流血。不過，你別擔心她流血。只要你說服她同意讓你上，你就帶她

到這兒來，這樣就算她尖叫也不會有人聽到，哭也不會有人看到，如果流血也可以就近在泉水邊洗乾淨。別忘了，我比柯婁漪先一步使你成為男人[28]。」

〔20〕給了他這些忠告之後，呂凱寧往樹林的另一邊走去，彷彿還在找她的鵝。達夫尼斯回想她剛才說的話，發覺先前的衝動消散無痕，再也沒有煩擾柯婁漪的意願，只要跟她接吻和擁抱就夠了。他不要她對他尖叫，彷如他是仇敵似的；他也不要她哭，彷如她受到傷害似的；也不要她流血，彷如她受了傷似的。他尤其怕血，因為這是他第一次聽到那字眼，以為流血一定是因為受傷。

於是，他下定決心，和柯婁漪維持一貫的歡樂就夠了。他走出樹林，來到柯婁漪坐著編紫羅蘭花冠的地方，杜撰鵝從鷹爪逃生的一個故事。然後，他伸手抱她，給了她一個深情的吻，就像他和呂凱寧享受過的那樣。他心裡想，接吻沒關係，不會有危險的。柯婁漪把花冠戴在他頭上，吻他的頭髮，說他的頭髮比紫羅蘭漂亮多了。然後她從隨身包拿出一片水果餅和一些麵包，兩人分著吃。他在吃的時候，她偷偷從他嘴巴搶過來，自己吃了了，就像巢裡的雛鳥。

〔21-2節摘要：他們忙著吃、忙著吻的時候，正巧漁船從近海經過，漁歌的回聲激起柯婁漪的好奇，於是達夫尼斯講了厄珂的故事。〕

〔23〕「仙女有很多種。有梣樹仙女、橡樹仙女、青草仙女等等。她們都很漂亮，很有音樂天賦。其中有個仙女的女兒叫厄珂，是個凡人，因為她的父親是凡人，卻很漂亮，因為她的母親很漂亮。她是仙女撫養長大的，文藝女神教她吹笛子、演奏抱琴、唱各種各樣的歌。到了青春年華的時候，她長得如花似玉，常跟仙女一起跳舞、跟文藝女神一起唱歌。可是，她看到男性就避得遠遠的，不論是人還是神都一樣。潘恩氣她，原因一部分是嫉妒她的音樂天賦，一部分是他貪戀她的美貌卻吃了閉門羹。於是他使得綿羊和山羊發瘋，像狗或狼一樣把她分屍，屍骸撒滿地，歌聲遍野[29]。大地為了成全仙女們的心願，把這些唱不停的屍骸埋藏起來，因此保存了它們的音樂。大地也遵照文藝女神的命令，唱歌模仿各種各樣的聲音——包括神的、人的、樂器的、野獸的——就

---

[28] 女性啟蒙男性，就如同我們在《吉爾格美旭》和《舊約‧希伯來的創世神話》所看到的情形，差別只在於傳奇小說寫的是世俗化的經驗。

[29] 屍骸……遍野：希臘原文使用雙關語：mele既是「屍骸」也是「歌曲」。

像她生前那樣。它甚至連潘恩吹笛的時候也照樣模仿，他一聽到就跳起來，滿山遍野追逐迴聲，想要知道是誰隱形模仿他。」

達夫尼斯說完這個故事，柯婁漪吻他，不是只吻十次，而是吻好幾個十次；厄珂真的是重覆他說的每一句話，仿如要證明他沒有說謊。

〔24-34節摘要如下。夏天到來，很多人向柯婁漪的養父筑阿斯提親，其中不乏財主。達夫尼斯因為沒錢而開心不起來，幸虧仙女託夢讓他找到一艘沉船的財寶，他終於付出聘金。不過，他的養父拉蒙還得徵求主人戴奧尼索發內斯[30]的同意。〕

第四卷

〔時序入秋，戴奧尼索發內斯夫婦帶著兒子阿斯提洛斯下鄉巡視自己的產業。阿斯提洛斯的死黨葛納童有斷袖之癖，看達夫尼斯俊美，強暴未果，央求阿斯提洛斯把達夫尼斯賞給他。拉蒙不得已說出達夫尼斯的身世，並拿出當年棄嬰的信物，戴奧尼索發內斯夫婦赫然驚覺達夫尼斯是他們發跡之前棄養的兒子。父子相認之後，戴奧尼索發內斯得知柯婁漪仍是處女，允諾達夫尼斯娶她為妻。柯婁漪的養父母也拿出當年拾獲她時的信物，託戴奧尼索發內斯代為查詢。戴奧尼索發內斯在米蒂利尼城裡大宴賓客，請大家指認信物。柯婁漪的身世終於真相大白，證實她和達夫尼斯門當戶對。於是戴奧尼索發內斯在仙女洞前主持達夫尼斯和柯婁漪的婚禮喜宴。以下譯出的是結尾的兩節半。〕

38〔……〕該來的客人都到齊了，鄉野田園的氣息洋溢其間。有一個人唱農民收割時唱的歌，另一個人說壓榨葡萄酒時聽到的笑話。菲利塔斯吹他的潘恩笛子，藍皮斯吹雙管笛，拉蒙和筑阿斯跳舞，柯婁漪和達夫尼斯親嘴。山羊在附近吃草，仿如也趕來出席喜宴似的，雖然城裡來的賀客未必覺得有趣。達夫尼斯叫出幾隻山羊的名字，餵他們吃綠葉，抓他牠們的角，吻牠們。

〔39〕他們並不是只有那一天才這樣子；他們有生之年的大部分日子都是這樣度過的，以田園為樂，虔誠禮拜仙女、潘恩和愛樂，飼養成群的綿羊和山羊，以水果和鮮奶供應三餐。他們後來生了一個男孩，把他交給母山羊餵奶；第二胎是個女孩，則交給母綿羊餵奶。他們的名字分別叫做牧友和牧人[31]。

---

30 戴奧尼索發內斯：Dionysophanes，字義為「Dionysus（酒神戴奧尼索斯）顯靈」。

31 牧友：Philopoimen，「牧羊人的朋友」或「和善的牧羊人」；牧人：Agele，「放牧的人」。

他們也整修裝飾仙女洞，立起石像，為牧者愛樂建一個祭台。他們又為潘恩建廟，讓他不用再露宿松林，並且稱他為戰士潘恩。

　　〔40〕不過，建廟命名這些都是以後的事。現在夜幕低垂，全體來賓護送新郎新娘入洞房，一路上有人吹牧羊笛，有人吹雙管笛，有人高舉大火炬。到了門邊的時候，農夫們拉起破嗓子開始唱歌，刺耳的聲音與其說是在祝賀婚禮，倒不如說是在敲碎土塊。達夫尼斯和柯蔞游終於沒穿衣服躺在一起，開始擁抱，然後接吻，一整個晚上的睡眠大概不會比貓頭鷹多。達夫尼斯做了一些呂凱寧教他的事；柯蔞游這才明白，以前在樹林子所發生的一切，只不過是牧羊小孩的遊戲[32]。

---

[32] 性愛果然是成年禮，參見《情慾花園》所錄鄧恩〈早安〉1-3。

三、羅馬文學

（拉丁文）

卡圖盧斯（公元前84-54）抒情詩

　　卡圖盧斯（Gaius Valerius Catullus）是羅馬共和時期末年一場新詩運動的要角。他的《抒情詩集》共一百一十六首，是十四世紀末的學者根據七種稿本（這些稿本的歷史可以追溯到九世紀）整理出來的。詩中的焦點人物是列絲比雅（Lesbia），一般認為她是克樓蒂雅（Clodia）的化名。她生活放蕩，據說因為和自己的弟弟有不倫之事而毒死丈夫，而且在這之前就和卡圖盧斯有染（Whigham 17）。

　　以假名入詩，這是晚期羅馬情詩的慣例，卡圖盧斯顯然首開風氣之先。此一新猷具有多重意義。Lesbia和Clodia這兩個字都是三個音節，都是一個長音節後接兩個短音節，也就是詩體論所稱的長短短格音步（dactylic foot），這個格律早自荷馬的史詩就已奠定綿綿不絕的氣勢，Horace Gregory（xvii）稱之為「流體音感」。其次，就當今在婦女解放運動的潮流中已然抬頭的女性自主意識而言，意義更重大的是，卡圖盧斯為他的心上人取一個新的名字，把她從過去附屬於家族取向和社會功能（箇中道理有如漢民族稱已婚女子，或依父姓稱「氏」或隨夫姓稱「太太」而不名）的名字分離開來，無異於賦給她前所未有的獨立的人格。羅馬女人不像羅馬男人那樣擁有個人的名字：女孩出生之後，把父親的姓改為陰性字尾就是她的名字。如果不只一個女兒，姊姊和妹妹就是同名。以克樓蒂雅來說，她們姊妹總共三人，全都叫克樓蒂雅。出現在卡圖盧斯詩中的那一個排行在中間，她嫁給Quintus Metellus Celer之後，冠上夫姓而成為Clodia Metelli。「這麼看來，女人的名字無非是確保她切記自己的從屬身分，婚前附屬於父親，婚後附屬於丈夫。取個化名無異於一舉把她從父系霸權解放出來」（Martin 43）。羅馬妓女雖然擁有個人的名字，不過那只是「花名」，而且原本可能是為了向官署登記註冊而取的（見張任章譯《西洋娼妓史》頁44、48）。因此，卡圖盧斯是在昭告他的讀者：使我愛恨交加的列絲比雅在我的詩中重生。使心上人獲得新生，這樣的詩人志業代有風騷，但丁和佩脫拉克是兩個響亮的名字；不同的是，但丁把心上人寓言化，佩脫拉克把心上人理想化，卡圖盧斯則是直筆寫現實。

對於希臘文學有基本認識的讀者看到Lesbia這個名字，必然會聯想到莎芙的故鄉列斯沃斯（Lesbos）。經由類似移花接木的手法，卡圖盧斯也許在暗示列絲比雅是個女詩人（cf. Gregory xvii; Martin 44）。雖然現代讀者更可能的聯想是女同性戀，因為英文的lesbian（女同性戀）就是源自Lesbos，而莎芙早在古典時期就有論者說她是女同性戀。但是我們不該忘記，英文出現大寫的Lesbian這個字是十八世紀初的事，以之指稱女同性戀更是晚至十九世紀下半葉。而且，上古時代的性別意識和我們現代人顯有不同，貿然根據諸如此類的聯想說列絲比雅是女同性戀或雙性戀，荒唐的程度實不下於根據柏拉圖對話錄《會飲篇》推出雅典男人有同性戀風氣這樣的結論。更何況，列斯沃斯也是《達夫尼斯與柯婁漪》的空間背景，而該小說雖是較晚問世又以田園風味著稱，歌頌的卻是異性情慾，這起碼足以「證明」在希臘——羅馬的文學傳統中，列斯沃斯這個古代詩歌重鎮並不必然引人聯想到我們今天所稱的女同性戀。

不論列絲比雅是否確有其人，重要的是卡圖盧斯透過名為列絲比雅的這個「心上人」呈現自己的愛情觀感：透過列絲比雅這個愛情意象，他看到自我的投影，也就是納基索斯在水池邊低頭所看到的影像（Gregory xv；見選譯奧維德〈自戀水仙〉）——或者，套莎士比亞的名句，卡圖盧斯高舉明鏡照自己。一個人一旦把所愛的對象客體化又抽象化而成為情慾的意象，那麼他勢必無法把自己和所愛的對象區分開來，這一點特能看出自戀對於愛的殺傷力。從第二首寫列絲比雅的麻雀還可以看到自戀如何成為戀物的媒介：戀愛中人的主觀意識所塑造竟成的「心上人像」甚至會投影到對方所愛的物象之上。編號2A的一首殘篇特能看出卡圖盧斯攬鏡顧影的功夫：

> 我心開懷聽人家說
> 飛毛腿姑娘抓住金蘋果
> 鬆掉疲累的束腰帶。

（「飛毛腿姑娘」指阿塔蘭塔，典故見本書選譯奧維德〈追：阿塔蘭塔的故事〉。）

就寫作年代來說，卡圖盧斯屬於古典時代。這位古典作家不但創造了浪漫的幻覺，而且從文藝復興以來，不同時代的詩人無視於時空的阻隔，異筆同調跟他互相唱和，以作品見證這位古典時期的浪漫詩人充分

展現他們心目中的當代精神。然而，不論是熱戀或失戀，卡圖盧斯一貫「抒寫現在，活在當下」。正因為他不是以回顧的心情看待愛情經驗，讀者油生的浪漫情懷畢竟只是幻覺。把所知所感化作當下的經驗，從而揭露個人的心境，如此「創造一個永恆的現在式的魔咒」（Gregory xix），這是卡圖盧斯的才氣所繫，也是他的詩作能夠在不同的歷史座標總是洋溢「現代感」的主因。就此而論，他是繼莎芙之後在愛的世界另立一塊界石，一男一女各領風騷，而龍戈斯的〈達夫尼斯與柯婁漪〉則是穿梭在這兩塊界石之間，透過兩性互動探索仍屬幽微的愛情心理學。

在作題辭用的第一首詩中，卡圖盧斯把他的詩獻給Cornelius（顯然和六十七首35行的「柯奈里烏斯」不同人），「因為你總是／認真看待我的芝麻蒜事」，又在結尾表達個人的心願，希望這些詩作能得到「文藝女神／保鮮超過一代」。卡圖盧斯說的「一代」頂多不過一個世紀，如今超過二十個世紀了，仍然有白頭學者在「編纂又注疏〔像卡圖盧斯這樣的〕年輕人／情場失意在床上翻滾／咬文嚼字吟唱／取悅牛耳佳人的詩行」。引文出自葉慈的〈學者群像〉（Yeats, "The Scholars"）。學者其實無罪，是詩人至誠感人。怪不得奧維德寫道：「愛情因藝術而耐久。」必須補充說明的是，卡圖盧斯「至誠攬鏡自照」，並不是只看到列絲比雅，雖然本書限於主題而有所偏擇。他的兄弟、他的朋友以及詩本身都是他抒寫的對象。對象縱有不同，他筆下卻流露一貫的人格特徵，可以用拉丁文的pietas（「至誠」）來歸納。他以誠待人，得不到善報猶不改其誠。這樣一個性情中人，正是可以在維吉爾描寫的羅馬民族英雄埃涅阿斯看到的形象（Lee xxiv）。

原作的編排係依詩體格律分類，中譯參考Lawall 1:809-18選輯的編排次序，呈現從熱戀到幻滅的愛情經驗（第六十七首不屬於這個領域），該文選沒有摘錄的詩篇由筆者酌情穿插。副標題是中譯添加的，編號則依原作。

以愛維生（之五）

> 列絲比雅，讓我們以愛維生[1]，
> 笑聽愛管閒事的老人團
> 有氣無力搧耳邊風！

---

[1] 維生：不是把愛情當作精神食糧，而是將之量化（7-10）繼之以財化（11），反映羅馬這個都會的商業性格。

太陽西下會東方再起，
5　　可是我們的光輝短暫，
入夜一宿就望不到白天。
給我一千個吻，又一百個，
再一千個吻，又再一百個，
一千個又再一百個不間斷
10　　直到累積許許多多的千次吻，
我們將宣告破產，暗藏的資產
自己數不清而且眼紅的人看不到，
只知道我們的親嘴交易創下了天量。

麻雀（之二）

麻雀[2]，你是我心上人的愛鳥，
她輕撫你，把你緊抱在胸前
或用指尖調皮作弄你
直到你發嗔啄她！
5　　好多次我朝思暮想的列絲比雅
不如意就轉向你尋求慰藉，
我想像她在你身上舒解戀情，
好讓她的悲愁喘口氣。
但願我像她一樣陪你玩[3]，
10　　也好鬆馳我的苦戀！

哀麻雀之死（之三）

嗚呼哀哉，眾愛美與眾愛樂[4]
以及所有的可愛人，齊聲來哭：

2　麻雀是維納斯（阿芙羅狄特）的神鳥（見莎芙抒情詩1:9）。視列絲比雅為「再世賽姬」
　　（見阿普列烏斯〈尋愛記：丘比德與賽姬〉）或許是本詩的弦外之音，雖然學界普遍認為詩
　　中麻雀是說話者意淫的對象。

3　請注意，說話者希望自己變成列絲比雅。言下之意，他把心上人「物化」，希望列絲比雅是
　　他的寵物，一如麻雀是她的寵物。

4　愛美：維納斯，愛神兼美神。愛樂：小愛神丘比德，即希臘神話所稱的Eros。這兩個名字用
　　複數形態，意同「人間以愛相許的美女俊男」。

我愛人的麻雀死了，
麻雀，我愛人的寶貝，

5　　她愛牠超過愛自己的眼睛[5]，
因為牠甜如蜜[6]，親近女主人
不輸給女孩親近母親，
時時刻刻依偎在她胸前
膝間[7]忽上忽下蹦又跳

10　　吱吱不停就只對著女主人。
現在牠走上了幽冥道，
踏上沒有回頭路的旅程[8]。
說來真可羞，冥神你
看到尤物就狼吞虎嚥[9]！

15　　你奪走了我的麻雀尤物。
真是無恥！可憐的麻雀！
如今我的愛人哭到眼睛紅腫，
這就是你的不對[10]！

一體成形的美（之八六）

許多人說坤悌雅漂亮，我覺得她醒目。
我承認她高挑、雍容華貴、皮膚白皙，
這些加起來不等於美。她缺乏性感，
衣架子上上下下沒絲毫情趣！

5　　列絲比雅的美是一體成形，
這一體讓所有的愛美族[11]失色。

5　眼睛是所有器官中最珍貴的，這是因襲希臘人的說法。

6　即使把希臘羅馬文學中的「蜂蜜」比擬為巧克力，我們不該忽略一大差異：巧克力是我們的零食，蜂蜜卻是古人的主要糖源。

7　胸前／膝間：原文的 *gremio* 兼有「膝上」（＝大腿上）和「懷中」兩義，帶有強烈的性意涵。

8　早自美索不達米亞神話，陰間就被稱作「不歸之地」。

9　或許影射冥神強婚（見選譯奧維德《變形記》5:362-571）。

10　本詩體裁承襲的是希臘墓誌銘的傳統，其情思其實更近於中國的祭誄文類。

11　愛美族：見注4。

列絲比雅的丈夫（之八三）

　　列絲比雅在她丈夫面前不斷辱罵我，
　　那個笨蛋聽得笑呵呵。驢啊你
　　好沒常識──她如果一聲不響忘了我，
　　那表示心病已康復；這樣嘮叨說我壞話，
5　可見她記得我而且，這一點更重要，
　　她生我的氣。她的口才因為我而熱力四射[12]。

好話似水（之七十）

　　我的女人說除了我她不嫁人，
　　即使朱比特[13]向她求婚也一樣。
　　她這麼說，女人對熱戀情侶說的話
　　應該寫在風中，刻在水面。

戀刑（之八五）

　　我又恨又愛。你問我怎麼可能，
　　我說不上來，只是感到酷刑加身。

狠心的她（之六十）

　　莫非利比亞山區的母獅
　　或從腹腔底部嘶吼的絲庫拉[14]
　　生出妳的一顆心無情又無義
　　竟然不屑一顧熱切的需求，
5　狠心聽不進懇求者的禱告？

---

[12] 卡圖盧斯的心理洞察素為論者津津樂道，如Ferguson提到本詩，說：「這裡有個上好的佛洛伊德觀點；無緣無故把話說得慷慨激昂，無非是在自欺欺人」（Lee 178引）。

[13] 朱比特：又名周夫，羅馬神話的主神，相當於希臘神話的宙斯。

[14] 絲庫拉：希臘神話一美女，因情場失意變成妖魔，詳見奧維德《變形記》13:733-14:74。

因為妳脆弱（之七五）

因為妳的脆弱，列絲比雅，我淪落
到這地步，因為自己深情而如此消沉，
既無法體貼想念妳，就算妳盡善盡美，
也無法剪斷情絲，雖然妳說剪就剪。

曾經（之八）

可憐的卡圖盧斯，別再傻了，
你知道已經成為過去的事就該承認。
太陽曾經為你而明媚，
那時候你追著女人跑，
5　她深受我們[15]寵愛沒人比得上。
當時我們的歡樂無止境，
你所求的也正是她所要的，
太陽真的是為你而明媚。
現在她無所求，你就不該要。
10　追求犯不著死皮賴臉活得可憐兮兮，
你得要堅強，挺直腰桿面對她。
再會啦，女郎。卡圖盧斯已經狠下心，
不會再巴望妳；妳不會再聽到刺耳的呼喚。
妳將會懊悔不再有人糾纏妳。
15　恰查某[16]，妳還能巴望什麼樣的人生？
現在，誰來看妳，說妳可愛？
以後妳有什麼人可以愛？誰會愛妳？
妳還想親誰的嘴？誰會讓妳咬嘴唇？
而你，卡圖盧斯，你必須堅持下去！

---

[15] 卡圖盧斯筆下的第一人稱代名詞，經常以複數代替單數。然而，由於本詩是以戲劇體裁呈現詩人面臨愛情抉擇時感情與理智的掙扎，很可能這裡的「我們」指的是自我的兩面（Lee 151），即理性的自我和感性的自我。借用榮格（Karl Jung）的術語來說，詩中的複數第一人稱代名詞是指涉卡圖盧斯不同的「人格面具」（personae）。

[16] 台語「兇巴巴的女人」。

緋門開門[17]（之七六）

「你好，門，朱比特保佑你楣柱永固，

因為你，丈夫有歡樂窩，父親有避風港，

人家說巴布斯還是這房子的主人時，

你伺候那老頭忠心耿耿，

5　可是那老頭過世之後，就我所知，

你沒有善待他兒子。

說來聽聽，為什麼外頭流傳

說你變了，耿耿忠心失了信。」

「但願凱基利烏斯諒解，我現在屬於他，

10　事情不能怪我，雖然人家那麼說。

沒有人能夠理直氣壯說我做錯什麼事，

雖然饒舌的人那樣捕風捉影。

只要一有見不得人的事曝光，

他們就對我叫囂：『門，是你不對。』」

15　「你這樣講，沒有證據不算數。

說說看，也好讓大家明白真相。」

「我能怎麼樣？沒人問，沒人探究竟。」

「我們要聽，你儘管直說。」

「好吧。說什麼她進這家門是個處女，

20　胡說八道。她丈夫根本破不了她的功；

他那一把盾頭劍比甜菜根還要軟，

束腰衣[18]的中間壓根兒就沒凸過。

可是他父親侵犯兒子的床，

不快樂的家又添污名，

---

[17] 本詩以對話體裁寫成，引號為中譯所加，乃為明白起見。詩中呈現維洛納（Verona）某住家門內的醜聞，對話的雙方是訪客和該屋門。現任屋主是訪客的朋友凱基利烏斯（Caecilius），涉及醜聞的則是前任屋主之妻，她的丈夫性無能，和公公發生姦情，醜聞傳遍羅馬。詩人怪門失職，門卻說那個女主人婚前在布雷西亞（Brixia）就已素行不檢。

[18] 束腰衣：古代地中海國家男女皆宜的基本服裝。兩塊亞麻布相疊後，留出鑽頭伸臂的位置，把兩側和頂部的其他部分縫起，便製成束腰衣。天主教的主教祭服和司鐸、牧師所穿的白長袍一類的教士衣服仍保留這種服裝。

25　　有人說是盲目的愛燒出不倫的戀火，
　　　也有人說是兒子無能，播不出種。
　　　總之就是要有硬挺的什麼東西
　　　才有辦法鬆開處女的腰帶。」
　　　「好能幹的父親，就這樣
30　　射進自己兒子的私房戶。」
　　　「布雷西亞[19]流傳的不只是這樣——
　　　那兒可以仰望齊努斯的瞭望塔，
　　　波光瀲灩的美拉河緩緩流過，
　　　布雷西亞孕育我的故鄉維洛納[20]。
35　　人家說波斯度米烏斯和柯奈里烏斯
　　　各有一條腿壓住那個女人。」
　　　「有人會質疑說：『門，你怎麼知道的？
　　　你不可能離開主人的門檻
　　　跑出去偷聽閒言閒語，你只能
40　　固守在門楣下開開關關。』」
　　　「我經常聽到她鬼鬼祟祟，
　　　丫鬟咬耳朵說她的風流帳
　　　也不避諱我提到的那些名字。
　　　她認定我沒有嘴巴也沒有耳朵。
45　　她甚至提到我不想說出的名字，
　　　我可不想惹他吹鬍子瞪眼睛。
　　　他個子高高的，在法庭挨過告，
　　　為的是欺人的子宮謊稱分娩。」

---

19 布雷西亞：Brixia，今稱Brescia，義大利北部的古城。

20 卡圖盧斯即是出生在維洛納。

維吉爾（公元前70-19）《埃涅伊德》

　　維吉爾（Virgil）是羅馬帝國的民族詩人，其代表作《埃涅伊德》（Aeneid）是羅馬帝國的民族史詩。詩中鋪陳羅馬神話，以之聯繫希臘神話，反映的是羅馬當局「正統」的建國史觀。全詩十二卷，整整有三分之一寫迦太基女王狄兜和埃涅阿斯的戀愛故事。在歷史脈絡中以愛情故事呈現政治主題，維吉爾的敘事手法為浪漫文學新闢一境。

　　《埃涅伊德》開宗明義寫道：「我歌頌戰事與戰爭一勇士。」這個破題句不只是點出整部作品的主題，也不著痕跡交代詩人自己的名山事業之所宗。依希臘人的說法，特洛伊戰爭結束之後，特洛伊城毀於戰火，城內的女性盡成俘虜，男人則無一倖存。羅馬人卻說城破之後，特洛伊將領埃涅阿斯（Aeneas）秉承天意，率領一批遺民逃難到義大利，經歷慘烈的戰鬥才掙得生存權，他的後代建立羅馬城。維吉爾因襲這樣的說法，師承荷馬《奧德賽》歌詠英雄戰火餘生的歸鄉之旅，以及《伊里亞德》描寫沙場勇將，兩相融合而成就羅馬始祖追尋新家園的偉構。

　　荷馬這兩部史詩是有浪漫的一面，可是其中浪漫的成分只見於戰場上，根本無關乎情場。即使是奧德修斯這一位解甲老兵在浪跡四海途中不乏豔遇的機緣，甚至被女神羈留達七年之久，乃至於最後和闊別二十年的妻子團圓，我們都看不到兒女情長的景象。在荷馬的時代，愛情仍未浮出文學意識，情慾則是神界的遊戲。在荷馬的世界，英雄的人格特質有相當的比重仰賴於「克柔情以養剛毅」或「去陰柔而存陽剛」，怪不得《伊里亞德》卷六寫特洛伊的中流柢柱赫克托（Hector）訣別愛妻，雖然感人，雖然情濃，還是浪漫不起來。

　　希臘作家當中，第一個有意識地探討兩性之間的感情問題的，是悲劇詩人尤瑞匹底斯（Eiripides，約486-406 B.C.）。他也是歐洲文學史上第一個探索女性心理這個幽微世界的作家。這兩個「第一」湊在同一個人身上，恐非偶然；或許就是因為深入女性的內心，他才有機會「發現」愛情的價值。不過，尤瑞匹底斯筆下有愛與情，也有生了病的愛與變了調的情，可就是少了慾。喜劇詩人亞里斯多芬尼斯的《利西翠姐》

寫生而為人有大慾，又在歷史上最知名的一場座談會（柏拉圖對話錄《會飲篇》）陳明愛的本質在於尋求完整的生命，並指出追尋之道在於合為一體的原初慾求（見〈愛樂頌〉），可惜喜劇的格局和寓言的體裁就像一層濃霧籠罩了他原本澄明的見識。說到在文學的天地呈現愛情的價值，拔頭籌的非阿波羅紐斯（Apollonius Rhodius，生於約295B.C.）莫屬。阿波羅紐斯取材於追尋金毛羊皮的故事，寫出《阿果號之旅》（Argonautica），以四分之一的篇幅鋪陳梅黛雅（英譯「梅黛雅」）對伊阿宋（英譯「傑森」）的戀情，浪漫筆鋒上承尤瑞匹底斯的遺緒，而下起奧維德的先河。雖然伊阿宋深得希臘傳統英雄的木頭風，梅黛雅這個「化外蠻女」的深情善感卻大幅度拓展文學領域的新疆界。就在這無情漢與多情娘的對比中，維吉爾找到他為羅馬的民族英雄寫像的原型。這一幅寫像可以題作「堅忍英雄」（a Stoic hero）。

中文讀者對禁慾英雄的形象應該不陌生，武松就是箇中翹楚。不過《水滸傳》裡的潘金蓮被父權意識給妖魔化了，要想見識人性版的潘金蓮還得等一千年，也就是歐陽予倩的劇本《潘金蓮》（1929）。女性膽敢伸張情慾自主權，這對父權體系是一大威脅；維吉爾未必意識到情慾場實為政治場域，但他顯然體悟到女性情慾與父權體系之間勢同水火的關係。因此，他要歌頌英雄就只好犧牲豪放女。也因此，他要呈現豪放女的悲劇就必然暴露自己在藝術造境上的瑕疵。然而，維吉爾在這方面的瑕疵就如同亞里斯多德在《詩學》拈出的hamartia（差錯、「悲劇缺憾」），竟是造就悲劇英雄所不可或缺！拿普塞爾（Purcell）的歌劇《狄兜與埃涅阿斯》來作個比較，不難看出意境的高低。只就一事而論，一旦以女法師惡作劇的方式呈現雷雨（歌劇第二幕，改編史詩4:160-72），性別的張力與意識形態的衝突必定崩盤，悲劇唯一的下場就是淪為悲情苦戲，境界自然無處覓。

此處選譯維吉爾史詩的狄兜插曲，其中第四卷有人稱為《埃涅伊德》「最妙筆生花的一段插曲，其中埃涅阿斯所自許的英雄情操折損最嚴重」（Parry 49），第六卷則了交代鰥寡情緣的完整結局。狄兜性情剛烈一如《紅樓夢》裡的尤二姐，也是同樣含冤抱屈以終，埃涅阿斯卻是徹底壓抑感情、放棄自我，才從情場全身而退。然而，「不論他有沒有愛戀狄兜——他可能沒有——埃涅阿斯並不冷漠。他如果冷漠的話，他的痛苦會少一些。……埃涅阿斯的生命活靈活現，因為他的種種感受貼近生活：他的感受既不精純也不完整，雜亂無章又斷斷續續；

他的動機，有一部份說是圓通當之無愧，其餘的部份則在詩中凋萎」
（Greene 64-5）。

鰥寡生死戀：埃涅阿斯與狄兜（四、六卷節選）

〔特洛伊戰爭之後，埃涅阿斯「奉天承運」逃離故國家園，要前往義大利重建家
邦，途中遭遇海難，耽擱於迦太基（腓尼基人在北非建立的殖民城市），深受女王
狄兜的禮遇。女王素仰這位特洛伊英雄的盛名，設宴款待，席間親口聽他講述特洛
伊陷落的始末（第二卷）以及海上歷險的事蹟（第三卷），因此（就像莎士比亞
《奧塞羅》劇中Desdemona愛上黑人將軍的情形）由仰慕而憐惜而生情。〕

第四卷

　　　　狄兜女王的相思情越來越愁苦，
　　　　悶火侵逼，她以養生的血餵食創傷。
　　　　她一再回味這英雄的武德，咀嚼
　　　　他的門第。他的音容深入她的心坎
　5　　緊纏不捨；憂慮使得她四肢不安寧。

　　　　奧蘿拉點亮福玻斯的火炬[1]，曙光
　　　　普照大地驅散空中潮溼的陰氣，
　　　　狄兜六神無主，對知心的妹妹說：
　　　　「安娜，這些夢使我魂不守舍！
　10　　我迎入門的這個不速客是怎樣的人，
　　　　看他多麼英勇，心胸磊落身體壯！
　　　　我真的認為，有理由認為，他是神子[2]。
　　　　卑賤的靈魂會流露畏縮的神情。想想看
　　　　命運如何為難他，他照樣奮戰到底！

1　奧蘿拉：Aurora，黎明女神。福玻斯：Phoebus，「光明神」，阿波羅的太陽神稱號。希臘
　神話的太陽神原本是赫利俄斯，阿波羅在晚期神話中雖然取替了赫利俄斯的許多神徵，但是
　太陽馬車永遠屬於赫利俄斯。
2　神子：神的兒子；埃涅阿斯的母親是愛神維納斯。神話英雄都是天神和人間女子所生，但是
　《舊約》的「神子」是指天使，天使和人間女子所生才是英雄（〈創世記〉6:1-4）。

15   自從我的初戀³由於死亡捉弄而落空，
        我就痛下決心立毒誓，有生之年
        絕不再陷入婚約，要不是這樣子，
        要不是當年我對婚床和火炬⁴起反感，
        我的決心很可能就因為他而動搖。

20   安娜，坦白告訴妳，自從我丈夫司開烏斯
        被殺，我的哥哥血洗我們的家祠神像⁵以來，
        就只有這個人使我動情，攪得我
        魂不守舍。我感覺到舊情復燃的跡象。
        可是不行，我寧可大地張口吞下我，

25   或天父霹雷把我打落到陰曹地府
        混在幽冥世界沒有血色的亡魂行列，
        也不能冒犯廉恥，破壞貞節的美名。
        先娶我的那個人去世的時候帶走了
        我的愛心，就由他在墳墓裡保管守護。」

30   狄兜說著，淚如泉湧浸濕了胸前。

        安娜答道：「我愛妳勝過愛陽光。
        難道妳非得孤伶伶守喪消耗青春，
        無視於維納斯的福澤和子女的歡樂？
        妳以為死人的骨灰或魂魄能感受妳的憂慮？

35   我知道在利比亞⁶，或以前在提爾，求婚人
        不曾感動妳萎靡的心；妳回絕牙巴斯⁷
        和非洲這聲威顯赫地所孕育的其他王爺。
        現在愛情討妳歡心，妳要抗拒愛情？

---

³　狄兜的初戀情人是她的丈夫司開烏斯（21）。

⁴　火炬代表婚姻。《伊里亞德》提到以火炬引導新娘走出閨房的婚禮遊行場面（18:492），羅馬人也有這樣的習俗。

⁵　狄兜的哥哥皮格馬利翁是提爾（見註12）的暴君，在祭祀場合殺害妹婿司開烏斯，亡魂託夢警告狄兜逃往海外另覓新家園（《埃涅伊德》I:348-368）。埃涅阿斯抵達迦太基時，狄兜正大興土木闢建新城。羅馬人稱迦太基為布匿克（Punic）。

⁶　利比亞：在上古時代通稱非洲。

⁷　牙巴斯：追求狄兜的非洲王子中最傑出的一位。

難道妳忘了妳落腳的地方是誰的？

40　危機四伏，有驍勇善戰的蓋圖里亞人[8]、
　　桀傲不馴的努米底亞人[9]、險惡的流沙灘[10]，
　　東邊界是沒有水草的沙漠和遠近出沒的
　　巴卡盜匪。[11]還有提爾人[12]虎視眈眈，
　　我們的哥哥不懷好意，這要我來說嗎？

45　我相信特洛伊船隊經過這地方是天意，
　　而且得到朱諾[13]的幫忙。我說啊，姊姊，
　　這一結婚，會有什麼樣的城池與王國
　　屹立在這地方！和特洛伊人並肩作戰，
　　我們迦太基人有什麼攀不到的榮耀！

50　只要求神祝福，誠心祭拜，殷勤
　　善待我們的客人，編個網耽擱他們，
　　趁現在海風狂野，獵戶座騷動不已，
　　天氣變幻莫測，他的船也還沒修復。」

　　這些話把女王芳心的火苗搧成烈焰，

55　為搖擺心安上希望，解開了羞怯索。
　　她們先上廟獻禮，看到祭台就祈求
　　恩典：按宗教禮數，選羊作犧牲
　　獻給柯瑞絲立法神、福玻斯和解憂父神[14]，

8　蓋圖里亞人：Gaetulians，迦太基西南方的野蠻部落。

9　努米底亞人：Numidians，當地部落中最強勢的。

10　流沙灘：Sartis，迦太基附近的沙洲，因險惡而成為「惡水」的代稱。

11　巴卡盜匪入侵迦太基之後，以巴卡（Barca）為姓，利用賄賂與分化而坐大勢力，躋身
　　貴族。後來在布匿克戰爭（公元前264-41, 218-01, 149-46）中膺任迦太基統帥的漢尼拔
　　（Hannibal, 247-183/2 B.C.）即是出自巴卡家族。

12　提爾：Tyre，城址在今黎巴嫩海濱。迦太基就是提爾的腓尼基人在西地中海的主要殖民地，
　　後來與羅馬爆發布匿克戰爭之後，於公元前146年被毀。

13　朱諾：朱比特之妻，相當於希臘神話的希拉。特洛伊船隊在迦太基擱淺，朱諾確實參與其
　　事，不過她的目的是阻撓埃涅阿斯前往義大利締建新家邦。

14　柯瑞絲立法神：legiferae Cereri，義大利極其古老的穀物與收成女神，羅馬人將之同化於希
　　臘神話的黛美特，而黛美特的名號之一Thespophorus，即是「立法者」，指其教人農藝、
　　促成婚姻、維繫家庭生活，又兼有註生娘娘的功德，其祭典只有女人能參加，儀式則自埃及

尤其是獻給保障婚姻的朱諾。

60　美貌絕倫的狄兜本人持杯酹酒，
　　灑在乳白小牛的兩隻角中間，
　　當著眾神面前走向祭台，每天
　　更新祭品，細心察看供牲開腸
　　剖肚之後仍在顫動的內臟[15]。

65　唉，觀兆卜有所不知！上廟許願
　　對痴情女有什麼用處？戀火侵蝕她
　　柔滑的肌膚，情傷在胸腔悄悄發作。

　　不幸的狄兜渾身發燙，在城裡遊蕩
　　慾火中燒，像一隻中箭的母鹿——
70　這母鹿在克里特的樹林冷不防
　　挨了追捕的牧人遠遠射出的飛器，
　　穿肉入骨猶不自知，在狄特山[16]狂奔，
　　翻嶺越野，致命的箭鏃深陷側腹。
　　她引領埃涅阿斯巡城，讓他見識
75　迦太基豐沛的資源和建城的進度；
　　欲語還休，話頭一提就無疾而終。
　　白日拖到盡頭，她要重溫洗塵宴，
　　率性要求再聽一次特洛伊的苦難，
　　目不轉睛盯著說話者的嘴唇。

80　筵席已散，月亮消沉減光華，

傳入（Avery 1086-7）。一如中國的女娲娲，柯瑞絲、埃及的伊希絲與美索不達米亞的伊絮塔都是「當上帝是女人的時候」的文明創制神（Stone 4）。福玻斯：阿波羅，與城市的建立有關，他有個稱號就叫「創建者」。解憂父神：patrique Lyaeo，酒神戴奧尼索斯，教人栽種葡萄（地中海沿岸的重要農作）與釀製葡萄酒，使人解苦忘憂。狄兜祈求的這幾位神都與殖民城市的命脈息息相關，而此時的她卻是即將為了愛情而放棄建城的重責大任。類似的反諷又見於下一行她祈求朱諾：朱諾職司婚姻的保障，而狄兜此時卻打算背棄長久以來她對司開烏斯的忠貞（Lawall 1:849n.）。

[15] 這是羅馬傳統的觀兆卜：觀察祭牲內臟的顏色與排列情形以預卜未來。參見拙譯《馬克白》3幕4景123行注。

[16] 狄特：Dicte，克里特一山脈，宙斯即是誕生於該山區的一個洞窟。

深夜斜星把睡眠來招引，室內空蕩
使她煩。她獨坐臥榻，伴侶離席，
她兩地相隔還是聽到他、看到他。
看到阿斯侃[17]的長相酷似父親，她心竅迷，
85　　緊緊把他摟入懷，安撫說不出口的情慾。
這一來，塔樓不再增高，迦太基青年
不再操練，港口和要塞堡壘的工事
跟著停頓，未完的工程一概閒置，
巍峨的城牆和高聳的起重機懶散僵立。

〔天后朱諾存心破壞埃涅阿斯肩負的使命，與護子心切的愛神維納斯共謀，要讓生
米煮成熟飯，以既成的事實讓埃涅阿斯也深陷情網。〕

黎明女神奧蘿拉從海床升起，白日
130　　大放光明，迦太基的青年才俊一擁而出；
牢靠的網罟、圈套和寬刃獵矛一應俱全，
馬敘拉[18]騎兵尾隨嗅覺靈敏的獵犬隊。
女王逗留在寢宮，王公大人等候
在宮門外，她的馬也在那兒，盛裝
135　　大金大紫，精神飽滿，滿口泡沫咬馬銜。
她終於出發了，大批的朝臣隨身簇擁：
一身腓尼基騎馬裝，亮麗的流蘇飾邊，
箭囊是金製品，髮夾是金製品，
黃金別針扣在錦衣華袍的腰間。
140　　她的特洛伊朋友也同行：尤羅斯[19]
興高采烈；要說英俊可沒人比得上
埃涅阿斯，他和她比肩，兩隊人馬合一。

---

[17] 阿斯侃：「阿斯喀尼俄斯」（Ascanius）的截尾譯名，埃涅阿斯與前妻柯瑞烏莎的兒子，在
義大利改稱尤羅斯（Iulus；見140）。
[18] 馬敘拉：Massyla，阿特拉斯山（Atlas）附近的一個內陸區，居民精於騎術，無需鞍座與韁
繩即能跨坐奔馳。
[19] 尤羅斯：見注17。

就像阿波羅離開他在呂基亞[20]的避寒殿，
告別珊托斯河[21]，前往母親住的提洛島

145　重開宴會，祭台圍攏克里特人和祝歐佩人[22]，
紋身的阿噶提西人[23]盡情熙嚷作樂；
他自己在誕生地昆土斯山[24]樂逍遙，
金飾環和軟桂冠套在飛揚的頭髮上，
肩掛箭囊卡搭卡搭響：埃涅阿斯

150　就是這樣輕盈，美容顏散發同樣的光彩。

他們抵達山區渺無人跡的老獵場，
看！峭壁上野山羊驚跳而出
衝下山坡，從另一個方向雄鹿
奔下高嶺馳越開闊的荒野地

155　成群推擠衝撞揚起遮天塵。
少年阿斯侃氣昂昂驅策他的駿馬
沿山谷飛奔，超越一群又一群的獵人，
滿心盼望遇上的不是溫馴的獵物，
而是垂涎的野豬或褐毛獅。

160　就在這時候，高空響起一陣悶雷，
緊接著傾盆大雨夾冰雹從天而降。
行獵的特洛伊人、他們的迦太基朋友

20　呂基亞：Lycia，小亞細亞西南濱地中海的古地名，其人曾在公元前十三世紀入侵埃及。
　　按希臘神話，嫘投（Leto）在愛琴海提洛島的昆土斯山（Cynthus，見147）生下阿波羅之
　　後，因希拉的酷勁而被迫逃離提洛，流浪到呂基亞，在池邊要喝水解渴，遭當地的農民阻
　　撓，他們因此受罰變成青蛙。

21　珊托斯河（Xanthus）也在呂基亞，今稱Koca。

22　祝歐佩人：Dryopes，古希臘的一個族，其始祖Dryops是阿波羅和人間女子Dia 生，這女孩
　　怕父親生氣，躲在空心的橡樹幹，嬰兒因此根據希臘文的橡樹（δρύς）命名。他們原本住在
　　西希臘中部的帕納索斯山（Parnassus）附近，後來遷徙到伯羅奔尼撒和小亞細亞。

23　阿噶提西人：Agathyrsi，斯庫替亞（Scythia今歐俄南疆與羅馬尼亞的古地名）邊疆的部
　　落，希羅多德《歷史》記載其風俗民情，提到「妻子共有」（Herodotus 104），想必是母系
　　社會的群婚或雜婚制，類似雲南納西族的「公房」制（楊60-1）。

24　見注20。

以及維納斯的孫子[25]四散驚逃在野外
尋找棲身處。雨流如注從山頂傾瀉。
165 狄兜和埃涅阿斯躲進同一個山洞
避雨。元始尊神地母和婚姻神朱諾
發出信號。天界有火光閃爍，見證
一場婚禮。仙女在山巔歡呼。
那一天是死亡的生日，那個生日
170 是痛苦的根源：狄兜不再顧慮面子或名譽；
她擔心曝光的戀情如今不再是秘密；
她說那是婚姻，她用那字眼隱蔽她的罪。

傳聞即時跑遍利比亞各大城市[26]。
傳聞，人世間所有疾病的首惡，
175 越傳越盛，一路發飆一路得力；
起初是微小膽怯，很快聳入天際，
雖然在地上行走，頭卻埋在雲層裡。

〔埃涅阿斯耽於情慾，忘了建國的使命，引來天神朱比特一番怒叱。他迫於無奈，
在狄兜面前卻開不了口，於是交代手下暗中準備出航事宜。〕

296 可是誰瞞得了戀愛中的女人？兩情繾綣時
女王就在擔憂，如今察覺他有意蒙騙，
聽到了風聲。心懷不軌的傳聞
喃喃訴說船隊準備啟航，逼得她抓狂。
300 她心慌意亂，在城裡四處遊蕩，瘋癲
像酒神女信徒驚見聖物起駕，附了靈
一路高呼「巴可斯」奔向基泰戎山[27]，
連夜追隨兩年一度迎神行列的歡叫聲。
她終於找到埃涅阿斯，先發制人說：

[25] 阿斯侃。愛神維納斯是埃涅阿斯的母親，見《荷馬詩讚：愛神讚美詩》196-8。

[26] 傳聞：擬人格，參見《變形記》12:39-63奧維德筆下的「傳聞宮」。

[27] 巴可斯：Bacchus，酒神戴奧尼索斯的別名。基泰戎山：Cithaeron，在底比斯（Thebes）
附近，伊底帕斯嬰兒時被棄置之地，是獻給酒神的聖山，酒神祭典每隔一年在當地舉行。

305 「忘恩負義的東西，做了見不得人的事
　　　想瞞天過海，偷偷摸摸離開我的國境？
　　　難道我們的愛和山盟海誓留不住你，
　　　甚至不在乎狄兜可能因此慘死？
　　　現在是嚴冬，你拼命整備船隊，

310 不顧北風呼嘯，急著出海？你，
　　　無情無義！如果這是你的國土，你要去的
　　　不是陌生地，如果古老的特洛伊仍然屹立，
　　　你會冒著這麼惡劣的天氣航向特洛伊嗎？
　　　你是要逃避我？看我的眼淚和你的右手[28]，

315 這是我現在僅有的憑藉，我求你顧念
　　　我們心心相印，我們新婚沒多久，
　　　如果你承認我幫過你，也帶給你
　　　快樂，你總該不忍心家庭破碎，我求你
　　　放棄你的目標，如果還有我懇求的餘地。

320 由於你的緣故，利比亞各部落和遊牧族的首長
　　　個個恨我入骨，提爾人也敵意未消；由於你，
　　　我失去了貞節的美名，那是我榮登星界[29]
　　　僅有的憑藉。你要我留下來等死嗎，客官？
　　　以往我稱你是丈夫，現在只能說是客人。

325 在這兒苟活有什麼意思？等我哥哥皮格馬利翁
　　　摧毀這城市？等牙巴斯把我抓去當奴隸？
　　　如果在你離去之前我能夠懷一個
　　　你的孩子，有個小埃涅阿斯在王宮玩耍，
　　　好歹他的長相會使我想起你，那麼

330 我也不至於這樣孤苦無依。」

　　　她說完了。埃涅阿斯惦記朱比特的交代，
　　　目不轉睛看著她，極力壓制內心的感受。

---

[28] 起誓用右手。

[29] 西塞羅〈司基皮歐之夢〉（Cicero, "The Dream of Scipio"）說，天界為所有功在社稷的人保
　　留一席之地；奧維德《變形記》以凱撒昇天為星結束變形故事。

他終於開口道：「有生之年我永遠不會假裝
妳沒對我好，不會自認為擔當得起妳說的
335　每一件事。只要我還有一口氣，埃莉莎[30]
永遠值得我懷念，只要我還記得我自己。
至於我的行為，長話短說：我並沒有打算
偷偷溜走，妳不要這麼想；我也沒有
拿過新郎的火炬或接受這一場婚約。

340　如果命運容許我作主，給我自由意志
選擇自己的人生、解決自己的問題，
我最珍惜的將是古老的特洛伊：重建故國，
重整家園，讓普瑞阿摩斯[31]高聳的城牆
永遠屹立，讓被征服的特洛伊浴火重生。

345　可是現在，格瑞紐姆的阿波羅和呂基亞神喻[32]
告訴我有個義大利，指示我前去佔領。
我的愛、我的家鄉在那地方。妳，腓尼基人，
尚且心繫迦太基，掛念利比亞的一座城池，
怎能懷恨特洛伊人定居奧薩尼亞[33]的願景？

350　我們也是向海外尋求新王國。
經常，在夜幕凝露陰氣裹大地的時候，
當明星升空，家父安紀塞斯不安的魂魄
經常來到我的夢境示警，我飽受驚嚇。
阿斯侃的委屈也讓我心神不寧，

355　我騙掉他命中該有的黃昏地[34]。
更嚴重的是，朱比特派出神使——
妳我兩條命可以見證——越空馳飛
來傳令，我親眼看著這天界的信差
進入城裡，他交代的話如雷灌耳。

30　埃莉莎：狄兜的別名。

31　普瑞阿摩斯：Priamus，特洛伊王。

32　格瑞紐姆（Gryneum）和呂基亞（見注20）都在小亞細亞，都以真理神兼預言神阿波羅的
　　神廟知名。

33　奧薩尼亞：Ausonia（源自奧德修斯的兒子Auson），下義大利古國，常用於代稱義大利。

34　黃昏地：Hesperia，「西方日落之地」，特指義大利。

360 別再說那種惹惱自己折磨別人的怨言。
前往義大利不是我的自由意志，是天意[35]。」

她斜眼瞪著他，聽他把話說完，
眼光上下打量他，在他身上探索，
一陣死寂。突然，她破口怒罵：

365 「情棍！女神不會有你這樣的兒子，達爾達諾斯[36]
羞為你的始祖！你是無情的高加索山
在硬心岩生下來，海卡尼亞虎[37]養大的！
我幹嘛隱藏自己的感受？難道還有更惡劣的？
我哭，他連一聲嘆息、一個溫柔的眼神也沒有！

370 他對愛他的人讓過一分、掉過淚、憐惜過嗎？
我還要說些什麼？事情落到這地步，朱諾
或朱比特也不曾公正公平看一眼。
信心再也不可靠。我接納他，淪落海灘
難民一個，他分享我的王國，我一定是瘋了，

375 ，使他的伙伴死裡逃生。
哦，怒火襲捲了我！阿波羅的預言，
呂基亞神諭，朱比特指派的天界信差，
異口同聲下命令，鐵面無情要你背叛我。
害天神勞師動眾，犧牲了清閒[38]，原來就是

380 這件事。我不留你，也不刺探你的說詞。
去吧，去追你的義大利！去尋你的海外王國！
如果公道的神明有能耐，我只希望[39]
你在大海中岩礁上痛痛快快豪飲苦難杯
連連呼喚狄兜。我會老遠帶著死火糾纏你；

---

35 埃涅阿斯這段話，雖然強辯，的確體現羅馬人「克己養剛情」的斯多噶精神（Stoicism，或意譯「禁慾」）。

36 達爾達諾斯：Dardanus，特洛伊人的始祖。

37 海卡尼亞：Hyrcania，古國名，在裏海東南，多山區，盛產野獸與蛇類，猛虎尤其知名。

38 名為「希望」，其實是在詛咒。

39 伊壁鳩魯學派（Epicurean）所稱天神不理會人事之說。

385 冰冷的死亡拆散我的靈魂和肉體[40]時，
我的幽靈將隨你同在。你將回收惡果。
我會在陰間聽到你受懲罰的故事。」

狄兜說著，突然停了下來，她心絞痛，
轉身迴避白日的光，擺脫他的視線；
390 埃涅阿斯雖然還有許多話，視覺一驚
卻說不出口。女王暈倒在地上，婢女
扶她進入大理石寢宮，讓她躺在床上。
敬天畏神的埃涅阿斯很想安撫
她的悲痛，盼不得開口就結束她的苦惱，
395 卻只能長嘆。雖然愛的力量震撼他的心魂，
他還是服從天神，朝他的船隊走過去。

〔安娜受狄兜之託，三番兩次請求埃涅阿斯，至少等到天氣轉晴再順風出發，可是
埃涅阿斯不為所動。〕

441 就像阿爾卑斯山上高齡雄偉的橡樹，
冬風從四面八方迎面來襲要把它
連根拔起，樹枝狂抖呼嘯不已，
樹葉隨主幹左搖右晃從高處飄落，
445 可是樹身緊緊攀附石壁，因為樹梢
頂天，樹根綿綿深探直入陰府：
這英雄長期遭受種種求情的攻勢，
他的雄心感受到悲傷的撞擊，
可是心意堅決；狄兜平白滾淚。

450 命運走到了窮途，不幸的狄兜驚惶失策，
如今只求一死——她看膩了白日蒼穹。
她把祭品擺在薰香繚繞的祭台上，
輕生厭世的決心更為堅定，她看到

---
40 自蘇美神話即是以靈魂與肉體的分離界定死亡。

恐怖的景象：聖水變成黑色，

455　她倒出來的酒變成噁心的血。
　　　她絕口不提這情景，對妹妹也沒說。
　　　還有，她蓋了一間大理石祠堂
　　　在王宮裡紀念前夫，極其崇敬，
　　　用雪白羊毛和綠葉編成花綵裝飾。

460　就是在這祠堂，夜幕籠罩大地時，
　　　她好像聽到亡夫輕聲呼喚她；
　　　屋頂還傳來靈歌似的夜梟哀鳴，
　　　一遍又一遍，調門拉得高又拖得長。
　　　她還想起古時候先知的預言傳下

465　可怕的警示。她在夢中看到埃涅阿斯
　　　無情追得她失魂落魄，不然就是夢見
　　　自己孤單單被遺棄在空曠地，踏上
　　　漫長的道路，尋找她的提爾百姓。
　　　就像彭透斯發狂時看到復仇女神的行列，

470　抬頭出現兩個太陽和兩個底比斯的幻覺[41]；
　　　又像阿格門儂的兒子奧瑞斯在舞台上
　　　左閃右躲他的母親兩手分持火炬和黑蛇，
　　　門口卻有怒騰騰的復仇女神阻斷他的退路[42]。

　　　狄兜痛苦難挨，設想出瘋狂的計畫

475　要了斷殘生。她選定了時間和方法
　　　秘藏在心裡，裝出安詳的神情，用希望
　　　掩飾她的決心，對滿懷憂戚的妹妹說：
　　　「安娜，妳要祝福我，我找到的方法
　　　可以挽回他，不然是解放我對他的愛。
　　　……

---

[41] 彭透斯：Pentheus，底比斯王，因迫害新興的酒神信仰而遭酒神戴奧尼索斯愚弄，後來瘋狂致死。希臘悲劇《酒神女信徒》（Bacchae）即是鋪陳此事，不過劇中並沒有涉及復仇女神，雖然彭透斯確實見到幻象。

[42] 希臘悲劇《奧瑞斯泰亞》的第二齣戲《奠酒人》寫奧瑞斯弒母，為的是報母后克萊婷殺夫之仇；克萊婷的冤魂則嗾使復仇女神追殺奧瑞斯。

492　親愛的妹妹，天神可以作證，還有妳
　　也一起作證，求助於法術不是我的意願。
　　妳必須在王宮中庭造個高聳的火葬柴堆，
495　不讓外人知道，把那個狠心人的武器擺上去，
　　就掛在臥室裡，還有他的衣物，還有
　　使我中了邪的婚床。毀掉一切教我想起
　　那個賤人的東西，我才稱心。女祭司[43]這麼指示。」

〔柴堆造好之後，女祭司開始作法。當天晚上，狄兜無法成眠，既哀且怨掙扎不已。
第二天清早，她從瞭望塔看到埃涅阿斯的船隊破浪遠去，彷彿大夢初醒，怒而詛咒埃
涅阿斯遭受戰火荼毒，接受城下之盟猶不得善終，她的子民世世代代與埃涅阿斯的後
裔為敵。接著，她交代奶媽去通知安娜，要完成最後一道法事程序，即火葬儀式。〕

642　但是狄兜心驚智狂想到下一個動作，
　　眼睛佈滿血絲骨碌轉，顫抖的兩頰
　　紅斑點點，卻由於死亡在即而透蒼白，
645　她猛然衝向王宮的中庭，爬上高聳的
　　柴堆，心煩意亂抽出埃涅阿斯的劍——
　　他送出這件禮物絕不是為了這樣的目的。
　　她看到他留下來的衣服和無比熟悉的
　　床鋪，一時靜了下來，哭了起來，
650　躺在床上說出生平最後的一段話：
　　「這些遺物，命運和神允諾過的甜蜜，
　　請接受我的心魂，解脫我的苦惱吧！
　　我活過了，走完了運氣[44]編派的旅程，
　　現在我的魂魄要堂堂皇皇前往下界。
655　我興建名都，目睹我的城池屹立挺拔，
　　報了夫仇，嚴懲素懷敵意的哥哥。
　　我會快快樂樂的，快樂得無法形容——
　　如果特洛伊船隊不曾來到我的海濱！」

43　中譯刪略的480-91行，即是介紹這個女祭司。

44　運氣：Fortuna，俗稱命運女神，其實是「運氣」的擬人格，相當於希臘神話所稱的Tyche。

她把臉埋在床上：「沒人為我的死亡申冤，

660　　終歸是一死。這樣，這樣[45]，我開心前往陰間。

　　　　但願那特洛伊莽漢從海上目飲衝天焰[46]，

　　　　一路上帶著我火葬兜光的惡兆！」

〔埃涅阿斯在義大利上岸之後，亡父託夢囑咐他隨女先知席壁拉（Sibylla of Cumae）前往陰間，以便獲知未來事，包括羅馬帝國的建立，這也是埃涅阿斯承天命飽嚐顛沛流離，有生之年唯一的慰藉。在那之前，他途經傷心谷，在曲徑通幽的香桃木林中見到許多情苦致死的亡魂。〕

第六卷

450　　狄兜也在其中，在那茂密的樹林徘徊，

　　　　傷口還在滴血。這位特洛伊英雄

　　　　從亡魂群中認出她模糊的形影——

　　　　就像一個人在月初看見，或以為看見，

　　　　新月從雲層上升閃閃泛微光——

455　　不禁淚潸潸，柔情蜜意脫口而出：

　　　　「不幸的狄兜，看來我聽到的消息是真的？

　　　　我聽說妳死了，是舉劍自殺死的。

　　　　難道我帶給妳的就是死亡？我發誓，

　　　　天上的神明和陰間的聖靈都可以作證，

460　　狄兜，我離開妳的國境不是我的意願。

　　　　那是天意，就像我在亡魂群中穿梭，

　　　　走過這一片幽冥森森的荒涼地，

　　　　是天神緊逼。我沒想到，想不到

　　　　我那一走會帶給妳這麼大的痛苦。

465　　不要走開嘛！讓我多看你幾眼！

　　　　妳這一去，命運不會再給我們機會！」

　　　　埃涅阿斯說著，想要軟化這目露兜光

　　　　性情剛烈的亡魂，邊說邊掉眼淚。

---

[45] 這樣，這樣：狄兜舉劍刺兩刀。

[46] 《埃涅伊德》第五卷一開始就提到，埃涅阿斯看到迦太基冒出紅光，雖然無從知悉原因。

她頭也不抬，兀自凝視地面，
470　神情冷漠，對他的懇求無動於衷，
彷彿是堅硬的燧石或大理石壁雕鑿而成。
最後，她猛然轉身，帶著恨意飄然離去，
消失在幽暗的樹叢，奔向前夫的懷抱；
司開烏斯瞭解她的不幸，以愛回報她。
475　埃涅阿斯為她悲慘的命運感到震顫，
淚眼送她遠去，愛憐點滴在心頭。

奧維德 (43 B.C.-A.D.17) 《變形記》

　　奧維德（Ovid）在晚年回顧自己的詩藝歷程，慶幸生逢其時，列舉在詩壇的交遊，提到「只有一面之緣」的維吉爾，接著寫道：「正如我尊敬老一輩的詩人，我受到年輕一輩的尊敬」（*Tristia* 4:10:51, 55）。公元前19年維吉爾去世，大約二十年後奧維德開始動筆寫《變形記》（*Metamorphoses*），此時距奧維德第一次當眾朗讀詩作——當時文人發表作品的方式——已將近三十年。《變形記》完成之後，他持續有詩篇問世，仍如往例使用哀歌對句（elegiac couplet）這個希臘抒情詩通行最廣、流傳最久，主要用於寫情與抒懷的格律。不論在廣度的開拓上，或是在深度的耕耘上，他的成就使得哀歌對句成為絕響，除非是在不同的文化使用不同的語文。可是，獨獨《變形記》換了格律，用的是維吉爾模仿荷馬的史詩格律（dactylic hexameter）。Sara Mack在*Ovid*書中多方舉證，指出奧維德的選擇根本就是衝著維吉爾的《埃涅伊德》而發，不論修辭技巧與文體特色或是用典與主題，處處顯露雄心所在，要與已博得羅馬帝國民族詩人之美譽的維吉爾爭輝。只就一事而論，維吉爾從荷馬史詩的戰火餘灰寫出羅馬帝國的建立，並且「預言」其千秋萬世的基業，奧維德格局更大，從希臘神話開天闢地之初的渾沌狀態寫到羅馬共和的覆亡，卻開宗明義點出變異無常的主題，甚至把羅馬和歷史上先後滅亡的古文明列舉在一起。

　　不過，對一般讀者而言，《變形記》的價值主要在古典神話的彙編與呈現。按時間先後的次序，以一個主題貫串超過二百五十個神話故事（總共12,015行，相對於《埃涅伊德》9,896行，《奧德賽》10,912行，《伊里亞德》15,600行），這樣的魄力與功力，文學史上無出其右。他是說故事的高手：後代歐洲文學家（特別是但丁和莎士比亞）與藝術家（包括歌劇、雕塑與繪畫）取材神話時，典故往往出自奧維德的《變形記》。在上古世界，他對女性心理的興趣，只有希臘悲劇詩人尤瑞匹底斯可以相提並論；他對女性心理的洞識，也只有尤瑞匹底斯可與頡頏。尤其感人的是他筆下的情慾世界。呈現女人先遭男神強暴後遭女神迫害

這個情慾世界中性別政治的叢林法則之餘,他一語中鵠指出「威嚴和愛情搭配不來,也無法和平共處」(2:846-7)。他搾乾天神的威儀又瀝乾英雄的情操,同時揭露世間男女生命情態的大千世界,意在言外陳明情慾界的變形要義:同樣是變形,強者以之為人格面具,弱者卻是為了避劫而不惜或被迫放棄自我本有的生命形式。奧維德甚至以他獨一無二的文體逼使讀者正視語言的表象與經驗的本質兩者的落差,暗扣生命的無常與悲劇感。

可也是在這樣的世界中,這位羅馬詩人賦與奧斐斯無比崇高的地位,創造了音樂家的原型角色。深情摯愛促使奧斐斯入冥尋妻,他的琴藝歌聲足使天地同悲而萬物動容,正是「因為愛情像死亡一樣堅強,╱戀情像陰間一樣冥頑」(《舊約雅歌》8:6)。他的故事,包括他入冥尋妻的緣由和沿途所唱的故事,整整佔了《變形記》篇幅的十五分之一(10:1-11:84行)。他尋妻得而復失,從此不近女色,接著慘遭色雷斯女人的毒手,死於非命。此一悲劇情調實乃整部《變形記》的縮影。

就《變形記》而論,故事的可讀性(包括讀者的接受度)遠比詩的體裁來得重要,因此以下的選譯採用散文體。為了方便讀者,每一個故事都冠上中式標題,但同時也附上西式副標題,故事套故事的接口處則以方括弧注明。

月桂情:阿波羅與達芙妮(1:452-567)

福玻斯[1]的初戀情人是達芙妮,她是河神佩紐斯的女兒[2]。這場戀愛並不是機緣湊巧的結果,而是丘比德懷恨作怪惹的禍。

提洛神征服皮同老蛇[3]之後,洋洋自得,看到丘比德在張弓拉弦,問道:「小鬼,幹嘛拿大人的武器?那一副弓掛我肩上倒還適合些;我除

---

[1] 福玻斯:Phoebus,阿波羅太陽神的稱號,在希臘文係指稱月桂類植物。希臘神通常具有多重神格,而且各有專屬的稱號。再者,阿波羅誕生於愛琴海的提洛島,因此下文又有「提洛神」之稱。

[2] 佩紐斯:希臘北部色薩利(Thessaly,希臘北部的一區,位於馬其頓之南)的主要河流。

[3] 皮同:Python,盤據「地臍」——神話世界的地理中心點——的「蛇精」。該地因蛇得名,古稱皮投(Pytho),原本由女神鎮守。阿波羅殺死皮同之後,就地建立他的神諭中心,成為新的預言神,該地也改稱為德爾菲(Delphi)。此一「改朝換代」反映希臘神話的兩性戰爭,是宗教信仰由女神中心轉為男神中心的一大關鍵(參見埃斯庫羅斯《和善女神》1-19行)。

妖射敵不曾失手，最近甚至射死皮同老蛇，數不清耗掉我多少箭，那蛇精渾身發腫覆蓋好幾畝地。你的火炬可以點燃情火，該滿足了，別不自量力，妄想搶我的光彩[4]！」

維納斯的兒子答道：「福玻斯，你的箭也許可以射穿萬物，我的箭卻會射穿你。萬物怎樣配不上神，你就怎樣配不上我的榮耀。」說完話，他立刻振翅高飛，降落在帕拿索斯[5]蓊鬱的山巔。他伸手從箭袋抽出兩支效果恰恰相反的箭：一支是銳利發亮的金鏃箭，用來點燃情火；另外一支是鈍頭的鉛鏃箭。鉛箭射中達芙妮的心，金箭則深入阿波羅的骨骼又穿透骨髓。

說時遲那時快，阿波羅當下情火熊熊。達芙妮卻是聞愛則逃；她喜歡的是茂密的樹林和捕獵的戰利品，她要追隨的是福玻斯的孿生妹[6]。一條帶子綁著她一頭沒有梳整的秀髮。許多人追她，她嗤之以鼻。她喜歡無拘無束，她不需要男人，她在沒有人跡的樹林漫遊，她對婚姻、愛情或丈夫都不在乎。

她的父親常說：「女兒，妳欠我，欠我一個女婿。」又說：「妳欠我孫子。」偏偏他的女兒討厭婚姻的火炬，彷彿那是壞事。她的臉害羞泛紅，兩隻手臂纏著她父親的脖子，向他撒嬌：「讓我終身享受我的童貞嘛，最最親愛的爸爸，狄安娜的父親[7]都已經這麼答應她了。」事實上，佩紐斯心裡已經默許了。

但是啊，達芙妮，是妳的美貌使妳的心願落空；妳美好的身材牴觸了妳殷切的期望。

福玻斯見到達芙妮就愛上了她，一心想娶她，朝思暮想。他貴為預言神，解讀自己的未來卻失算。就像收割穀物後，殘梗遇火即燃；就像碰巧有人路過籬笆，火炬挨得太近，或是看天色已亮隨手一丟引起火災；福玻斯的心就是這樣燒起來，燒得心火熊熊：他懷著希望用無果愛情充饑。

他注視著達芙妮的秀髮垂下美麗的脖子，說：「要是梳好來該有多美！」他凝望她那星星般閃亮的眼睛，目不轉睛盯著她的嘴唇，怎麼看

4　阿波羅又是弓箭神。下文還會提到，他也是音樂神和醫療神。

5　帕拿索斯：山名，和德爾菲同位於希臘中部的佛基斯（Phocis）境內，是文藝女神、阿波羅和酒神戴奧尼索斯的聖山。

6　狩獵女神狄安娜，希臘神話稱阿特密絲。

7　朱比特，又名周夫，希臘神話作宙斯。

也解不了饞。他驚嘆她的手指、手掌、手腕，還有她的手臂一路裸到肩膀。看不到的地方，他設想更迷人。可是她逃得比疾馳的風還要快，而且跑不停，甚至他這麼呼喚也沒用：「仙女，佩紐斯的女兒啊，停下來吧！親愛的達芙妮，我不是敵人在追妳！停下來啊！妳這樣逃是羊在躲狼，或小鹿在躲獅子，或驚慌拍翅的鴿子在躲老鷹。生物是那樣逃離天敵的追捕，可是我現在追你是為了愛。可悲啊！我怕妳會絆了腳，跌倒，被荊棘刮傷妳那雙玉腿，而我成了禍首。妳現在跑過去的地方凹凸不平。跑慢一點；我求妳，別跑啦。我也放慢腳步。也不停下來問一聲愛妳的是什麼人。我不是山上的居民，不是牧羊人，不是放牛放豬的鄉巴佬。妳太衝動了，不曉得自己在逃避什麼，也不曉得為什麼要逃。告訴妳，我是德爾菲的主神，還有克拉洛斯、田那多斯，和帕塔拉都有我的廟。朱比特是我的父親。我知道過去、現在和未來的一切。由於我，抱琴才能和諧伴奏歌唱。我箭無虛發，可是比我更神射的一支箭傷了我的心，不然我也不會這樣異想天開。醫藥術就是我發明的，全世界的人都說我救苦救難，他們把草本植物的藥效都說是我的功勞。可是，沒有藥草能治療我的熱情；醫術拯救全人類，卻治不好醫療神。」

他還想說下去，可是這姑娘兀自跑不停。她嚇壞了，拼命跑，留下他把話說一半。即使在奔逃，她照樣風情萬種。風迎面吹來，她四肢袒露；她的衣服隨風飄揚，她的頭髮在風中飛舞。她跑起來更顯得嫵媚。

可是追逐已近尾聲。年華正青春的這位神不想再浪費時間：他失去了耐性，不想再甜言蜜語，於是在愛的鞭策下，他開始衝刺。就像高盧犬[8]掃瞄曠野看到一隻野兔，眼見獵物狂奔而急起直追，野兔卻逃過一劫：獵犬差不多就要追上了，心想勝券在握，嘴巴就要抓住野兔的腳跟；野兔卻是心惶惶，不敢確定是不是被捉到了，剛好閃過獵犬的牙齒，瞬間躲過牠的爪。這神和這姑娘就是這樣，他快如風懷著希望，恐懼卻驅策她快快逃。可是他懷著愛的翅膀而跑更快，她根本沒有時間休息。他逼近她的肩；她感覺到他的氣息逗留在她垂到頸下的頭髮上。她筋疲力竭，兩腳發軟，因為恐懼而臉色蒼白，驚慌中她看到佩紐斯的水流就在附近，急忙大叫：「救救我，親愛的父親！如果您的河水有靈，把我變形吧，化解我天生的麗質——我的容貌討喜過頭了！」

8　高盧：古地名，羅馬人用於稱呼高盧人居住之地，而所謂高盧人即今法國、比利時、德國西部和義大利北部的凱爾特人（Kelts）。高盧犬是獵犬，以善跑知名。

她才說完心中的願望，隨即感到四肢麻木、沉重，薄薄的樹皮開始束緊她白嫩的軀幹。她的頭髮變成葉子，手臂變成枝椏。她的腳，以前跑得飛快，現在動彈不得，變成樹根。她的頭不見了，變成樹梢。唯一保留下的只有她的風姿。即使變了形，阿波羅依然愛她。他把身子靠在樹幹上，他感覺得到新生的樹皮下心在跳動。他伸出手臂緊抱樹枝，彷彿那是人的肢體；他的嘴唇吻向樹身，樹身居然往後縮。這神脫口叫喊：「既然妳不能做我的新娘，就做我的聖樹吧。月桂啊，我將用妳的枝葉編成花圈，永遠套在我的頭髮上，我的抱琴和箭袋也一樣。羅馬將軍在凱旋的行列接受歡呼簇擁登上衛城時，他們將會戴著以妳編成的榮冠[9]。妳也將成為忠誠的警衛，守護奧古斯都住宅的正門和羅馬的橡葉榮冠[10]。就像我的頭常春不老，像我的頭髮長留不剪，祝福妳同樣綠葉常青，秀麗永駐。」

　　阿波羅醫療神說完了。月桂樹搖晃新生的枝椏，擺動樹冠，彷彿點頭默許。

婚外情的受害人：周夫與伊娥（1:568-746）

　　在海莫尼亞有個茂林陡坡圍繞的谷地，叫作田沛[11]。佩紐斯河從品度斯山腳奔流而下，穿越這谷地，飛沫四濺。流水滾落陡坡，水花形成茫茫霧，噴灑樹梢。好遠的地方也聽得到震耳欲聾的瀑布聲。這兒就是那條大河靈秀所鍾闃跡莫入的老家。在這兒，在峭壁削出的一個岩洞，達芙妮的父親坐擁尊位，統轄所有的支流和流域之內所有的仙女。就是在這地方，他轄區的眾河神絡繹於途前來探望。白楊木繁生的司佩基歐，奔流不息的埃尼剖斯，年高德紹的阿皮達努斯，埃阿斯，還有和藹可親的安福瑞索斯，一個接一個到來，卻不曉得到底是該恭賀他還是該安慰他。接著，其他大大小小的河流，不管是經過哪個流域注入大海的，也都不辭路遙來看他。

---

[9]　桂冠象徵勝利與榮耀，並不限於一般人比較熟悉的運動競技。

[10]　奧古斯都：即屋大維（63 B.C.-A.D. 14），於公元前31年統一分崩離析的羅馬共和，集軍政大權於一身，成為實質上的羅馬「皇帝」，四年後由元老院授與「奧古斯都」（Augustus，「至聖至尊」）的稱號。橡樹：朱比特（見注7）的神樹。橡葉冠就掛在門柱上。

[11]　海莫尼亞：色薩利的古名，如今用於通稱希臘北部地區。田沛：在奧林帕斯和奧莎（Ossa）兩山之間。

只有殷納庫斯[12]缺席。他躲入他自己的岩洞深處，淚水使得河流暴漲，為了女兒伊娥失蹤而悲慟。他甚至不知道她到底是活在世間，還是已經在陰間與幽魂作伴。不見蹤影自然無從尋覓，他心焦意慌，預感到還有比死亡更可怕的事。

話說周夫看到伊娥從她父親的水流回來，上前搭訕：「姑娘，妳值得天神周夫垂愛，注定會使得妳的床頭伴侶歡暢無比，不論他是什麼人。現在艷陽高照，妳就在這茂密的樹林找個涼爽的地點吧。」他伸手指向附近的樹林，繼續說道：「不用害怕孤伶伶一個人走進野獸出沒的地方。妳放心，即使在樹林深處也安全得很，因為有天神在保佑妳。我不是普通的神；天界權杖手中握，出手轟隆雷霆響，那就是我。噢，妳別跑呀！」——因為這少女已經調頭跑開。她越過勒納的草原，跑進樹叢雜生的律扣斯平原。就在這這個地方，這天神撒濃霧籠罩一大片地面，攔住這落跑的少女，奪走了她的貞操。

這時候，朱諾[13]碰巧把目光投向阿果斯，看到大白天突然烏雲騰地蔽空，非常驚訝。她知道那不是河流的水氣，也不是沼澤的霧氣，趕緊環視掃描，要尋找丈夫的下落——她一而再、再而三逮到丈夫出軌，對於他的詭計清楚得很。在天界找不到丈夫，她心想：「要不是我誤會他，就是他背叛我。」於是，她從天頂凌空滑降，雙腳落地，下令雲霧立刻散開。周夫預知配偶到來，把殷納庫斯的女兒變成白色的小牝牛。雖然變成一隻牛，她還是像以前一樣漂亮。薩圖努斯的女兒[14]看著這小牝牛，心懷不軌稱美幾句，接著若無其事問主人是誰，來多久了，從什麼地方來的。周夫謊稱是從地下冒出來的，打算一勞永逸堵她追問。薩圖努斯的女兒於是要求周夫把小牝牛當作禮物送她。

他怎麼辦？奉送自己的愛人，這太狠心了吧？可是，不這麼做必定啟人疑心。羞愧在一邊慫恿他放棄，愛情卻在另一邊為他撐腰。愛情很有可能征服羞愧；可是，如果連一隻小牝牛這樣微不足道的禮物也捨不得送給她，捨不得送給自己的姊妻[15]，那可是後患無窮：她可能會認為那不只是一隻牛而已。

---

[12] 殷納庫斯：阿果斯附近的一條河流。

[13] 朱諾：天后，周夫之妻，希臘神話稱希拉。

[14] 薩圖努斯的女兒：朱諾。薩圖努斯是羅馬神話的農業神，羅馬人把他和希臘神話的克羅諾斯同化。

[15] 姊妻：見《荷馬詩贊》注14。

這女神終於擁有她的情敵，卻仍然放心不下，因為擔心宙斯還有花招。她把小牝牛交給阿瑞斯托的兒子阿古斯監管。阿古斯是個巨人，頭上長了一百隻眼睛，每次兩隻眼睛輪流睡覺，其餘的都在值勤。不論他身子怎麼轉，總有眼睛盯著伊娥；即使背對著伊娥，伊娥還是在他的眼前。白天，他放小牝牛吃草，太陽下山了，他就拿出頭枷又綁又鎖套住她白嫩嫩的頸項。她吃的是樹葉和難以下嚥的草，睡覺就躺在地上，還不見得是草地。可憐的伊娥，她喝的是渾濁的河水。她奮力要伸出手向阿古斯懇求，這才發覺自己根本沒有手可伸。她想開口訴怨，卻只發出哞哞的叫聲；她不敢開口，她聽到自己的聲音就膽顫心驚。

伊娥來到她父親殷納庫斯的河邊，那是她以前經常留連忘返的地方。她看到水中的倒影，寬裂的頸和尖突的角嚇得她拔腿就跑。她那些水澤仙女眾姊妹不認得她，連她的父親殷納庫斯也認不出。可是她緊緊跟隨他們的腳步，讓他們摸她，吸引他們的注目。年歲已老的殷納庫斯摘了些青草湊到她嘴邊，她舔著父親的手，試著要吻他的手掌，忍不住掉下眼淚。如果她能夠說話，她會報出自己的名字，說出自己的不幸，以便尋求幫忙。可是她說不出話來，只能用蹄在地上拖寫，用筆劃交代自己遭遇變形的不幸故事。

殷納庫認出自己的女兒，嘆了一口氣，說：「可憐哪！」他輕撫小牝牛的角，抱緊她雪白的頸項，淚眼潸潸看著她：「可憐的我啊！妳真的是我踏遍世間到處尋找的女兒？沒找到妳，我的悲傷倒還輕一些。妳現在開不了口，回答不了我的問話，只是深沉的嘆息，只能用悲鳴作答覆。我不知情，還興高采烈張羅妳的婚禮，還滿心期盼看到女婿就可以準備抱孫子。可是現在，我得要在牛群當中為妳找丈夫，在牛群當中抱孫子。死亡也沒辦法結束我的椎心痛。當神實在是可怕，因為死亡的門戶已經對我關閉，我的悲痛注定沒有止盡。」

她的父親還在哀慟的時候，百眼巨人阿古斯過來驅趕，硬把父女拆散，把她趕到更遠的草地。他自己坐在高崗頂上，居高臨下輕易可以監看四面八方。

天界的統治者再也無法忍受伊娥如此受苦受難。他召來莫枯瑞烏斯，也就是麥雅為他生的兒子[16]，要他殺死阿古斯。莫枯瑞烏斯不多耽

---

16 莫枯瑞烏斯即希臘神話所稱的赫梅斯（Hermes，「速行者」之意），神性無比複雜，與此處的敘事有關的是神使，特別是周夫的信使，以及下文暗示的小偷神（他出生當天就跳下搖

攔，穿上他的羽翼涼鞋，手握催眠魔杖，頭戴隱身魔帽。裝束齊全，周夫的兒子從天上縱身一跳抵達人間。他收起魔帽和羽翼，只留法杖隨身攜帶，還把法杖變成牧羊杖。他打扮成牧羊人模樣，趕著一群他沿路偷來的羊，還邊吹蘆葦笛[17]。

朱諾的守衛聽到這新奇的聲音，深為著迷。「喂，你，」他喊道，「不管你是什麼人，你可以坐到我旁邊的這塊石頭。你放羊，再也找不到比這地方更茂盛的青草地，而且還有樹蔭可以就地休息。」

於是，阿特拉斯的孫子坐了下來，天南地北聊起來，打發了好幾個鐘頭。他又拿出蘆葦笛來吹，希望能夠鬆懈那些虎視耽耽的眼睛。雖然有一些眼睛在打瞌睡了，阿古斯還是奮力振作，用其餘的繼續監視。他問起蘆葦笛是怎麼發明的，因為這樂器是新近才問世的。

〔以下套出故事中的故事。〕

牧羊笛的由來：潘恩與席菱絲（1:689-712）

莫枯瑞烏斯說：「在阿卡迪亞[18]涼爽的山區，許多仙女以諾納山為家，其中最知名的一個叫席菱絲[19]。好多羊人[20]追求她，花招百出仍然無法得手，還有許多住在蔭林和沃野的神也一樣。她是奧替吉亞女神[21]的信徒，事事學她的榜樣，特別是守貞。要不是她佩帶的是角弓，而狄安娜佩帶的是金弓，她的裝扮會使得不知情的人誤認她是拉投娜的女兒。即

籃，偷走阿波羅的牛）。他的生母麥雅是提坦神阿特拉斯的女兒，所以下文稱他為「阿特拉斯的孫子」。

[17] 蘆葦笛即牧羊笛，以七根長短不一的蘆葦稈並排組成，又稱潘恩笛或席菱絲笛；下文會說到它的起源。牧羊笛形制有如《九歌‧湘君》「吹參差兮誰思」所稱的參差，錢誦甘（86）釋參差「一名鳳簫，是由於長短竹管排列如鳳翼形而得名」。

[18] 阿卡迪亞：Arcadia，希臘南端伯羅奔尼撒半島中部人煙稀少的山區，在後代詩人筆下成為安祥的田園生活的象徵；牧羊神潘恩（見注22）就是在波斯戰爭（公元前489結束）之後由此地傳到雅典。這個故事的地理背景阿果斯則位於半島東岸。

[19] 席菱絲：原文Syrinx字義為「牧羊笛」。

[20] 羊人：satyrs，代表自然界生機旺盛的神物，外觀像人，卻長出山羊腳，頭上也有短角，全身毛茸茸，以好色知名。他們有的是酒神戴奧尼索斯的跟班，有的追隨牧羊神潘恩。

[21] 奧替吉亞女神：阿波羅的孿生妹狄安娜，是狩獵女神，誕生於奧替吉亞（Ortygia）。奧替吉亞是提洛島的古名，希臘文字義為「鵪鶉」：Asteria為了逃避宙斯的性侵犯，縱身跳海而變形為鵪鶉，在提洛安全著陸，因此以之為地名。

使這樣，還是有人分不清。有一天，她從律凱俄斯山回來，潘恩[22]看到了。他頭上戴著松針冠，上前打招呼……。」

故事不過起了個頭，還沒說的是這仙女對他的求愛嗤之以鼻，逃入沒有人跡的野地，一口氣跑到平緩多沙的拉東河畔，水流擋住她的去路，她要求水澤仙女幫她變形。這時潘恩心想席菱絲就要成為他的囊中物了，伸手就抓，抓到的卻不是美胴體，而是一把水生蘆葦。他很失望，長嘆一聲，氣流震動蘆葦，發出纖柔的哀怨。這奇妙甜美的音調使得這神動心，脫口說：「我就這樣跟妳對談。」他取來長短不一的蘆葦桿，並排用蠟固定，這仙女的名字就這樣留傳下來。

〔牧羊笛的故事結束，以下續完莫枯瑞烏斯奉周夫之命斬殺百眼巨人之事。〕

莫枯瑞烏斯正打算繼續講這些後續的故事，卻看到阿古斯的眼睛全都閉起來睡著了。他立刻閉嘴，拿出催眠魔杖輕觸阿古斯的淺眠眼，好讓他熟睡。接著，他當機立斷，一把彎刀朝這守衛頭頸相接處砍過去，身首分家。他把屍體摔向山壁，汩汩血流染出一片腥紅。

阿古斯啊，你平躺在地，那些炯炯發光的明瞳全熄了，鋪天蓋地一夜色籠罩你的百靈眼。

薩圖努斯的女兒把這些眼睛鑲在她的神鳥的羽毛上，孔雀的尾巴因此佈滿星狀珠寶。她怒火中燒，忿恨不消氣難平，當下呼召人見人怕的復仇女神前來折磨她這希臘情敵的眼睛和心靈，把肉眼看不見的無情刺棒植入她的胸膛深處，逼得這驚魂不定的少女亡命天涯。

你啊，尼羅河，只有你的堤岸能夠終結伊娥沒有邊際的苦難。她來到河邊，雙膝下跪，舉頭仰面唯有朝眾星，悲嘆涕零聲哀怨，似乎是向周夫求情，懇請他結束她的苦惱。周夫伸出手臂環抱配偶的脖子，要求她停止酷刑，說：「妳不用擔心未來，她永永遠遠再也激惱不了妳。」為了鄭重其事，他對著冥河斯替克斯發誓。

這女神終於氣消，伊娥恢復她原先的模樣。她變回本相：粗糙的體毛從她身上掉落，頭上的角消失不見，又大又圓的眼睛變小了，開裂的嘴巴變窄了，她的肩膀和頭復原了，蹄變回指甲。除了身體的白皙，再也看不到母牛的痕跡。她終於能夠兩腳站立。起初她不敢開口說話，唯恐聽到的又是牛鳴哞哞；後來，心惶惶又怯生生，她重拾失落已久的說話能力，終於顫抖著說出人話。

---

[22] 潘恩：牧羊神。他的名字Pan，源自πάντες，「全部」，因為他出生時「所有的神都開懷」（*Homeric Hymns* 19:45）。

嫉妒情：莫枯瑞烏斯與赫珥賽（2:708-832）

　　催眠神莫枯瑞烏斯鼓翼翔翔，俯瞰穆尼基亞原野——那是米涅娃鍾愛的地方——和律科翁聖林[23]。那一天碰巧是帕拉絲[24]的節慶，清純的少女魚貫不絕，一個個把花環飾邊的籃子頂在頭上，前往這女神的廟獻禮。這羽翼神看到她們正在回家的路上，拐了個彎朝她們的方向飛去，在高空盤旋。像鳥類中飛速最快的鳶窺伺剛宰殺的祭牲，眾祭司群聚時不敢造次，也捨不得飛走，他拍著翅膀，繞了一圈又一圈，盯著心儀的獵物垂涎欲滴，敏捷的莫枯瑞烏斯就這樣在雅典古城的上空盤桓。

　　就像陸基斐[25]的光芒無與倫比，就像皓月的光輝使陸基斐黯然失色，赫珥賽是莊嚴的進香行列中最賞心悅目的一景，她的美貌超過周遭所有的少女。周夫的兒子莫枯瑞烏斯不見則已，一見當下驚為天人。他懸在半空，心頭燃起熊熊的情火，有如巴利阿里[26]投石器發射出來的鉛彈因速度而加熱，穿透雲層升高到前所未有的熱度。他拐個彎，離開天空，降臨地面，也不想掩飾，因為他對自己的容貌有信心。

　　他雖然有理由自信，還是免不了費心整容一番。他把頭髮梳整齊，把衣服拉平，把金邊露出來，擦亮既可催眠又可驅眠的權杖，小心翼翼握在右手，亮閃閃的羽翼涼鞋穿在光滑的腳上。

　　一幢屋子偏僻的角落有三個房間，用象牙和龜殼裝飾得富麗堂皇。右手邊那一間住的是潘卓瑟絲，左手邊阿葛勞若絲，赫珥賽的房間在中間。阿葛勞若絲先看到天神走過來，大膽問他名字和來訪的因由。阿特拉斯的孫子莫枯瑞烏斯答道：「我是為周夫帶口信的空中使者，家父就是周夫。我也不隱瞞我來這兒的理由。只要真心善待自己的小妹，妳就

23　米娜娃：手藝（特別是女紅）兼智慧女神，與朱比特、朱諾並列的羅馬神話三主神，羅馬人將之同化於希臘的雅典娜。穆尼基亞：Munychia，雅典附近的一個海港。律科翁：Lyceum，紀念阿波羅狼神（Apollo Lycius）的聖地。雅典曾經群狼為患，阿波羅令百姓燒牲祭神，狼因不堪燒牲的氣味而走避，雅典人就地立阿波羅狼神像以為紀念。到了公元前四世紀，律科翁已成為雅典最重要的競技場；亞里斯多德於是在場邊的林蔭小徑和他的學生討論哲學問題，故有逍遙學派（Peripatetics）之稱。

24　帕拉絲：Pallas，米娜娃的別名。

25　陸基斐：Lucifer，用於稱呼日出前的金星（入夜後出現的金星則稱為Hesperus）。其字意為「帶來光明的人」，希臘人將之擬人化，羅馬人則以之為金星的另一個希臘稱呼Phosphorus的拉丁文譯名。基督教稱墮落以前的撒旦為Lucifer，那當然是晚起的說法。

26　巴利阿里：Baleares，地中海西部、西班牙外海的群島，盛產海盜、弓箭手和投石器。

等著聽我的子女叫妳阿姨。我來這兒是為了赫珥賽,我期待妳成全有情人的美意。」阿葛勞若絲看著他,貪婪的眼神就像前沒多久她得知金髮米涅娃的秘密,要求大量的黃金作為守密的代價,所以她現在要強迫他離開她們的住處。

話說當時女戰神米涅娃[27]眼中含怒看著這女孩,長嘆了幾聲,她的嘆息撐脹胸膛又震撼護胸甲。她記得這女孩的手不乾淨,違背禁令,打開秘密盒子偷看連諾斯神的兒子——就是那個沒有母親的嬰兒[28]。這女孩現在甚至盤算著一箭三鵰的念頭,既博得莫枯瑞烏斯和小妹的歡心,還可以因此致富。

〔本段有如重複曝光的相片,或疊印的鏡頭,引出下一段倒敘米涅娃為了懲罰阿葛勞若絲而造訪嫉妒女神的洞窟。〕

嫉妒女神的洞窟(2:760-796)

米涅娃立刻奔往嫉妒女神的居所。那是窮鄉僻壤一個深谷中又髒又暗的洞窟,陽光照不到,風吹不進去,不知火為何物,陰氣濃濁令人不寒而慄的地方。好戰堅貞的米涅娃來到洞窟,在洞口停下,因為她不適合踏進那樣骯髒的所在。她用矛端敲門,洞門應聲而開,裡頭坐著的是嫉妒女神,正忙著享受蛇肉餐,那是她賴以滋養邪毒的補品。米涅娃一見驚心,當場轉頭移開視線。

嫉妒女神慢吞吞從地上爬起來,留下半截蛇屍,拖著懶洋洋的腳步走出來。看到這威武莊嚴的女神,她大聲呻吟,蹙眉長嘆。她的臉上一片慘白,整個身子縮縮。她眼睛斜視,牙齒泛黃,胸前因為膽汁滲透而呈顯綠色調,毒液從舌頭滴落。她不曾露出笑容,除非看到別人苦惱;因為全天候操心焦慮,她不曾安睡;她不喜歡看到有人成功,有人走運她就消瘦憔悴;她為難別人也害苦了自己,因為跟別人作對而成為折磨自己的元兇。

---

[27] 米涅娃的扮相是全副武裝的戰士,因為她在希臘神話(稱雅典娜)也是戰爭女神。

[28] 連諾斯神:金工神伍爾坎努斯,希臘神話稱赫菲斯托斯。他從天界摔落,在愛琴海的連諾斯島著地,該島成為他的聖島,島上居民以金工為主業。有一種說法是,他強暴雅典娜/米涅娃未遂,精液掉落,地母因而受孕,生下半人半蛇的嬰兒。嬰兒被棄,雅典娜拾回裝在盒子裡。雅典人杜撰這樣一個單性生殖(「沒有母親」)的故事,乃是以雅典娜——她是雅典的守護神——的童貞象徵雅典城堅不可破(Graves 25:1)。

米涅娃看她噁心，開門見山說：「我只有一件事相求：讓阿葛勞若絲中毒。」說完，她握矛點地，輕身一躍，從地面彈回天界。

〔以下接續前情，嫉妒女神加入了莫枯瑞烏斯、赫珥賽和阿葛勞若絲的故事。〕

嫉妒女神斜眼看她飛出視界，咬牙切齒咕噥，想到米涅娃勝利在望而心痛。她拿出權杖，尖刺遍佈而且烏雲包裹的一根權杖，立刻上路。她一路踐踏繁花盛開的原野，青草沿途枯萎，參天巨木望風凋零，百姓、城鎮、住家無不感染她呼出的有毒氣息。

嫉妒女神終於來到文藝與財富之都，欣欣向榮的雅典。目睹安和樂利的景象，她不禁生悲飲泣。她一進入阿葛勞若絲的房間，立刻執行米涅娃的命令。她伸出長滿膿瘡的手，觸摸那女孩的胸，讓她心中長滿荊棘，接著朝她吐氣噴毒，毒氣從鼻孔流佈骨骼。為了固定她心痛的根源，嫉妒女神讓她想像赫珥賽婚姻幸福的情景以及莫枯瑞烏斯俊美無比的模樣，還特意誇大婚禮的盛況。

阿葛勞若絲越想越氣，氣瘋了。埋藏在心裡的嫉妒啃得她剖心泣血，白天長吁短嘆，夜晚自哀自怨，日子苦不堪言，形體逐漸消瘦，就像冰塊在間歇露臉的太陽下融化。她因為想像赫珥賽的幸福所引燃的一股嫉妒情而日益憔悴，有如草堆底下的一把火，雖然沒有火焰，卻是一骨勁兒悶燒增溫。她恨不得一死了之，免得那樣的快樂景象歷歷在目，也想到向家教嚴厲的父親告密，說妹妹私訂終身。一不做二不休，她坐在妹妹房間的門檻，存心阻攔這天神進入。莫枯瑞烏斯甜言蜜語連哄帶求，說盡了好話。

「夠了，」她說，「我不會讓路的，除非你打道回府。」

莫枯瑞烏斯隨即接腔：「好，就這麼說定。」他舉起魔杖輕觸房門，門就開了。這時，阿葛勞若絲奮力要站起來，卻發覺四肢無力動彈不得，膝關節僵硬無比，一陣寒意穿透全身，肌肉蒼白毫無血色，手指和腳趾全都麻痺了。好像藥石罔效的腫瘤四處蔓延，寒意感到她的胸腔，封閉了氣息的通道，阻塞了生機的暢流。她不再嘗試說話——試也是白試，她也發不出聲音了。她的脖子變成石頭，五官硬化，坐在原地，化成一尊沒有生命的大理石像，甚至化成了石質也無法保持白色的質地，因為黑心把材質污染了。

騙情：周夫與歐羅芭 (2:833-875)

阿特拉斯的孫子莫枯瑞烏斯懲罰了言行乖張的嫉妒女阿葛勞若絲，離開帕拉絲之地雅典，鼓翼回到天界。他的父親周夫叫他到一旁，真正

的理由是他動了情，卻祕而不宣，只說：「兒子啊，你執行我交代的事一向忠心耿耿，別耽擱，像往常一樣趕快飛到人間去，去找到左手邊仰望就是你的母星，當地人稱為西頓的地方[29]。你會看到國王的牛群在山坡吃草，把牠們趕到海邊去。」

他方才把話說完，牛群就給趕離山坡奔往海濱，正如周夫指示的，來到國王的女兒慣常跟她的提爾[30]少女玩樂的地方。

威嚴和愛情搭配不來，這兩者無法長相共處。所以，周夫這眾神之父兼天界的統治者，右手揮舞的是火熊熊的叉狀雷霆，點個頭就震得天搖地動，現在卻把權杖擱在一旁，暫時撇下堂皇的威儀，化身成公牛的模樣。他以公牛的姿態混入牛群，像其他牛隻一樣哞哞叫，在青草地上四處遊蕩，看起來賞心悅目。他一身白，有如未經踐踏的雪地，南風還沒帶來雨水[31]。他的頸肌渾圓結實，側腹低懸垂肉，一對牛角小巧玲瓏，簡直就是雕刻家的成品，晶瑩剔透比美珠寶。他的額頭和眼睛不會使人膽怯，他的神情看來溫馴又安詳。

腓尼基王阿格諾的女兒又驚又喜欣賞這隻漂亮而且友善的牛。可是，他雖然看起來和藹可親，她卻不敢貿然親近。她越看越喜歡，越喜歡就挨得更近，信手抓了一把花湊到他潔白的臉。化身成牛的天神樂在心裡，吻了她的手，權且為將來的大歡喜預先解饞。不解則已，一解益渴，他幾乎壓抑不下蠢蠢欲動的激情。

這公牛快活無比，一下子在草地上蹦蹦跳跳，一下子把雪白的身子躺在黃沙地上。等到公主的心防逐漸解除，他讓他的胸膛任憑她的纖纖玉手去撫摸，讓她在他的曲角掛上花圈。公主甚至放膽跨上牛背──她跟本不曉得自己騎坐的是什麼背。這天神裝得若無其事，信步開走，逐漸遠離沙灘。他那一雙假冒的牛蹄先是涉沙洲越走越遠，接著踏水凌波，現在他馱負戰利品全速飛奔渡海。

歐羅芭嚇得花容失色，頻頻回頭張望越退越遠的海岸線。她右手緊抓牛角，另一隻手擱在牛臀上，衣袍在身後迎海風招展[32]。

---

[29] 母星：莫枯瑞烏斯的母親是昴星團七亮星之一的麥雅（Maia）。西頓：Sidon，腓尼基（現在的黎巴嫩）最古老的城市，今稱Saida。

[30] 提爾：歷史悠久僅次於西頓的腓尼基古城。

[31] 南風（嚴格說來是西南風）帶來雨水，降雨則雪融而地泥濘。

[32] 第二卷結束，第三卷接續前情。阿格諾「展現他既深情又殘暴的一面」，命令兒子卡德摩斯去尋找歐羅芭，沒有結果就不許回家。可是，「誰有能耐插手周夫的欺心騙情？」──引文

性趣：提瑞西阿斯變性記（3:316-338）

〔前情摘要：瑟美莉得到周夫有求必應的許諾，對他說出心願，就是「以你和希拉纏綿時的面目來跟我約會。」由於周夫的真身是雷電，瑟美莉當場燒成炭，周夫即時救出她腹中尚未足月的胎兒，藏於自己的大腿（神話育嬰箱！）「待產」。這孩子就是酒神戴奧尼索斯，又名巴可斯。〕

　　命運注定的這些事在人間發生的時候，巴可斯已經二度誕生，安全躺在搖籃裡。按故事所說，周夫喝過神酒，心情愉快，憂慮煩惱一掃而空，和妻子朱諾開玩笑打發時間。

　　他說：「我相信妳們所享受到愛的樂趣超過我們。」她的看法恰恰相反。於是她們決定把這個問題交給聰明的提瑞西阿斯判斷，因為兩性雙方的愛他都體驗過。

　　事情是這樣的。有一次，他在茂密的樹林無意中遇到兩條蛇交尾，隨手杖擊拆散牠們，就這樣莫名其妙變性成為女人。過了七年的女人生活之後，他又一次遇見那兩條蛇，說：「如果這樣敲你們就有魔力，使男人變成女人，我倒要試試再來一次。」說著，他揮杖擊蛇，結果他又變回男人。

　　現在應邀仲裁這一對神仙配偶的性趣之爭，他站在周夫這邊。朱諾輸不起，她說擔任仲裁的一向是瞎子，就讓提瑞西阿斯永遠失明。眾神之間，誰也約束不了誰的行為[33]，但是大能的父神補償無妄之災，賜給提瑞西阿斯預知未來的能力，以這樣的榮譽減輕他受到的懲罰。

可看出奧維德的文體特色。周夫帶著歐羅芭在克里特島落腳，生下三個兒子，其中一個是鼎鼎有名的克里特王米諾斯（Minos）。按古代歷史學家的說法，宙斯／周夫強暴歐羅芭的故事反映希臘人從克里特島東征劫掠腓尼基的一段史實，歐羅芭是他們擄獲的戰利品之一，希臘和亞洲從此結下宿仇，公元前五世紀初的波斯戰爭即是長年積怨的總清算（Graves 58.4; Avery 467）。不過，依另一種說法，阿格諾從埃及——《變形記》卷一寫伊娥後來回到埃及，宙斯把她變回人形，阿格諾即是他們的後代——經迦南（今巴勒斯坦）前往腓尼基定居。歐羅芭失蹤之後，他命令四個兒子分頭尋找，未果不歸，因而成為希臘與亞洲不同民族的祖先（Avery 48）。此一說法反映的可能是希臘的殖民經驗。

[33] 這是多神信仰的特徵，參見拙作《新編西洋文學概論》29頁。下文說父神周夫「大能」，只是相對於其他神而言。

自戀水仙：茴音和納基索斯（3:339-510）

　　提瑞西阿斯就這樣名聲遠播阿歐尼亞[34]，所有向他討教的人都得到鐵口直斷。最早一批聞風前來考驗他本事的，包括名叫利瑞歐珮的仙女，她硬被河神柯菲索斯摟入蜿蜒的水流中，逃不走而被強暴。時候一到，這仙女生下一個孩子，從小就無比俊美，取名為納基索斯。她問提瑞西阿斯，這孩子是不是能夠享天年。這先知回答：「是的，如果他永遠不認識自己。」事後好多年，這話聽來仍然奇蠢無比。可是事情一發生，他的癡迷和死亡終於證實一切。

　　納基索斯十六歲了，說大不大，說小不小。少男少女見過他的，沒一個不愛他，可是他的嬌美冷藏傲心，男男女女誰也無法打動他的心。有一天，他外出打獵，追鹿入網的時候，仙女茴音看到他。這仙女說話的方式與眾不同：她沒辦法帶起話頭，也沒辦法不回應別人說的話[35]。

　　那時候，茴音還有個軀體，並不是只有聲音而已。她喜歡聊天，卻沒有說話的能力，只能夠重複她所聽到的最後幾個字回應對方。這是朱諾造成的：她在山林間突擊檢查，探看周夫趴在哪個仙女的身上時，茴音會展開碎嘴功纏住她，直到仙女逃之夭夭。次數多了，朱諾發覺實情，就對茴音說：「妳那根舌頭愚弄我，沒其他長處，好好享受長話短說吧。」這話可不是說著玩的；如今茴音總是只重複她聽到的最後幾個字。

　　她看到納基索斯在野外徘徊，情火油燃，暗地裡跟蹤，越跟蹤情火越旺，就像硫磺塗在火把四周，一遇火苗立刻起火燃燒。哎，多少次她渴望驅前說些甜言蜜語，低聲下氣求他！可是她的本性像個緊箍咒，唯一不受限制的是回應對方。她心焦意切等待對方開口讓她回應。納基索斯無意中和同伴走散了，高聲叫喊：「可有人在這兒？」茴音趕緊回答「在這兒！」他往四下瞧，滿腹狐疑，叫得更大聲：「過來呀！」又傳來回應：「過來呀！」他回頭看，並沒有人過來。「你幹嘛躲著我？」卻只聽到自己的問題在樹林裡迴盪。「我們來見面吧！」這正是茴音最想說的一句話：「見面吧！」光說不算數，她跑出樹林，張開手臂準備擁抱他的脖子，這是她盼望已久的事。他卻往後縮，邊逃邊叫：

---

[34] 阿歐尼亞：Aonia，古地名，希臘中部維奧蒂亞（Boeotia）的一區，但兩者常作同義詞使用。

[35] 茴音：Echo，「回聲」的擬人格。

「放手，別抱我！我寧可一頭撞死也不給妳機會碰我。」「給你機會碰我，」她只能說出這幾個字。

被拒絕之後，她無地自容，躲進綠葉叢，獨守山洞。可是愛心仍然纏著她，越纏越緊，她越來越痛苦，睡不著覺，悶悶不樂，形容憔悴，開始消瘦、枯槁，形體乾癟、萎縮，直到只剩下聲音和骨骼，後來更是只留下聲音，因為聽說她的骨骼化成了頑石。她躲在樹林，山上再也看不到她的蹤影，可是人人可以聽她，因為她的聲音還活著。

並不是只有她受到納基索斯賞以閉門羹；同樣遭遇的，山林水澤的仙女都有，連男人也有。到後來，有個青年受不了他的白眼，高舉雙手向上天禱告：「但願納基索斯生出愛心，而且得不到他愛的對象！」正義女神[36]聽到這一聲正義的呼請。

有個清激的池塘，水光晶瑩，不曾有牧人來過，牛羊也沒有，水面平滑如鏡，鳥、獸、落葉都不曾留下痕跡。池畔長滿青草，因水澤充沛而林木茂盛，樹蔭阻隔了炙熱的陽光。納基索斯打獵時熬不過暑氣，來到這裡休息，發現這地方清幽怡人，又有泉水可以消暑解渴。就在他彎身取水要解渴時，他內心深處油生另一種渴望，因為他看見水池裡有個影像，一見鍾情，愛上不切實際的希望，在幻影中看見沒有形體的實相。他瞠目結舌為自己著迷，神顛魂倒，一動也不動有如大理石雕像。他趴在池邊凝望自己的眼睛，明亮的雙星，頭髮秀麗不輸給巴可斯或阿波羅，兩頰光滑，象牙脖子，容光煥發，白皙的皮膚泛紅暈。使他具有魅力的每一項特徵都吸引他。

他迷戀自己卻不知情。他是自己讚美的對象，他在追求也同時被追，他點燃情火卻引火自焚。數不清多少次，他親吻捉摸不定的池中人總落空；數不清多少次，他把手臂浸入水中要擁抱池中頸卻落空。他不可能摟抱自己！他不明白自己看到的是什麼，卻惹得自己慾火痴狂，這欺人的水中幻象又是愚弄又是引誘他的眼睛。

可憐哪，痴情傻男孩，何苦枉費力氣捕捉無常的影像？你尋求的對象並不存在，只要轉身走開，你就會帶走你愛上的對象。你注視的只是倒影，只是反射的影像，沒有實體。它和你形影不離，行止同步，它隨你而去，只要你走得開。

---

36 正義女神：Nemesis，「義憤」，既是女神，又是抽象的概念。她會懲罰罪犯；更重要的是，她「監控」違背中庸之道的行為，如「傲慢」（hubris）。這反映希臘的一個基本觀念：生為人而不知安分，必然招來神怨，因為那種人冒犯天道綱常，所以該罰。

他飯也不吃，覺也不睡，就是不想離開這地方。他趴在樹蔭下草地上，盯著那假象，一對眼睛怎麼看就是不能滿足，深深陷溺在自己專注觀賞的眼光中。他稍微抬起身子，高舉手臂向四周的樹木哭訴：「可有什麼人愛得比我更狠心？樹林啊，你應該知道的；你為許多情侶提供相聚幽會的地方。你活了幾百年，可曾見過什麼人像我這樣憔悴消殞？他迷人，我親眼看到的，可是我抓不住他的風采和美貌」──這有情人的幻滅感無以復加──「更教我傷心的是，阻隔我們的不是大海、遠路、高山、城牆、厚門；隔開我們的是薄薄一層水籬。他熱切盼望我去抱住他：我的嘴唇伸向透明的水波，他朝著我奮力把嘴唇往上抬。你會以為我摸得到他──分隔我們兩顆愛心的是那麼不起眼的東西。出來吧，不管你是誰！無與倫比的青年啊，為什麼這樣躲我？我靠近你的時候，你跑哪兒去？我確定我的年紀和美貌嚇不走你的，因為有許多仙女愛上我。你友善的眼神使得我有有理由懷抱希望。你隨我伸出手臂，你用微笑回答我的微笑；我哭的時候，我看到你臉頰上的淚珠；你隨我點頭揮手；我說話時，我覺得你的嘴唇在答話，雖然我聽不到你說些什麼。我終於知道真相了。──啊，他是我自己！我明白了，我認識自己的形像了。我慾火焚身愛上自己，我點燃情火燒到自己。我怎麼辦？我要付出，還是要接受？我該有什麼要求？我慾求的就在我自己身上，我的富足使我貧窮。我要是能夠擺脫我自己的身體多好！我要是能夠和我愛上的對象分開多好──戀愛中人有這樣奇怪的心願嗎？我的悲愁不斷消磨我的精力；我知道我活不了多久，我會青春早逝。死亡並不恐怖，因為死亡帶走我的困擾，我只希望我深愛著的他能活久一些。事到如今，我們一起死吧。」

　　他悲痛欲絕，再度轉向水中影像，淚滴起波紋，影像變模糊，然後消逝。他看著，叫道：「你要上哪兒去？留下來，別拋棄我，我那麼愛你！我摸不到你，就讓我永遠注視著你，在觀賞中填飽我不幸的熱情！」他滿懷悲傷從上端一把扯開上衣，白得像大理石的雙手捶打裸胸，胸膛泛出紅暈，像蘋果半紅半白，又像葡萄串成熟之前青綠透紫紅。水波平靜，他又一次看到池中影像，再也忍受不了。像黃蠟由於四周的溫熱而熔化，像銀霜在晨曦照耀下熔化，他在如火的熱情中悶燒，慢慢消沉，紅潤的膚色漸淡，精力、體魄和風采逐漸消失，甚至連茴音迷戀過的形體也不例外。

　　茴音看得於心不忍，雖然餘恨難以釋懷。納基索斯每嘆息一聲「哎！」她就憐惜一聲「哎！」他舉手捶打肩膀，她回聲呼應。他望入

熟悉的水源，說出臨終的話：「哎，親愛的男孩，空愛一場！」茴音也對他喊出同樣的話。他說「再會！」茴音也說「再會！」他疲倦的頭顱向綠草地垂落，死亡闔上那一雙曾經為自己的美而驚嘆的眼睛。甚至在陰間，他仍然找到水鏡凝視，對著冥池顧影自憐。在陽間，他的水澤仙女姊妹為他哀悼，林木仙女為他悲哭[37]，茴音也回應她們的哭聲。他們接著準備火葬的柴堆、棺架和劈好的火把。可是，她們去收屍卻找不到屍體，只見到一株花，花蕊是黃色的，四周環繞白色的花瓣[38]。

桑葚轉紅時：皮拉穆斯與提絲蓓（4:55-166）

皮拉穆斯和提絲蓓，一個是東方第一俊男，另一個是第一美女，住家相鄰，就在傳說是瑟密拉米絲[39]所建造的磚牆城。這一對少年男女得地利之便，由相識而生愛，彼此談到了婚嫁，可是雙方家長反對。父母禁不了孩子談戀愛，高壓卻會助長戀火悶燒。他們雖然少了個紅娘，點頭示意倒也勝過千言萬語；他們越想掩蓋那一把火，火就燒得越旺。

兩戶人家的隔牆有個裂縫，那是蓋房子的人無心之過，多年來也沒人注意。但是愛情看得見大驚喜，這一對情侶發現那裂縫，利用它互通款曲，情話悄悄傳來遞去，安全無虞。他們分站兩邊，彼此熱切傾聽對方的呼吸，異口同聲說：「你這嫉妒牆，幹嘛擋我們的路？請你閃一邊好讓我們擁抱。如果這要求太過份，那麼張大缺口讓我們親吻，這有什麼為難呢？不過，還是要感謝你。我們承認欠你一份情，起碼你使我們的話可以傳進情人的耳朵。」所以說情深不怕牆阻隔，他們就這樣交談，入夜才互道晚安，各自在牆上印下親不到對方的吻。

又到了清晨，奧蘿拉[40]熄滅夜間的星火，陽光照乾了沾霜的青草，皮拉穆斯和提絲蓓來到老地方。他們先是一番唉聲嘆氣話悄悄，然後下

---

[37] 故事中提到仙女、水澤仙女和林木仙女之稱，意義各不相同。仙女：nymph，希臘文本義為「新娘」，泛稱少女，神話學上特指地位介於神與人之間而青春永駐的貌美女性，她們不是神的妻子就是神的女兒，隨寄身的景物之存亡而生死。水澤仙女：naiad，居住、守護各湖、河、泉，並確保水澤豐盈的仙女。林木仙女：dryad，駐守樹林的仙女，就住在個別的樹木中，樹死則亡。

[38] 納基索斯的原文Narcissus，即是水仙花；心理學則稱自戀或影戀為narcissism。

[39] 瑟密拉米絲：Semiramis，傳說中的亞述王后，以美貌、智慧、淫蕩著稱，據說巴比倫及其空中花園是她籌建的；其夫則是締建尼尼微的巴比倫王尼努斯（Ninus），下文將會提到。

[40] 奧蘿拉：Aurora，黎明女神，擬人格。

定決心，在晚上夜深人靜的時候，他們要騙過守夜的人，想辦法溜出門去，離家出走，遠離這城市。為了避免在荒郊野外彼此走失，他們約好在尼努斯的墳墓相會，藏身在樹影下。那裡，就在一個冷泉池附近，有一棵高大的桑樹，結滿了雪白的漿果。這是個妙計。

白天雖然過得很慢，太陽終究沉下海去了，一如往常，夜色從水波升起。提絲蓓小心翼翼打開房門，神不知鬼不覺穿越黑暗，四下無人。她戴著面紗來到尼努斯的墳墓，坐在那棵桑樹的陰影下等候。愛情壯大她的膽子。突然間，來了什麼東西！是一頭母獅，滿嘴一片殷紅，沾的是牛血，牠剛捕殺的牛，要過來喝水。提絲蓓透過月光遠遠看到她，嚇壞了，兩腿顫抖跑進洞窟裡躲避，慌亂中把披風遺落在現場。這母獅喝足水解了渴，回到樹叢，看到一件輕外套，伸出沾滿血的爪把它給撕了。

皮拉穆斯來遲了，看到地上的血跡，臉色發白。接著看到披風赤血斑斑，他哭喊道：「一個夜晚將帶走一對情侶兩條命，其中一個無疑更值得長享人生。是我不好，害死了她。可憐的姑娘，是我要妳在半夜來到這危險的地方，而我竟然來遲了。來吧，撕我的肉，吞下我罪不可恕的身體，來吧，獅子，我知道你們的巢就藏在這石壁下！可是，只靠一張嘴求死是懦夫。」他拾起提絲蓓的披風，走到那桑樹的陰影下，親吻他熟悉不過的披風，吻了又吻，哭著說：「把我的血也喝了吧！」說著，他抽出佩劍，捅進自己的側腹，臨死前又把它抽出來，傷口還有餘溫。

他倒在地上，鮮血四濺，往上噴灑，就像鉛有瑕疵使得輸水管破裂，水從細小的出口噴湧而出，嘶嘶響灑在空中。桑果染了血色變殷紅；樹根吸了鮮血，也把漿果全都染成同樣的紫紅色。

提絲蓓走出藏身的地方，餘悸猶存，卻也擔心愛人找不到她。她四下尋找，不只是用眼睛，而是用整個心魂，急著要告訴他剛才驚險逃生的事。她認出那地點，樹的形狀一模一樣，可是桑葚的顏色使她迷惘。她懷疑是不是這棵樹。她一時拿不定主意，突然倒退了幾步，看到什麼人的手臂在赤血津津的地上顫抖，比黃楊木還要白，搖搖晃晃，像微風吹過水面激起陣陣波紋。她很快認出那是自己的心上人，立刻扯散頭髮，手握拳捶打無辜的胸膛，抱起摯愛的身體，淚水滴滿他的傷口，淚水血水再也分不開。她親吻那兩片隨主人臨死而變冷的嘴唇，哭道：「我的皮拉穆斯，什麼邪門把你從我身邊搶走？皮拉穆斯，回答我呀！是你最親愛的提絲蓓在叫你啊。皮拉穆斯，聽我說呀！抬起你的頭

啊！」皮拉穆斯聽到提絲蓓的名字，勉強睜開被死亡沉沉壓住的眼睛，看了她一眼，又閉上了。

提絲蓓看到自己的披風，又看到象牙劍鞘裡頭空空，明白了來龍去脈。「可憐的孩子，」她說，「是你自己的手和你的愛奪走你的生命。我的手也有勇氣做這樣的事，我也有足夠的愛，這使得我有力量造成絕命的傷。我要追隨你赴死，讓人傳頌你捨生而我殉情。向來只有死亡能夠拆散你和我，今後連死亡也拆不開。可憐拉穆斯和提絲蓓的爹娘，請聽聽我們共同的祈禱，不要為難我們：我們相愛不渝，死亡使我們結合，應該葬一個墳裡。還有你，樹啊，現在遮蔽一具屍體，很快就要遮蔽一對，請你保存我們死亡的標識，永遠結出深色的果子，這才適合含悲悼念我們的雙重死亡。」她說著，把劍端對準胸口，狠狠往前撲，鋒刃沾了她心上人的血還有餘溫。

她的禱告感動了天神，也感動了她的父母，因為桑葚如今成熟就變暗紅，她們的骨灰安息在同一個罈子。

冥神搶婚（5:362-571）

維納斯坐在埃如克斯的聖山寶殿[41]，看到普魯投[42]駕車路過，對抱在懷中的羽翼兒[43]說：「丘比德，我的兒子，你是我的武器，我的助手，我的力量的源泉。現在，拿出你那舉世無敵的箭矢，飛速射進那位神的心，他統轄世界三分尚未淪陷的最後一個王國。你征服了天界，包括朱比特[44]在內的眾神無不對你屈膝；你也征服了海洋世界，大大小小的水神都沒有例外。怎麼把幽冥世界給遺漏了呢？為什麼不擴張你母親的版圖？我的就是你的。三分之一的世界不屬於我們的勢力範圍。我們這樣寬容，害自己在天界抬不起頭。愛的力量不斷萎縮，你和我一樣是受害者。難道你不曉得帕拉絲和女獵神狄安娜[45]已經不服我了？如果這樣因循

---

41 維納斯：性愛美神，希臘神話稱Aphrodite（阿芙羅狄特）。羅馬人對她的崇拜始於公元前三世紀初，當時以Aphrodite Erycina的名義引進——Erycina這個描述詞正是奧維德所用的原文，源自她在西西里島西部的信仰中心埃如克斯山（Eryx）。

42 普魯投：冥神，統轄幽冥世界。

43 羽翼兒：小愛神丘比德（Cupid）。這個描述詞指涉他肩背翅膀的天使造形。

44 朱比特：Jupiter，「人神之父」（意即創世神）周夫，希臘神話稱宙斯。

45 帕拉絲：Pallas，即米涅娃（希臘神話稱雅典娜）。她和狄安娜（希臘神話稱阿特密絲）都

苟且下去，柯瑞絲的女兒[46]也會同樣一輩子守貞，因為她和她們一樣眼睛長在頭頂上。你如果在乎我們母子共同分享的權勢，就用愛的束縛把他們結合在一起。」

維納斯說完，小愛神立刻解開箭筒，照他母親的吩咐從成百上千的箭矢中挑出最銳利、最穩當又最合弓的一支。然後，一拉一鬆手，百發百中的弓從膝蓋上方射出倒鉤箭，命中普魯投的心。

距離赫納[47]城外不遠的地方，有個深水湖叫佩古斯。湖上的天鵝競唱逐樂，連卡宇斯特[48]都相形見絀。湖岸長滿了參天巨木，茂密的樹葉形成一片綠屏，太陽神摯熱的光芒照不到湖面。枝椏提供涼蔭，豐沛的水源滋養繁花競妍。那裡的水源永遠不乾涸。普羅瑟頻娜在這一片樹林中玩耍，採紫羅蘭和白百合。由於少女情懷總是詩，她把籃子裝滿了鮮花，胸前也塞滿了，拼命要賽過她的同伴，看誰摘得多。就在那個地方，在那個時候，普魯投看到她，一見鍾情，帶走了她——他的熱情真是速成！

這嚇壞了的少女痛哭尖叫，喊她母親，也喊同伴，不過喊她母親的次數比較多。她在掙扎的時候，束腰衣的上襟鬆了，她摘的花散落地上，這一來她又添新愁，少女的純真就是這樣子。普魯投快馬加鞭催趕車駕，一匹接一匹呼叫牠們的名字，緊搖馬頸鬃毛上暗褐色的韁繩。他奔越深水湖，馳越帕利基[49]的溫泉水池，池底有兩道裂縫冒出滾沸的硫磺，直達巴基斯家族從兩側臨海的科林斯來到一大一小兩個港灣之間建城的所在，就是敘拉古[50]。

是處女神，不受愛神左右，見《愛神讚美詩》7-32。

[46] 柯瑞絲：Ceres，古義大利的穀物女神，羅馬人把她和希臘神話德高望重的農業女神黛美特（Demeter，「地母」）同化。她的女兒是普羅瑟頻娜（Proserpina），奧維德有時候依希臘拼法作Persephone（「仕女」），此處統一使用前一種譯名。從她們「只知其母，不知其父」的親子關係可知此一信仰之古老。

[47] 赫納：Henna，亦作Enna，西西里島中部的城市，黛美特（見注54）的信仰中心。

[48] 卡宇斯特：Cayster，河名，在呂底亞（Lydia，小亞細亞古國），據傳盛產天鵝。

[49] 帕利基：Palici，宙斯的雙包胎私生子。他們的母親因為害怕希拉的醋勁而要求藏身在地下，在西西里島的埃特納火山（Aetna）附近。雙胞胎出世，當地成了他們的信仰中心，他們的廟是難民的避難聖地，特別是逃跑的奴隸。感認他們是火山附近兩個硫磺溫泉的擬人化。

[50] 巴基斯人：Bacchiadae，「Bacchis的子孫」。Bacchis是傳說中公元前九世紀時科林斯的統治者。這個家族和許多上古時期的統治家族一樣，實施內婚制，而且目中無百姓，於公元前七世紀被推翻，族人逃往西西里建立殖民城市，即敘拉古（Syracuse）。科林斯（Corinth）位於希臘中部峽窄的地峽，故云「兩側臨海」。

敘拉古有庫阿妮和阿瑞苠莎兩大名泉，兩泉之間有個海灣，狹長的灣臂圍出一片出口窄小的水域，西西里島最知名的仙女庫阿妮就住在這兒，這個潟湖就是紀念她的。她從這片潟湖的中央探出身子，水面及腰。她認出普羅瑟頻娜之後，高聲喊道：「普魯投，你停下來啊！除非柯瑞絲同意，你不可能成為她的女婿。追女孩子是用求的，不是用搶的。如果我可以以小喻大打個比方的話，阿納皮斯[51]就追求過我，我後來嫁給他是答應他的求婚，而不是像這女孩那樣嚇得六神無主。」她邊叫喊，還伸出兩臂擋住去路。

薩圖努斯的兒子普魯投怒不可遏。他鞭策狂奔的神駒，高舉強壯的手臂揮舞御杖，猛擊庫阿妮潟湖直探水底。湖底經不起這一擊，裂開一條通道，接納俯衝的車駕直達幽冥世界。

庫阿妮悲嘆柯瑞絲的女兒遇劫，自己的水域連帶遭受侵犯，從此懷憂抑鬱，創傷無法痊癒。她日夜以淚洗面，形消體瘦終至於融解在她獨當一面的水域。她先是四肢軟化，骨骼變酥鬆，指甲失去硬度。她的身體纖細的部分開始融解，從黑髮到手指到腳和腿。從纖細的肢體蛻變成冷水畢竟費不了太大的功夫。接著她的肩、背、腰、胸先後消失，化入盪漾的水流。最後，清水取代有生命的血液在她已經軟化的血管裡流動，再也沒有抓得到的部位留下來。

這時候，普羅瑟頻娜的母親正心慌意亂，上山下海到處找不到女兒。髮絲凝露的黎明女神奧蘿拉找不到她的蹤跡，晚星賀絲培若斯也找不到[52]。柯瑞絲向埃特娜借來火焰點燃兩根松木炬，不眠不休入夜走寒霜；到了曉光掩繁星，她從日出走到日落，尋找女兒不稍歇。又累又渴，她找不到泉水濕潤嘴唇，碰巧路過一間簡陋的茅草屋。她敲門，一個老婦人開了門，看到女神要水喝，倒了甘甜的麥粥給她。

女神喝粥的時候，一個男孩走過來，粗野笑她貪喝。柯瑞絲受到侮辱，把沒喝完的粥潑向他，麥粥連湯帶粒濺得他滿臉。他身上當場長出斑點，手臂化作腿，變了形的身體長出一條尾巴。他的形體大為縮小，看來像蜥蜴卻更小，這一來他作惡害人的本事變小了。老婦人看得目瞪

---

51 阿納皮斯：西西里的一條河流，在敘拉古附近入海。此處所謂「以小喻大」，乃是就神話階級體系中地位的高低而言。

52 髮絲凝露：晨曦穿透霧靄的景象。賀絲培若絲：Hesperus，晚星（入夜以後看到的金星）的擬人化。下文接著提到的埃特娜（Aetna）也是個仙女，是同名火山的擬人化。

口呆，接著哭了起來，伸手摸這怪異的東西，他卻一溜煙跑開找藏身的地方。後人稱呼他倒是名副其實，因為他的身上有星狀斑點[53]。

　　要把這女神走過的海陸地區交代清楚，這太花時間了，只好長話短說。她找遍全世界一無所獲，回到西西里，重頭再找一次，途中路過庫阿妮瀉湖。如果這仙女沒有變成水的話，她會原原本本說出自己親眼看到的事。她雖然想說，卻沒有嘴唇，也沒有舌頭，根本就無從開口。然而，她還是提供了清晰的線索，在湖面展示這母親熟悉不過的東西，就是普羅瑟頻娜湊巧遺落的束腰帶。

　　柯瑞絲一認出飄浮在水面的束腰帶，彷彿突然獲知女兒遇劫，開始拉扯蓬亂的頭髮，一次又一次握拳捶胸。她仍然不曉得女兒的下落，只是一味咒罵陸地無情無義，絲毫不顧念她賞賜的穀物收成，西西里被罵得特別慘，因為她在那塊土地找到女兒失蹤的線索。她一氣之下，摔壞當地翻土的犁具，農夫和牛群跟著遭殃。她命令農田背叛農夫，又促使種子乾枯。西西里土地肥沃名聞遐邇，如今卻是虛擁美名：穀物剛發芽就死了，艷陽和豪雨輪番交替，妖星邪風大行其道，貪婪的飛鳥狼吞虎嚥剛下播的種子，荊棘和莠草喧賓奪主悶死了麥株。

　　於是阿爾費斯河神愛戀的阿瑞菟莎從她的水域探出頭——她的水域就是源頭在埃利斯的一個泉水池[54]。她把濕漉漉的秀髮從前額往後甩，然後對女神說：「農作大母神，妳走遍世間尋找女兒，吃夠了苦，受夠了氣，就別再為難一向盡忠職守的土地了。土地是無辜的，土地荒蕪並不是心甘情願的。我提出這樣的懇求，不是為了自己的故鄉——我是外地來的，我的故鄉在皮撒，埃利斯是我的出生地。可是我愛西西里超過其

---

[53] 維德原文的形容詞stellatus（星狀），顯然指的是背部有燦爛斑點的stellio，有人說是newt，即蠑螈（如Mandelbaum和Humphries的英譯），有人說是Lacerta gecko，那是壁虎的一種（如Marchant and Charles, p.539），也有人說是蜥蜴或蠑螈／壁虎（如Miller 271n；吳金瑞1315）。無論如何，蠑螈和壁虎在生物分類上都屬於蜥蜴亞目，依奧維德的描述則可能是有劇毒的歐洲斑點蠑螈。

[54] 埃利斯：Elis，地名，位於希臘伯羅奔尼撒半島西部的皮撒（Pisa）地區，古代舉行奧林匹克運動會的所在。阿爾費斯是埃利斯的一個河神（河流的擬人格即是河神），他愛戀阿瑞菟莎。阿瑞菟莎為了擺脫糾纏，求助於狩獵女神阿特密絲（即狄安娜）。女神帶她到西西里，把她變成一個水塘，下有伏流入海。阿爾費斯不死心，潛入海中，在西西里外海的離島奧替吉亞（Ortygia）附近和阿瑞菟莎的水流會合。稍後阿瑞菟莎會親自講述她親身的遭遇。傳說在埃利斯的阿爾費斯河丟一朵花，到頭來會出現在西西里的阿瑞菟莎泉水池，就是沿著阿爾費斯潛行的途徑。

他任何一個地方，因為我在這裡找到了新家園，在這裡定居下來了。我求妳，女神，我求妳發發慈悲解救這片土地。為什麼我離鄉渡海來到奧替吉亞，以後有的是時間我可以說給妳聽，我是說等到妳解憂寬心的時候。現在我想先告訴妳的是，堅實的土地在我面前裂出一條通道，我沿著穴道穿越地底，再度抬頭卻看到我不熟悉的星座。我還在冥河斯替克斯逐波潛行的時候，親眼看到普羅瑟頻娜，她一臉的悲戚，驚惶未定。不過，她是冥后，是幽冥世界的第一夫人，是下界的統治者普魯投的配偶。」

柯瑞絲一聽，當場呆立有如石塊，失魂落魄挨過好長的一段時間。等到她恢復神智，悲痛難忍，她立刻調轉車駕直奔天界。她披頭散髮出現在朱比特面前，眼神悲戚，滿腔哀怨開口說：「朱比特啊，我是來懇求你主持公道的，為的是我們共同的孩子[55]。就算你不把她的母親當一回事，起碼讓你的女兒感動你的憐憫心吧。我希望你對她的關懷不會因為她是我生的就減損幾分。我們的女兒，我找了那麼久，終於找到了——如果說確定她失蹤了也可以叫做「找到」的話，如果說「找到」的意思只是知道她的下落的話。她給搶走了，這個我可以不計較，只要把她送回到我身邊。女大當嫁雖然沒錯，可是你的女兒不值得嫁給強盜。」

朱比特回答她：「她確實是我們的女兒，我的責任與親情不會比妳少。可是，我們總得面對現實，凡事只要名正就言順，既然這件事是因愛而起，那就沒什麼搶不搶的問題了[56]。只要妳同意這門婚事，有普魯投這樣的女婿並不可恥。即使他一無是處，他畢竟是我朱比特的哥哥！更何況他並不是一無是處：他也是堂堂的一方霸主，只不過當年抽籤三分天下的時候，他手氣比我差了一點。如果妳硬要拆散他們，普羅瑟頻娜是可以重見天日，不過有個先決條件，那就是他在陰間沒吃過任何食物。這是命運設定的規矩[57]。」

---

55 柯瑞絲成為朱比特／宙斯的配偶（見注46），就像宙斯擁有許多妻子一樣，是以宙斯為主神的奧林帕斯信仰在流傳過程中，與各地的本土信仰融合的結果，融合過程的關鍵階段就是弱勢的本土母神與強勢的新興男神宙斯結縭。地方百姓接納宙斯信仰則往往反映在當地的公主成為宙斯的情婦。

56 朱比特認可搶婚之舉，其實不意外，因為搶婚是父系社會單偶婚制最早的婚姻形態。在〈丘比德與賽姬〉的結尾還會看到同樣的反應。

57 這裡看到多神教（見注39）的另一個特色：凡已然之事皆為必然，把「必然」擬人化即是這裡說的命運，和希臘神話中紡紗織個人之命而習稱命運女神三姊妹的Moerae並不相同。

朱比特說著，柯瑞絲不為所動，仍然要女兒回來。命運可不這麼想，因為普羅瑟頻娜已破了戒。這女孩心地單純，她在園子裡閒逛的時候，信手從低垂的枝椏摘下一個石榴，去皮吃下了七顆石榴子。沒有人看到，除了阿斯卡拉福斯，據說他是奧芙妮——陰間小有名氣的一個仙女——在陰間幽暗的樹叢和阿科戎春宵一度的愛情結晶[58]。這男孩跑去告密，惡意阻撓普羅瑟頻娜返回陽間。冥后一怒之下，把他變成報凶鳥[59]：她朝他的臉潑灑火焰河[60]的水，他的頭開始膨脹，眼睛變大，嘴巴變成喙，指甲變成爪，手臂長出羽毛，再也看不出原先的模樣。他變成人見人厭的鳥，動作遲緩，尖聲刺耳，開口就是預報不吉祥。

　　阿斯卡拉福斯饒舌，真的是罪有應得。可是，為什麼阿科洛俄斯的女兒長出鳥的羽毛和腳，卻仍保留少女的長相[61]？歌藝精湛的席壬姊妹啊，是不是因為普羅瑟頻娜在採摘春天的花卉時，妳們就在她身邊？妳們找遍陸地徒勞無功之後，為了讓海洋知道妳們焦急的心情，妳們祈禱能夠以臂作槳鼓動氣流於碧波之上。天神成全妳們的心願，於是金黃羽毛裹覆妳們的四肢。可是妳們不願喪失天生的迷魂歌喉，少女的長相和人類的聲音就這樣保留了下來。

　　再說朱比特，他夾在新婚的哥哥和悲傷的姊姊[62]之間充當調解，把一年分成兩半：普羅瑟頻娜由兩個王國共享，半年的時間和丈夫在一起，另外半年和母親在一起。冥后當場笑逐顏開。前沒多久她還擺臭臉給陰森森的普魯投看，轉眼間卻是喜孜孜的，就像太陽穿透烏雲濃霧再度露臉。

　　女兒失而復得，柯瑞絲又現容光。她回頭去問阿瑞菟莎為什麼逃離希臘，又是怎麼變成聖泉的。這泉池的守護女神從水底深處一抬起頭，水波立刻停止流動，保持安靜。這守護女神伸手擰乾頭上濕漉漉的翠絲，開始說出埃利斯那個地方的大河戀——那是個古老的故事。

---

[58] 阿斯卡拉福斯：陰間的園丁。奧芙妮：Orphne，希臘文「黑暗」。阿科戎：Acheron，希臘文「悲嘆」，冥河之一，擬人化即為該河的河神。

[59] 冥后：普羅瑟頻娜。報凶鳥：鴞（即貓頭鷹）。

[60] 火焰河：Phlegethon，冥河之一。

[61] 阿科洛俄斯：Achelous，希臘西北部的大河。他的女兒就是上半身為女人，下半身為鳥形，以迷魂歌聲蠱惑水手的席壬姊妹（Sirens）。

[62] 姊姊：科瑞絲／黛美特是克羅諾斯和瑞雅的第二個孩子。

大河戀：阿瑞菟莎與阿爾費斯（5:572-641）

「我原本是個仙女，」阿瑞菟莎說，「住在阿凱阿[63]。那裡的仙女沒有比我更喜歡徜徉樹林和設網捕獵的。我生性勇武，又以美貌知名，雖然我從來不曾以美貌求名。經常有人誇我漂亮，我不會感到高興。天生麗質之類的話，別的少女都喜歡聽，我聽了卻像鄉村姑娘一樣脹紅了臉，總覺得討人歡心是不對的。

「有一天，永遠忘不了的一天，我從斯廷法洛斯森林打獵回家，筋疲力竭。天氣本來就熱，身體一累更覺得加倍的熱。我看到一條溪，水流平穩無聲，清澈見底，溪床的小石子甚至數得出來，簡直讓人懷疑溪水是不是在流動。銀柳和白楊從溪水吸取養分，樹蔭覆蓋整片坡岸。我走到溪邊，把腳浸在水裡，越浸越深，水面淹過小腿直到膝蓋。我意猶未盡，開始解帶寬衣，把衣物掛在低垂的柳枝之後，裸身跳入溪流。我游啊游的，又潛又滑又踢又拍，突然聽到水底傳來奇怪的呢喃聲，心中一驚，趕緊就近跳上岸。

「接著，我聽到阿爾費斯的叫喊聲：『阿瑞菟莎，妳急急忙忙往哪裡跑？妳急急忙忙往哪裡跑？』他沙啞的聲音叫了兩次。衣服在對岸，我來不及穿，光著身子拔腿就跑。我沒命地跑，他死命地追，似乎是看我沒穿衣服而追得更緊，那情景就像老鷹追逐受驚嚇的鴿子時，鴿子猛拍翅膀要逃離老鷹。

「我穿越沃奧寇門努斯、普索菲斯、庫列涅、邁納洛斯山谷、寒冷的埃如曼托斯山鎮和埃利斯[64]，一路飛奔，他的速度比不上我。可是我的體力不如他，無法長久保持速度，他卻可以長追不捨。進出開闊的平原、上下樹林薈鬱的山區，又走岩壁、攀懸崖，再也無路可逃。太陽在我的後方，我看到長長的身影在我的前方伸展——說不定那是我內心恐懼產生的幻影，可是我確實聽到驚魂的腳步聲，還感覺得到濁重急喘的氣息掠過我的頭髮。我筋疲力竭，跑不動了，只好大聲呼救：『救命啊，狩獵女神狄安娜，救救妳的侍獵仙子吧，我為妳持弓揹箭一向忠心耿耿的啊！』

---

63 阿凱阿：Achaea，「海岸」，埃利斯（見注55）以北臨科林斯灣（Gulf of Corinth）的山區。荷馬常以阿凱阿人稱希臘部隊，可見其為希臘聯軍的主力。

64 埃利斯：見注55。其餘地名（前面三個是城鎮）都在阿卡迪亞地區。

「女神聽到了，在我四周降下一陣濃霧。我籠罩在黑暗中，追我的那河神雖然環繞著我，卻找不到我的下落，在迷霧中空追一場。『阿瑞菟莎！阿瑞菟莎！』聽到他叫了兩聲，可憐的我嚇都嚇壞了。我不就像小羊聽到野狼在柵欄外嚎叫？不就像野兔躲在荊棘叢一動也不敢動，眼睜睜看著不懷好意的獵狗張著大嘴巴？

「阿爾費斯並沒有離開，因為他沒看到我離去的蹤跡，知道我還在現場。他在原地繼續守候。我全身冒冷汗，黑色的汗珠像下雨，連頭髮也凝結露珠。我動彈不得，因為一走動就拖出一條水道。沒多久，甚至比我講這個故事的時間還短暫，我已經變成一條水流。

「阿爾費斯河神從這水流認出他愛的對象，這一點我想是錯不了的，所以他放棄人形，變回原來的模樣，為的就是想要和我交流會合。就在這時候，狄安娜劈裂地殼，我趕緊鑽入幽暗的穴道，就這樣給帶到奧替吉亞[65]。我深愛這地方，因為這兒是我忠心追隨的女神的聖地，也是我重見天日的地點。」

豐饒女神佈恩（5:642-661）

阿瑞菟莎講完了自己的遭遇。豐饒女神準備離去，為她那一對龍套軛挽車繫繩，升空奔馳於天地之間。她終於抵達帕拉絲的城市[66]，把飛車交給崔普托列摩斯[67]，也賜給他穀粒，交代他廣為播種，不論土地是未開墾或休耕中。

崔普托列摩斯這青年奔波歐亞兩洲，來到林可斯稱王統治的斯庫替亞[68]。他進入王宮，國王問他的來歷，他說：「我的故鄉是名聞遐邇的雅典，我名叫崔普托列摩斯。我來到這兒，不是乘船渡海，也不是走陸路，是天空為我開通道。我帶來柯瑞絲的禮物，你只要把這些禮物遍撒在原野上，就可以豐收文明的食物。」

---

[65] 奧替吉亞：見注54，不同於注21所提到的。

[66] 雅典，帕拉絲（見注45）是該城的守護神。

[67] 崔普托列摩斯：Triptolemus，埃萊夫西斯（Eleusis，其地在雅典附近，是注46提到的黛美特信仰的大本營）的統治者，希臘神話的「神農君」。

[68] 斯庫替亞：Scythia，地名，位於歐俄南部與羅馬尼亞之間，其民以遊牧為生，善馬騎。公元前八、九世紀時，周宣王對獫狁（後來的匈奴）用兵，獫狁人被迫向阿姆河流域退卻，間接導致斯庫替亞人西遷，如此環環相扣，造成歐亞大陸一場大規模的民族西遷。他們建立的王國在羅馬勢力伸入希臘時就被推翻了。

林可斯這蠻王一聽，嫉妒攻心。不過，為了獨佔賜福人間的美名，他假意殷勤待客，等到客人熟睡之後，持劍要行刺。就在他正要動手的時候，柯瑞絲即時把他變成猞猁[69]。然後，女神告訴這雅典青年駕她的雙龍聖車，穿越虛空離開是非地。

淚泉：畢卜莉絲與考諾斯（9:454-486, 649-665）

畢卜莉絲的故事足以警惕女孩子不應該有不倫之戀。她愛上自己的孿生哥哥考諾斯，苦不堪言。她愛他，並不是把他當作哥哥，也不是把自己當作妹妹。說真的，她起初沒有認清愛的火苗，也不認為經常吻他有什麼不對，一再環臂擁抱他哥哥的脖子，兄妹情長久蒙蔽她的判斷。但是，這一份親情越來越不堪：她開始打扮得漂漂亮亮去看她哥哥，挖空心思在他面前現美，嫉妒他認為比較漂亮的女孩子。可是她仍然看不清自己；愛的火苗還沒有露頭，她也沒有要煽風的意思，可是已經在悶燒了。她就叫他老公，討厭「哥哥」這樣的稱呼，希望他叫她畢卜莉絲，而不是叫她妹妹。

清醒的時候，她不會承認不潔的慾望，可是夜深人靜在睡眠中鬆弛下來的時候，她常常看到自己的戀情：她看到自己的身子貼著哥哥的，她在熟睡中面紅耳赤。睡意消失之後，她賴床久久不起身，回味睡眠中的景象。到後來，自己心神不寧，她嘆了一口氣，說：「唉，好可憐的我！夜裡的那個情景是什麼意思？我可不要那個樣子！為什麼我看到那樣的情景？他真的是英俊，這一點即使是對他有偏見的人也承認。我喜歡他，如果他不是我的哥哥，我就可以愛他，他可以成為我的好丈夫；可是，我是他的妹妹，這真是要命。只要我在清醒的時刻不去痴心妄想，一再回到那樣的夢境倒也沒關係。睡覺做夢沒有見證人，做夢帶來的歡樂卻是假不了。啊，維納斯和羽翼童子丘比德，我多麼快樂！我的歡樂看來是那麼實！一躺下來，我的心就在胸口熔化了！回味多美妙！可是，這樣的歡樂轉眼就消逝，因為夜晚嫉妒我眼前的歡樂，匆匆而去。」〔畢卜莉絲越陷越深，終於不能自拔。她寫信給考諾斯，傾訴衷曲，一再被拒。考諾斯不堪其擾，離家出走，逃往他鄉。畢卜莉絲失戀導致精神失常，四處遊走追尋考諾斯的蹤跡。〕

---

[69] 猞猁：lynx，一種短尾的貓科動物。英文的lynx-eyed（好眼力）複合字首，雖與Lyncus（林可斯）拼法近似，卻沒有字源關係，而是源自希臘神話中具有遠視兼透視能力的Lynceus。

畢卜莉絲翻山越嶺，終於走累了，倒地不起，一頭散髮披在硬土地上，臉埋在落葉堆中。當地的仙女試著扶她起來，一再勸她如何治療情傷，可是她們的安慰全成了耳邊風。畢卜莉絲躺在地上，一句話也不說，手指猛抓碧草，不停流淚灌溉青草地。據說水澤仙女為這些淚水開出一條渠道，永不乾涸——她們還能賜給她什麼更恰當的禮物呢？就像松樹幹的裂口滲出松脂，又像地表冒出瀝青，不然就是像西風輕拂時在陽光下解凍的冰層，畢卜莉絲的淚水耗盡了她的軀體，變成一泓泉水，直到今天仍然以她為名，在一棵蓊鬱的冬青樹下水流汩汩。

紅毯兩端的距離：伊菲思和易安苔（9:666-797）

這個不倫之戀的故事說不定已經攪翻克里特境內數以百計的城鎮，要不是克里特自己最近剛發生伊菲思變形的大奇蹟。

在克諾索斯[70]王都附近的費斯托斯，有個人名叫利篤斯。他雖然出身寒微，倒不是奴隸。身世如此，家產自然是乏善可陳；可是他一生清白，值得信任。他的妻子懷孕待產的時候，他對她鄭重其事說出這樣的話：「我只祈求兩件事：第一件，希望妳生產順利，不會太痛苦；第二件，希望妳生的是男孩。女孩負擔重，對我們的生計也幫不上忙。所以，如果不巧——但願不會——如果妳生的是個女的，我希望妳明白——這種人神共憤的事，但願天神饒了我——我不能讓她活下去。」他說著，夫妻倆抱在一起痛哭：他交代了命令，她必須遵守。雖然帖列圖莎，他親愛的太太，懇求丈夫不要定下這樣的條件，畢竟這次的生產他們盼望已久，可是沒用。利篤斯心意已決。

臨盆的時辰近了。半夜時分，她看見——或許是她以為自己看見——有個影像出現在夢中：在她床前站著伊希絲[71]和成列的護駕仙女。她的前額有一對新月角，環繞頭部那一頂黃色的花圈是閃閃發亮的金子打

---

[70] 克諾索斯：克里特首府，米諾斯文明（Minoan civilization）的遺址所在地。

[71] 伊希絲：Isis，埃及的豐饒、婚姻、註生與立法女神，其神像以頭上的太陽輪和牛角為特徵。其信仰在亞歷山大時代傳入希臘，在羅馬帝國時代甚至傳抵高盧（今法國），直到公元六世紀仍在歐洲廣受奉祀。她的神像有銘文如下：「我是當前、繼往與開來。我的面紗不曾被掀起。太陽是我生產的果實」（Avery 606引）。她在阿普列烏斯《金驢記》所扮演的角色可比擬於《奧德賽》裡的雅典娜。不過，就人類文化學的角度而言，可與伊希絲並列的是美索不達米亞的伊絲塔（Ishtar）、希臘的黛美特、義大利的柯瑞絲、中國的女媧那一輩，身兼大母神（the Great Mother）與創生神（the Creatress）的天后娘娘（the Great Goddess）。

造的帶穗麥稈，莊嚴的景象美不勝收。站在她身邊的是狗神阿努比斯、神聖的布巴絲替絲、一身花斑的阿皮斯、把手指擱在嘴唇上要求噤聲的孩子神哈波克拉帖斯[72]。還有叉鈴[73]；歐希瑞斯也在伊希絲的旁邊，他總是為人所期盼[74]；還有那一條埃及蛇，由於滿腹催眠毒液而腫脹。帖列圖莎看到這一切真實得不像是夢，甚至聽到伊希絲對她說話：「帖列圖莎，妳崇拜我向來虔誠，大可不必絕望；沒必要在意妳丈夫的命令。魯季娜[75]為妳接生之後，一定要保全新生兒，不必猶豫。我是有求必應的女神，專程安慰懷著希望向我呼救的人。我絕不是無情無義的神。」女神說完話就離開了。這個克里特婦人從床上起身，滿心歡喜，伸出純潔的手向星辰禱告，祈求她夢中所見得到證實。

她的陣痛越來越激烈，沒多久順利生下一個女嬰。為了蒙騙丈夫，這母親交代產婆（因為只有她一人知道隱情）撫養新生兒，逢人就說生下來的是男嬰。利篤斯謝過眾神，為這孩子取了他祖父的名字：伊菲思。帖列圖莎最高興的是這個名字男女通用，是中性的，用來稱呼不必要詐。沒人識破她善意的謊言。她以男裝打扮伊菲思，而伊菲思的容貌不論是當成男生或女生都一樣俊美。

十三年過去了。伊菲思啊，妳父親為妳找到了新娘，一頭金髮的易安苔——費斯托斯那麼多的少女，就數她身材最漂亮，最受人讚美。她的父親是帖列斯帖斯，克里特人。

伊菲思和易安苔年紀相當，同樣俊美，一同接受老師的教導，一起學習基本的技能和文書。她們倆青梅竹馬，因此愛情出其不意襲擊她們

---

72 阿努比斯：Anubis，人身狗（一說狼）頭，歐希瑞斯（見注81）之子，埃及神話中主司墳墓並監管葬禮之神。布巴絲替絲：Bubastis，是神名也是地名（位於尼羅河三角洲東部），她在埃及神話的地位相當於羅馬神話的狄安娜（希臘的阿特密絲），其節慶為埃及三大節慶之首，其廟宇雖非最壯觀，卻是最賞心悅目（Herodotus 2:59, 137）。阿皮斯：Apis，古埃及人所崇拜的孟斐斯（Memphis）聖牛，據信為歐希瑞斯的化身，有時作人身牛頭的造形，以牛的形象現身時表示大喜。哈波克拉帖斯：Harpocrates，即伊希絲之子侯魯斯（Horus），禁聲的手勢表示天機（宗教與哲學的奧秘）不可說。

73 叉鈴：伊希絲的祭典使用的打擊樂器，在木、金屬或陶瓷製的框架上擺置橫木條（通常掛有鈴鐺）而成，框上有柄，用柄搖晃發聲。

74 歐希瑞斯：Osiris，與伊希絲姊弟聯姻，被親兄弟塞特（Set）謀殺之後，又遭肢解棄屍，其遺腹子即侯魯斯。伊希絲四處蒐尋屍骸重組，歐希瑞斯因而復活並象徵重生，成為冥判及幽冥世界之主。隨後提到的埃及蛇就是塞特，希臘人視其為他們自己的神話中的頭號妖魔Thphoeus（又名Typhon）。

75 魯季娜：Lucina，羅馬神話的「註生娘娘」，希臘稱Eileithyia。

的心時，兩人分享到同樣的傷──卻各有各的希望。易安苔焦急等待結婚的日子，盼望有情人終成眷屬；她以為自己看中意的人是男的。至於伊菲思，她知道自己的愛永遠不會有結果；正是因為這樣，情火燒得更旺，煎熬更苦──少女為少女忍受情苦，她忍不住掉下眼淚。

「我得挨到什麼樣的結果？」她說：「我為愛痴迷，這種愛竟然那麼奇怪、痛苦，不曾有人經驗過。如果老天有情，眾神就應該解救我脫離苦海；如果眾神存心要毀掉我，那起碼應該在經驗所及的範圍之內選個自然的不幸讓我承受。母牛不愛母牛，雌馬不愛雌馬；可是公羊愛母羊，雌鹿情不自禁奔向雄鹿。鳥類也是這樣陰陽配；整個動物界沒有陰性為了陰性而受情苦。恨不得我不是女的！雖然克里特無奇不有，像太陽女[76]愛上公牛──即使是那一件事也不會比我的戀情更詭異，因為不管怎麼說，她總是陰陽配。可是她有希望落實她的愛：她耍計偽裝成小牝牛，然後不知情的公牛滿足了她的不倫之愛。可是我呢？就算集合全世界的聰明才智，就算戴達洛斯[77]憑蠟翼親自飛回克里特，他又能怎麼樣？把他的技能全都派上用場，他能夠把我變成男孩嗎？能夠把妳易安苔變性嗎？

「既然這樣，那麼，伊菲思，為什麼不鼓起勇氣，拋開這沒有希望、蠢不啷噹的愛？看看自己的本來面目，除非妳還要自欺欺人，否則就承認自己是女兒身，就像女人那樣去愛！可望有結果才產生愛，這無非是希望愛能夠情意綿綿，而妳天生的本『性』剝奪了這樣的希望。並沒有衛兵禁止妳接受她的愛撫；沒有愛吃醋的丈夫通宵監視，沒有嚴屬的父親；她自己也不拒絕妳的要求。可是妳不可能擁有她，妳也不可能快樂，雖然客觀的條件樣樣對妳有利，雖然人和神都可能成全妳。即使是現在，我所求的也沒有被拒絕過；神一向慈悲為懷，他們已經把能給的一切都給了；我現在的願望正是我父親的願望，也是易安苔和她父親所渴望的。只有自然在唱反調，自然的力量比這一切都大，它獨力造成我的苦惱。現在，盼望已久的時刻到了，我的婚期指日可待：易安苔很快就是我的，可是不屬於我。四周都是水，我照樣口渴。為什麼妳，

---

[76] 太陽女：帕希法娥（Pasiphaë），太陽神赫利俄斯的女兒，克里特王米諾斯的妻子，人牛怪（即被囚禁在迷宮的Minotaur）的生母。

[77] 戴達洛斯：Daedalus，傳說中的巧匠，先是為帕希法娥製作小牝牛偽裝，後來又設計囚禁人牛怪的迷宮。為了逃離克里特，他以蠟製作翅膀，自己和兒子伊卡若斯（Icarus）各一對，這是人類「飛行之夢」的原型。

朱諾,新娘的守護神,還有你,許門[78],要來祝福這沒有新郎卻有兩個新娘的典禮?」

她的話說完了。這時候,另一個少女,情火焚身不下於伊菲思,也在禱告:「許門啊,希望你快來。」但是,帖列圖莎擔心的正是易安苔所祈求的,因此故意拖延婚期,有時候假裝生病,還經常拿夢中的惡兆當作藉口。到後來沒得推託了,結婚的日子已經迫在眉睫,只剩一天的時間。於是,這母親解下自己和伊菲思頭上的髮帶,長髮披散,緊緊抱著祭台懇求道:「伊希絲啊,妳在帕瑞投寧和馬瑞歐塔平野還有法若斯和足足有七個河口的尼羅河四處為家,我向您祈求,幫助我們療愁止悲。女神啊,我見過您顯靈;沒錯,我看過也認得您和您莊嚴的標記,一聽到叉鈴清脆的聲響我就認出來了,我也全神貫注聆聽您當時交代的事。我的女兒現在還見得到陽光,我沒有受到任何懲罰,這全都歸功於您的建議,是您的恩賜。請可憐我們,高抬貴手保佑我們母女。」她禱過告,忍不住掉下眼淚。

這女神似乎受了感動,搖動她的祭台,她的廟門開始震晃,她的新月角閃閃發光,叉鈴接著噹噹作響。這母親仍不放心,倒是高興看到帶來希望的兆象,於是離開神廟。伊菲思走在她後頭,可是她的步伐變大了。她的膚色稍微黑了些,她的體格壯了些,她的容貌輪廓鮮明了些,還有她的頭髮變短了,裝飾品不見了。比起以前的女兒身,她現在更顯得活力充沛。伊菲思啊,因為以前是個女孩的妳,如今是個男孩了!所以,帶著祭品到廟裡去謝恩;別再擔憂——高興起來吧!

他們帶了祭品,另又準備還願碑,碑上刻有這樣的銘文:「謹奉薄禮,以女兒身許願,以男兒身還願,伊菲思敬獻。」第二天朝曦初探頭再度普照世間,維納斯、朱諾和許門共聚一堂:結婚聖火高照,男兒身的伊菲思得到了他的易安苔。

入冥救妻:奧斐斯與尤瑞迪柯(10:1-85)

於是許門離開伊菲思和易安苔的婚禮,身披橘黃袍,穿越廣袤的虛空,起程前往色雷斯境內基寇內斯人聚集的海濱,從那邊傳來奧斐斯的呼請——其實沒用。

---

[78] 朱諾:希臘神話稱希拉,宙斯之妻,婦女與生產的保護神。許門:Hymen,婚姻之神,婚禮時所呼請的對象。

許門是來了，可沒帶來吉祥話，沒有好臉色，沒有好兆頭。火炬霹啪響，黑煙燻眼，任憑搖擺就是燒不出火焰。預兆是這樣，結果更糟糕：新娘子由水澤仙女陪伴走過草地的時候，一條蛇咬了她的腳踝，一命嗚呼。奧斐斯在陽間哭到守喪期滿，總覺得自己還有未盡之力，決定走一趟鬼門關[79]，前往冥河界追尋亡妻。他穿梭幽靈陣，和入土的亡魂擦身而過，來到幽冥世界的統治者和他的配偶婆塞佛妮面前，撫弦歌唱：

「下界尊神，凡人到頭來總是投靠你們，請容我據實稟告：我來到這兒不是為了親睹無明地，也不是為了捆綁梅杜莎的孽畜，那三頭蛇髮的妖狗[80]。我是為了我的妻子而來，蛇毒斷送了她含苞的年華。我強忍悲痛；我忍無可忍。愛神[81]征服了我，他在陽世威名遠播，在此地如何我不知道。不過我推想他在這個世界也不陌生，而且如果傳說中那個淒美的故事[82]是真的，你們的結合也是愛神促成的。看這地方，混沌無邊令人心驚，看這一片寂寥，我求您復原尤瑞迪柯轉速太快的生命紗[83]。人類萬物全都歸你們管轄，縱使逗留陽世的時間有長有短，早晚都得到這兒來尋求最後的歸宿；你們統管人類的時間最長久。她度過天年以後，終究得回來當你們的屬民。我要求的是把她當作賞賜給我的福佑；但是如果命運拒絕特赦我的妻子，我決心不回去：兩條人命湊成雙，讓你們歡心。」

他邊唱邊彈抱琴，沒有血色的亡魂聞歌落淚：坦塔洛斯再也沒想到要抓住流水，伊克西翁的輪子驚訝得靜止不動，老鷹停止啄食提梯俄斯

---

[79] 鬼門關：Taenarum（泰納若斯，又作Taenarus），希臘最南端的拉科尼亞（Laconia）的一處海岬，以海神波塞冬（羅馬神話稱聶普吞努斯）的神殿知名，神殿附近有一深不見底的岩洞，臭氣薰天，眾鳥無法飛越，古代作家視其為幽冥世界的入口。冥河：希臘神話共有五條冥河，此處特指環繞幽冥世界九圈的斯替克斯河。「指斯替克斯河為誓」是最嚴重的賭咒。河上有船伕卡戎（Charon）負責擺渡已安葬的死者亡魂到陰間（否則將成遊魂），故下一行有「入土的亡魂」之說。

[80] 無明地：直譯「黑暗的塔塔若斯」。塔塔若斯是幽冥世界最偏遠之地，「下界」最「低下」之處，是希臘神話中懲罰重罪犯的所在。梅杜莎：Medusa，蛇髮女妖（Gorgons）三姊妹之一。她的「妖狗」身上長的不是狗毛，而是蛇。因為以蛇為髮，故稱蛇髮、蛇毛。

[81] 愛神：Amor，這個拉丁字作普通名詞就是「愛」，並不限於兒女私情，但是大寫則成為Cupid（小愛神丘比德）的別名，而拉丁文的cupido卻有「貪情」之意。

[82] 按希臘神話的說法，農業女神黛美特的女兒（Cora，亦作Kore）被冥神哈得斯強擄到陰間為妻，成為冥后而改稱珮塞佛妮，事見選譯奧維德〈冥神搶婚〉。

[83] 決定個人壽限的命運三女神分別紡生命紗、丈量長度、以剪刀斷線。

的肝,貝洛斯的孫女手握水罐就地休息,席敘佛斯坐在岩石上聽入神[84]。復仇女神忍不住動容,第一次掉下眼淚;冥王和冥后忍不下心拒絕他的懇求,喚出尤瑞迪柯。她雜在陰間新添的亡魂行列,因腳傷而不良於行。奧斐斯伸手接受他的妻子,但是有個條件:橫渡阿維努斯[85]之前,他不許回頭看,否則承諾失效。

　　他們走上行的路,穿越死寂,在層墨疊黑中爬上陡峭的幽冥道,已經來到臨近陽界的邊區。他擔心妻子也許跟不上,急於看她,心懷愛憐一回頭,她轉眼間滑落深淵。他急忙伸出手臂要拉她一把,不然就是讓她抓;不幸的是,他兩手一撲,只有輕飄飄的空氣。又死亡一次,她對丈夫沒有半句怨言;有什麼好抱怨的呢?只有一樣:他愛她。她最後一次說出的「珍重再見」幾乎傳不到丈夫的耳朵,就又掉落到來時地。

　　愛妻重死,奧斐斯目瞪口呆,就像有人看到一身三頭的冥狗[86]受驚過度,魂飛魄散只留下恐慌凝結成石身;不然就是像奧列諾斯和列泰雅這一對同命石,心心相印有罪同當,矗立在水源豐美的伊達山,仍然擁抱在一起[87]。奧斐斯祈盼再一次越過冥河的禱告和心願落了空,渡夫卡戎趕他走開。整整七天他坐在岸邊,衣服髒了,食物不入口。悲傷、苦惱和淚水是他的滋養。最後,他怪罪冥神太狠心,四處流浪,來到北風呼嘯的羅德佩和海模斯[88]。

　　三年過去了,奧斐斯對於女人的愛一概敬而遠之,也許是因為婚姻不幸,不然就是許過什麼願。儘管如此,愛上這位詩人的婦女還是大有

84　坦塔洛斯:希臘悲劇赫赫有名的阿楚斯家族的始祖。他偷神的食物和飲料給凡人吃,又殺自己的兒子,被罰在陰間有水也有食物在眼前,偏偏喝不到也吃不到。伊克西翁:第一個殺人兇手。殺死岳父之後,又想染指希拉。宙斯把一朵雲幻化成希拉的模樣,伊克西翁與之交媾,其後代即是人馬族(centaurs),他本人則被綁在飛快旋轉的火輪上受永罰。提梯俄斯強暴嫘投,因而死於嫘投的子女阿波羅和阿特密絲(羅馬神話稱狄安娜)箭下。他被發落在幽冥世界,任由群鷹啄他的肝,啄後隨即復原,因此懲罰無止盡。貝洛斯:Belus,埃及國王,其孿生子Aegyptus和Danaus分別有兒子和女兒五十人,正好一一配對結婚,這些新郎在新婚夜全遭新娘殺害。兇手在陰間被罰以篩汲水。席敘佛斯:集偷、殺、姦等罪於一身,還意圖綁架冥神,在陰間被罰推巨石上山,但是石頭立刻滾下山,席敘佛斯只好重來,如此不斷重複徒勞之舉。

85　阿維努斯:幽冥世界的出口。

86　冥狗:一身三頭,負責看守陰間入口,不讓活人進入。

87　奧列諾斯是金工神赫菲斯托斯的兒子,其妻列泰雅自恃美貌而得罪女神。伊達山:小亞細亞臨愛琴海的特洛伊平原最高山。

88　海模斯是北風之神玻瑞阿斯的兒子,娶羅德佩為妻,夫妻恩愛幸福,自比為宙斯與希拉,傲心罹罪受罰而被變成山。

人在，其中不乏碰壁而懷恨在心的。他首開風氣之先，為色雷斯人立下這樣的典範：情愛只付給少年男子；青春莫蹉跎，採花要趁即時。

〔奧斐斯入冥救妻，無功而返，悲慟逾恆，撫琴自傷，甚至感動鳥獸木石。他唱出「天神鍾愛的男子，以及女子激情／禮法不能容因而受到懲罰」（10:153-5）的故事。以下選譯的部份都是他所唱的。〕

神雕情緣：皮格馬利翁與葛蕾悌雅（10:243-297）

皮格馬利翁見過塞普路斯女人荒淫的生活，深深厭惡女性天生的壞胚種做出這許多見不得人的事[89]，決定過單身生活，長久沒有枕邊伴侶。這其間，他憑著神奇的手藝，在雪白的象牙上又雕又刻，雕出一尊女像，優雅美姿不是世間女人所能匹配。雕像完成，他愛上了自己的作品。那張臉彷彿有生命，熱切要活動，只是礙於太害羞：皮格馬利翁的藝術造詣就是這樣毫無藝術的痕跡[90]。

他著了迷，內心深處對這形體的喜愛引燃一股情火。他常常伸手觸摸自己的作品，要確定那是血肉還是象牙；他還是不承認那只是象牙。他親吻雕像，想像雕像回吻他。他對雕像說話，抱它；每次撫摸，他都感覺到手指下有彈性，不敢太用力，擔心留下瘀痕。他喃喃訴說情話，獻上討女孩子歡心的禮物，像是貝殼、鵝卵石、小鳥、色澤深淺不一的花朵、彩色球以及太陽女從樹幹滴下的淚珠[91]。他為雕像披上衣服，戴上寶石戒指，掛上長串的項鍊；墜珠垂掛在耳朵下，緞帶裝飾在胸前。這一切固然美不勝收，可是這雕像沒有打扮也不遜色。他鋪好用西頓貝殼作染料[92]的床單，讓雕像躺下，說那是他的床伴，在它的頭下墊著軟綿綿的羽毛枕，彷彿它能夠享受這一切。

---

[89] 奧斐斯剛唱過塞普路斯島上的女人否認維納斯的神性，因此招神怨而「自甘墮落出賣肉體」——這故事看來好像在解釋妓女的起源，其實是被父權觀點給扭曲了的母系社會習俗，而那些「荒淫的女人」，雖然傳統上被稱作「妓女」或「聖職妓女」，其實是〈性愛禮〉裡頭把野人恩奇杜引入文明社會的那種「神女」（詳見本書引論「男權革命大憲章」）。皮格馬利翁是塞普路斯王。

[90] 毫無斧鑿之痕，巧奪天工的造詣足以「筆補造化天無功」，連創作者本人也會信以為真。

[91] 太陽女：赫莉阿黛絲，總稱太陽神的五個女兒，是法埃桐的妹妹。法埃桐因駕日車失控而身亡，她們悲不能禁，化身為松樹，仍然淚流不止，流出的就是琥珀（其實是松脂的化石）。

[92] 西頓：地中海沿岸的黎巴嫩古城，是腓尼基人所建立的最古老城市之一，荷馬和《聖經》常提及。該地沿海所產貝殼是昂貴的紫色或紅色染劑的原料。

維納斯的節慶到來，塞普路斯人趕著湊熱鬧。刀斧落向角塗金的小牝牛，雪白的頸項應聲而斷；祭台上薰煙生香。皮格馬利翁獻過祭品，站在祭台前怯生生說出心願：「天神啊，如果你們有求必應，讓我擁有我要的妻子，就是──」他不敢說出「我的象牙姑娘」，只好改口為「像我的象牙姑娘」。但是光鮮耀眼的維納斯，她真的在祭典場合現身，當下明白他的心意：祭火先後三次噴焰，吐出火舌朝高空竄升──這是女神應允所求的兆象。

皮格馬利翁一回到家，就先探望他的雕像姑娘。他在床邊彎身獻吻，感覺到她的嘴唇是溫的，又彎腰再吻一次，伸手摸她的胸。象牙由於他的觸摸而變軟，硬度在他的指尖試探下消失了，有如許梅托斯[93]蜜蠟在陽光下變軟，形狀隨手指壓塑千變萬化，越是揉捏越是變柔軟。這有情人瞠目結舌，驚喜交加，滿心歡暢卻不無疑慮，怕自己把假作真，一次又一次撫摸試探。沒錯，真的是人體！現在血管在他測試的手指下悸動。皮格馬利翁盡情感謝維納斯，他的嘴唇終於抵著她活生生的兩片嘴唇。這少女有了感覺，臉上一陣緋紅，嬌羞羞睜開眼睛迎接陽光，同時看到了天空和愛慕她的人。

維納斯親自參加她玉成的婚禮。新月第九度由虧轉盈，又是滿月，這一對夫婦生下一個女兒，名叫帕佛絲，塞普路斯從此又叫帕佛斯。

孽緣：茉臘與基尼拉斯（10:298-502）

基尼拉斯是佩佛絲的兒子。他如果沒有孩子的話，或許可以說是幸運。我現在要唱的故事令人不寒而慄。為人女、為人父的請離席；要不然，如果喜歡聽我唱歌，請不要相信我的故事，千萬別當真；如果各位一定要相信，請不要懷疑這行為招來的懲罰。不管怎麼說，既然自然容許這樣的罪行曝光，我倒要恭喜這個地區和我的色雷斯同胞，慶幸我們如此遠離那種淫亂事件的發生地。

潘凱亞之地[94]盛產香脂、肉桂和香草，那裡的樹木流出撲鼻的乳香，花卉的種類數不清。這還需要沒藥樹[95]嗎？一種植物值得這樣悲慘的

---

93 許梅托斯：雅典附近的一座山，盛產蜂蜜。

94 潘凱亞：阿拉伯附近一個子虛烏有的香料產地。

95 沒（音莫）藥，英文稱myrrh，源自拉丁文myrrha（又有「香料」之意），大寫就是「茉

代價？唉，茉臘，丘比德堅稱他的箭沒有傷到妳，他說他的火炬是無辜的。火苗和毒蛇是復仇三姊妹中的一個從冥河帶來摧殘妳的。沒錯，怨恨父親是罪過，可是像妳這樣的愛比恨更罪加一等。各地來的王子，東方四境來的貴族，多少人中英傑向妳求婚，這些人任你挑選。但是，茉臘，有一個人不可能是其中的一個。

她其實知道自己的不倫之戀，奮力抗拒，內心掙扎不已：「我的心想到哪兒去了？我在打什麼主意？天神，我求你們，還有，我也呼告子女對父母應盡的孝道：阻止我逆倫，預防我犯罪──如果那真是罪的話。親情並沒有排除這樣的愛：其他動物交配並沒有作這樣的區隔。小牝牛讓牠的父親騎並不討人嫌；種馬也一樣，和自己的女兒交配；山羊可以選擇和自己的孩子配對；雌鳥懷的是牠自己的父親的種。有這樣的特權多麼幸福！是人類多顧忌自縛手腳，訂出護己條款；法律小心眼，禁止自然所容許的事。可是聽說有的部落母親和兒子配對，女兒配父親，愛的臍帶經由這麼一加強，親情更鞏固。而我，不幸的我，注定不是出生在那樣的部落，碰巧生錯地方就動輒得咎。我為什麼住在這樣的地方？荒唐，無法無天的慾望！沒錯，基尼拉斯值得愛──值得女兒對父親的愛。如果我不是基尼拉斯的女兒，我就可以和他結合。可是事實擺在眼前，他是我的，所以他不是我的，這一層緊密的聯繫注定我的命運。我如果是個陌生人，事情就不至於那麼棘手。最好是遠走高飛，離開故鄉，只要擺脫得了孽海。可是孽緣絆住了我，只要我可以面對面看著基尼拉斯，可以摸到他，跟他說話，吻他，即使只是這樣。可是，妳這個不倫的女兒，真的別無所求？妳可知道妳會混淆什麼樣的禮法和名分？難道妳要成為妳父親的情婦，跟自己的母親爭寵？難道妳要成為妳兒子的姊姊，成為妳弟弟的母親？那三姊妹不會使妳害怕嗎？她們頭上以蛇為髮，怒火洞燭犯罪的念頭，照亮靈魂骯髒的面目。妳現在仍然一身清白，別讓淫念誤導妳的靈魂，不能任憑苟合蹧蹋自然的規範。願望歸願望，事實不容妳胡來。他潔身自愛而且心地善良──哎，但願他像我一樣迷情癡戀不能自拔！」

她這樣自言自語。話說基尼拉斯，他感到困惑，不知如何是好。求婚人絡繹不絕，個個有頭有臉，他要女兒自己挑一個。起初，這孩子不

臘」。沒藥液從樹脂槽溝滲出後，遇空氣就凝結成小顆粒狀，即樹脂淚。可提煉出味苦而味香的樹膠，在古代是製造薰香、香料和化妝品的主要配料，也曾用於藥劑和防腐劑，中古歐洲視其為珍寶，但其價值在工業社會已遽減。

說話，目不轉睛看他，心惶惶，熱淚蒙蔽了她的視線。基尼拉斯以為這只是少女的矜持，叫她別哭，擦乾她的臉頰，然後吻她。這一吻，茉臘她喜出望外，父親接著問她要嫁個什麼樣的丈夫。她回答說：「和你一樣的人。」他不瞭解女兒話中有話，稱讚她，說：「但願妳永遠這樣孝順。」聽到「孝順」這兩個字，這女孩垂下了眼睛：她意識到自己的罪。

　　半夜，睡眠撫平世人的憂慮與勞苦。可是基尼拉斯的女兒通宵睡不著，由於克制不了的戀情而憔悴，不斷重溫瘋狂的慾火，一下心灰意懶，一下躍躍欲試，一下面紅耳赤，就是找不到出口。像斧頭砍伐粗壯的樹幹，在砍下最後一斧之前，樹身搖搖欲墜，沒有人曉得它會往哪個方向傾倒，四周的人都爭相逃避，茉臘的心就這樣四面八方挨砍，一斧接一斧，力衰氣竭左搖右晃，除了一死別無生路。她決定求死。她起身下床，解開束腰帶，打算上吊。她把束腰帶綁在樑柱上，嘆道：「親愛的基尼拉斯，你保重，希望你明白我為什麼尋死。」接著，她把圈套繞過沒有血色的脖子。

　　忠心耿耿的老奶媽原本就在門外提防，一聽到動靜即時闖開房門，看見茉臘正準備自殺，當場驚叫，搥她的胸，撕她的衣服，從茉臘的脖子解開吊繩。這之後，奶媽才得空痛哭，緊緊抱住茉臘，問她為什麼上吊。這女孩什麼話也不說，只盯著地面；她難過的是不能如願求死，怪自己動作太慢。奶媽不死心，現出白頭髮和乾縮的胸，訴說以前日日夜夜把青春耗在茉臘的搖籃，追問她什麼事傷心，竟然做出這樣的事。茉臘聽若無聞，只是呻吟。奶媽決心要探出原委，因此答應不只是會守口如瓶，而且會幫助她。

　　「告訴我實話，」奶媽說，「我來幫助妳。我是老了，可還有些用處。如果這是瘋心病一時的發作，乖女孩，我有符籙和草藥；如果是有人對妳下符咒，找人作個法就可以驅邪；如果是得罪神明，帶一些供品祭牲去拜一拜，可以有安撫的作用。還有什麼？至於這個家，事事順利平安，和以往沒兩樣；妳的父親、母親都還健在，幸福美滿。」

　　一聽到「父親」這兩個字，茉臘深深嘆了一口氣。奶媽雖然想不透這女孩心魂深處埋藏的惡靈，卻也預感到和戀愛有關。她要打破砂鍋問到底。她把這淚眼汪汪的女孩茉臘摟到皺縮的胸前，握住她無力的手臂，說：「我知道，妳戀愛了。不用擔心，這事我幫得上忙；我會守密，你父親不會知道的。」這個六神無主的女孩猛然掙脫奶媽，把頭埋

在床上，叫道：「不要問我什麼原因！別再探聽了，我求妳！妳這分明是要揭開我的罪！」

這老婦人嚇壞了，顫抖伸出她那一雙久經歲月飽受驚恐的手，整個人癱在地面。她趴在心愛的女孩跟前，懇求聲中語帶脅迫，威脅要說出上吊自殺未遂的事，但是也答應伸出援手，如果茉臘說出她的祕密戀情。這少女抬起頭，淚水沾濕了老奶媽胸前，一次又一次試著開口，總欲語還休。她用衣袖藏住漲紅的臉，嘆息道：「妳真幸福，娘，妳和自己的丈夫廝守一生。」茉臘不再說下去，只是悲嘆。

奶媽感到毛骨悚然，一陣冷顫穿透她的骨髓；她驚覺不妙，白髮直豎，一字字一句句警告這女孩袪除那種瘋狂的戀情。茉臘知道奶媽辯駁有理，不過她心意已決，所求不遂就尋死。奶媽安慰她：「那就活下去，妳將得到妳的……。」她緊急閉嘴，不敢說出「父親」兩個字，但是天神在上，她發誓信守她許下的承諾。

又到了柯瑞絲[96]的年度節慶，虔誠的已婚婦女一個個身穿雪白衣袍，手拿麥穗編成的花圈作為收成初祭的獻禮。在這時節，為期九夜，女人徹底禁慾，不許行房，一概禁止兩性接觸。王后肯克瑞依絲，也就是基尼拉斯的妻子，也參加朝拜，謹守一切禮儀。閒事管過頭的奶媽發覺基尼拉斯喝醉酒，知道他獨守空房，就對這國王說有個姑娘愛上了他，報出假名，又極力稱讚她的美貌。國王想知道姑娘的年齡，她說：「和茉臘同庚。」他要奶媽帶那姑娘來，奶媽急忙找到茉臘，高呼：「孩子，我們贏了！妳可以開心了！」這女孩激動不已，可是她的歡喜並不圓滿；不祥的預感緊緊搯住她的心，她卻感到高興：她就是這樣悲喜交加。

現在是萬籟俱寂。牧夫出現在一大一小兩熊星之間，隨標干傾斜駕著馬車朝下轉彎[97]。茉臘動身踏上歧途，高掛的明月逃離天界，群星躲在烏雲背後，夜色失去了往常的光華。第一個蒙起臉不忍目睹無恥景象的就是你，伊卡若斯，還有你的女兒，埃瑞葛妮，你們父女親情值得推崇，因而擁有星界一席之地[98]。前後三次茉臘走路時絆倒，這是凶兆，告

96　柯瑞絲：見維吉爾〈鰥寡生死戀〉注14。
97　牧夫：星座名，意為「馬車夫」。牧夫座尾隨又名Wagon（馬車）的大熊座行經天際，在午夜時到達最高點，接著下降。奧維德以競技場上的車賽作比喻：選手得繞過標竿循原程返回出發點。
98　伊卡若斯迎接酒神戴奧尼索斯進雅典城，獲神賜酒，歡喜之餘駕車載酒與人分享。大伙兒醉

訴她回頭是岸；前後三次不吉祥的貓頭鷹陰森森尖叫警告她，她兀自往前走：夜色陰暗遮蔽了她的羞恥心。她的左手緊緊握住奶媽，右手在黑暗中摸索探路。

茉臘現在來到門檻，現在推開房門，現在被帶進臥室。她兩膝顫抖，血氣和色澤從她的臉上逃逸無蹤，她的官能棄她而去；越是逼近罪行，她顫抖越厲害，懊悔自己厚顏無恥，恨不得在被認出來之前快快樂樂轉回頭。茉臘在猶豫時，她身邊的臭老太婆抓起她的手，把她拉向床緣，交給國王，說：「人帶來了，基尼拉斯，她是你的[99]。」說完，她把這一對留在暗無天日的深淵。這父親色瞇瞇迎接自己的骨肉上床，奮力安撫少女的恐懼，開口鼓勵這畏縮的女孩。國王隨口叫她一聲「女兒」，心裡想這個稱呼倒也適合她的年紀，茉臘怯生生回叫一聲「父親」，這一來罪行當頭也名正言順。

對父親別無所求，茉臘離開那房間，罪行孕育在她的子宮裡。第二晚，他們重蹈覆轍，這也不是最後一次。一次又一次的幽會之後，基尼拉斯好奇心起，想知道常陪他睡覺的女子是什麼人，終於點燈看到自己的女兒和自己的罪行。他悲痛得說不出話，伸手一抽，掛在牆上的一把劍出了鞘。

茉臘轉身拔腿奔逃，漆黑的夜色掩護她亡命出走。她摸索越過曠野，離開遍地棕櫚的阿拉伯和潘凱亞之地。流浪了九個月，她疲憊不堪，終於在到賽伯伊人之地[100]停下來休息。現在她大腹便便，沉重難以負荷，茫茫前途陷在死亡的恐怖與生命的疲累兩相夾峙的臨口。她收攏餘生的心願，祈禱說：「但願有神聽到我的請求，我知道自己有罪在身，我承認自己死有餘辜，為了避免我生前連累在世的人，或死後殃及過世的人，請驅逐我離開這兩個世界，把我變形，讓我無生無死。」

得不省人事，誤以為他在飲料下毒，憤而殺死他。他的女兒埃瑞葛妮遍尋父親的屍體不可得，上吊自殺。雅典人為了紀念這一對父女，在葡萄收成時舉行少女在樹下盪鞦韆的儀式。酒神為了表揚，把伊卡里斯安置在天空，是為牧夫座，埃瑞葛妮則為處女座。

[99] 應本故事開頭茉臘內心掙扎時的獨白「他是我的，所以他不是我的」，因此奶媽說「她是你的」這話有歇後語的意趣，重點所在是沒有挑明的後半句「所以她不是你的」。透過矛盾句法展現筆觸機鋒，這是奧維德文體的一個特色。

[100] 賽伯伊人：Sabaean，伊斯蘭教出現之前，阿拉伯南部的一個民族，他們所締建的王國就是《舊約》所稱的示巴（見《列王記》10:1-13），《新約》則另稱「南方的王國」（《馬太福音》12:42）。其地在阿拉伯半島南端包括當今的葉門，希臘人和羅馬人稱為「肥沃的阿拉伯」（Arabia Felix），因為該地氣候怡人，農業豐富，出產香料。

果然有神聽到這女子的懺悔，成全她最後的懇求。她在祈願時，土地裏住她的腳，她的腳趾岔出根系，這些根撐住拔地而起的高樹幹。她的骨骼變成木質，骨髓倒是沒變；她的血液變成樹脂，手臂延伸成主枝，手指變成細枝，皮膚變成粗糙的樹皮。這樹不斷成長，不久裏住隆起的肚皮，吞沒了她的胸部，即將覆蓋她的脖子，可是她沒耐心等待樹幹長高，乾脆自己下沉，把臉埋進樹皮。她的身體雖然失去以往的感受，她卻哭不停，溫熱的淚水一滴滴滲出樹幹。她的淚珠留芳世間：從這樹皮凝結的液體就叫做沒藥液，是依照樹主茉臘命名，千秋萬世永誌人寰。

愛神也痴情：維納斯與阿多尼（10:503-739）

茉臘帶罪懷孕的胎兒在樹身裡成長，現在奮力要脫離母親出世。在樹幹中腰隆凸的樹身，樹皮由於滿載而繃得緊緊的，疼痛難挨卻找不出語言來表達，臨盆在即依然沒辦法呼請註生娘娘魯季娜。樹幹彎著腰一再呻吟，活像陣痛的婦人，滴落的淚水沾濕了樹皮。魯季娜不忍心，來到陣陣呻吟的樹旁，伸手安撫扭曲的樹枝，唸出助產的咒語。於是，樹幹霹啪響，撐破樹皮，產下樹身不勝負荷的胎兒：嬰兒在哭聲中出世，就是阿多尼。水澤仙女把他擺在如茵碧草地，為他塗抹沒藥，也就是他母親的淚水。他的美貌連「嫉妒」也稱讚，因為他像極了畫家筆下裸體的小愛神，要去除其間的差別，只需為阿多尼配上一副弓箭，或拿走丘比德身上的弓箭。

時光不知不覺飛馳而過，沒有跑得比歲月更快的。這孩子，既是姊姊又是祖父的兒子，沒多久以前還包在樹身裡，沒多久以前還是個新生兒，轉眼成為俊男孩。阿多尼現在是青年，轉眼已成年，俊美一天勝過一天，點燃了維納斯的愛，就這樣報了那維納斯害他母親茉臘情火焚身的一箭仇。事情的始末是這樣的。

有一天，維納斯的兒子丘比德肩上配弓吻他的母親，無意中碰到她的胸部，凸出箭袋的一支箭湊巧牴著她。女神覺得刺痛，推開她兒子，可是箭傷嚴重遠超過她的預料。維納斯從此迷戀起凡人阿多尼的美貌，不再想念庫泰拉海濱，不再造訪湛藍海洋環抱的帕佛斯和盛產漁類的尼多斯，也顧不得寶礦豐富的阿馬圖斯[101]。她甚至覺得天界太沉悶，遠不如阿多尼有趣。

---

[101] 此處提到的地名都是維納斯的聖地。庫泰拉：愛奧尼亞海中一島嶼，在伯羅奔尼撒南方。帕佛斯：塞普路斯的別名。克尼多斯在小亞細亞，阿馬圖斯在塞普路斯島上。

維納斯如影隨形陪伴阿多尼。她往常總是到處找樹蔭休閒養容，如今卻經常出沒在荊棘叢生的山脊、樹林和岩石堆，學狄安娜[102]把裙擺高高撩起露出膝蓋。她驅趕獵狗追捕獵物，只追捕沒有危險的野物，像是莽撞的兔子、有叉角的鹿，同時小心翼翼躲開強壯的野豬、貪婪的狼、有利爪的熊以及撲羊咬牛不眨眼的獅子。他還警告阿多尼遠離那些可怕的野獸——如果警告有用就沒事了。她告訴他：「對付溫馴的動物就是要大膽，但是大膽對付猛獸可不保險。親愛的，即使看到我有危險，你也不能毛躁；不要去刺激天性好鬥的獸類，別逞強害我失去了你。你的青春，你的美貌，你所擁有那許多連我也動情的條件，全都感動不了獅子或發怒的野豬。野豬的獠牙快得像閃電，褐毛獅子發起火來又猛又野。我對牠們可是真的又害怕又討厭。」

阿多尼問她為什麼，她說：「阿多尼，我是要告訴你，那是一樁久遠以前的罪行，教你聽得目瞪口呆。不過，我現在很累——你知道，我不曾這麼勞動過。我們先享受一下這棵白楊樹，那怡人的樹蔭在向我們招手，還有碧草如茵充當我們的睡椅，我想靠在你身邊休息一下。」

說著，她舒展四肢躺在地上，把頭枕在他的胸膛，時斷時續獻香吻，說出阿塔蘭塔的故事。

追：阿塔蘭塔的故事（10:560-704）

「你或許聽說過一個名叫阿塔蘭塔的姑娘，她賽跑勝過最快速的男人。這可不是說著玩的，她是真的跑贏。誰也說不出她驚人的跑速和絕色的容貌，哪一樣更值得讚美。

「這姑娘去問神諭，想知道自己的婚姻大事。神回答說：『當知婚姻非所宜，陰陽交配不可期；來者不拒把命留，自我從此無處覓。』神的答覆嚇壞了阿塔蘭塔，她獨身隱居在茂密的樹林裡，為了阻絕成群糾纏不休的求婚人，她訂下嚴厲的婚姻門檻：『想要把我追到手，速度得要擊敗我，床和妻子是獎品，腳程慢的來送死。』阿塔蘭塔是真的鐵面無情，但是她的美貌足使人神顛魂倒，因此條件雖然苛，還是有許多求婚人競相踏上致命的跑道。

---

[102] 狄安娜：狩獵女神，其處女神的身分和維納斯處於對立的立場。此一對比使得下文說到維納斯學步邯鄲益發可笑。

「在場邊觀賽的人當中，有一個叫希波梅內斯，叫嚷道：『為了討老婆甘冒生命的危險，有人這麼傻嗎？』他厲聲叱責那一票情痴。但是，她一寬衣，展現卓越的身材——和我比起來不相上下，也可以和你比美，如果你是女的——希波梅內斯驚為天人，揮舞著手臂叫喊：「對不起，我剛才錯怪各位，低估了你們一心爭取的獎品的價值。』這一讚美，他也點燃了自己心中的情火；他希望這些年輕人全都敗下陣來，嫉妒使得他擔心有人也許會跑贏。他叫道：『我幹嘛不也冒個險，試一試自己的運氣？天神幫助有膽的人。』

「希波梅內斯打量這場地，看到阿塔蘭塔飛馳而過彷彿長了翅膀，速度快得像斯庫替亞箭[103]。但是這個阿歐尼亞[104]青年更驚艷她出色的體態，一跑起來又增加幾分優雅。她穿金涼鞋箭步飛馳，秀髮飄揚輕拂她的象牙肩，花邊飾帶在她的膝蓋飛舞，青春白皙的胴體泛出粉紅的色澤，有如紫紅布篷在大理石廳內映照白牆抹上一層暈染的色調：這一切全看在這個外地人眼裡。他盯著阿塔蘭塔越過終點線，伸手接受勝利的花圈。跑輸的求婚人唉聲嘆氣退場，去付清他們欠下的生命債。

「希波梅內斯並沒有氣餒。他走上前去，目不轉睛看著阿塔蘭塔，說：『輕鬆跑贏那些烏龜，算什麼榮譽？要比就跟我比！如果我有幸贏過妳，妳輸給來頭顯赫的對手並不丟臉，因為家父鼎鼎有名，是翁刻斯托斯的梅噶柔斯，他的祖父就是轟普吞努斯。換句話說，我是萬水之王的曾孫，我的男子氣概足以證實我的

血統。要是我失敗，妳跑贏我希波梅內斯，妳也贏得永世的英名。』他說這些話的時候，阿塔蘭塔含情脈脈盯著他看，拿不定主意到底要不要放水。

「阿塔蘭塔在內心這樣斟酌：『莫非那個神存了嫉妒心，蓄意摧殘這個美少年，刺激他向我求婚，不惜豁出可貴的性命？平心而論，我不見得有那樣的身價。使我動心的不是他的美貌——雖然他的美貌有可能使我動心——他畢竟只是個小男生。不是他這個人，而是他的青春使我動容。年紀輕輕，卻有男子漢的勇氣，連死也不怕？他宣稱自己是海洋的統治者一脈相傳的第四代子孫，為的是什麼？他對我懷著什麼樣的愛，竟然認為和我結婚值得豁出一條命，也不怕命運跟他過意不去？

---

[103] 斯庫替亞：見注69。
[104] 阿歐尼亞：見注34。

不，陌生人，離去要趁早；遠離這一場血腥的選親會。娶我就等於來納命。不會有少女不想嫁你，肯定你會找到更聰明的女孩愛你。可是我，送走了那麼多條人命，為什麼特別為你煩惱？他自己的事自己能料理。那麼，也讓他死吧，既然那麼多求婚人的死亡嚇不退他；他一定是活得不耐煩了。可是，他是因為想和我共同生活而死，難道說愛得不到回報就該死？我這樣贏得的勝利將會帶來我承受不起的恨。可是，那不是我的錯。唉，我倒希望你棄權；如果你硬要逞強一試，我寧可希望你跑得比我快！他那一張臉，多麼清秀！可憐的希波梅內斯啊，但願你沒見過我。你的人生還有美好的未來。如果我幸運一些，如果不是苛刻的命運禁止我結婚，你將會是我希望同床共眠的不二人選。』她就是這樣感到困擾，初嚐愛戀滋味的情場生手，心中生愛，自己卻不曉得。

「現在，一如以往，大批人群和她父親共同觀賽見證。希波梅內斯，海神的後代，向我懇求：『維納斯啊，但願我大膽面對這一場考驗能仰賴妳的垂愛，但願妳細心呵護她在我心中激發的愛。』一陣和風把他親切的呼請捎來給我，我承認那股溫情感動了我。時間緊迫，事不宜遲。

「有一片平野，塞普路斯人稱之為塔馬索斯競賽場，島上找不出更美的地方了。在古代，那片平野是聖地保留區，他們建了神殿奉獻給我。競賽場上聳立一棵金葉樹，黃橙橙的金枝鏘鏘響。希波梅內斯的呼請傳來時，我碰巧從那聖地回來，手上拿著剛從那棵樹摘下的三個金蘋果。除了希波梅內斯，沒人看得見我；我挨近他，教他如何使用蘋果。

「號聲宣布賽跑開始，他們兩個人從起跑線一閃而出，飛步掠過沙灘跑道。你會以為他們有一身的輕功，凌波走海，腳底不沾溼，飛步履麥穗，麥稈依然挺直。歡呼叫喊聲不絕於耳，人群為希波梅內斯打氣：『加油！希波梅內斯，要一鼓作氣！盡力跑，不要鬆懈！速度別慢下來就贏定了！』梅噶柔斯的勇士兒子和司基紐斯的黃花閨女都聽到觀眾的掌聲，可是很難說誰聽了比較高興。好幾次眼看著阿塔蘭塔就要超越希波梅內斯，她卻轉頭凝視他的臉，不情願讓他落後。

「現在這青年的喉嚨感到乾燥刺痛，上氣不接下氣，目標卻仍然遙遠。聶普吞努斯的曾孫終於丟下三個金蘋果當中的一個。這姑娘看到了，心一驚，想把這金光閃閃的果子佔為己有，岔出跑道撿起這連飛帶滾的東西。希波梅內斯超前了，群眾爆出一陣喝采。可是她急起直追，一加速，轉眼間後來居上。他再度丟出一個金蘋果，她照撿不誤，再度迎頭趕上。眼看只剩衝刺的距離，他呼請道：「賜我這禮物的女神啊，

幫個忙吧。」接著奮力丟出最後一個金閃閃的果子滾離跑道好遠。阿塔蘭塔似乎拿不定主意，到底是揀還是不揀。但是我迫使她跑過去揀，又增加果子的重量，她就這樣輸在最後一程，三個金蘋果的重量誤了她的時間。我可不想把故事拖得比那場賽跑久，總之阿塔蘭塔輸了，勝利者帶獎品回家當妻子。

「阿多尼，我問你：我做的這一切不值得感謝嗎？不值得燒香奉獻嗎？可是他忘得一乾二淨，沒有燒香，也沒半句感謝的話。他的無禮激惹我的火氣，為了防微杜漸，我得要殺雞儆猴，嚴懲他們小倆口。

「有一天，他們碰巧路過埃基翁為了還願所建的一座廟，是獻給眾神之母[105]，座落在樹林深處的綠蔭中。那對夫妻長途旅行要休息，我使出愛神我的看家本領，下了個咒，讓希波梅內斯動淫念。那廟附近有個地洞，用當地盛產的浮石軟岩建成的，只有微光透入。那是個聖窟，歷史說不出的古老，祭司供奉的許多木雕古神像，世世代代接受頂禮膜拜。希波梅內斯進到裡頭，不顧禮法，當場需索阿塔蘭塔的身體，以淫慾褻瀆那聖地。聖像一尊尊調轉眼光。

「頭戴城樓冠的聖母娘娘差點兒把這對目中無神的情侶丟進冥河斯替克斯，可是這懲罰似乎太輕微。念頭一轉，她拿來褐鬃毛裹他們光滑的脖子。接著，他們的手指彎曲成爪，手臂變形成為前腳，身體的重心往前移到胸部，後面長出尾巴在地上拖。從此，他們的五官變成凶煞相，以咆哮代替說話，光天化日就在荒野樹林隨地交配。他們變形成獅子之後，人見人怕。不過，他們套上軛，緊咬銜索為庫蓓蕾拉車，是已經馴化了。

愛神也失戀：阿多尼之死（10:705-739）

「親愛的，你千萬要避開牠們，和牠們同類的野獸也一樣，牠們看到人不是轉身落跑，而是正面迎敵毫不退縮。我可不希望你耍勇，毀了

---

105 眾神之母：眾神之母庫蓓蕾，原為小亞細亞的弗里吉亞與呂底亞地區尊崇為大母神的豐饒／繁殖女神，象徵人、動物與植物旺盛的生機，特洛伊附近的伊達山是其聖地之一。她以獅車為輦的造形具現為山林保育神，又以地藏娘娘（地底寶藏的護持者與供應者）的身分被供奉於洞窟岩穴。她的信仰從小亞細亞經色雷斯傳入希臘，被同化於宙斯的母親瑞雅，維奧蒂亞在公元前六世紀已知悉。傳入羅馬則在第二次布匿克（即迦太基）期間，即公元前205-4年，其神殿就座落在羅馬城的高級住宅區Palatine。庫蓓蕾的造形通常為頭上戴類似城樓的冠冕，手持其祭典專用的法器鼓與鈸，兩側有神獅護駕。

自己也害了我。」女神這樣警告阿多尼，然後為她的天鵝套上軛，凌空而去。

可是阿多尼的男子氣慨不會細心聽取警告。獵狗無意中聞到嗅跡，憑氣味追蹤直搗野豬窩。野豬受驚，奔離巢穴。阿多尼的矛偏斜射中野豬的側腹。這野物開始發飆，一偏頭一扭鼻，咬出血淋淋的矛尖，是牠自己的血，然後死命追逐阿多尼。這青年驚慌逃生，可是野豬的獠牙深深刺進他的鼠蹊，把這垂死的少年擺平在黃沙地上。

天鵝驅駕凌空而行，維納斯輕車急馳，正在前往塞普路斯途中，老遠聽到這少年臨終的呻吟，急忙迴轉她的白天鵝趕來時路。她從高空看到他斷了氣，屍身仍在淌血。維納斯一跳落地，扯散髮束又解開束腰帶，握拳搥胸顧不得女神的風範。她怒斥命運[106]休想事事囂張，然後說：「阿多尼，我的悲傷將永誌人寰，世人將會年年重溫你死亡的情景。你的血將會變成花。既然妳，普羅瑟頻娜，曾獲准使仙女孟帖變形成為芬芳的薄荷[107]，那麼我的英雄，基尼拉斯的兒子，也蛻變一番，誰能夠說什麼閒話呢？」

她說著，在阿多尼的血灑下芬芳的瓊漿，血隨即發酵，就像雨水滴落在泥地激出氣泡。不到一個時辰，從血塊冒出一朵血紅的花，正是果實成熟時隱藏在柔軟外皮下的石榴顏色。可是這種花生命短暫，因為花瓣輕巧脆弱，容易從花梗脫落，所以被稱作風花：銀蓮花從風而生，又因同一陣風而花瓣萎地[108]。

---

[106] 命運：見注58。

[107] 冥后普羅瑟頻娜發現冥王和孟帖（Minthe）的姦情，使後者變形為薄荷。薄荷的英文為mint，即是源自拉丁文的ment(h)a（希臘文作menta）。

[108] 銀蓮花：anemone，英文、拉丁文與希臘文拼法相同，是約120種多年生植物的通稱，俗稱風花，因其花似為風（anemoe）所吹開。

佩措尼烏斯（?-66）《羊人書》

　　諷刺是羅馬作家創造出來的一個文類，也是羅馬作家對歐洲文學最可觀的貢獻，佩措尼烏斯（Petronius）則代表羅馬散文諷刺體裁的最高成就。然而，我們所能讀到的佩措尼烏斯卻只是一部長達二十卷的作品當中兩卷的殘篇。這一部作品叫*Satyricon*，甚至連這個標題的意義也困擾過皓首窮經的學者。早期的看法認為該標題源自拉丁文的*satura*，「雜燴，混合文體」，影射書中駁雜的題材和散韻錯雜的文體（Heseltine xii）。像這樣把"Satyricon"和*satyra*（拉丁文「諷刺詩」）掛鉤，不但沒有字源學的根據，而且有倒果為因之嫌，涉獵過中國文人小說的讀者甚至可能覺得小題大作——章回小說多的是插曲式散文敘事中大量穿插詩詞。比較令人信服的一種說法追溯到羅馬作家因襲希臘小說家命題的慣例："satyricon"在希臘文拼作*saturikon*，是*saturika*的屬格複數形態（文法上所謂屬格〔genitive〕，如見於英文中用來表示所有或來源之介係詞片語中的受格名詞），意為「來自Satyrs的」，不言自明而省略的名詞是*liber*（「書」）。換句話說，佩措尼烏斯的標題就是"A Story from the Land of the Satyrs"，「來自羊人國度的故事」（Holzberg 63-64）。筆者在《西洋文學概論》譯作「浮沉解頤錄」，是根據舊解，現在正名為「羊人書」。

　　前述的正名有助於釐清佩措尼烏斯在文學史上的定位。他寫的是諷刺作品，這無庸置疑，可是《羊人書》獨缺羅馬諷刺作家一貫具備的道德——哲學立場。物慾橫流的羅馬社會只是他的素材，他諷刺的矛頭主要是針對當時所流行描寫化外仙境的傳奇作品。一如塞萬提斯的《唐吉訶德》呈現騎士理想在現實世界的窘況，佩措尼烏斯呈現的是愛情理想在現實世界的窘況。筆者將另有機會申論《羊人書》是一部諧擬（parody），目前只提示一點就夠了：愛情固然可以有理想的一面，如龍戈斯的《達夫尼斯與柯婁漪》即是，不過在現實世界揚威的是情慾，而「情慾」一詞中的「情」只是個形容詞，重點所在是「慾」——其間的差別幾乎就是浪漫傳奇與寫實小說的分際。

〈以弗所一寡婦〉出自《羊人書》111與112兩節，是老詩人Eumolpus為了證明女人水性楊花的論調，說來解悶的。故事本身在公元前一世紀就流通甚廣，十二世紀以後益形知名（Heseltine 269n），即使獨立成篇也不愧為短篇小說的精品。故事結束後，第113節是聽眾的反應：女人羞紅了臉，以水手為主的男人一陣哄堂（參見荷馬〈捉姦記趣〉324-7），船長則義憤填膺，說：「總督如果公正，就應該把丈夫的屍體擺回墓窖，把寡婦釘上十字架。」結果，這樣的一個男人在隨後的一場風暴中「殉難」（114節）。

以弗所一寡婦（111、112節）

　　從前在以弗所[1]有個結了婚的女人，事夫蘭心玉質無人不曉，鄰近鄉鎮的婦女絡繹於途，只為了進城瞻仰這人間奇女子。然而，人難免旦夕禍福；有一天，她的丈夫去世了。這女士覺得，按照習俗在出殯行列當眾散髮搥胸仍不足以表達內心的悲痛，因此硬要追隨屍體入墳。那是希臘式的墓窖，她要親自在裡頭守屍，日夜以淚洗面號啕痛哭[2]。

　　她的悲慟無以復加，眼看就要餓死在裡頭，連她的父母也無法說動她走出墓窖，最後甚至勞駕父母官出面也照樣吃了閉門羹。長話短說，

---

[1] 以弗所：Ephesus，古希臘愛奧尼亞（Ionia）城市，在今土耳其境內，位於歐亞大商道的西端，又因發明貨幣而富甲一方。城內的阿特密絲（羅馬神話稱狄安娜）神廟名列上古世界七大奇觀，那是希臘殖民者將當地歷史悠久的自然女神信仰同化為阿特密絲，保留神廟重地卻冠以新名銜的結果，於公元262年哥德人劫城時被毀。以弗所的阿特密絲像除了棗椰果成串（見〈舊約・雅歌〉7:8注）這個豐饒女神的特徵，最引人住目的或許是西亞婦人的輪廓與東方神像的手勢。

[2] 拉扯頭髮又搥打胸膛，這是哭喪或表示悲痛的制式動作。約伯的朋友看到他無端受苦，「放聲痛哭，悲傷地撕裂了自己的衣服，又向空中、向自己頭上撒灰塵」（〈約伯〉2:12）；摩西告誡兒子「表示哀悼，不可蓬頭散髮，也不可撕裂衣服」（〈利未記〉10:6），可見此風一度盛行於希伯來社會。特洛伊王后看到而兒子赫克托（Hector）的屍體，當場「扯散頭髮，把亮麗的面紗盡量丟得遠遠的，／放聲哭號」，職業哭喪隊在靈床旁邊「帶領婦女唱輓歌」（《伊里亞德》22:406-7, 24:721）。埃及早在中王國末期（公元前18世紀）就有職業哭喪女子在送葬行列中搥胸頓足，抓泥土撒在頭上又塗在身上（顏224, 226）。職業哭喪者是東方特有的習俗（Willock 274）。鴻鴻導演，密獵者劇團演出的《三次復仇與一場審判——民主的誕生》，雖然是以當代背景改編希臘悲劇《奧瑞斯泰亞》，倒有個古意盎然的舞台動作：王后聽到兒子奧瑞斯（Orestes）的死訊時，整個人躺在地上翻滾哀號。筆者幼年聽過喪家遺族哭亡，雖無前述誇張的動作，但聲情語調之哀婉，頗有古風，而且即興唱出的悲悼歌，比起告別式的誦祭文，精采多矣，如今回想，頓然體悟「迴腸盪氣」這成語的寫真程度。

以弗所城內上上下下沒有一個人不為這天下無雙的女人悲嘆痛惜的，尤其是這女士食不沾唇已整整過了五天。她日益消瘦，身邊只有一個丫鬟分擔她的悲傷，為她添油點燈。事實上，全城老少根本沒有置喙的餘地，大家不分貴賤終於異口同聲說，眼前看到的畢竟是鶼鰈情深以身相許的活榜樣。

就在這時候，總督下令將幾名搶匪釘上十字架處死，地點正巧在這女士哭悼亡夫的墓窖附近。因此，次日晚上，奉命看守十字架以防搶匪屍體被盜入葬的阿兵哥不期然看到墓窖有亮光，又聽到一陣陣悼亡的呻吟，好奇心油然而生。他想知道是什麼人在幹嘛，於是走進墓窖。

絕世美女赫然出現在眼前，他一時腳底生根，驚慌之際以為是幽靈現身。接著看見一具屍體，還有美女臉上的淚珠和雙頰一條條清晰可辨猶帶血絲的指甲痕，他總算恍然大誤，原來是有個寡婦痛不欲生。

這衛兵轉身取來自己那一份聊勝於無的晚餐，回到墓窖，央求這女士節哀順變，不要糟蹋了天生的麗質。人生自古誰無死？衛兵提醒她，到頭來兩腿一伸，大家的歸宿都一樣。總之，他彈盡老調無非是勸未亡人保重，千萬不要哭瞎了眼、抓破了臉或傷碎了心。他好言相勸不受歡迎，反倒是火上加油，寡婦搥打自己的胸膛更猛烈，頭髮連根拔，拔起來的頭髮就散落在屍體上。阿兵哥不為所動，兀自循循善誘要她吃點東西。那丫鬟禁不起──這一點我敢確定──撲鼻的酒香，對好意的邀請心軟就伸手，張口就吃喝。酒足飯飽，她開始鼓動簧舌，數說女主人冥頑不靈。

她問女主人：「就算妳餓昏了頭，又得著什麼好處？妳活生生的一個人，命未該絕，幹嘛非要把自己活埋？維吉爾是怎麼說的：

　　妳以為死人的骨灰或魂魄能感受妳的悲傷[3]？

沒這回事。振作起來吧。看開來，甩掉這些女人家的顧忌。趁妳還年輕，不要辜負美好的人生。睜大眼睛看看妳丈夫這一具臭皮囊，不是勝過勸妳要珍惜保重的千言萬語嗎？」

當然啦，肚子餓了就得吃，人生就是要活下去，更何況有人在一旁敦促。我們說的這女士並不例外。夜以繼日齋戒那麼多天，她弱不禁

---

[3]　維吉爾：羅馬帝國民族史詩《埃涅伊德》的作者，引文出自該詩4:34（本書有選譯），但是「憂慮」被改成「悲傷」。

風，防線終於崩潰，伸手接過阿兵哥的食物，狼吞虎嚥下肚，不讓丫鬟專美於前。

這下可好，各位都知道飽暖思的是什麼慾。所以嘛，就像他當初說盡好話勸這女士活下去，阿兵哥再度狠下心，現在要全力圍剿她的操守。她的貞節雖然有耳共聞，卻無法面對翩翩阿兵哥而視若無睹，更何況他能言善道使她無法裝聾作啞。丫鬟倒也善體人意，極盡順水推舟之能事，好像在吟誦疊句，再三重覆維吉爾的詩行：

> 現在愛情討妳歡心，妳要抗拒愛情？
> 難道妳忘了妳落腳的地方是誰的[4]？

長話短說，這女士的身體很快就給擺平了。她屈服了，我們這個如魚得水的阿兵哥則是左右逢源全面凱旋。就是那天晚上，他們在墓窖裡歡度洞房花燭夜。第二天晚上如法泡製巫山雲雨，第三天晚上再一次溫存，當然是關上墓窖的門。因此，路過的人，不管認識的或不認識的，都認定貞節夫人追隨亡夫於黃泉。

各位不難想像，我們的阿兵哥是個幸福又快樂的人，陶醉在美嬌娘的溫柔鄉，享受那偷來的洞天福地。每天晚上，太陽一下山，他就帶著菲薄的薪餉所能供應的一切好料溜進墓窖。

一天夜裡，伏法受刑的一個搶匪的父母發覺衛哨有機可乘，趁著我們的男主角擅離職守的時候，偷走兒子的屍體去下葬。到了天亮，這阿兵哥發現一具屍體從十字架上不翼而飛，一陣驚恐，急忙奔回墓窖，把自己怠忽職責即將面臨的酷刑告訴枕邊人。他接著說，與其等待軍法審判，他寧可現在就自行了斷。他臨終前唯一的要求是，請這女士在墓窖裡挪出空位，好讓愁雲慘淡的小天地同時容納丈夫與情夫。

坦白說，我們這女士溫柔體貼不下於冰心玉潔。她當場失聲尖叫：「老天有眼，怎麼容許我這輩子僅有的兩個愛人同時橫屍在眼前。沒這個道理！我告訴你，死人營生遠勝過活人送死。」說完，她下令把丈夫的屍體從棺材裡抬出來，吊在空十字架上。

恭敬不如從命，阿兵哥順了她的遠見。第二天早上，全城一片錯愕，搞不懂死人憑什麼本事爬上十字架。

4　《埃涅伊德》4:3 8-9。

阿普列烏斯（約124-170）《金驢記》

　　奧維德的《變形記》以史詩體裁描寫變形經驗；阿普列烏斯（Lucius Apuleius）也寫了一部《變形記》，是以佩措尼烏斯《羊人書》的浪子小說（picaresque novel）體裁寫人性的蛻變——奧維德的變形僅止於外觀的改變，佩措尼烏斯的變形則是人性本質的脫胎換骨。由於奧古斯丁意識到晚出的《變形記》所寫驢子變形的故事有可貴之處，遂以「金驢」稱呼，別稱從此與原題齊名。為了便於區分，權且以「金驢記」代稱。

　　奧維德傳給後世一座神話的寶藏，在他的變形世界創造了詩人音樂家的原型，那是西洋文學史的秘密花園；阿普列烏斯在羅馬帝國的土壤呈現北非的民俗信仰，當中穿插了意義之豐富足以比美夏娃食禁果的一則神話，即丘比德與賽姬的故事。這個故事出現在《金驢記》（*The Golden Ass*）4卷28節至6卷24節。

　　《金驢記》是第一人稱的觀點，敘述者魯基烏斯（Lucius）對現實世界意興闌珊，卻著迷於法術的虛幻世界。他學法術未竟其功，陰差陽錯變成一頭驢子，輾轉流離。雖然外觀變成一頭驢子，他仍然保有人的本質，包括人的意識與情感。可是大家都認定他是驢子，因此在他面前的言行無隱無忌：他因別人只看到他的假象而見識到人世百態的真相。如此便利又深刻的「洞察力」使他苦不堪言，後來得到伊希絲（見奧維德〈紅毯兩端的距離〉注71）指點才變回人形。他擺脫「驢眼觀點」之後，當然也失去了他在「人間煉獄」所具備的「洞察力」。不過，正如故事結尾所揭示的，藉宗教與哲學的助力，人還是有能力認清自我的本來面貌，甚至超越原本的自我。

　　世界文學史上難得見到質疑人的知覺能力如此犀利的作品。一如佩措尼烏斯，阿普列烏斯的道德立場隱而不顯，是透過獨特的文體呈現的。他的冷眼觀察處處流露熱心腸，他逗趣的文筆難掩嚴肅的態度。魯基烏斯是因為好奇而惹禍上身，他好奇的對象是法術，而法術就像其他任何知識，包括性知識，是《舊約》所稱的「善惡知識」，可以為善

也可以為惡，是集一切知識之大成。一如夏娃、潘朵拉與賽姬，他是偷窺禁忌的受害人，不過他是男性。男性有男性共通的命運：他和偷嚐禁忌知識的浮士德一樣，唯有在尋得永恆的愛才能為自己的好奇贖罪。不過，另外值得一提的類比例子是《羊人書》的敘述者恩寇皮烏斯（Encolpius），他因為誤闖男人的禁地而受到女人的懲罰，從此不能人道──這在希臘悲劇（尤瑞匹底斯的《酒神女信徒》）已有前例，不同的是，神話世界是以人命為代價，情慾世界是以陽痿為代價。傳奇的世界別有準則：愛情要求絕對的信心，愛心容不下雜質。賽姬在好奇心的驅使下打破禁忌，愛神丘比德隨即遠走高飛。賽姬尋愛的過程不單純是為了違背誡令之舉贖罪，更是經歷奧斐斯無法想像而魯基烏斯親身體驗的自我的蛻變。有情人終成眷屬的結局說明了這個故事的童話本質：賽姬是上古時代的灰姑娘。

豈只是有情人終成眷屬。賽姬不只是成為丘比德名正言順的妻子，甚且獲賜永生，成了女神。有人從寓言（allegory）或象徵的角度解讀這個故事，這容易理解：丘比德的拉丁名是Cupido，又名Amor，希臘文作Ερος（Eros），這三個字作普通名詞都是「愛慾」或「情慾」的意思，賽姬則是Ψυχή（Psyche），希臘文「靈魂」（拉丁文是anima），他們的結合是希臘與羅馬聯姻的最佳拍檔，愛情的結晶是個女兒，名叫Voluptas，「歡樂」。雖然賽姬的蛻變引人聯想柏拉圖學說（特別是 *Phaedrus*），但是更容易引起一般讀者共鳴的或許是癡情與愛美的心理以及婆媳（維納斯與賽姬）的衝突，尤其是獨生子兼單親家庭的婆媳心結。不論如何，靈和慾從此應該是從此永遠過著幸福快樂的日子。

然而，就情慾史觀而論，這個故事最引人注目的是性感新視野的展現：不同於維納斯之美以激發性愛為第一要義，賽姬之美在生育原則之外另起爐灶。賽姬的異性緣停駐在「欣賞」的層次，欣賞者不必然要有下一步的動作。這無異於宣告「為欣賞而欣賞」這個現代性感觀的誕生，影響所及，女性愛美也不必然是為了吸引異性，越來越多的是打扮讓自己高興。雖然賽姬在追尋之旅將近尾聲時盜用美容霜是傳統定義的「女為悅己者容」（女人為喜歡自己的人美容），她的身體美卻可以穿透衣服的包裹（不像維納斯一貫訴諸裸體美），為天下男男女女開啟「為悅己者容」的新定義：美妝可以只是為了讓自己高興。大母神的階段性任務已完成，是可以功成身退了。英雄從此叱吒歷史舞台，賽姬也只有步踵英雄之旅才能完成她的追尋。

尋愛記：丘比德與賽姬（4:28-6:24）

〔第四卷〕

〔28〕從前有個城裡住了個國王和王后，他們有三個如花似玉的女兒。老大和老二雖然漂亮，用世俗的語言盡情讚美總還不至於離譜，老三閉月羞花、貌賽天仙的姿容卻是世間絕無僅有，想要加以形容必定詞窮。城內四處流傳她沉魚落雁之美，聽說的人不論遠近、老少，無不成群結隊專程前來欣賞，慕名瞻仰的人一個個驚訝得目瞪口呆，紛紛把右手移到嘴唇，食指擱在張開的拇指上[1]，又是膜拜、又是祈願，彷彿她就是維納斯本人。傳言很快就穿透鄰近的城市裡裡外外，說什麼誕生於湛藍深海而成長於飛沫浪花的女神[2]如今混跡人群，沿途佈施她的恩典魔力；要不然就是天降新的生命汁，不是滴在海上，而是落在陸地冒出另一個維納斯，天生麗質花正開。

〔29〕日復一日，故事又彈又跳往四處蔓延，她的名聲傳越鄰近的島嶼，掃遍大片的陸地和多數的省份。許多人絡繹不絕，翻高山又越深海，長途跋涉就為了一睹人世勝景。不再有人像以往那樣，航海前往帕佛斯或尼多斯，甚至也沒有人去庫泰拉祭拜維納斯[3]。她的祭典一延再延，她的神廟殘破不堪，她的座墊被人踐踏，她的儀式被人疏忽，她的聖像不再有花圈，她的祭台荒廢蒙塵。人們轉而崇拜這女孩：他們試圖在一張人間女子的臉向法力無邊的女神求寵。每天早晨這女孩現身的時候，名義上供奉維納斯的祭品和獻禮都送到她面前，真正的維納斯卻沒人理會；她走在街上的時候，民眾敬獻花圈向她膜拜。

一個凡胎肉身的女子接受頂禮膜拜，儼然以本尊真神自居，如此不知檢點，真正的維納斯無法坐視。她忍不住滿腔憤慨，搖著頭自言自語：

〔30〕「看我，萬物的元始母神，元素的本根源頭，整個世界的豐產母親[4]，被逼得割讓我無上的榮譽給凡胎女子！我的聖名原本牢牢奠

---

[1] 表示讚賞的手勢，狀如現代女演員的「飛吻」。普林尼提到「瞻仰神明、對神像致敬時，我們吻右手，正面而立」（*Natural History* 28:2）。

[2] 維納斯誕生於海中泡沫，見赫西俄德〈愛神的誕生〉188-206行。羅馬神話的維納斯相當於希臘神話的Aphrodite，咸信其名源自*aphros*（泡沫）。

[3] 見奧維德〈愛神也痴情〉注101。隨後提到的「床墊」（pulvinaria）係公共祝典或神像出巡時所用。

[4] 律克里修（Lucretius, 98-55 B.C.）的《萬物源論》（*De Rerum Natura*）以呼告維納斯破

基在天界，如今被世間俗塵給污染了。難道我默默忍受奇恥大辱，讓遲早終歸一死的凡人分享神權，以我的模樣出入人群，自己卻遮遮掩掩躲在後頭？如果是這樣，那麼當年那牧羊人裁決我美貌絕倫勝過權勢如日中天的女神[5]豈不是空話？他的判決公平又公正，連至尊朱比特也寄予信任。這女孩，不管她是什麼人，她的光采超過我的榮譽，不會有快樂的，我很快就要她懊惱行不由正的美貌。」

維納斯劍及履及，立刻叫兒子過來，就是那莽莽撞撞的羽翼童子。他品性不好，從來不把法律和階級看在眼中，夜裡到處穿門入戶，火焰和弓箭不離身，破壞人家的婚姻，犯下最無恥的勾當依然事不關己，偏偏善行義舉一樣也做不來。明知這孩子天性傲慢不知檢點，維納斯還是拿話激他。她帶兒子來到那女孩住的城市，指給她看賽姬本人——賽姬就是那女孩的名字——原原本本告訴他賽姬與天神爭美的始末，又是哀怨又是憤慨，說：

〔31〕「看在母愛親情的份上，我懇求你，用你的弓箭射出甜美的傷痕，用你的火焰燒出甜蜜的焦灼，為你的母親報仇，痛痛快快地報仇，好好懲罰這女孩目中無神的美貌。只要把這事辦好，其他的就順其自然：讓那女孩死心塌地愛上最要不得的人，就是命運注定無財無德，世間找不出更卑賤、更悽慘的人。」

說完，她張開嘴唇深情長吻她兒子之後，這才踏出玫瑰足，腳踩顛簸的浪頭，凌泡沫啟程前往附近波洗潮拍的海岸——看！她在深海清澄的水面坐了下來。她心中一起個念頭，事情立刻就發生，彷彿她下過命令似的：海洋當下伏伏貼貼[6]。轟柔斯[7]的女兒們唱著歌聚攏過來，還有全身毛茸茸的波圖努斯[8]揚著一把海綠鬚，還有滿腹漁產的薩拉姬雅[9]，還有

題：「創世娘娘，羅馬世系的母親，／親愛的維納斯，地上的歡樂與天上的歡樂。」4:31描寫「海洋當下伏伏貼貼」則是《萬物源論》1:8-9的翻版。

[5] 牧羊人：帕瑞斯。與維納斯（希臘神話稱阿芙羅狄特）競美的兩位女神是天后朱諾（希拉）和戰爭女神米涅娃（雅典娜）。此處所指即是西洋文化史上「帕瑞斯審美」這個母題的典故。泰緹絲和佩柳斯結婚時，傾軋女神（Eris，羅馬人稱Discordia）在婚禮上丟下一個刻有銘文「歸至美所有」的金蘋果，這三位女神僵持不下，宙斯交由帕瑞斯裁決。金蘋果最後歸阿芙羅狄特所有，帕瑞斯因而獲得神助，擄獲斯巴達王后海倫的芳心，卻也因此引發特洛伊戰爭。

[6] 動念即成事實，這是傳統上用於描述宙斯的大能，此處表明性愛美神即母系信仰的至尊神。

[7] 轟柔斯：海神之一，洋川（見注30）與地母的兒子。

[8] 波圖努斯：Portunus，港灣與港口之神。

[9] 薩拉姬雅：Salacia，海神轟普吞努斯（希臘的波塞冬）之妻。

駕駛海豚車的帕賴蒙[10]。崔桐的子女[11]成群結隊匆匆忙忙跳水躍海而來，其中一個輕吹音色悦耳的海螺，另一個撑涼篷遮擋惡毒的陽光，還有一個持鏡舉在他的女主人眼前，其他的兩兩成雙套軛游水拉車。這就是護駕維納斯離陸入海的陣容。

〔32〕話說賽姬，她雖然知道自己美貌出眾，卻空有美名，並無實際的好處。人人以讚美的眼光向她注目，卻沒有人想要娶她，不要說是國王或王子，連平民百姓也沒有。他們欣賞她那只應天上有的姿容，這是當然的，可是那就像人們欣賞精雕細琢的石像。沒多久，她的兩個姊姊，她們比較中庸的美貌並沒有傳揚到世界各地，卻已先後接受王親的求婚，過著美滿的婚姻生活。唯獨賽姬還留在家裡，仍然小姑獨處，只能孤單飲泣，病體傷心。她恨自己那招來舉世賞心悦目的美貌。

女兒不幸，父親快樂不起來。他懷疑有什麼事惹得天妒神怒，前往米列托斯[12]請教歷史悠久的阿波羅神論。他禱過告，獻上祭品，請求這大能大德的神指點他如何為不幸的女兒找到如意郎君。阿波羅雖然是希臘神，而且是愛奧尼亞的希臘神，為了表示他喜歡這個米列托斯故事的作者[13]特地使用拉丁語傳達神諭：

〔33〕「高山斷崖遺閨女，
　　　　靈車柩衣穿上身；
　　　　凡胎夫婿不可期，
　　　　巨蟒郎君伴餘生。
　　　　野物噴火凌空走，
　　　　天神遭遇得禮讓；
　　　　揮劍翱翔無敵手，
　　　　幽冥世界也驚慌。」

這國王一度是個幸運的人，如今聽了神聖的預言，頓時消沉，滿面愁容打道回宮，把這不吉祥的神論指示向王后說明白。王宮一片愁雲慘

---

[10] 帕賴蒙：Palaemon，也是海神，只管轄特定水域，因此位階較低。

[11] 崔桐：Triton，薩拉姬雅的兒子，也是小海神，他的子女總稱為Tritons。

[12] 米列托斯：Miletus，小亞細亞愛奧尼亞（Ionia）的首府。米列托斯本是阿波羅的兒子，因被懷疑有竄奪王位之心而逃離克里特，在愛奧尼亞建立新城市，以自己的名字為城名。

[13] 即阿普列烏斯。

霧，悲嘆哭泣持續好幾天。可怕的命運行刑的日子終於迫在眼前。如今為這不幸的姑娘安排送葬婚禮的地點已準備就緒。如今婚禮火炬的光亮由於黑煙灰而變微弱。如今慶婚的笛樂旋律轉為哀怨的呂底亞調，歡天喜地的結婚曲變成悲悼哭泣的送葬曲。出閣的閨女一路用火紅的婚紗擦眼淚。為了這個飽受苦命折磨的家庭，舉城同悲，一切公務暫停，為的是全體誌哀。

〔34〕但是天意不可違，可憐的賽姬勢必要接受既定的懲罰。於是，在最悲傷的氣氛中完成這一場葬禮婚姻的儀式之後，活屍在全體民眾的陪伴下被領出家門。淚汪汪的的賽姬往前走，不是走在慶婚的行列中，而是走在為她自己送終的行列。她的父母因為這一件大不幸而無精打采，心事重重，想要半途而廢，倒是他們的女兒在敦促他們。

「怎麼，」她問道，「你們年紀這麼大了，夠不幸了，還要長期悲傷下去折磨自己？你們哭不停消耗自己的氣數，也是在消耗我的，何苦呢？幹嘛用一無是處的眼淚蹧蹋我擲地有聲的容貌？你們傷害自己的眼睛，同時也傷害了我的，這又何必？幹嘛拉扯你們的白髮？幹嘛搥打養我長大的胸膛[14]？難到這些苦難是我美貌出眾帶給你們的獎賞？出手無情的是居心不軌的羨慕，你們明白得太晚了。列國萬民把天神的榮譽往我身上堆的時候，一個聲音就讓他們全體對著我高呼維納斯再世的時候，那才是你們該哭的時候，那才是你們該為我哀悼的時候。現在我瞭解了。現在我知道就是維納斯的名字毀了我。就把我留在神諭指定的峭壁上。我迫不及待要進入這一場快樂的婚姻，迫不及待要見識我那名門出身的丈夫。他生來就是要蹂躪這整個世界，我幹嘛推拖閃躲？」

〔35〕這姑娘說過這些話，不再作聲。她隨著伴行的人群，踏出堅定的步伐。來到神諭指定的斷崖，剩下她孤孤單單在山頂。他們沿途照明用的婚禮炬，如今被淚水給澆熄了，就留在現場，大夥兒低垂著頭走回頭路。她不幸的父母經過這一場大劫數，從此足不出戶，終餘生不見天日。

賽姬在峭壁巔驚魂未定，渾身顫抖哭不停。這時西風[15]輕吐氣息送來和風，把她衣裳的兩側鼓得飽滿像浪峰。祥和的氣流從崖頂順著峭坡，飄送她緩緩降落在山谷的一片花床茵草地。

---

14 見佩措尼烏斯〈以弗所一寡婦〉注2。

15 西風：擬人格而為西風神。

〔第五卷〕

〔1〕賽姬躺在遍佈露珠的青草茵床上，心曠神怡，渾身舒暢。心境已得安寧，她沉沉入睡，一覺醒來益覺神清氣爽。她安詳睜開眼睛，一片參天巨木映入眼簾，中央一泓晶瑩別透的清泉。

在樹叢中央活水溪的旁邊有一座宮殿，鬼斧神工非人力所能及，一望可知是什麼神的華宅。枸櫞木和象牙精工雕成的藻井[16]天花板，由金柱挑高支撐。整個牆面覆上一層銀浮雕，野獸成群結隊在有人進門時注目相迎。用這麼精巧的手藝製作這麼多銀質動物，那必定是個奇人，或半神，甚至是神。甚至連地板也是用寶石切割而成的細片拼成種種圖畫。兩腳踩在珠寶玉石之上，人間哪來這樣的福氣！整個房子長長寬寬都一樣，都是無價之寶，而且牆壁全是純金砌成，光閃明耀，竟使得屋子本身發出日光，即使太陽不露臉也一樣。

〔2〕賽姬在美崙美奐的景象吸引之下，不知不覺越走越近，越走越大膽，跨過了門檻。她渴望欣賞這一切的美，要仔細端詳眼前的每一樣物件。她的眼光掃到宮殿另一邊的儲藏室，一等一的手藝建造的，積珍聚寶堆得高高的，應有盡有。比這些數不清的寶貝更使她驚訝的是，竟然沒有鐵鍊、沒有鎖、沒有衛兵守護集世界寶藏之大成的庫藏。她滿心歡喜在瀏覽觀賞的時候，四下無人竟然傳出聲音。這聲音對她說：「有必要驚嘆這裡的富麗堂皇嗎？夫人，這一切都是您的。到您自己的房間去吧，好好睡個覺養養神，要洗澡也請便。我們，您聽到的這些聲音，都是您的僕人，隨時聽候差遣。您恢復精神之後，豐盛的晚餐等著您。」

〔3〕賽姬感覺到天恩神寵的福澤。遵照這沒有形體的聲音的建議，她找到自己的房間，先睡個覺再洗過澡，疲勞全消，精神百倍。突然間，她看到身邊升起一個半圓形的平台，從擺設來判斷應該是為她準備晚餐，她也就不客氣坐了下來。這一坐，美酒佳肴隨即一道接一道，並沒有人在現場侍候，只有氣息托著杯盤送到她面前。她沒看到半個人影，只聽到喃喃細語從什麼地放方擴散而來；她的僕人只是聲音。盛筵過後，有個看不見的人進來唱歌，另一個彈琴，也是隱形的。接著，宏亮的旋律傳入她的耳朵，雖然沒有人形現身，顯然可知是歌隊。

---

[16] 枸櫞木：citron，芸香科常綠灌木或小喬木。藻井：天花板或拱頂上作裝飾用的一系列凹入的方形或多角形格子。

〔4〕餘興節目過後，晚星催促賽姬上床休息。夜深了，一陣溫柔的聲響傳入她耳中。孤伶伶一個人，她害怕貞操難保。她發抖打顫，尤其害怕自己一無所知的事。現在她尚未顯露真面目的丈夫來了，爬上了床，和賽姬成親了，又趕在天色破曉前匆匆離去。候傳的聲音立刻在臥室待命，隨時準備服侍已結束處女身分的新娘。事情就這樣持續好長的一段時間，習慣成自然，新處境也有歡樂，神秘的聲音為她的孤單帶來慰藉。

這時候，賽姬的父母禁不起悲傷催老，他倆的哀愁很快傳遍四境。她的兩個姊姊也聽說了這一切，急忙辭別夫家，滿懷悲戚趕往娘家探問。

〔5〕當天晚上，賽姬的丈夫——她雖然看不到自己的丈夫長什麼模樣，卻能夠憑觸覺和聽覺認識他——對她說：「賽姬，我最親愛的太太，殘酷的命運對妳虎視耽耽，致命的危險迫在眉睫，我要提醒妳嚴加防範。妳的姊姊認定妳死了，方寸大亂，很快就會來到那懸崖尋找妳的縱跡。妳如果碰巧聽到她們的哭喊，千萬別回話，甚至連看也不要朝聲音的方向看一眼。」

她點頭同意，答應聽從丈夫的意願。但是，丈夫和夜晚雙雙溜走之後，她整天以淚洗面，一再哭訴自己如今是真的徹徹底底死了：囚禁在這豪華的監牢，沒有人可以交談訴苦，甚至連姊姊在哀悼她的時候也不能幫忙，而且還有更糟糕的，她甚至不能看他她們。她澡也沒洗，飯也沒吃，水也沒喝，倒是痛痛快快哭了一場入睡。〔6〕她的丈夫即時回床，比往常早了些時候，伸手抱她，發覺她還在哭，就罵她。

「我的賽姬，妳是這麼答應我的嗎？」他問道：「我，妳的丈夫，現在要期望妳什麼？要懷抱什麼樣的希望？妳整天整夜這樣不間斷折磨自己，甚至在做愛的時候也是一樣。好吧，隨妳高興怎麼做，妳要跟自己過意不去。等到妳開始後悔來不及的時候，只要記得我誠心警告過妳的。」

她於是提出懇求，還以死相逼，討價還價直到丈夫順從她的心願：她盼望見姊姊一面，也好當面撫平她們的憂愁，跟她們聊聊。他終於通融新娘子的懇求，還允許她拿黃金或珠寶盡情贈送。不過，他再三警告她，還經常語帶威脅，絕對不能屈服於她們勸告她探察丈夫長相的壞心腸。否則，她的好奇會招來天譴，她的運氣也會全面逆轉，再也享受不到他的擁抱。

她謝過丈夫，破涕為笑，說：「我寧可死一百次，也不願意被剝奪你甘甜的愛撫。我愛你，熱情崇拜你，不管你是什麼人，我把你當成自己的靈魂，甚至不想拿丘比德來跟你相提並論。不過，我有個要求，希望你能成全：叫你的僕人西風送我姊姊到這兒來，就像他當初送我來到這裡。」說著，她開始投送香吻，甜言蜜語堆又砌，四肢並用糾纏他，口口聲聲「我的蜜糖」、「我的丈夫」、「你的賽姬甜蜜蜜的靈魂」這一類的迷魂詞。她的丈夫禁不起軟語功的力道和酥骨勁的強度，勉為其難順她的意，允諾她所有的要求。白日將近，他從妻子的懷抱消失。

〔7〕這時，她的姊姊問清楚了賽姬被遺棄的地點，一路趕往斷崖的所在，開始哭，哭到眼腫，不斷捶胸直到石塊和山壁發出共鳴，迴響她們的哀號。接著她們開始呼叫妹妹的名字，悽屬徹骨的聲音順坡下滑，直到賽姬心痛如絞，渾身顫抖著跑出住處。

「何苦跟自己過意不去，」她大聲喊道：「這樣子悲哭傷身？我，妳們哀悼的人，就在這裡。別再哭喊了，擦乾被眼淚浸泡太久的臉頰，因為妳們現在就可以擁抱妳們為她傷心的人。」

接著她召喚西風，提醒丈夫的指示。西風隨即從命，輕柔送出一陣和風，把她們承托起來，載往目的地。一落地，她們又抱又吻的，好不熱絡。她們太高興了，方才安撫下來的眼淚又蠢動了。

「現在進我家去吧，」賽姬說，「快快樂樂到我家，好讓妳們的賽姬為兩個姊姊壓壓驚。」

〔8〕說著，她帶頭走進豪華絕倫的黃金屋[17]，讓她們見識到應答聲此起彼落的一大群聲音僕人。洗過奢華浴又用過絕塵餐，疲勞全消，也看飽了如假包換的天府之富，她們羨慕心起，開始在心坎深處培養嫉妒。於是，其中一個開始盤問，問得仔細問不停。這些天物的所有人是誰？她的丈夫是什麼人？他是個怎樣的人？賽姬絲毫沒有違背丈夫的命令，也沒有洩露心中的秘密，但是靈機一動，他假稱丈夫是個俊美的年輕人，剛開始長鬍子，大部分的時間在山林野地打獵。隨後，唯恐言多必失，她送給她們許多珠寶金飾，急忙喚來西風立刻帶她們回去。

〔9〕交代的事立刻照辦。這兩個有身價的姊姊回到家，妒向膽邊生，開始咬舌頭，舌頭越咬則心眼越小，心眼越小則妒意越高漲，兩姊妹給消磨得好不悽慘。

---

17 尼祿在羅馬的華宮也被稱作「黃金屋」（Hanon 265n引Suetonius, *Nero* 31）。

其中一個說：「瞎了眼又沒心肝的命運，不公不義！我們三個女兒，同樣的父母生的，竟然這樣不同命，這樣你就高興了嗎？真是的，難道我們當姊姊的就活該像奴才一樣給遣離家門國境，交給外國的丈夫去擺佈，像亡命之徒那樣永別父母，而她，年紀最小，是母親疲憊的子宮最後生下來的，卻活該擁有一切財富，還嫁了個神仙丈夫？她甚至不曉得怎麼運用那金山寶礦。妳可知道她的屋子裡擺了多少珠寶，貨色有多好？那些金光閃閃的衣服，亮麗耀眼的寶石，腳底下踩的都是金子，妳看到沒？她說她丈夫是個俊美的年輕人，如果真是那樣，那麼全世界沒有比她更幸福的女人了。要是他們的愛心不變，情意永篤，說不定她那神仙丈夫還會使她成為女神。準錯不了，我敢說！她那副德行分明就是打這樣的主意。瞧她使喚聲音僕人，又對風下命令，那個女人已經在望天盼神座囉。可是，看我多可憐！拖了個丈夫比父親還老，頭頂比南瓜還光溜，隨便一個小孩子都比他力氣大，整個屋子不是鎖門閂就是綁鐵鍊。」

〔10〕另一個表示同感，接口說：「我哪，我得忍受一個年紀加倍的丈夫，他被關節炎壓得挺不直腰桿，因此幾乎不曾對我行維納斯之禮[18]。總是要我按摩他扭曲僵硬的手指，我的細皮嫩肉就這樣又紅又腫，嗆鼻的藥膏味整天散不掉。沒有機會當個盡責的妻子也就算了，我還得兼顧醫生操勞的角色。打開天窗說亮話，要用什麼樣的耐心和奴性來容忍這件事，我覺得是操在自己。記得她那高不可攀的神情吧，對待我們何止是目中無人，愛現愛吹牛，傲心像水腫，丟給我們的不過是她全部財寶的九牛一毛，居然還心不甘情不願。接下來呢，嫌我們煩了，二話不說就下起逐客令，一口氣一陣風就把我們給打發了。要是我沒有整得她家破財散，我這輩子誓不為女人，把命也豁出去算了。如果妳也被這樣的侮辱給咬痛了——妳是應該被咬痛了——我們不妨聯手想個萬無一失的計畫。不要讓爸媽或其他什麼人看到我們帶回來的東西，甚至不要讓人知道她還活著。我們看到讓自己看了感到懊惱的東西也就夠了，何苦再對她的父母和整個世界張揚她的風光。來路不明的財富沒什麼好風光的。該讓她明白我們是她的姊姊，不是她的女僕。所以，我們這就回老公家去，回那豪華不足卻體面有餘的火塘[19]。等到深思熟慮有了成果，我們再來懲罰她的傲氣。」

---

[18] 維納斯之禮：周公之禮。

[19] 火塘：家庭的象徵。

〔11〕這個惡毒的計畫對這兩個惡毒的女人來說似乎是好主意。她們藏起所有貴重的禮物，然後扯亂頭髮，抓破臉頰——這正是她們應得的下場——開始做假，重頭來一次哭亡悼喪。就這樣，她們很快揭開父母的舊傷疤，也嚇壞了他們。接著，她們瘋心為病，急忙回家設計無恥的勾當，甚至鬧出人命也在所不惜，只為了要和無辜的妹妹作對。

這時，賽姬那素未謀面的丈夫在黑夜跟她說話時，又一次警告她。「妳可知道妳的處境有多危險？」他問道，「命運正在生火，現在距離還遠，可是會很快逼到身邊攻擊妳，除非妳時時刻刻提高警覺。那兩個奸詐的女人千方百計設圈套要對付妳，主要的目的是說服妳探查我的真面目。就像我一再告訴過妳的，妳如果看了，你就再也看不到了。所以，如果那兩個人妖帶著壞心眼又來找妳——我知道她們會來——妳一定不能跟她們說話。如果妳因為自己的純真與心軟而做不到這一點，那麼起碼，如果她們跟妳談到妳的丈夫，妳不要聽也不要答腔。妳知道的，我們就要多個伴出來，妳的肚子懷了我們的寶寶，是人是神還說不準。如果妳守得住我們的秘密，那小孩會具備神性，可是如果妳褻瀆天機，那就只是個凡胎。」

〔12〕這消息使得賽姬心花怒放，想到自己生出神子就喜上眉梢，她浸淫在孩子日後的榮耀，母親的美名使她陶醉。她熱切計算懷孕的天數和分娩的日期；畢竟是頭胎，她對於生產一事毫無所知，只是驚訝那麼輕輕一刺，她那肥沃的子宮竟然就膨脹得渾圓生姿。

可是作孽人間的憤怒鬼[20]已經揚帆，正噴吐惡毒加速結怨。那無從捉摸的丈夫再一次警告賽姬：「危急的日子，大難的時刻，妳們女性的壞心眼，妳們積怨的血緣，已經衝著妳拿起武器：她們破釜沉舟，誓師過了，已經發動攻勢了。現在妳那兩個壞心眼的姊姊已經抽劍出鞘，就要刺妳的喉嚨。我最甜美的賽姬，我們可是大難當頭啊！可憐可憐妳自己，我也一樣。妳一定要堅決，一定要克制妳自己，這樣才能挽救妳的家、妳的丈夫、妳自己和我們的小寶貝免遭虎視眈眈的毀滅。那兩個惡毒的女人——她們這樣懷恨積怨，這樣踐踏血緣，根本不配為姊姊——她們像人鳥妖[21]在峭壁上探頭，石壁在迴響她們要命的歌聲時，妳不要看她們，不要聽她們。」

20　憤怒鬼：Furies，即通稱的復仇女神，蛇髮纏頭，逢有命債待索則離開幽冥世界。

21　人鳥妖：Sirens，半人半鳥，盤據崖頂唱迷魂歌蠱惑水手納命（《奧德賽》12:165-200）。

〔13〕啜泣聲使得賽姬說話含糊，她答道：「前一陣子，我認為你是在試探我的忠誠和謹慎，現在又來了，要驗證我的決心。儘管下命令給你的僕人西風。讓他履行他的責任。至少讓我看看我的姊姊，算是補償你禁止我窺探你的容貌。我求你，憑你這一頭散發肉桂香[22]的鬈髮，憑你這兩片和我一樣渾圓有彈性的臉頰，憑你這暖流源源不絕的胸膛，我求求你，就像我從我們那還沒出生的孩子至少有希望知道你長什麼模樣，你就讓一步嘛，讓步給一個滿懷焦慮的懇求者洋溢愛情的祈願，讓我重溫姊妹情。讓你心誠意篤的賽姬重享靈魂的喜悅。我再也不會追問你的長相。即使現在入夜漆黑使我害怕，我也不追問，因為我擁有你在我的懷抱裡，你就是我的光。」

禁不起她的甜言蜜語和柔軟攻勢，她的丈夫擦乾她的眼淚，同意了她的要求，隨即趕在新生的白日放射曙光之前離去。

〔14〕這兩個姊姊沆瀣一氣，急於遂行陰謀，過娘家而不入，搭船走水路不要命似的奔往那斷崖。到了崖岸也沒有耐心候風，奮不顧身就往下跳。一向敬謹從事的西風雖然不情願，還是送出一陣風接住她們，載落地面。她們三步併作兩步，毫不遲疑闖進賽姬的家門，並肩抱她們的獵物。憑面具隱藏深不見底的城府之後，她們開始灌迷湯。

「賽姬啊，」她們說，「妳現在就要當媽媽了，不是以前的小賽姬了！想想看，妳的小袋子為我們負荷什麼樣的寶貝！妳會為我們家帶來多大的榮耀！我們多麼幸運！將來撫養這個金寶貝，我們會多麼歡欣！如果他長得像爸爸媽媽——說來是應該的——那麼漂亮，那不就是丘比德再世！」

〔15〕虛情假意逐漸侵入姊姊的心。片刻的休息消除了旅途的疲勞，熱水澡的蒸氣恢復了精神。賽姬在餐廳擺出山珍海味款待她們，又安排抱琴演奏助興，後來連笛子演奏和歌隊演唱都上場了。這一切表演盡善盡美，連個人影也沒有，卻讓聽的人洗塵寬心。可是，連這麼怡情悅性的音樂也安撫不了這兩個工於心計的女人歹毒的心思。她們開始花言巧語，用家常話挖陷阱又設圈套，隨口追問她丈夫的種種：他是什麼樣的人啦，出身如何，成長的背景怎麼樣等等。心眼單純的賽姬忘了自己先前說的話，編了個不同的故事。她說她丈夫是鄰鄉的人，生意做得很大，中年，開始長白頭髮了。賽姬不想多談，趕緊塞給她們大包小包的名貴禮物，託風送她們回家。

---

[22] 肉桂的樹皮可製香料，幽香而味甘，在古代比黃金貴重，埃及用於屍體防腐與巫術。

〔16〕西風輕輕托舉，送她們回家。一路上，她們冒著火討論眼前的局勢：「那個蠢女孩撒了瞞天大謊，我們就這樣認了不成？上一次說丈夫是個年輕人，剛開始長鬍子；這一次說他是中年人，開始長白頭髮。這麼短的時間，突然變老，他到底是什麼人？只有一個答案，那個壞女人要不是在耍我們，就是根本不曉得她的丈夫長什麼模樣。不管怎麼樣，總歸一句話，必須儘快使她和那一大筆財產分道揚鑣。如果她沒見過丈夫的面，那麼她必定是真的嫁給了神，那麼她肚子裡懷的也是神。如果——天神饒了我吧——她成了神子的母親，我立刻綁個繩結自己了斷。現在，我們先回娘家，好好編一幅可以比美我們舌粲蓮花的欺心織錦圖。」

〔17〕她們氣在心頭，沒大沒小的跟父母打過招呼，挨過輾轉反側的一個晚上。一大早，這兩個該死的女人就奔往懸崖。從那兒，她們像往常一樣得風力之助，這一回卻是狠狠地掃坡而降。然後強揉眼皮硬擠出淚水，對賽姬耍詐，說：「妳不知死活，身在仙境福地，不曉得大難就要臨頭，對自己的危險這樣掉以輕心。我們一個晚上沒睡覺，就是掛念著妳，為了妳的劫難受盡折磨。我們現在知道真相了，既然要跟妳共患難，我們不能瞞著妳。那是一條大蟒蛇，身上纏了好幾個節，血淋淋的脖子滲出劇毒，張著大嘴巴，每天靠夜色掩護睡在妳身邊。妳還記得皮緹雅神諭[23]吧？神諭說妳注定要嫁給兇殘的野物。還有一些農夫和在附近打獵的人，還有許多鄰近地區的居民，都看過牠在傍晚的時候出來覓食，在附近的河岸逗留。

〔18〕他們異口同聲說，他不會一直這樣讓妳養尊處優，而是等妳懷孕期滿，臨盆之後就把妳吞下肚。好好考慮，現在該是妳作個了斷的時候了。妳是要聽姊姊告訴妳的話，趨吉避凶跟姊姊同享安樂呢？還是喜歡埋葬在猙獰妖怪的腸胃裡？如果這一片回音撩繞的荒野孤寂，或這一場臭氣薰鼻又危機四伏的天作之合以及一條毒蛇鬼鬼祟祟的擁抱，確實帶給妳快樂，那麼我們好歹也是盡了姊姊應有的情分。」

可憐的賽姬，她心地單純又耳根軟，聽了這樣陰森森的話，嚇得寒毛直豎。她六神無主，把丈夫的告誡和自己的承諾全忘得一乾二淨，就這樣一頭栽進劫難的深淵。她渾身顫抖，面無血色，張口結舌，好不容易才說出話來。

---

[23] 皮緹雅神諭：阿波羅神諭。皮緹雅是阿波羅在德爾菲神殿發諭所的女祭司的名銜。其實4:32提到本故事的神諭發自小亞細亞的米列托斯。

〔19〕她說：「親愛的姊姊，妳們說的有到理，不愧是我的好姊姊，多虧了妳們的姊妹情。我想告訴妳們這些事的人也沒說謊。我是真的沒見過丈夫的容貌，也不知道他的來歷。我只有在夜晚聽過他說話，還必須默默忍受完全不見天日而且身分不明的丈夫。妳們說他也許是什麼妖怪，必定有道理。他總是恐嚇我不許看他，威脅說要懲罰我想探究他的容貌的好奇心。如果妳們有辦法解救陷入危機的妹妹，別遲疑，快來救我。要不然，一失足成千古恨，妳們的好意關懷也跟著泡湯了。」

現在大門敞開了，那兩個惡毒的女人已經直搗她們小妹毫無防衛的心，卸除了她們的弓弩手的偽裝，抽出了她們的欺心劍，開始襲擊門戶洞開的妹妹膽怯的心思。

〔20〕一個姊姊說：「看到妳的生命有危險，血緣親情使我們奮不顧身。我們籌劃很久了，只有一條安全的逃路，我們這就告訴妳。準備好鋒利的刀子，把它磨利，偷偷藏在妳習慣睡的那一邊的床墊下，燈心剪好，裝滿油，事先點亮，用水壺蓋住。這一切要小心翼翼做到神不知鬼不覺；然後，等到他像往常一樣拖著腳步上床，四腳朝天被沉重的睡眠網給纏住，妳就偷偷溜下床。記得打赤腳，踮腳尖，步子要小，動作要輕，速度要快，把燈火從黑牢釋放出來。藉著火光的引導，把握時機快刀斬亂麻：放膽握緊兩頭尖的利器，先高高舉起右手，然後盡可能狠狠砍下去，讓那毒蛇身首異處。我們都支持妳；妳置他於死地換回自己的生路之後，我們會火速趕到妳身邊；妳帶著所有的財寶離開之後，我們會為妳安排稱心如意的婚姻，嫁的娶的都是人。」

〔21〕這些火辣辣的話煽得賽姬心頭熾熱，其實已經是真的著火了。於是兩個姊姊離去，留下她一個人，因為她們甚至不敢待在發生這種惡行的現場附近。她們像以往那樣被展翅的微風飄送到崖頂，一落地隨即一溜煙跑開，立刻登船打道回府。

賽姬孤單單，只有怨恨為懷的憤怒鬼跟她作伴。悲傷生波像海潮一陣接一陣。她雖然計畫已定，心意已決，臨出手依舊嚇得魂不守舍，心旌板蕩幾乎沒有立足之地。她匆匆忙忙，又推推拖拖；她放大膽子，卻發起抖來；她想放棄，卻生起氣來；最為難的是，她在這僅有的一副形體裡，既痛恨野物又深愛丈夫。薄暮引來了夜色，她狂急忙亂準備行兇的配備。入夜了，她的丈夫到來，情愛遭遇戰結束之後，他沉沉入睡。

〔22〕賽姬雖然身心兩方面都嬌小，卻有殘忍的命運餵她力量。她拿出燈火，抓起刀子，膽子一壯大隨即變性。可是，燈火湊近，床鋪的

秘密給照亮了，就在那一瞬間，她看到所有不受拘束的生物當中最和藹又最甜美的一隻獸——是丘比德本身，好一個溫雅的神，神情溫雅睡在床上。她這一目睹，竟連燈火也驚喜，加速燃燒而火光更旺，手中的刀子則懊悔自己徒然鋒利卻不成體統。神奇的景象嚇壞了賽姬，也嚇偏了她的意向，她渾身無力跪倒在地上發抖。她試著把武器藏進自己的心口。她真會這麼做，要不是那把刀子面臨兇殘的暴行因飽受驚嚇而從她那一雙無情手失足飛落在地上的話。她疲憊不堪，因為已經立足於安全的境地而兩腳生根，可是就在凝視這神相之美的時候，她的精神逐漸回復正常。

在他金閃閃的頭上，她看到瓊漿浸透的濃密秀麗的頭髮：鬈髮圈圈環扣，清爽俐落覆在乳白頸項和玫瑰脖子上，前垂後懸錯落有致，光輝奪目竟使得燈火相形黯淡。沿著這羽翼神的兩肩，潔白的羽毛閃閃發亮，好像朝露滋潤中的花朵；他的翅膀雖然靜靜地躺著，邊緣環繞的柔軟而纖細的棉羽依然恣情嬉耍，來回抖動不稍停。他身體的其他部分光潔無毛，通體發亮，絲毫無愧於維納斯之子的美名。擺在床腳的是一副弓和箭袋，那是這偉神得天獨厚的武器。

〔23〕賽姬細細端詳不知足，又有幾分好奇，驚嘆之餘伸出手握她丈夫的手臂。她從箭袋抽出一支箭，拇指抵著鏃的尖端測試鋒利，可是她的手還在抖，用力稍微過頭，刺太深了，玫瑰紅的小血滴穿透皮膚細細流淌。就這樣，賽姬不知不覺情不自禁愛戀愛神。接著，情火越來越旺，她欲求慾神[24]，傾身彎向他，為了他喘得上氣不接下氣。她火辣辣壓住他，情烈性急吻他直到因為擔心他驚醒才鬆開。可是，當她受了傷的心在如此的一片福地激動打轉的時候，這盞燈要不是出於壞心眼的詭計，就是出於歪心術的嫉妒，不然就只是因為它想要沾光，用自己的方式親吻如此的一個美童子，竟然從火焰頂端噴出熱滾滾的一滴油，落在這神的右肩。膽大心粗的油燈啊，愛神沒用的僕人啊，必定是哪個有情人發明了你，為的是即使在夜晚也能夠跟他愛慾的對象溫存得更久一點，你卻偏偏在這個節骨眼灼痛了一切火的本尊！這神被這麼一燙，一跳而起，看到了背叛信任的禍源，隨即掙脫他可憐不幸的妻子的擁抱，二話不說就飛離香吻陣。

〔24〕他一起身，賽姬急忙伸出兩手緊抱他的右腿，形成他凌空高飛的一個拖油瓶，垂盪飄搖追隨他穿梭雲霄。她終於筋疲力竭，摔落在

---

[24] 慾神：丘比德，此一譯法是為了反映與前一句「愛戀愛神」相同的修辭手法。

地。她躺在地上的時候,她的神界愛侶並沒有棄之不顧,而是飛到近處的一棵柏樹[25],高高停在樹梢,忍痛含悲對她說話。

「我可憐的賽姬,妳好天真!」他說道,「想當初,我違背我母親維納斯的命令,她要我讓妳死心塌地愛戀世間最悲慘、最卑微的人,判決妳禁錮在最低賤的婚姻中。我擅作主張,自己飛向妳,當妳的情侶。我這麼做是很輕率,這個我知道。我是天下無敵的射手,用自己的武器傷了我自己,以妳為妻,讓妳以為我是什麼野物似乎很有趣,沒想到妳卻要割我的頭。這頭上長的兩隻眼睛是妳的情人的!我再三提醒妳千萬要留神,一片好意警告妳,是為了妳好。妳那兩個唯恐天下不亂的軍師,我很快就要她們罪有應得。至於妳,我只要自己離開就是懲罰妳了。」

說罷,他鼓動翅膀飛天而去。

〔25〕賽姬整個人癱在地上,就眼力所及追隨她丈夫到最遠處,心魂摧折無以名狀。羽翼槳葉載他的丈夫漸去漸遠,直到遙遠的距離把他移出她的視界之後,她就近找到河流,不管三七二十一就往裡跳。可是這舒緩的溪流有顧忌,一方面是尊敬甚至能夠激水動情的神[26],同時也擔心自己遭受無妄之災,即時興起一道無害的迴流,把她送上花草茂盛的岸邊。當時正巧鄉野神潘恩坐在河畔,抱著茴音仙女,教她回唱[27]種種音調。在溪畔附近漫遊嬉耍的是母山羊,為河流剪髮的同時也邊吃草。這羊神[28]看到賽姬神情落寞,不曉得原委,輕聲細語叫她過來,說了些安慰她的話。

「俏姑娘,」他說,「我這個放羊的雖然是個老粗,活了一大把年紀倒也增長不少見識。如果我猜得沒錯──雖然聰明人不說是用猜的,而說是察言觀色──看妳精神萎靡、步伐蹣跚、面無血色、長吁短嘆,再加上妳悲戚的眼神,妳必定是苦於愛的劑量太重了。所以,好好聽我說,別再做傻事了,不管是跳水啦或是什麼跟自己過意不去的事。悲痛

---

[25] 柏樹在西洋文化史上通常涉及生離死別的母題。

[26] 愛神能夠激水動情,如本書選譯奧維德的〈愛河〉所見。

[27] 茴音:音譯Echo,「回聲」之意。她的故事,參見選譯奧維德〈自戀水仙〉。

[28] 潘恩是牧羊神,傳統造形是人頭羊身;所謂「羊神」,指的是他「外觀似羊」。他的名字Pan,希臘文是「全部」的意思,可能指他是自然靈,即全體自然界的化身。具有豐饒屬性的神總是和「性」脫不了關係,就像吉爾格美旭數說蘇美神話的愛神伊絲塔多情無品,怪不得流傳有潘恩性好美色的神話。無緣無故的恐慌據信是他造成的,此即英文字panic的本義。

不濟事，把傷心拋開。誠心向丘比德禱告才是正經事，他可是眾神當中勢力最大的，妳敬拜他、順他的心，才能博取他的眷顧，因為他性喜歡樂，是個軟心腸的年輕人。」

〔26〕牧羊神說完了，賽姬沒有答腔，只是畢恭畢敬向這慈祥的神打個手勢，走開了。她拖著沉重的步子，走了好長的一段距離，走上一條她不熟悉的路。天色正轉暗，她來到大姊夫統治的城市。發覺到這一點，她迫不及待要和姊姊見面。她被引到姊姊面前，姊妹倆擁抱寒暄過後，這姊姊問她來意。賽姬開口說：

「還記得妳的勸告吧？我指的是妳們兩個人說服我用雙刃刀殺死那個以丈夫的名義跟我睡覺的野物，免得我可憐的身子被他一口吞下貪婪腸胃。這下可好，我提著一盞共犯燈——我那麼做是因為當時贊同妳的勸告——照見只有神界才看得到的奇觀：女神維納斯的兒子，我告訴妳，他就是丘比德本人，躺在床上安詳地睡覺。我為如此幸福的景象感到激動，也為過度的欣喜感到困惑，為自己不配享受福澤而苦惱，就在這時候，熱騰騰的一滴油，顯然是由於什麼可怕的厄運，滴落在他的肩膀。疼痛把他驚醒，他看到我配備一盞燈和一把刀，說：『妳蓄意行兇，從此離開我的床榻，帶走你自己的東西。我用小麥餅娶妳姊姊過門[29]』——他還說出妳的全名。接著，他立刻下令西風把我飄浮到遠離他房子的範圍。」

〔27〕甚至等不及賽姬把話說完，這大姊在瘋戀情和毒醋勁的激勵之下，當場編了一個謊蒙騙丈夫，假稱她剛接到父母的凶耗，即刻搭船直奔斷崖。雖然風向不利，她還是懷著盲目的希望，高聲呼叫：「丘比德，娶我為妻吧，我才配得上你！還有你，西風，把我托起來吧，我是你的女主人！」說完，用力往下一跳。這一跳，整個身體在峭壁突岩上滾撞，罪有應得摔了個斷手斷腳的下場，一命嗚呼仍然到不了目的地，破肚開腸為鳥獸提供了一頓大餐。

第二個懲罰來得並不慢。賽姬繼續她的浪跡之旅，來到另一個城市，是她二姊夫統治的地方。這二姊也同樣被妹妹的故事牽著鼻子走，熱心腸急於毒手接收妹妹的婚姻，趕往懸崖，同樣當場摔死。

---

[29] 從此…東西：Tibi res tuas habeto，宣佈離婚的制式聲明；用小麥餅娶過門：confarreatio，婚禮使用小麥餅（panis farreus）是羅馬人最古老也最莊嚴的結婚儀式，是祭司與貴族特有的殊榮。

〔28〕賽姬打定主意要尋找丘比德，遊走四境，被油滴燙傷的他則躺在母親的臥室裡痛苦呻吟。就在這時候，一隻鳥，在波浪上方鼓翼游泳的白羽海鷗，急速潛入洋川[30]胸懷的深處，即時找到正在沐浴戲水的維納斯。這鳥站在她身邊報知她兒子被燙傷，在痛苦悲泣，已經安頓在她的床上，能否復原仍無把握。「不只這樣，」她說，「而且謠言滿天飛，世間的每一張嘴巴都在流傳難聽的話，維納斯的整個家庭就要惡名昭彰了。他們說你們兩個只管自己渡假，他在山上追蜂捕蝶，妳在海中逐浪引波，怪不得人間不再有歡樂、優雅與媚力。有的只是邋遢、庸俗與粗鄙；不再有愛情婚姻，不再有親善友誼，孩子沒人愛，事事脫序，沒有一樣不是觸目驚心，全都跟婚姻一樣欺心當道。」這長舌頭又愛管閒事的鳥就這樣在維納斯耳邊喋喋不休，把她兒子的名聲撕得粉碎。

維納斯一聽，怒從中來，嚷道：「這麼說來，我那乖兒子交了個女朋友，是不是？來，只有妳對我忠心耿耿，告訴我，是哪棵蔥引誘我那天真無邪的孩子？她叫什麼名字？是仙女一族的，還是四季女神那一票的，或者是文藝女神一夥的？難不成是陪伴我的美惠女神[31]？」

饒舌的海鷗不會惜口如金。她說：「娘娘，我不知道。不過，我想他是在熱戀一個女孩，她的名字，如果我記得沒錯，就叫賽姬。」

維納斯怒火中燒，尖聲叫嚷：「賽姬！他愛上的真是賽姬，那個跟我爭美的賤女人，那個假冒我聖名的騙子？這小鬼必定以為我是幫他牽線的老媽媽。」

〔29〕嚷也嚷過了，她急忙躍出海面，立刻趕往她那金碧輝煌的寢宮，果然看到兒子在哀號，跟她聽到的一樣。她在門口就開始嘶聲咆哮：「你幹的好事！仰不愧父母，俯不怍品性！第一點，我是你娘，說是你母后也不過分，你竟然把我的命令踩在腳底下，沒有用不入流的戀情折磨我的仇人。第二點，說年紀，你只不過是個兒童，居然跟她成雙配對，瞎搞胡搞一通，吃定我捏著鼻子也只好容忍我厭惡的女人當我的媳婦。你一無是處，沒人愛的偷情漢，你必定以為我就只有一個獨生子，以為我老得不會懷孕了。我要你知道我會生個比你更像樣的兒子。

---

[30] 古希臘人把世間想像成圓盤狀，盤緣為洋川（Oceanus）。奧德修斯入冥即是航海到西極（今稱直布羅陀海峽），渡過洋川。

[31] 仙女：見奧德〈桑葚轉紅時〉注37。另有山嶺和巖穴仙女，稱為oread。美惠女神：Graces，共三位，原是古希臘崇奉的豐饒女神，原名Charites，意即肥沃的土地或田園所呈現賞心悅目或秀麗迷人的景色，後來被視為優雅和美貌的化身。

為了讓你無地自容，我會收養我的年輕僕人，把你的翅膀和火炬送給他，再加上你的弓和箭，還有其他我自己的一切裝備，那些東西我不是給你那樣子搞的。你不要忘了，這一切都不是你的父親配備給你的。

〔30〕你就是從小沒有好好管教，莽莽撞撞的，連長輩也照樣惡作劇，連我，你的母親，也被你整得一塌糊塗，天天讓人看笑話，你這個不肖子！你用箭射了我好幾次，還笑我守活寡。你的繼父，他可是勇猛無敵的戰士[32]，你也沒把他放在眼裡。你憑什麼讓他到處留情，害我為他的緋聞苦惱？你這樣作弄我，我要你知所警惕，讓你深刻感受這一場婚姻如何酸苦交加。

「現在，我成了大家的笑柄，怎麼辦[33]？這不是要我無地自容嗎？怎麼來制服這隻爬蟲？難道要我求助於我的死敵節制[34]？我再三得罪她，正是因為我兒子太放肆。想到要向那個醜老太婆討教，我就打冷顫。可是，好歹我要發洩心頭恨，要報仇就不能計較太多。我真的非靠她不可，唯獨她有辦法重重懲罰那個不知天高地厚的東西，沒收他的箭袋，收繳他的箭，鬆開他的弓弦，熄滅他的火炬，甚至用烈藥拘束他的身體。讓她剃光他的頭髮，我親自梳整得金光閃閃的頭髮，讓她剪斷他的翅膀，我用自己的奶汁染出來的翅膀，在那之前，我不認為我遭受的屈辱能得到補償。」

〔31〕這麼說著，她怒沖沖走出門去，餘恨未消。柯瑞絲和朱諾[35]剛好迎面而來，看她一臉怒容，問她為什麼深鎖眉頭，竟使得花容失色而明眸無光。「來得真巧！」維納斯答道，「我火冒三丈，妳們當然是來救火的。不瞞兩位，我有事相求，請妳們幫我揪出賽姬那個逃逸無蹤的亡命之徒。我想我們家惡名昭彰的穢事和我那難以啟口的兒子瞞天過海的笑話逃不過兩位的法眼。」

她們並不是不知道事情的來龍去脈，為了安撫維納斯的怒氣，只好問道：「令郎到底犯了什麼滔天大罪，妳非要這樣毅然決然打擊他的

---

[32] 戰神馬爾斯。維納斯把自己和戰神的關係合法化了，在29節的結尾則暗示她和丘比德的生父金工神已離婚。

[33] 這個段落顯然是維納斯內心的獨白。

[34] 節制：Sobrietate，一如6:8「習俗」、6:9「憂慮」和「悲仇」、6:10「大地」6:24「歡樂」，是擬人格。以節制為愛神的天敵，一語點破愛情的本質，即莎士比亞寫的「發瘋的，談戀愛的，還有詩人／根本都是用想像造成的」（《仲夏夜之夢》5.1.7-8）；奧維德說「威嚴和愛情搭配不來」（《變形記》2:846-7），也是此意。

[35] 柯瑞絲：農業女神。朱諾：婚姻女神，希臘神話稱希拉。

樂趣，還一心一意要毀掉他愛上的人？就算他喜歡對著漂亮的女孩子微笑，妳說，這又犯了那一條戒律？難道妳不曉得他是男的，而且年紀也輕？莫非妳忘記他多大了？就只因為他年華正青春，你就認為他永遠是個小孩？妳畢竟是做媽媽的，向來也通情達理。難道妳打算一輩子監控妳兒子的行蹤，怪他放縱自己，罵他妄動春心，為了妳那俊美的兒子就跟自己的才華與歡樂過意不去？哪一個神，哪一個人受得了妳在世界各地散播慾望的種子，卻在自己家裡嚴格限制談情說愛，還關閉製造女人天生的毛病的工廠？」

就是這樣，她們倆都害怕丘比德的箭，因此說好話護著他，雖然他不在場。這聽在維納斯耳中，卻是火上加油，把她受的冤屈當作笑料。她扭身轉頭，兀自快步走向海邊。

〔第六卷〕

〔1〕這時，賽姬為了尋找丈夫的蹤影，夜以繼日到處漂泊，心焦意切，即使無法以妻子的嬌態平撫他的怒火，起碼可以用奴婢的祈求緩和他的氣憤。她看到高山頂上有一座廟，心想：「說不定我的主人就在那兒？」她即刻快步朝目標前進；因為走個不停，她疲累已極，希望與慾望卻加速了她的步伐。她勇敢爬上陡峭的山脊，進入神廟的內殿。她看到成堆的穀穗，有的編成花環，另還有麥秧。也有長柄鐮刀，以及收割用得著的所有器具，可是每一樣都零亂散置，彷彿是夏季農忙時工人隨手一擺，滿地散落。賽姬一樣一樣撿起來，分門別類擺在定位，心想神廟聖地不應該輕忽禮法，反倒應該博取神寵福佑。

〔2〕豐饒女神柯瑞絲發覺她收拾聖殿細心又耐煩，從祭台直接呼叫她：「可憐的賽姬，妳是怎麼啦？維納斯氣在心頭，四處密集追查妳的行蹤。她要給妳適當的懲罰，要使出她所有的神力解心頭之恨。妳卻在這兒細心整理我的器物和產物。妳怎麼還有心思想到跟自己的安全不相干的事？」

賽姬雙膝下跪在柯瑞絲跟前，淚水侵透了女神的腳，頭髮在地面掃動。她不斷地祈願懇求，希望能博取女神的垂愛。「我向您懇求，憑您豐產不絕的右手，憑您收成季節的歡樂慶典，憑您莊嚴肅穆的聖籃祕儀；憑您飛龍御夫的航跡，憑西西里土壤的田畦，憑掠奪者的馬車和貪婪的大地，看在普洛瑟頻娜嫁到不見天日的陰府的分上，看在令媛點燈照明攀爬返陽的分上；憑阿提卡的埃萊夫西斯聖殿舉行肅穆的儀式我無

法——列舉的天機[36]：請您救援懇求者賽姬可憐的靈魂。求妳准許我藏身在這穀堆中，即使躲個幾天，直到時間撫平那位大德女神的憤怒，至少容許我勞苦過度而疲憊不堪的體力休養一陣子，直到恢復元氣。」

〔3〕柯瑞絲回答她：「妳含淚懇求深深感動了我，我是很想助妳一臂之力，可是維納斯是我的親屬，又是我多年的老朋友，我不能冒險破壞這一份情誼。所以，妳立刻離開吧，不妨慶幸我沒有把妳囚禁在這兒。」

接到逐客令，賽姬的希望落空，悲上加悲，只好再度踏上尋夫的路。腳下山谷微光閃現的叢林中，一座工程非常精緻的神廟映入眼簾。不怕希望渺茫，只要有一絲一毫的希望她就不放棄，任何神明她都希望尋求保佑。她走近那聖地的大門，看到珍貴的供品和鏤金彩帶懸掛在樹枝和門柱上，是信眾感恩、見證女神威名的謝禮，上頭還有銘謝神跡的感言。賽姬跪下來，張臂環抱仍有牲品餘溫的祭台，擦乾眼淚，接著祈願。

〔4〕「朱比特大神的姊妻，不論您是駐留在歷史悠久的薩摩斯，那是您誕生成長的勝地，或是逍遙在城牆高聳的福地迦太基，那裡的人崇拜您是騎獅走霄壤的處女神，不論您是否保護殷納庫斯河畔聲名遠播的阿果斯城池，當地百姓現在稱頌您是雷神的新娘兼眾女神之后——現在整個東方都尊崇您是共軛娘娘，整個西方都稱您光明娘娘——請您，朱諾，在我走投無路的時候成為救苦救難的天尊娘娘。我吃苦受難，身心俱疲，求您救救我，讓我脫離危險相逼的處境。我知道是您樂意幫助孕婦渡過難關[37]。」

---

[36] 柯瑞絲的女兒普洛瑟頻娜在西西里被冥神劫持到陰間，她懷憂喪志導致自然界大蕭條。宙斯出面仲裁，兩造達成妥協：女兒每年定期返陽回娘家，其餘的時候留在下界。事見奧維德《變形記》5:341-661，大部分錄於本書選譯的〈冥神強婚〉。柯瑞絲的信仰聖地在阿提卡（Attica）首府雅典附近的埃萊夫西斯（Eleusis），慶典儀式寄寓死亡與重生。祭禮所需的一切聖物都裝在一個法器籃（cista）裡頭。她出巡通常以龍車為輦。

[37] 朱比特（宙斯）是雷神，以姊姊朱諾（希拉）為妻，故云「姊妻」。薩摩斯：Samos，東愛琴海一島嶼，傳說為希拉誕生之處，她和宙斯在該島度過長達三百年的「洞房花燭夜」。在北非的迦太基，羅馬人同化布匿克女神Tanit，稱其為玄天朱諾（Juno Caelestis）。按維吉爾《埃涅伊德》所述，朱諾因帕瑞斯的判決（見注5）而懷恨特洛伊人，而羅馬人自認為特洛伊人的後代，復由於迦太基人是羅馬的宿敵，因此朱諾對迦太基人眷顧有加。阿果斯：南希臘伯羅奔尼撒半島一城邦，境內的河流殷納庫斯擬人化成為伊娥的父親，她被朱比特強暴又遭朱諾無情的迫害，事見奧維德〈婚外情的受害人〉。共軛娘娘：Zygia，希臘文，以軛比喻姻緣，以並轡雙馬或共軛牛比喻夫妻，朱諾則為繫結姻緣的見證者。光明娘娘：Lucina，拉丁文「持燈照亮者」。這兩個聖名分別指涉朱諾在希臘——羅馬世界被女人尊為婚姻與分

她正在懇求的時候，朱諾突然現出裝嚴法身，當場對這女孩說：「我真的是希望能夠成全妳的心願，可是維納斯是我的媳婦[38]，我一向當作自己的女兒看待，和她作對分明是鬧笑話。更何況，未經原主人同意不得收容逃跑的家僕，法律規定清清楚楚，我不能違法[39]。」

　　〔5〕命運坎坷又遇難，賽姬益加驚惶，追尋羽翼丈夫更沒指望了。求神不如求己，她自己在內心斟酌：「還有什麼可以試一試的？有什麼法子可以解除我的苦難，既然連女神也心餘力絀？陷在天羅地網裡，我下一步能往哪兒走？哪一片屋頂或哪一片黑暗可以讓我躲開維納斯無遮無隱的眼力？既然這樣，何不乾脆鼓起勇氣，像個男人，勇敢放棄妳那空洞的希望？自願向妳的女主人屈服，用柔軟的身段軟化她怒騰騰的火氣，雖然蹉跎了那麼久的時間。說不定妳長久尋找的人就在他母親的家裡？」

　　順從的後果無從預料，甚至可以肯定是自投羅網。賽姬開始考慮如何啟口求饒。

　　〔6〕這時候，維納斯放棄了在人世間搜尋賽姬，把希望轉向天界。她下令準備她的鳳輦，就是金工神伍爾坎努斯精工打造，在他們的第一次婚姻經驗[40]之前送給她的結婚禮物。巢居在她寢宮附近的四隻白鴿應命而來，伸出五彩頸，套上鑲鑽軛，快快樂樂騰空出發。車隊後頭是一群麻雀吱吱喳喳蹦蹦跳，另有眾鳥合唱，歌聲婉轉宣告女神駕臨。積雲消退，天空為女兒[41]敞開門路，以太[42]喜孜孜迎接女神大駕。維納斯大神的扈從一路唱歌，面無懼色看鵰的飛襲或鷹的撲擊。

娩的守護神。救苦……娘娘：Iuno Sospita，拉丁文「庇佑者朱諾」。賽姬的呼告具體而微呈現《金驢記》融合希臘、羅馬與北非三種文化的文體風格。

[38] 維納斯的丈夫伍爾坎努斯是朱諾的兒子。

[39] 《查士丁尼法典》4.1.4就有這樣的條文。

[40] 這裡的「婚姻經驗」，猶如荷馬說女人為男人「鋪床」，是委婉語，並非他們以前結過婚。在本句之後與下句之前，描寫車身之華美，原文費解，中譯刪略。

[41] 愛神是天空的女兒，見赫西俄德〈愛神的誕生〉188-97。

[42] 以太：aether（希臘文aither），是天地初分時「清者上揚」的清靈之氣；亞里斯多德以之為土、氣、水、火之外的第五元素；但丁視其為充赤於第九重天（Primum Mobile）的唯一存在物，是上帝的意志得以貫徹落實的媒介；十九世紀的物理學家信其為電磁波的傳播媒介。羅馬人用來稱呼天空最高層之大氣的這個字眼，在現代英文（ether）泛指大氣以外的上層空間。

〔7〕座車直接駛往朱比特雄偉的聖殿，她理直氣壯請願，堅決要求神使莫枯瑞烏斯[43]隨行。朱比特展露青額[44]，沒有拒絕。維納斯得意洋洋，立即從天界降落，莫枯瑞烏斯也在行列中。她神情肅然對他說：

「阿卡迪亞出生的弟弟[45]，你是知道的，你姊姊維納斯要是少了莫枯瑞烏斯，簡直就一事無成。我的事也瞞不了你，為了那個逃跑的奴婢，我找得好苦都沒有下落。你只要到各地去大聲通告懸賞，這就夠了。你務必急速辦妥這件事，清楚說明她的長相，這樣才方便指認。我可不希望被控藏匿罪的人到時候有藉口抗辯說什麼不知情。」維納斯說著，交給他一張紙條，寫有賽姬的名字和特徵，隨即打道回府。

〔8〕莫枯瑞烏斯沒有失職；他四面八方親自來回奔波，向所有的人傳達通告，宣布說：「有個公主，名叫賽姬，是維納斯的奴婢，她逃跑了。如果有人抓到她，或是指出藏身的地點，應該來到莫希雅錐柱[46]後方會見佈達者，就是我，莫枯瑞烏斯。報者有賞，將會獲得維納斯本尊七次的香吻，外加一次銷魂的舌尖深吻[47]。」

莫枯瑞烏斯這一宣布，大獎激得凡間男子個個情慾騷動興沖沖。這一來，賽姬再也無從猶豫。她走近她的女主人的宮門時，一個名叫習俗的僕人衝向她，劈頭就尖聲叫嚷：「所以妳終於回來承認妳有個女主人，賤丫頭！這就像妳以往輕佻的行為，假裝若無其事，卻害我們吃盡苦頭只為了找妳。妳被我逮到，算妳走運，因為妳現在陷身在幽冥爪[48]，而且像妳這樣倔強，等著受罰吧。」

〔9〕說著，她狠狠揪住賽姬的頭髮，拖著進門。賽姬沒有抵抗，被押到維納斯面前。女神一看到她，爆出一陣狂笑，就像男人生氣時那一

---

[43] 莫枯瑞烏斯：，朱比特的「傳令」，即希臘神話的赫梅斯，「速行者」之意。

[44] 朱比特是天空之神，就是天空的化身，故以湛藍天色形容其額眉；他又是雷電神，發怒則劈雷，天色晴朗則言其歡喜狀。

[45] 阿卡迪亞：Arcadia，伯羅奔尼撒半島中央的山區，莫枯瑞烏斯在該地的一個洞窟出生。從公元前三世紀的詩人Theocritus開始，阿卡迪亞成為歐洲田園生活的象徵，此一詩壇成規延續到新古典主義時期。

[46] 莫希雅錐柱：位於羅馬大競技場，是維納斯莫希雅（Venus Murcia；莫希雅是維納斯的別名，意義不詳）廟座落處。這段文字顯示，阿普列烏斯是在羅馬為羅馬讀者寫《金驢記》。

[47] 維納斯的獎賞深富羅馬特色。吻手與吻額原本是社交禮儀，對嘴親吻則僅限於母親對子女，到羅馬時代才滲透到兒女私情，而且在拉丁文發展出一系列相關詞彙稱呼種種不同的對嘴親吻方式。

[48] 幽冥爪：費解，因為通常的說法是「幽冥口」。幽冥：Orcus，幽冥世界或冥神，與6:18譯成「幽冥界」的Dis同義；重出於6:18是作為死亡的擬人格，故音譯為歐庫斯。

副德性,然後搖搖頭,抓抓右耳[49],吼道:「所以,妳終於降尊就卑,向妳的婆婆請安來了?還是說,妳是來探望丈夫,看妳一手造成的傷勢?妳不用擔心,我會恰如其分接納妳這個好媳婦。」接著,她叫道:「我的僕人憂慮和悲愁呢?」

兩個婢女應聲而出,奉命對賽姬嚴刑拷打。她們遵照女主人的命令,鞭打可憐的賽姬,還用其他種種方式折磨她,然後帶她回到維納斯面前。維納斯又爆出笑聲,說:「看她!挺了個迷人的大肚子,正在博取我們的憐憫。就憑那一個金寶貝,她要封我為快樂的祖母!我可真幸運,青春一枝花就當上祖母;大家都會知道,這個廉價奴婢的兒子是維納斯的孫子!失言啦,我居然錯用了「兒子」這個字眼,門不當戶不對嘛[50];何況事情發生在鄉下地方,連個證婚人也沒有,也沒有家長的同意。所以說,這一樁婚事不可能是合法,因此妳的孩子,如果我們准妳活到臨盆的話,是私生子。」

〔10〕演說完畢,維納斯衝向她,扯她的衣服,抓她的頭髮,打她的頭,她又是傷又是痛的。接著,她把小麥、大麥、小米、罌粟籽、鷹嘴豆、小扁豆、大豆混在一起,堆積如山,然後轉向賽姬,說:「像妳這樣礙眼的奴婢,除非努力工作,否則我看沒什麼條件吸引男人[51]。所以,我親自來測試妳的價值。這一堆穀物,好好分類,堆放整齊。天黑以前做好,我再來驗收成果。」

交代完畢,維納斯掉頭就走,喝喜酒去了。賽姬並沒有動手做這強人所難的工作,而是茫無頭緒坐下發愣。這樣的命令太不合情理。這時有一隻螞蟻,是非常小的鄉棲蟻,知道這工作困難無比,憐憫起丘比德大神的新娘,對她婆婆的無理要求感到忿恨不平。牠急忙上下奔波,呼朋引伴,召集一大群住在附近的螞蟻,喊道:「要有憐憫心哪,各位都是大地這個萬物之母敏捷的子女,要有憐憫心哪,快來幫忙愛神的妻子,這漂亮的女孩遇上了大危險囉!」一波又一波的六腳族潮湧而至。憑著忍苦不懈的勤奮精神,他們分工搬運,一粒接一粒分類堆積,很快又消失無蹤。

---

49 普林尼《自然史》11:45:「右耳後方也同樣是聶摩奚絲(Nemesis,義憤女神)藏身之處。」

50 羅馬法禁止社會地位過於懸殊者結婚,如自由民與奴隸。

51 努力工作才嫁得出去,這是本故事所含眾多民間文學母題之一。

〔11〕夜幕降臨，維納斯喝完喜酒回到家，帶著酒意又散發香氣，身上掛滿亮麗的玫瑰。看到這樣辛勤勞動的成果，破口而出：「賤東西，這不是妳做的，妳根本就沒有動手。是他幹的好事，那個不幸愛上妳也給他自己帶來不幸的小男孩。」說完，丟給她一片麵包當晚餐，自己睡覺去了。

這時候，丘比德孤單單給鎖在內室的一個小房間，警衛森嚴，一方面是怕他任性作怪使傷勢惡化，另一方面是不讓他跟心上人見面。就這樣，一對情侶被隔離在同一片屋頂下，分別挨過漫長的苦惱夜。

黎明女神剛越過天空，維納斯立刻叫來賽姬，對她說：「沿著那條河流，有一片帶狀的樹林，濃密的草叢下有一泓水源，看到沒？金毛閃閃的羊群在草地上漫遊吃草，沒人看管。妳立刻給我帶來一束珍貴的金羊毛，不管妳用什麼方法，我現在就要。這是我的命令。」

〔12〕賽姬帶著決心離開，不是去執行維納斯的命令，而是設法要了斷自己的痛苦，要跳河自殺。可是，溪邊一株綠蘆葦在習習和風的激動下，唱出悠揚的預言歌：「可憐賽姬聽我說，悲苦來襲不停手。可別投河尋輕生，玷污淙淙聖水流。欲取羊毛有門路，妳且聽我細道來。艷陽當空照，羊兒火氣旺，此時以力取，徒然惹暴戾；羊角尖又尖，前額硬又硬，又有羊齒利，當心把命送。等待熱暑消，河畔微風起，清溪伴和風，羊兒心情穩；溪邊有大樹，正好來藏身，金毛滿樹枝，只需雙手搖。」

〔13〕就這樣，純樸可親的蘆葦為意氣消沉的賽姬指出生路。只要接到明確的指示，她絕對不會三心兩意，也絕不會找理由畏縮不前。她一一遵照勸言，蒐集一大把軟綿綿的黃金絲，兜起衣服裝得滿滿的，帶回去交給維納斯。可是，至少在她的女主人看來，冒險完成第二項苦勞仍不足以博取好感。維納斯睖著眼睛，苦笑一聲，說：「瞞不過我的，我知道這件事也有人偷偷指點！我現在要認真測試妳，看看妳是不是真的天生具備大無畏的精神和不平凡的智力。有沒有看到峭壁高聳的那一座山？那山頂上有個黑泉，流出的黑水匯聚在附近的山谷，注入怨恨河的沼澤和水聲低沉的悲嘆河[52]。去那水源，用這個水瓶，從那源頭中心的沸水區裝冰水回來，快去快回。」說著，交給她一個鑲水晶的小容器，另又加上幾句威脅恐嚇。

---

[52] 怨恨河（Styx）和悲嘆河（Cocytus）都是冥河，其他三條為傷心河（Acheron）、忘川（Lethe）和火焰河（Phlegethon）。

〔14〕賽姬心急步伐快，朝山頂走去，決心在那兒了結悲慘的生命。可是，來到山脊附近的地方，她立刻明白這趟死亡任務有多艱鉅。一塊巨大無比的岩石，又陡又滑，根本爬不上去，水流從岩石中央的垂直裂口傾瀉而下。流注到山谷的水則是經由狹窄的水道侵蝕而成的凹槽。岩石的左右兩側各有惡龍盤據，脖子伸得長長，不眨眼也不轉睛地全天候守衛。甚至水流本身也懂得保護自己，不斷叫喊「走開！」、「妳幹嘛？小心！」「打什麼鬼主意？」、「快逃？」以及「妳會粉身碎骨！」賽姬嚇得六神無主，變成石頭人。雖然形體還在，卻五官茫茫，陷在無路可逃的險地不知所措，甚至連眼淚也哭不出來。

〔15〕但是，天意有眼不馬虎，不會任由無辜的人吃苦受難。全能朱比特的神鳥張開翅膀幫助她：兇悍的鵰想起以前完成的一樁任務，就是奉丘比德之命把弗里幾亞酒僮[53]叼到天界朱比特的面前，如今即時馳援，輸誠救難兩相宜。牠放棄摩天高峰的光明路，俯衝到這女孩的面前。

牠開口說：「妳真的那麼天真，真以為能夠從最神聖——因此也是最無情——的水源偷走一滴水？我告訴妳，想摸都摸不到！甚至連眾神和朱比特本尊也害怕這怨恨河的水。妳必須知道，至少該聽說，就像妳憑眾神的法力發誓，眾神就是憑怨恨河的威嚴發誓。來，水瓶給我！」

牠從賽姬的手中抓來水瓶，急迅飛去裝水。牠穩穩平衡巨大的翅膀，從兩條惡龍的血盆大口中間穿越飛行，忽左忽右搖拍槳葉，躲過牠們的利齒和三叉毒牙。水源拒絕給水，還威脅牠不速速離去就不管他的死活。牠卻假稱是奉維納斯的命令為她取水，這才有驚無險。

〔16〕賽姬喜出望外，接過滿滿的水瓶，趕回程去見維納斯。即使這樣，她仍然無法平撫無情的女神倔強的意志。維納斯甚至提出更致命的要脅，幸災樂禍笑道：「我有理由相信，妳必定是什麼巫術法師，不然就是妖精，竟能徹底執行我給妳的這一切困難的任務。不管怎麼說，我的小乖，妳還有一樣工作要完成。帶著這個盒子離開陽世，直接到下界去，就是歐庫斯本尊居住的陰森世界。然後，把盒子交給普羅瑟頻娜，這麼說：『維納斯要求妳送給她一些妳的美，只要夠她維持短暫的一天就可以了，因為她看護兒子生病，憂勞過度，容貌憔悴了。』可別拖拖拉拉的，我得趕在出席眾神大會之前擦一些[54]。」

---

[53] 噶尼梅德斯：取代赫蓓擔任天神的酒僮，荷馬說他是「世間男子第一美」。

[54] 普羅瑟頻娜：冥后。這裡包含另一個童話母題：睡眠是美容養神的聖品，黑夜的世界正是無

〔17〕賽姬從沒像現在這樣深刻感受到自己的運途已走到盡頭：不再遮遮掩掩了，她清楚知道自己一步一步被逼上絕路，被逼上自願走的一趟幽冥路，前往塔塔若斯[55]的亡魂國度。她毫不遲疑爬上一座高塔，決意跳塔自盡──她認為這是通往下界最直接又最可取的一條路[56]。沒想到那塔樓居然開口說話：「怎麼啦，不快樂的女孩，幹嘛自己找死？妳的苦勞已走到最後一關，怎麼在這時候灰心喪志呢？一旦氣息從妳的形體分離而出，你就真的下到幽冥世界的底部去了，再也回不來了。

〔18〕「聽我的話，阿凱阿名城斯巴達離這兒不遠。泰納若斯岬就在那城的邊界偏遠沒有人跡的地方，是幽冥界的通氣口[57]，跨過這開口就是死路。妳順著那條路往前走就是通往歐庫斯的宮殿。妳可不能兩手空空就入冥去。記得兩手握著沾蜂蜜酒的麥餅，嘴巴含著兩枚錢幣[58]。走上死亡之旅[59]相當的路程之後，妳會遇見一隻跛腳的驢子運載木頭，驢夫也是跛腳，他會要求妳揀給他從驢背掉落的樹枝。但是，妳一句話也不能說，跟他擦身而過必須默不作聲。接著妳很快就會抵達冥河岸，卡戎在那兒當場收費擺渡亡魂前往對岸。我們都知道，即使在死人的世界，貪婪照樣生龍活虎；卡戎就是幽冥界的收稅員，說來也是個大神，沒有酬勞是不辦事的[60]。奄奄一息的可憐人一定要準備過路費；除非手頭剛好有個銅幣，沒有人會讓他嚥下最後一口氣的。妳就付給那個髒老頭一個硬

憂無慮又可享安眠，所以維納斯說只要一天的份量就夠了。冥后之美來自安眠，因為有光才有時間，幽冥世界卻沒有光，所以沒有時間，屬於神話的世界，因此青春可以永駐，這正是睡美人長保青春的秘訣（等到王子帶她回到現實世界，童話故事也結束了）。

[55] 塔塔若斯：陰間最偏遠之地，是萬惡不赦之徒的永罰所，不過此處純粹是代稱幽冥世界。

[56] 亞里斯多芬尼斯《蛙》117-33，海克力斯就是這麼勸酒神。

[57] 阿凱阿：古地名，在伯羅奔尼撒半島。阿凱阿人（Achaeans）與伊歐勒斯人（Aeolians）、多瑞斯人（Dorians）、愛奧尼亞人（Ionians）合為古希臘四大族群；特洛伊戰爭時（13世紀B.C.），阿凱阿人最強勢，因此荷馬常以之代稱希臘人。羅馬時代設阿凱阿省，斯巴達（原文稱Lacedaemon）與泰納若斯岬（Taenarus）均在境內。其地有一洞穴，相傳為陰間入口。「幽冥界的通氣口」是維吉爾的措詞（Aeneid 7:568）。本節與下一節另有其他維吉爾的筆法。

[58] 希臘的入殮儀式（參見拙譯《利西翠妲》29頁）只需一枚錢幣，下文會有說明。

[59] 「死亡之旅」一語雙關，既指亡魂前往陰間必走的旅程，又因為賽姬必需遵照葬禮儀式，因此賽姬入冥乃是她重生之前必需經歷的死亡過程。

[60] 參見《西遊記》九十八回，唐僧一行進入靈山寶閣，正待取經，阿儺、伽葉卻問唐僧有何「人事」相送，三藏說「來路迢遙，不曾備得」，二尊者笑道：「白手傳經繼世，後人當餓死矣！」

幣當船資，不過一定要讓他親手從妳的嘴巴拿去。同樣的情形，渡船駛過濃煙繚繞的水流時，會有一個死老頭子漂浮在河面，高舉臭手要妳拉他上船。千萬不能有婦人之仁。

〔19〕「渡河之後，再走一小段路，有幾個老婦人在織布，她們會問妳暫時借一隻手。可是妳還是不能伸手。這一切都是維納斯設的陷阱，前頭還有更多，無非是讓妳掉落手中至少一塊餅，稍不小心就後患無窮。可別以為掉一塊麥餅是無關痛癢的小事：即使是只掉一塊，妳就再也見不到白日的光了。有一隻巨無霸的狗，一身三巨頭，根本就是妖魔，叫聲像雷鳴，就是要嚇唬亡人──說是嚇唬，因為人死了就沒什麼好傷害的了。他永遠蹲伏在普羅瑟頻娜的陰森殿入口的地方，守衛著幽冥界沒有實體的殿宇。妳只要用一個麥餅作誘餌牽制他，很容易就可以擺平，就可以直接走到普羅瑟頻娜面前。她會客氣又和藹接待妳，勸妳坐在她旁邊休息，請妳吃一頓大餐。不過妳一定要坐在地板上[61]，要求普通的麵包吃。然後說明來意並接過她給妳的東西之後，回程就用妳剩下的那個餅籠絡冥狗的兇殘性。最後，把妳保留的那一個錢幣付給那個貪心的渡夫，上船渡河，循原路回到這個繁星閃爍的世界。最重要的是，我要特別告誡妳，千萬不能打開或探看妳手上拿的盒子，對於天界的美容秘寶甚至不要存有好奇心。」

〔20〕就這樣，遠視界的高塔說完臨別贈言。賽姬隨即準備錢幣和麥餅，立刻啟程前往泰納若斯，直奔幽冥路。她默不作聲跟跛腳的驢夫錯身而過，付船資給渡夫，對浮屍的懇求聽若無聞，對織婦狡詐的要求嗤之以鼻，拿出一個麥餅餵惡犬麻醉他的兇性，進入婆塞佛妮的宮殿。女主人擺出華座盛饌，她視若無睹，卻坐在自己腳邊的地上，吃普通的麵包果腹，然後說明維納斯交代的任務。轉眼間盒子已裝滿又密封，賽姬接過手。用第二個餅計伏犬吠，付出剩下的錢幣給渡夫，匆匆跑出下界。她回到日光普照的世界，歡欣鼓舞免不了對日光頂禮膜拜一番，雖然急於交差，卻克制不了鹵莽的好奇。她自言自語：「天界的美容聖品就在我手上，如果我不趁機拿一點點出來用，豈不是傻瓜？或許還可以使我俊美的心上人看了歡喜。」

〔21〕說著，她迫不及待動手。可是打開盒子一看，裡頭根本沒有什麼美容用品，有的只是瞌睡蟲[62]──跟死亡沒兩樣，貨真價實是怨恨河

---

[61] 《埃涅伊德》6:617-8寫泰西修斯（Theseus）在陰間一入座卻再也起不來了。

[62] 瞌睡蟲：原文只是「睡眠」，不過加了個指涉冥河Styx的描述詞，其水之毒足以腐蝕一切金

的瞌睡蟲。蓋子一揭開，牠立刻飛出來襲擊賽姬，把她整個身體裹在濃密的休雲眠霧中。她當場癱瘓在路上，睡眠徹底把她征服了。

話說康復中的丘比德已經傷癒，思念他心愛的賽姬而度日如年，再也受不了，於是從囚禁他的臥室其高無比的窗戶開溜。他的翅膀經過這一陣子的休養，元氣大增，飛速快了許多。他馳往賽姬身邊，小心翼翼把瞌睡蟲趕回盒子裡牠原先待的地方，密封盒蓋。接著，他抽出一支不傷人的箭，輕觸賽姬，喚醒她，說：「小可憐的，妳又一次差點兒害死自己，都是妳那無可救藥的好奇惹的禍。現在趕緊回去向我母親交差覆命，其他的由我來處理。」她的愛人說著，輕輕鼓翼騰空而去。賽姬急忙帶著普羅瑟頻娜的禮物去見維納斯。

〔22〕這時候，丘比德深受情火煎熬，形容憔悴，又擔心他母親暴躁的脾氣，因此重拾酒壺[63]。他急翅穿越雲霄，直搗天界之巔，跪在朱比特大神面前，求他作主。朱比特擰他的臉頰，拉他的右手湊到自己的嘴唇，吻了他的手，這才回他話。「我的霸王孫，」他說，「你太放肆了，目中無神，連對我也是沒大沒小的。萬有元素的法律和星球運行的軌道都是我在規範，你卻一再射傷我這顆心，使得我因為塵世戀情而蒙羞。你無法無天，甚至違犯始皇法[64]，傷風敗俗，害得我名譽掃地，醜聞滿天飛，到處流傳我不堪入耳的變形故事，沒有人不知道我的莊嚴法相先後淪為蛇、火焰、獸類、鳥類和畜類[65]。話雖然這麼說，我向來不主張嚴刑竣法，更何況你是我這一雙手臂抱大的；你要求的，我都會辦到。只是你要小心跟你爭風吃醋的人，還有，如果世間有哪個清秀佳人，一定要記得讓她愛上我，算是回報我的恩典。」

〔23〕朱比特接著命令莫枯瑞烏斯，立刻宣布召開眾神會議，缺席的天界公民一律罰款一萬銀幣。威嚇令一下，眾神不敢怠慢，馬上雲集最高劇場[66]。朱比特高據寶座，宣布道：

屬與礦物，卻又是眾神立誓作為憑據的聖水。這裡頭可能反映睡眠即死亡這個古老的觀念；可是，作者顯然也在暗示，睡眠是美容聖品，那是秘方。

63 重拾酒壺：俗諺重施故技之意。

64 始皇法：「奧古斯都頒布的法令」。奧古斯都即屋大維，第一任羅馬皇帝，於公元前十八年立法懲處通姦（Hanson譯注）。

65 朱比特為了尋歡騙情，變形偽裝無所不用其極，包括公牛（Europa）、鷑（Asterie）、天鵝（Leda）、羊人（Antiope）、火焰（Aegina）、蛇（Proserpina），見奧維德《變形記》6:103-114。此所以奧維德說「威嚴和愛情搭配不來」（《變形記》2:846）。

66 最高劇場：也可以譯作「天庭劇院」，原文（caelesti theartro）雖是普通名詞，其諷刺近於

「各位都在繆思的神籍文卷登記有案，必定知道我一手帶大的這個青年。他血氣方熱，年少難免衝動，必須籠絡加以約束。我們聽膩了他私定終身的醜聞以及種種傷風敗俗的行為。我們一定要把握時機借力使力，利用婚姻的枷鎖牽制他的童心頑性。他看上了一個女孩子，奪走了她的童貞，我們不妨成人之美，讓他擁有對方，讓他在賽姬的臂彎裡盡情享受戀情直到永遠。」

他接著轉向維納斯，對她說：「事到如今，女兒，妳沒必要鎖眉頭，也犯不著擔心凡人媳婦危及妳優越的家世和地位。我會設法使雙方門當戶對，讓這一樁婚事名正言順又不違背民法。」

他隨即命令莫枯瑞烏斯去把賽姬帶到天庭。接著，他遞給她一壺神食，說：「喝吧，賽姬，從此得永生。丘比德永遠不會離開妳的懷抱，妳們的婚姻將會天長地久。」

〔24〕接著舉行盛大的婚宴。新郎斜倚長榻坐尊位，環手緊抱著賽姬。朱比特和他的妻子坐姿類似，然後是眾神按等級排序。牧人出身的酒僮[67]為朱比特斟一杯瓊漿——就是神酒——利柏[68]則為其餘諸神服務。伍爾坎努斯準備餐點[69]，四季女神拿玫瑰和各色各樣的花到處裝點，美惠女神接著灑上香水，繆思女神的歌聲處處飄。阿波羅在一旁以抱琴伴奏[70]，維納斯隨著美妙的旋律翩翩起舞。現場一派喜氣洋洋，繆思女神的合唱由一個羊人吹笛伴奏，另還有一個潘尼斯庫斯[71]吹蘆葦笛。

賽姬就這樣名正言順嫁給丘比德。時機成熟時，他們生下一個女兒，我們叫她作歡樂。

戲謔的措詞，一如中譯所顯示的，頗能輝映此處朱比特的寫像。

67　即噶尼梅德斯，見注53。

68　利柏：義大利古老的果樹神，以其豐饒神性而受崇拜，後來被同化於希臘的酒神。

69　以火神的身分。

70　阿波羅是音樂之神與詩歌之神（在古代，詩、樂不分），手持抱琴（lyre）為其常見的美術造形。

71　潘尼斯庫斯：Paniscus，樹林精靈，具牧羊神潘恩的一些特性，因此有小潘恩之稱。

語言文學類　PG0484

情慾幽林
——西洋上古情慾文學選集

作　　者 / 呂健忠
責任編輯 / 蔡曉雯
圖文排版 / 蔡瑋中
封面設計 / 蕭玉蘋

發 行 人 / 宋政坤
法律顧問 / 毛國樑　律師
出版發行 / 秀威資訊科技股份有限公司
　　　　　114台北市內湖區瑞光路76巷65號1樓
　　　　　電話：+886-2-2796-3638　傳真：+886-2-2796-1377
　　　　　http://www.showwe.com.tw
劃撥帳號 / 19563868　戶名：秀威資訊科技股份有限公司
　　　　　讀者服務信箱：service@showwe.com.tw
展售門市 / 國家書店（松江門市）
　　　　　104台北市中山區松江路209號1樓
　　　　　電話：+886-2-2518-0207　傳真：+886-2-2518-0778
網路訂購 / 秀威網路書店：http://www.bodbooks.tw
　　　　　國家網路書店：http://www.govbooks.com.tw

2011年01月BOD一版
定價：310元
版權所有　翻印必究
本書如有缺頁、破損或裝訂錯誤，請寄回更換

國家圖書館出版品預行編目

情慾幽林：西洋上古情慾文學選集 / 呂健忠譯注. -- 一版.
    -- 臺北市：秀威資訊科技, 2011. 01
    面； 公分. --（語言文學類 ; PG0484）
  BOD版
  ISBN 978-986-221-678-1（平裝）

871   99023039

讀 者 回 函 卡

感謝您購買本書，為提升服務品質，請填妥以下資料，將讀者回函卡直接寄回或傳真本公司，收到您的寶貴意見後，我們會收藏記錄及檢討，謝謝！如您需要了解本公司最新出版書目、購書優惠或企劃活動，歡迎您上網查詢或下載相關資料：http:// www.showwe.com.tw

您購買的書名：_____

出生日期：_____年_____月_____日

學歷：□高中 (含) 以下　　□大專　　□研究所 (含) 以上

職業：□製造業　□金融業　□資訊業　□軍警　□傳播業　□自由業
　　　□服務業　□公務員　□教職　　□學生　□家管　□其它_____

購書地點：□網路書店　□實體書店　□書展　□郵購　□贈閱　□其他

您從何得知本書的消息？

　□網路書店　□實體書店　□網路搜尋　□電子報　□書訊　□雜誌

　□傳播媒體　□親友推薦　□網站推薦　□部落格　□其他_____

您對本書的評價：（請填代號　1.非常滿意　2.滿意　3.尚可　4.再改進）

　封面設計____　版面編排____　內容____　文／譯筆____　價格____

讀完書後您覺得：

　□很有收穫　□有收穫　□收穫不多　□沒收穫

對我們的建議：_____

_____

_____

_____

11466
台北市內湖區瑞光路 76 巷 65 號 1 樓

秀威資訊科技股份有限公司　　　收

BOD 數位出版事業部

∙∙∙

（請沿線對折寄回，謝謝！）

姓　　　名：_____　年齡：_____　性別：□女　□男

郵遞區號：□□□□□

地　　　址：_____

聯絡電話：(日) _____ (夜) _____

E - m a i l：_____